【广东中华文化王季思学术基金⊙黄天骥学术基金丛书之二十】

文人雅集与诗歌风尚研究初探

——从玉山雅集看元末诗风的衍变

曾莹 著

广东高等教育出版社
广州

图书在版编目（CIP）数据

文人雅集与诗歌风尚研究初探/曾莹著. —广州：广东高等教育出版社，2011. 5

（广东中华文化王季思学术基金·黄天骥学术基金丛书）

ISBN 978-7-5361-4051-6

Ⅰ. ①文…　Ⅱ. ①曾…　Ⅲ. ①诗歌研究-中国-元代　Ⅳ. ①I207. 22

中国版本图书馆 CIP 数据核字（2011）第 078611 号

广东高等教育出版社出版发行

地址：广州市天河区林和西横路/510500

营销电话：(020) 87551597

网址：www. gdgjs. com. cn

佛山市浩文彩色印刷有限公司印刷

890 毫米×1240 毫米　32 开本　11. 375 印张　350 千字

2011 年 5 月第 1 版　2011 年 5 月第 1 次印刷

印数：1~2 000 册

定价：32. 00 元

前记一

黄天骥

中国古代戏曲和古代文学作品，是取之不尽用之不竭的宝藏。华夏子孙，有责任发掘开采，分析整理，让体现着东方文化的瑰宝，在世界民族之林中焕发光辉。自然，我们也不能一味陶醉在祖先遗泽之中，审视它，研究它，弃其糟粕，取其精华，使之有助于祖国精神文明建设，才是我们整理古代戏曲、古代文学的目的。

近几年，广东经济有了飞跃的发展，许多有识之士，认识到在这块热土中弘扬中华文化的重要性。因而采取多种方式，大力推动对中华文化的学术研究。因时际会，“广东中华文化王季思古代戏曲、古代文学研究基金”得以乘风御气，建立起来。有了这个条件，我们就有可能出版丛书，在研究我国传统文化的领域中，做一点力所能及的工作。

我们出版这套丛书，也是为了纪念王季思老师。

王起，字季思（1906—1996），浙江温州人。早岁师从孙诒让、吴梅先生，以《西厢五剧注》名世。20世纪40年代后期，王季思老师到广东中山大学任教，历任中文系主任、古文献研究所所长等职。数十年来，他热爱祖国，热爱中华文化，把全部精力投入到教学和科研的工作中，在古代戏曲、古代文学领域作出了巨大的贡献。"文化大革命"后，拨乱反正，王季思老师被聘为国务院学位委员会第一届学科评议组成员、国家古籍整理出版规划小组顾问，被公认是中国古代戏曲古代文学研究的权威。

王季思老师一生热爱学生，教育青年。他常说：学术乃天下公器。学生和后辈学者向他求教，他从来都认真、热诚地给予帮助。直到七八十岁高龄，他还培养硕士生、博士生，矻矻穷年，不遗余力。他经常强调建设祖国教育和文化事业，要有人继承，渴望薪火相传，让中华文化之光一代又一代照遍大地。

弘扬中华文化，继承王季思老师匡扶后进的精神，是受过他老人家教诲的学生的共同心愿。1993年，广州市政协和中山大学联合主办"庆祝王季思教授从教七十周年大会"。其后，诸位校友像杨资元、赖春泉等学长，深感为促进学术的发展，应做一些更加切实的工作，朱孟依先生积极支持。经过各方面的努力，我们决心出版这一套丛书，希望能实现王季思老师多年的心愿，帮助热心于中国古代戏曲古代文学而又甘心坐冷板凳的学者迅速成长，让学术之花也在生长红棉的土地上盛开。

学术的殿堂是靠一砖一石垒成的，我们希

望扎扎实实地奋工添瓦，不想欣赏海市蜃楼。目前，我们的能力有限，更兼文化建设不可能一蹴而就。因此，我们的想法是：环绕着中国古代戏曲、古代文学的论题，逐年出版有较高水平的学术著作。只要持之以恒，锲而不舍，日积月累，代代相传，我们一定能在祖国学术领域的南天，垒筑起一座丰碑。

王季思老师曾有诗云：

人生有限而无限，历史无情还有情；
薪火相传光不绝，长留双眼看春星。

丛书付梓之际，我们抄录这首诗，作为奠基之石，以明旨意，兼励来者。

1996 年 6 月 16 日于中山大学

前记二

欧阳光 康保成

自1996年广东中华文化王季思学术基金丛书第一种出版以来，迄今已过去了整整十年。十年来，我们根据有限的财力，精心甄选入围选题，在广东高等教育出版社的大力支持下，以每年一到两种的节奏，已陆续出版了13种著作。

看着眼前这套积少成多渐成规模的丛书，不禁让人深深感慨。这套丛书的作者基本上都是中山大学中文系的中青年学者或博士学位获得者，选题以古代戏曲研究为多，同时也涵括了古代文学研究的其他领域。这些著作也许算不上什么鸿篇巨制，我们也没有像时尚所热衷的那样对它进行包装和宣传，在当今热闹非凡的学术著作出版大潮中，它甚至显得有些冷清和落寞，但这些著作都是对有关领域作了艰苦细致的研究之后的心得之作，或对有关研究领域有所开拓，或推动了有关研究向纵深发展，自有其难以掩盖的学术价值。丛书从总体上展现了中山大学中文系中青年学者的风采，也体现了中山大学中文系沉潜、严谨、包容、开放的良好学风。

最近，珠海市民营企业家李平秋先生捐资设立黄天骥学术基金，用于支持我系古代戏曲和古代文学等学科的发展。李平秋先生1983年毕业于中山大学中文系，之后投身于市场经济大潮，艰苦创业，努力打拼，取得了事业的成功；在事业有所成就的时候，却不忘回报社会。他有感于母系的培育之恩，倾心敬佩黄天骥先生的师德人品，因而出资设立以黄天骥先生命名的学术基金，其拳拳赤子之心，殷殷校友之情，令人感佩。

这样一来，我们除了王季思学术基金之外，又有了黄天骥学术基金。两个基金虽然命名不同，其宗旨则是一以贯之的，即为传承和弘扬我国优秀传统文化推进古代戏曲、古代文学的研究而添砖加瓦，略尽绵薄。根据这一宗旨，我们将把两个基金的增值部分合并在一起使用。其中继续资助出版中青年学者高质量的研究成果，帮助中青年学者在学术上更快地成长，仍然是两个基金的主要工作。

王季思先生是中山大学中文系古代戏曲、古代文学学科的开拓者、奠基人；黄天骥先生是继王季思先生之后中山大学中文系古代戏曲、古代文学学科的领军人物，在海内外学术界享有崇高的威望。两位先生的共同特点是不仅重视学术的创造，同时也注重学术的传承，他们都倾力培养后学，提携奖掖不遗余力，这也正是中山大学中文系古代戏曲、古代文学学科能够生生不息，始终充满活力，并不断有创造性成果涌现的原因。

学术的发展离不开传承，也离不开积累，我们所做的正是传承和积累的工作。这一工作也许一时半会儿看不出明显的效果，但正如黄天骥先生在本丛书的“前记一”中所说的：“只要持之以恒，锲而不舍，日积月累，代代相传，我们一定能在祖国学术领域的南天，垒筑起一座丰碑。”

让我们以此互勉。

2006年11月16日于中山大学

目　录

引论　诗与群之间

一

文人的雅集活动，对从事中国古代文学研究的人而言，从来不是一个陌生的话题，从汉魏时期的邺下、东晋的兰亭开始，文人的雅集活动便一直伴随着中国古代文学的发展一并前行。而所谓文人雅集，指的就是由文人作为主要参与者，以风雅为标榜的一类群体性集会活动。其活动并不拘泥形式，或宴饮唱酬，或游赏山水，或讲学论道，或竞才逞艺，或佐以声伎，等等，可谓多种多样。所呈现的形态也不尽相同——有的随心所欲、活动自由松散，有的却有着严密的组织与规章；有的与政治紧密相连，有的却把政治排除在活动之外；有的拥有庞大的宾客群，有的却仅限三五知己；有的只偶一为之，有的却持续了相当长的时间；有的留下了大量的文献记录，有的却仅存只言片语。然而不管怎样，一个“雅”字，就规定了这样的集会势必与一般世俗性聚会存有泾渭分明的差异——这类集会始终秉持着风雅的宗旨，而这一个“雅”字，主要便是由诗歌这一文学样式来承载的。综观古往今来的文人雅集，无论什么形态，无论有什么样的特征，始终都不乏文学参与其中，尤其是诗歌。可以说，以诗歌往还唱酬从来就是文人雅集最为基本、最为主要的活动形式。

从一开始，诗歌的赋咏便是文人雅集的题中之意，早在堪称文人雅集滥觞的邺下文人胜游，诗歌就已厕身其间。魏文帝曹丕在其《与吴质书》中曾如此描述他们一干人当日的雅集盛况——“昔日游处，行则连舆，止则接席，何曾须臾相失。每至觞酌流行，丝竹并奏，酒酣耳热，仰而赋诗，当此之时，忽然不自知乐也。”① 而那为文人雅集设立了基本范式、备受后世文人追步的兰亭雅集更将诗歌的赋咏确立成为此类雅集活动的主要内容——流觞曲水，列坐其次，仅凭一觞一咏，便足以畅叙幽情。且看，他们“春咏登台，亦有临流。怀彼伐木，宿此良俦。修竹荫沼，旋濑萦丘。穿池激湍，连滥觞舟”②，再看，“松竹挺岩崖，幽涧激清流。消散肆情志，酣畅豁滞忧”③。正是凭借参与雅集的众人留下诸多诗篇，我们方能对当日的那份风流超逸真正感同身受。

诗歌是文人雅集几乎不曾缺席的角色。雅集诸人往往用诗歌记录着一次次的盛会，用诗歌来抒发自己，更用诗歌与朋辈交流——传情达意、交换看法，也讨论诗学、切磋技艺，亦不乏游戏嘲谑、逞弄才具。甚至那些旨在结交权贵、希冀有所攀附的人，也混迹雅集当中，同样用诗歌完成其逢迎称美的意图。很显然，文人雅集与诗歌之间所缔结的是一种源远流长且根深蒂固的关系。

二

纵览古代文人的生活形迹，雅集几乎成为他们风雅生活的一种基本模式：出于对前辈风流的欣羡和对风雅的追慕，古代文人总是乐于三五成群，诗酒往还。文人们热衷于雅集，也惯于在群体雅集中进行诗歌赋咏，这早已成为古代文人诗歌创作的一种常态。如此一来，则群体的雅集活动必然会对诗歌创作产生一定的影响：其一，雅集活动的氛围会对参与者的诗歌创作能力有所激发，试想，在一个富含竞争和灵感启发的场合进行写作，其诗艺自然能够得到进一步的锤炼与提升；其二，雅集比比皆是的交流与碰撞往往会影

① 曹丕：《与吴质书》，见《文选》，卷第四十二，1 896 ~ 1 897 页，上海，上海古籍出版社，1986。

② 孙绰：《兰亭诗二首》，见逯钦立辑校：《先秦汉魏晋南北朝诗》，晋诗卷十三，901 页，北京，中华书局，1983。

③ 王玄之：《兰亭诗》，见逯钦立辑校：《先秦汉魏晋南北朝诗》，晋诗卷十三，911 页，北京，中华书局，1983。

响甚至改变参与者的诗学观念、审美理想，成为某种新思想、新主张诞生的催化剂；其三，那些规模宏大、参与人数众多，或者是由诗坛重量级人物发起的雅集，则往往会引发众人的争相仿效，从而逐步形成或变革一个时代的创作风气。考察我国古代诗歌的发展演进，这的确是一个不争的事实。

试以唐代为例。作为我国诗歌的盛世，唐代诗人之间的游宴雅集、唱酬赓和达到了前所未有的水平。因此，文人雅集对于诗歌发生的作用便尤为明显。

首先，文人雅集能够充当某种新的诗歌体式诞育的温床。有研究者认为，律诗在唐初的定格就与唐中宗景龙（707—710）年间活跃于宫廷、频频进行文学集会活动的文馆学士群有着极其密切的关系——“由于景龙宫廷诗的创作往往展开竞争，胜者获得奖赏和荣誉，输者则受罚并感到羞耻，建立一套规范形式及总结作诗技法成为紧迫之事。此亦可能是导致律诗最后定格的一个重要原因。”① 记录这一时期宫廷文学活动的《景龙文馆记》今存369首诗，其中有律诗283首，比例高达77%②，这就不难看出这群诗人对于这一新诗体的好尚——律诗俨然已是此时唱和应制的主流诗体。这样的创作风气势必波及当时的文坛。而文学史公认的，对于律诗定格功不可没的沈、宋二人恰是这些文学集会的主导人物。他们的创作往往能够得到统治阶层的奖誉，他们的诗学思想、创作特色都会对集会的一群参与者产生影响。所以说，景龙文馆学士们围绕中宗等帝王贵胄所开展的这些文学集会活动，对于律诗的定格显然有着直接的引导和推动作用。

其次，文人雅集也是进行诗学探讨的重要场合，许多观念、主张就在这样的讨论中逐渐成形。例如大历年间，以诗僧皎然和时任吴兴刺史的颜真卿为核心，浙西诗人举行了历时数年之久的大量集会活动，他们在游赏赋诗、联句唱和的过程中展开了许多关于文学

①② 贾晋华：《唐代集会总集与诗人群研究》，65页，北京，北京大学出版社，2001。

观念的探讨，一些相当重要的理论、概念即在这些雅集活动中得以成熟完善。比如说，众人在雅集时就曾将重新评价南朝诗歌作为活动的重要议题，那些创作于雅集场合、为数颇多且滑稽诙谐的游戏诗更是反映出此时不同于初、盛唐的诗学主张——初、盛唐诗人对齐梁诗歌多持一味贬斥的态度，而此时的浙西诗人则已经意识到该观点的矫枉过正之处，对南朝诗人有了更多的肯定，甚至出现了复兴齐梁诗风的意图。又比如说，皎然及其诗友在雅集创作的诗歌中曾多次涉及“境”这一重要的概念，其间的诗境观念已经颇为明确。因而，之后皎然能够在《诗式》一书中提出著名的“意境”理论，与此类雅集时的多番讨论是不无关联的。换句话说，这一类的雅集盛事对于文学理论建设确实有着非凡的意义。

再次，文人雅集还能够承载某一诗歌流派的形成，进而作用于这一时期的诗歌创作风尚。中唐“韩孟诗派”的形成，就与韩愈、孟郊等人贞元中在汴徐、元和初在京洛这两段时间内所进行的雅集聚会密切相关。再如唐末活动于庐山一地的诗人群体，正是他们相互之间密切的交往唱酬，才逐步完成了晚唐尊贾诗人向宋初晚唐体诗人的过渡，对宋初的诗风造成了一定影响。①

概言之，文人雅集对于诗歌发展所产生的作用不外乎这么几个方面：第一，文人雅集能够直接促成某些诗人群体甚至诗歌流派的生成；第二，文人雅集对于某种诗歌体式的形成、某种审美风尚的变革起到催化促进的作用；第三，文人雅集可以承载某种新思潮的生成，并且推动其流布，深化其影响。所以我们完全可以得出这样的结论：某个特定时代的文人雅集与当时的诗歌创作之间总是存有一定的相互作用的，有的时候，文人雅集甚至还能对一个时代的诗歌创作风尚产生直接的影响。这主要视乎雅集的规模，以及雅集参与者于当时诗坛的地位而定。

---

① 以上论及唐代文人雅集与诗歌关系的观点，均参自贾晋华：《唐代集会总集与诗人群研究》，北京，北京大学出版社，2001。

三

其实，群体活动对于诗歌创作的影响，早在孔子的时代便已得到人们的初步认知与肯定。孔子所云“诗可以群”足可为其明证——既然诗歌能够带来“群居相切磋”的效果，对群体起到相互感化与提高的作用，那么，“群居相切磋”也必然会反过来作用于诗歌，对诗歌的普及、诗艺的提高、诗风的趋同产生影响。

不过，所谓“诗可以群”只是暗示了一种可能的存在，“诗”与“群”之间究竟是一种什么样的关系，雅集活动对于诗歌发展的影响具体包含哪些内容，又究竟是以何种方式进行，依循着怎样的规律，这在我国古代文学的研究中，仍然是一个未能引起足够重视、较少分析阐发的内容。因为长期以来，人们在讨论文人雅集时，往往只是把它视作古代文人的一种交往方式，或者风雅的生活态度来加以考察，对于它和诗歌之间的关系关注得并不太多。再加上人们通常都认为雅集中创作的诗歌水平不高，多数是应景、游戏之作，自然也就不会在这个问题上太过在意。实际上，雅集时诞生的诗篇，佳作也不在少数，例如我们所熟悉的王勃《滕王阁》、刘禹锡《竹枝词》、白居易《忆江南》，还有张志和《渔歌子》等均是此例。

而在所谓“诗”与“群”的问题上，此前的研究者也往往总是分而论之，甚少将二者联系起来考量。历来研究诗歌风尚的著述不在少数，但选择从文人雅集的角度来对诗歌风尚的形成与变革加以阐释的专门论著却是笔者未曾目见的。有的著者，虽然意识到了群体活动对于诗歌发展的重要意义，却仅限于提出问题，未曾就此展开深入的论证。那些针对文人雅集展开的研究，论者的兴奋点则通常放在文人群体本身、社会背景、参与者心态等方面。这类研究大多强调事实的还原，注重历史的考辨，却甚少讨论雅集中诗歌创作的实际，很少就文人雅集与诗歌风尚之间的相互作用问题展开分析论述。当然，有的论著对这一方面的内容已有涉及，但那也仅仅是考证之余事。比如贾晋华先生的《唐代集会总集与诗人群研究》

一书，其书就在对唐代集会总集钩沉稽考之外，也注意到文人的群体活动对于诗歌发展有着不可低估的意义。然而可惜的是，该书在这方面的论述仅限于个别事例，并未对其中的一般性规律做出概括䌷绎。

事实上，中国古代文人雅集对于诗歌创作存在影响已经是不容否认的事实，因此，就二者之间的关系问题展开深入探讨，对于文学史的研究来说，有着十分重大的意义——不但能够填补文学史研究中的空白地带，同时还能帮助我们更好地认识文学史中的相关现象，更为深入地理解文学发展的相关规律。

一般来说，文人雅集活动的类型大致可以分为两种：一种是以王羲之等人集于兰亭、曲水流觞作为开端的。这一类雅集活动，与政治没有太多的牵连。雅集诸人对于风雅的追崇、与朋辈的交流切磋，构成了这类雅集活动的主要内容。另一种雅集的源头则在于东汉士大夫的结朋立党——“考东汉士大夫之结党立朋，品覈（核）公卿，月旦人物，本为政治及社会运动之事，然其流风所及，于是士大夫往往招朋呼友，流连诗酒，称觞赋咏。”① 这一类雅集从一开始便与政治保持紧密的联系。通常，与政治关系密切的雅集对于文学创作的影响相对要小，因为其活动往往旨在政治而非文学。这一类雅集对文学本身产生的作用，就远不及它在政治上发挥的影响。而那些与政治较为疏离的雅集活动则正好与此相反。在大多数情况下，文学既是这类活动的主要内容，也是其指归。因此这一类文人雅集往往会对文学的流变产生较为直接甚至是重要的影响。考之文人雅集的实际，这一类与政治较为疏离的雅集盛事也明显占据了较大的篇幅。因此，本书讨论的重点便主要集中在这一类文人雅集上。

同时需要明确的还有，文人雅集与我们通常提到的诗社并不是完全等同的两个概念。相对而言，雅集的概念更为宽泛，诗社则是

---

① 黄志民：《明人诗社之研究》，2 页，台湾政治大学，1972 年硕士论文，见萧丽华：《元诗之社会性与艺术性研究》，249 页，台北，国家出版社，1998。

从雅集分化出来的一种特殊形式。与雅集的随意性不同，诗社对于结盟十分强调，组织形态更为严密，人员构成也相对固定，活动内容均有社规章程作为依归。还有，诗社的出现也较雅集要晚。虽然早在陶渊明时代就有慧远等人发起的“白莲社”，但它并非以诗歌创作活动为内容。唐代虽有七老会、九老会的组织形式，但诗歌在其中仍属余事。那些真正具有社规章程、主盟领袖、命题赋诗、品评甲乙等内容，呈现严密组织形态的文人诗社，一直到宋末元初方告出现——“宋元之际的作家有个很大的特点，就是经常进行一些集体活动。……在中国文学史上，只是这一时期，才大批涌现自觉形成的诗社。……他们互相比赛诗才，切磋诗艺，裁定名次，品评优劣，一时间形成了场面热烈的文学活动。”① 其中，尤以元初诗社形式最为成熟。它也因此成为明清文人结社之所本。

四

实际上，并不以诗歌著称的元代正是一个文人群体活动十分突出的时代。如前所述，元初的诗社活动就相当频繁。“但元初诸诗社多以亡宋遗老为中心，所以和南宋一般诗社仍有不同，带有那个时代的特定色彩”②，所以这些诗社活动多与元初士人的遗民心态及其对于元代科举制度的不满密切相关。而随着时间的推移，这样一些政治色彩渐渐褪去，文人群体活动的组织形式也由最初的严密逐渐转向松散。于是，结社的风潮渐告消隐，取而代之的是雅集的盛行。在这样一个雅集盛行的时代，对“诗”与“群”之间的关系展开深入探讨便颇能说明一些问题。而在元代文人众多的雅集中，元末出现于吴中昆山一地的玉山雅集以其参与人数众多、历时长久、传世作品甚众，堪称元人雅集的压卷之作。即使立足中国古代文人雅集而言，玉山雅集也称得上是规模空前的。尤其值得注意的是，这一规模空前的雅集盛事正是不带什么政治色彩、真正以诗歌为事的文人雅集，该雅集的诗歌创作更与当时的诗歌风尚之间有

①② 张宏生：《宋诗：融通与开拓》，216页，上海，上海古籍出版社，2001。

着千丝万缕的联系。因而，玉山雅集与元末诗风之间的关系问题，对于文人雅集与诗歌风尚的研究而言就具有非比寻常的典型意义。

毫无疑问，文人雅集与诗歌风尚之间关系的探讨是一个极为庞大的话题。既然庞大，泛泛而论就容易流于表面和空疏，很难得出让人信服的结论。为了使这一话题的讨论有较强的说服力，不致空疏武断，选取一个个案入手应该是最为有效的做法。基于这一考虑，本书便在雅集盛行的元代选择了玉山雅集，以其与元末诗风之间的关系问题作为个案来展开研究——在对玉山雅集进行全面探讨、对元末诗风加以系统阐述的基础上，深入讨论玉山雅集与元末诗风之间存在的关联，进一步揭示出玉山雅集对于元末诗风的最终形成所起的作用，对其中的一般性规律加以细绎，从而对文人雅集与诗歌风尚的关系问题做出初步的回答，归纳出二者相互作用的基本模式，力求对中国古代诗歌发展所遵循的某些路径做出准确把握。

具体说来，这一个案的典型性主要表现在：第一，玉山雅集是“惟诗是求”的文人雅集，雅集每会必有诗。对于诗歌的品评，以及诗学思想的讨论也可谓比比皆是。各种形式的联唱赋咏都于雅集中可见。诗歌可说是雅集的主角、雅集的目的。第二，玉山雅集的灵魂人物即当时诗坛的领袖杨维桢，其诗学思想、审美趣味、创作特色直接影响着雅集诸君的诗歌创作。而玉山雅集的宾客组成也与当时诗坛主要流派——杨维桢铁雅诗派的成员有着相当程度的重叠，玉山主人顾瑛更是这一诗派的主力干将。玉山雅集的诗歌活动与铁雅诗派的壮大流行有着极为密切的关系。第三，元末诗歌出现了一系列新异的变化——诗歌对于情感欲望的肯定达到了空前的高度，情感在诗歌中得到了几乎是不加任何拘限的抒发；高昂的个体意识在此时的诗歌中也占据了较大的比重；诗歌的审美趣味还发生了一些偏离于传统的变化；诗歌带有浓厚的市民特色。这些极富变革意味的变化，同样也存在于玉山雅集的诗作当中。

于典型性之外，这一个案也极富特异性。首先，元末是一个社会风云突变的时代，民不聊生，社稷危殆，然而冠绝千古的玉山雅集却正是在这样一个时代赫然出现，这实在不免令人感到有几分骇异。不过，这样一种极不和谐的底色，也就更大程度地凸显了雅集诸君对于诗歌的那份执著与热爱。其次，玉山雅集的宾客构成也与前代有所不同。之前的文人雅集，其宾客构成都比较单一。比之以往纯粹文人的参与，玉山宾客的身份则十分丰富多样——汉人之外，尚有西域蒙古人；文士之外，还有以工匠技艺为业的下层民众；僧、道、官吏、书家、画家，各色人等都厕身其间。因而，玉山雅集参与者的心态也就更为复杂，极有讨论的必要。再次，元末诗歌代表了元诗的最高水平，那些新异的变化在元初是由元曲等新兴的文体来加以呈现的，此刻却发生在主流文学——诗歌的身上，这就预示着文学史上一个转型时期的初步到来，元末诗歌在中国古代诗歌发展史上的重要性也就不言而喻了。不妨说，这样一些特异性的存在，不但能够帮助我们更为深入、真切地理解这一特定时代的文学，同时也使这一个案研究避免了枯索与空泛，增添了个性与血肉。

五

近年来，有关玉山雅集的研究渐趋热门，然纵览相关文章，论者的兴奋点大多集中于雅集主人顾瑛、雅集诗人群体、雅集宾客心态，以及玉山雅集的整体研究等方面，应该说，将玉山雅集的诗歌作为研究重点，并把它与元末诗歌风尚联系起来考量的文章仍然未曾出现。至于元末诗风，此前并没有研究者提出过这一概念。尽管有不少论者都已意识到元末诗歌存在一些不同于前代的特质，其中尤以章培恒先生、邓绍基先生，以及日本人吉川幸次郎先生的观点最具代表性，但却从未出现过以元末诗风为对象展开研究的元诗论著。因此，本书选取玉山雅集与元末诗风的关系问题作为个案，借此来探讨文人雅集与诗歌风尚之间的关系，在某种程度上，也就具有开辟草莱的意义。

简言之，就文人雅集与诗歌风尚之间的关系展开讨论，从而对诗歌发展的相关规律做出相应的梳理与归纳，这无疑是为中国古代诗歌研究提供了一个崭新的视角。而选取某个时代具体的文人雅集活动，深入研究它与这一时代诗歌创作风尚之间存在的关系，并通过对这些关系的具体把握，进一步就文人雅集在我国古代诗歌发展中存在的影响展开讨论，力求䌷绎出这些影响发生的一般性规律，这种做法，在历代诗歌研究中也是不曾有过的。并且，唯有经由这样的个案研究，我们所得出的结论才不会是人云亦云，泛泛而谈，才具有了相当的说服力。通过这一研究的开展，我们不但能够填补玉山雅集与元末诗风这一元代诗歌研究上的空白地带，同时也能加深对于中国古代诗歌发展路径的相关认知，这对于文学史上其他相关问题的研究同样有着极其深远的意义。

《淮南子》有云，“尝一脔肉而知一镬之味，悬羽与炭而知燥湿之气，以小见大，以近喻远”①，借由针对玉山雅集与元末诗风这一典型个案所展开的全面系统研究，我们对于“诗”与“群”之间的关系问题，势必能够获取一个较为深入与具体的认知，同时，对于其间的一些规律性问题也能够有所感悟，从而做出一定程度的总结与䌷绎。此番努力，于我而言便可作为文人雅集与诗歌风尚研究之起步，故谓之初探。

---

① 《淮南子·说林训》，见陈广忠：《淮南子译注》，811 页，长春，吉林文史出版社，1990。

第一章　元人顾瑛与玉山雅集

作为文人结社雅集之风颇炽的元代，可谓诗社林立、雅集众多。在这众多的文人雅集中，出现于元末至正年间江南一地的玉山雅集则堪称个中翘楚——它不仅拥有亭榭池馆幽阒华美、林木草卉蓊郁葱茏、图史彝器琳琅满目的大型园林别墅“玉山佳处”，同时还有风雅超群、轻财喜客的主人顾瑛，并且，无论文人墨客、名公大儒，抑或方外游仙、岩栖谷隐之辈，都乐于周旋其间，日夜以诗酒从事。这一雅集持续时间长达十数年，他们将大量的唱和诗文结集付梓，在极力确立某种风雅范式的同时，也体现了相当自觉的传世意识。这一切，就使得玉山雅集足以成为有元一代，甚至整个中国古代文人雅集的典范。

一般来说，文人雅集总是存在一个组织者或是发起者，通常便是所谓雅集主人，这类主人一般都是文人雅集活动的核心所在，雅集活动也多发生在其园林池馆。故而不难推知，所谓雅集主人的出身、交游、经历，还有性格好尚，在某种程度上其实也规定了某个文人雅集的活动指归，甚至是气质禀赋。玉山主人顾瑛与他的玉山雅集之间，正是如此。

玉山雅集身上的诸多禀赋，无论是典型的还是特异的，都与顾瑛密切相关。顾瑛的身世经历、性情好尚，直接影响着玉山雅集的品格——正是他那富贵闲人的特殊身份，还有他对于诗歌、对于雅集的那份痴迷，才最终造就了这一冠绝千古的文坛佳话。所以，当我们要探讨玉山雅集与元末诗歌的关系问题时，首先就必须对作为雅集活动核心的玉山主人顾瑛有一个清晰、深入的了解。了解了顾瑛，才能进一步了解玉山雅集。

第一节 顾瑛其人及其玉山

元人顾瑛作为玉山雅集的主人，其人生历练可谓充满传奇色彩，其思想构成也堪称复杂，至于他的性情好尚、行事特点，便只能用好事痴绝、轻财尚义、倾心风雅来加以形容。在某种意义上，顾瑛本身，就是玉山雅集得以在元末这样一个烟尘四起的时代出现的关键原因。因此，考查顾瑛其人，正是从根上探究玉山雅集所具有的种种特质。懂得顾瑛的复杂，我们才能读懂玉山雅集的复杂。

一、顾瑛的家世和生平

元人顾瑛（1310—1369），又名顾阿瑛、顾德辉，字仲瑛，是吴地昆山人。其家世居昆山，而顾姓乃是昆山之著姓，殷奎所作《墓志铭》称“盖四姓之旧也”①，顾瑛自作《金粟道人顾君墓志铭》亦有“谱传野王裔”之说，不过“未必然否”就是。但就其“大父以上，皆宋衣冠”② 来看，顾瑛之出身，也可算得上是“世族贵介”③ 了。

不过到了顾瑛父亲这一辈，其家已经不复为官宦之家。依照顾瑛的说法，其父“隐德不仕”④。殷奎亦云：“（顾瑛）父伯寿，晦德弗炫，号玉山处士”；但紧接着又云“（顾瑛）年十六，佐父理事，布粟出内家，众不能欺”⑤。顾瑛也说自己是“干父之蛊，而

---

①⑤ 殷奎：《墓志铭》，见《玉山逸稿》，附录，《丛书集成初编》，79页，北京，中华书局，1985。

②④ 顾瑛：《金粟道人顾君墓志铭名迹录元本》，见《玉山逸稿》，附录，《丛书集成初编》，77页，北京，中华书局，1985。

③ 黄溍：《玉山名胜集序》，见《玉山名胜集》，卷首，《玉山名胜集原序》，《影印文渊阁四库全书》，第1 369册，2页，台北，台湾商务印书馆，1986。

遂废学焉"①。故知所谓"隐德不仕"多少有点为尊者讳的意味。关于顾瑛的出身，客观而言，当是吴地昆山富甲一方的豪门巨室——家虽仍饶于资，却已难堪贵胄之称。

十六岁，顾瑛就已废学，开始协助父亲打理家业。这一段时间的顾瑛，可谓年少轻狂，镇日乘肥衣轻，驰逐少年之场，来往于达官贵人之间。直到三十岁，顾瑛方才弃其旧习，折节读书。开始"崇礼文儒，师友其贤者"，同时"喜购古书名画，三代以来，彝鼎秘玩集录鉴赏无虚日"②，过起了风雅的生活。而且他不乐仕进，"有仕才而素无仕志"③，甚至是"不屑仕进"④，所以才"举茂才、署会稽教谕、辟行省属官，皆不就"⑤。

年逾四十之时，顾瑛便把田业悉付子婿，不复过问生产，而专心致力于玉山佳处的营建，日与宾客周旋其间，过起了富贵闲人的生活——"一旦尽去其少年豪华之习，结草堂玉山中，艺花种竹，日与山僧羽人、布衣韦带之士以游以居，达官贵人未尝一见其面。征车之来，则逾垣闭门甚于段泄。不知者或讥以迂怪，君闻之自若也。"⑥ 俨然一位专以风雅为尚，以雅集为业的玉山主人。在宾客心目中，顾瑛乃是"嗜诗如饥渴，每冥心古初，哦诗草堂之下，既以成篇什，又彩绘以为之图，今复令客为之记，其于草堂拳拳若

---

① 顾瑛：《金粟道人顾君墓志铭名迹录元本》，见《玉山逸稿》，附录，《丛书集成初编》，77 页，北京，中华书局，1985。

② 殷奎：《墓志铭》，《玉山逸稿》，附录，见《丛书集成初编》，79 页，北京，中华书局，1985。

③ 杨维桢：《玉山佳处记》，见《玉山名胜集》，卷二，《影印文渊阁四库全书》，第 1 369 册，15 页，台北，台湾商务印书馆，1986。

④ 黄溍：《玉山名胜集序》，见《玉山名胜集》，卷首，《玉山名胜集原序》，《影印文渊阁四库全书》，第 1 369 册，2 页，台北，台湾商务印书馆，1986。

⑤ 曾廉：《元书》，卷九十一，见《隐逸传下 · 顾瑛》，宣统三年刊本，层漪堂藏板。

⑥ 谢应芳：《书画舫燕集序》，见《龟巢稿》，卷九，《影印文渊阁四库全书》，第 1 218册，203 页，台北，台湾商务印书馆，1986。

此”①；“抝谦自牧，无矜色，无怠容，日以宾客从事而惟诗是求”②。这个时候的顾瑛，真的成了好治园林的顾辟疆，以痴称绝的顾虎头。

可是到了至正十四年（1354），正当天下已乱，沧海横流之际，顾瑛却以布衣起，“佐治军务，受知董侯抟霄。时侯以两浙参政除水军副都万户，开府于娄上”③。从顾瑛《玉山璞稿》至正甲午部分所收《董孟起参政领水军副都万户开水军府事，二月廿三日以瑛佐治军务留海上，索诗，口占奉呈》④、《三月廿三日，侍董大参巡海，早发路漕》⑤ 等诗，可知顾瑛乃是于年初受命的。

第二年，顾瑛又被都万户纳麟哈剌命去“督守西关，继委审赈民饥”⑥。此番守关，历时三月之久。顾瑛诗中常可见“我守西关七十日，朝朝骑马入城行”⑦、“守关三月不得去，屋里候宾欣有孙”⑧、“守关三月不得归，岂假威权属布衣。自谓一身本无事，又俾审理民间饥”⑨、“守关三月骑官马，听雨十日对渔舟”⑩ 这样的句子。之后，纳麟哈剌认为顾瑛颇有治理之能，于是又荐举他“知是州事”。然而当“朝廷使者衔宣命见迫”，顾瑛却避之唯恐不

---

① 郑元祐：《玉山草堂记》，见《玉山名胜集》，卷一，《影印文渊阁四库全书》，第1 369册，6页，台北，台湾商务印书馆，1986。

② 吴克恭：《玉山草堂序》，见《玉山名胜集》，卷一，《影印文渊阁四库全书》，第1 369册，7页，台北，台湾商务印书馆，1986。

③⑥ 顾瑛：《金粟道人顾君墓志铭名迹录元本》，见《玉山逸稿》，附录，《丛书集成初编》，77页，北京，中华书局，1985。

④ 顾瑛：《玉山璞稿》，见《丛书集成初编》，1页，北京，中华书局，1985。

⑤ 顾瑛：《玉山璞稿》，见《丛书集成初编》，3页，北京，中华书局，1985。

⑦ 《予以官守系身，七十日间，草堂松菊，积雨半荒，马上口占一律》，见顾瑛：《玉山璞稿》，《丛书集成初编》，24页，北京，中华书局，1985。

⑧ 《和许彦温都事见寄》，见顾瑛：《玉山璞稿》，《丛书集成初编》，25页，北京，中华书局，1985。

⑨ 《长歌寄孟天晧都事》，见顾瑛：《玉山璞稿》，《丛书集成初编》，28页，北京，中华书局，1985。

⑩ 《陈敬初诗来问讯，次韵以复》，见顾瑛：《玉山璞稿》，《丛书集成初编》，29页，北京，中华书局，1985。

及，逃名于吴淞江。

至正十六年（1356），兵入玉山草堂，顾瑛遂奉母避于吴兴商溪。当时的情况，根本无法顾及“玉山”，只能是“园池室庐，书册琴瑟，悉委弃出奔”①。不久，其母陶夫人病逝，顾瑛奉母之葬，重回玉山。此时回到玉山的顾瑛，面对的已是一片凄凉。玉山之书画，尽被兵士发箧取去。之后虽幸有尚义之士收得归还，却也散失不少。这期间，又遭不义者相诬，以致军士数百持戈急索。顾瑛侥幸逃得此劫之后，却又面对张士诚所建政权的交相征聘。不堪其扰的顾瑛，在以服丧为由辞之不果后，毅然祝发庐墓为在家僧，以断张氏之念。②

在这之后的数年间，顾瑛还经历了玉山佳处亭池尽毁的悲剧。顾瑛《玉山逸稿》卷四就有这样的诗作——《玉山中亭馆折毁殆尽，仅留一草堂耳。今于嘉兴合溪营一别业，颇幽绝，因赋五言一首》。新居虽幽绝，毕竟是托身异乡。而且十余年心血毁于一旦，这样的打击，其沉重是不言而喻的。

1368 年，元朝灭亡，在朱元璋建立的明朝，顾瑛因其长子顾国为元故官的身份，依当时法例必须流徙濠梁。动身之前，顾瑛又一次来到虎丘，这个昔日他和友朋无数次把臂同游的地方。此时，人生在顾瑛眼中，直同幻梦——“仆将发濠梁，因登虎丘，辱彬上人款茶话闲，始知居中禅师住此已久，翻思二十年前与姚子章同见时，真若梦寐。”③ 他所写下的，便是这样的句子：“柳条折尽尚东风，杼轴人家户户空。只有虎丘山色好，不堪又在客愁中。”④往日繁华，而今安在哉！唯一不变的，恐怕就只有这青山、这年年

① 郑元祐：《白云海记》，见《玉山名胜集》，卷五，《影印文渊阁四库全书》，第 1 369 册，79 页，台北，台湾商务印书馆，1986。

② 以上所言数事，请参阅本书附录一《顾瑛年谱》。

③ 《登虎丘有感》，见顾瑛：《玉山逸稿》，卷四，《丛书集成初编》，70 页，北京，中华书局，1985。

④ 《登虎丘有感》诗后，见顾瑛：《玉山逸稿》，卷四，《丛书集成初编》，69 页，北京，中华书局，1985。

如一的春色了。平淡的词句，流露出难抑的哀伤。所以抵达濠梁之后，顾瑛就将自己的居所题为“梦蝶”①。有这样的寓名，不仅因为他居住的地方临近传说中的庄子观鱼之地，更重要的，还是顾瑛对于人生世事的空幻感。“栩栩百年真梦境，濠梁还见旧题铭”②，百余年后之人，尚有如此感叹，何况当日亲历其事的顾瑛。第二年春天，三月十四日，顾瑛卒于濠梁。

从当地巨族的出身，到少年的豪侠尚气，中年的折节读书、乐游于丘园，再到暮年的丧乱流离、远徙他乡，顾瑛六十年的人生，可谓充满了变幻与无常。这其中，有家庭的原因，有自己的选择，亦有社会时代无法避免的影响。不过，正是这样的人生经历，方才成就了一个不同凡响、极富性情和传奇色彩的玉山主人，才成就了那令后人神往不已的玉山雅集。

二、顾瑛的性情与好尚

与一般意义上的富贵闲人不同，顾瑛称得上是一个相当复杂的人——在他的性情中，不乏儒家的入世与忠厚之风，也不乏道家“齐物我，一生死”的超然放旷，以及佛家的清空虚寂，当然，更少不了豪侠子弟的任侠使气、好事轻财。倪瓒所作《金粟道人小像赞》即云：“谓其有意于荣进与，咏歌弹琴诵古人之书。谓其阔略于世故与，能廓充先世之业、昌大其门闾。逍遥户庭，名闻京师。忽自逸于尘氛之外，驾扁舟于五湖。性印朗月，身同太虚。非欲会玄觉于一致而贯通于儒者耶!”③ 顾瑛给自己的画像所题写的《自题像》一诗也说：“儒衣僧帽道人鞋，天下青山骨可埋。若说

---

① 吴宽：《匏翁家藏集》，卷十三，《题元顾仲瑛玉山佳处卷后》一诗句下小注，称“仲瑛后迁中都，家于庄子观鱼台旁，题其屋曰梦蝶”，见《四部丛刊》。

② 吴宽：《匏翁家藏集》，卷十三，《题元顾仲瑛玉山佳处卷后》，见《四部丛刊》。

③ 倪瓒：《清闷阁全集》，卷九，清康熙五十二年（1713）城书室刻本，6页。

向时豪侠处，五陵鞍马洛阳街。”①

可见，无论在旁人看来，还是自己认为，顾瑛都不是一个可以用“纯粹”来框定的人：他非纯粹的儒者，十六岁之时他就已废学经营家业，过着放荡不羁的生活；他也并非纯粹的隐士，对于扰扰红尘他总还存有一分关注；他更非纯粹的僧侣，在他的筵席上，从来就没有少过酒色的陪伴。应该说，与纯粹刚好相反，顾瑛身上所体现的恰是一种贯通——在他身上，贯通了不同的身份；而他的性情，也正是在这不同身份的共同作用下自然形成的。

在顾瑛身上，儒士这一身份最明显的印记，就是他的忠节观。对于自己所处的元朝，顾瑛始终恪守着一份臣节，尽管他从未正式出仕过，也未食过朝廷的俸禄，但终其一生，他都是以元朝子民自居的。而且顾瑛自己虽然不乐仕进，但他并不阻止和排斥后辈们效力元廷，相反，他恰是以此为傲的。

例如，其侄顾元佐的职务便是因为顾瑛的荐举而得到的——“至正九年，江浙省以海寓不宁，又辟贰昆山事，辞不获已，乃以侄良佐代任焉。”② 而至正十二年（1352）九月二十二日，顾瑛还曾因“从子元佐以武功平贼由昆山节判而归，良用亦由京师漕运千户而至”③ 而广邀宗族朋友，大摆宴席。席间，顾瑛写下这样的诗句：“玉山九月界溪浔，旭日朝开椿树林。门前子侄归下马，堂上亲朋来合簪。吾侪见面未白发，汝辈报君当赤心。举座称觞起为贺，烂醉不辞清夜深。”④ 对此，席上宾客陆仁的评价是：“既酒

① 《自题像》，见顾瑛：《玉山逸稿》，卷四，《丛书集成初编》，59页，北京，中华书局，1985。

② 顾瑛：《金粟道人顾君墓志铭名迹录元本》，见《玉山逸稿》，附录，《丛书集成初编》，77页，北京，中华书局，1985。良佐即顾元佐，具体参见本书附录一《顾瑛年谱》。

③ 秦约：《嘉宴序》，见《玉山名胜集》，卷八，《影印文渊阁四库全书》，第1 369册，138页，台北，台湾商务印书馆，1986。

④ 《玉山名胜集》，卷八，见《影印文渊阁四库全书》，第1 369册，138页，台北，台湾商务印书馆，1986。

半，玉山赋诗四韵，出以言事君必尽其忠，入以言事亲必尽其孝，蔼然忠厚之气，形诸咏歌。”①

再如，至正十八年（1358）闰九月，其长子顾元臣自任上返玉山，顾瑛更是欣喜不已，置酒可诗斋，与友朋欢宴。顾瑛友人袁华所为序文即称：“宁海君彩衣金符，照耀左右，奉觞行酒，侃侃愉愉。呜呼，父子之亲，君臣之义，鲜有能两全者。今宁海君能摅诚致义，升秩三品，居重庆之下，奉温清之养，可谓上不负圣天子，下不负所学矣。”② 顾瑛之诗则云：“海上风驱（帆）似马狂，归来仍喜佩银章。三年报国存忠直，一旦见亲全义方。祖逖誓江期复晋，董徽仗节乐还乡。圣恩已见金鸡效，醉饮宁辞累十觞。”③其嘉许欣悦之情，溢乎笔墨之外。尤其值得注意的是，此时已非当日为侄子接风之际那般熙平——天下已乱，四处兵起，而在这样的情形下，顾瑛尚为其子的建功立业、衣锦还乡如此嘉悦，可知忠孝两全在他心中的分量。之后，顾瑛还因顾元臣之故，得到了武略将军、水军正千户、飞骑尉、钱塘县男的赐封，其夫人王氏，亦被封为钱塘县君。顾瑛对这一封号的接受，尤其是在朝廷将倾的时候，就足够说明他对元廷的态度了。

此外，之前对于任何征辟都拒不接受的顾瑛，却在至正甲午（1354）海上之乱频作、娄上水军初建之际，毅然以一介布衣，为时任水军副都万户的董抟霄佐治军务、参谋幕中。这期间，顾瑛写下了不少的诗篇。其中一首有句云：“回头坐见辰星近，十日粮船到帝州。”④ 在元代，京城的粮食，几乎全是由吴地运至，漕运（或者称梯航）、海运的安全与否直接关系到社稷的安危。从这一句诗，即可知顾瑛对水军的职责与重要性十分了然。所以，他甘愿

---

① 《玉山名胜集》，卷八，见《影印文渊阁四库全书》，第1 369册，139页、140页，台北，台湾商务印书馆，1986。

②③ 《玉山名胜集》，卷四，见《影印文渊阁四库全书》，第1 369册，71页，台北，台湾商务印书馆，1986。

④ 《是夜回宿海口舟中，董参命赋口号》，见顾瑛：《玉山璞稿》，《丛书集成初编》，3页，北京，中华书局，1985。

放弃安逸的生活，劳顿于海上，“书生不解参军事，也向船头著战袍”①。这也足见他作为一名儒者，对于家国的责任感。对此，袁华还写过这样两首诗：

水军新建节，遴选尽英雄。杭（粳）稻千艘发，梯航四海通。斩鲸朝拂剑，闻雁夜张弓。独有玉山客，参谋在幕中。

娄港蒙冲发，开飒驾海涛。挥戈当落日，杀贼竟清宵。刀钊犀为甲，鞭驱石作桥。何人投笔砚，自拟汉班超。②

可以在国家需要的时候投笔从戎，宛如汉时的班超一般，这显然就是儒家以天下为己任的入世精神。而且能够令顾瑛如此行事的，只有元廷而已，其素志之贞，时人莫不感佩于心。

至于道家对于顾瑛的影响，早在其年幼时已发生。顾瑛总角之年，曾拜揖过一位名为中岳仙伯的方外人士，“幼年曾揖浮丘伯，口谈玄经坐瑶席，我家老翁师事之。授以神丹光五色”③。就其诗而观，已无法确知此人对顾瑛有过什么具体的影响，但毫无疑问，顾瑛是在一个爱好神仙道术的家庭成长起来的。耳濡目染之下，顾瑛对于道家自然不会陌生。

年长之后，顾瑛所结交的朋友中就有很多的仙客羽士。其中，中岳仙伯的儿子道人于立便是玉山的常客。于立常说，“予客仲瑛

① 《张仲举待制以京中海上口号十绝附郑九成见寄，瑛以吴下时事复韵答之》（之三），见顾瑛：《玉山璞稿》，《丛书集成初编》，1页，北京，中华书局，1985。

② 《甲午岁丹阳道中即事》（之八、之九），见袁华：《耕学斋诗集》，卷八，《影印文渊阁四库全书》，第1 232册，327～328页，台北，台湾商务印书馆，1986。

③ 顾瑛诗“予总角时，拜中岳仙伯于舍下，今已四十年矣，思之如神游紫府，见陶隐居，累欲从之而不可得。今读钱思复先生赠其子于匡山诗，不能不为之兴怀，遂次韵寓意，呈思复、匡山二先生云”，见顾瑛：《玉山璞稿》，《丛书集成初编》，11页，北京，中华书局，1985。此事可参见本书附录一《顾瑛年谱》。

许余三十年"①，"予与仲氏交最深，知最厚"②。由此可见二人之交谊。此外，当时著名的道人，如张雨、郑守仁等，也都与顾瑛交好，时有同游之事。据笔者考订，顾瑛交游中可考的道人共有9名。③ 其中，不少是时常出入玉山佳处，与顾瑛来往颇密者。周游于诸多道人之间的顾瑛，自然难免受其影响。道人们固然性格各异，但有一点当是共通的：他们都具有超逸的风骨。而从顾瑛如此乐于结交道人，也就不难推知顾瑛对于这一种风骨的爱好了。闲暇时间，顾瑛还时常阅读道家书籍，袁华《题顾玉山读道书小像》就云："灵岳耸层霄，琼馆开金乡。若人秉昭质，守一修洞房。呼吸龙虎气，嗽咽日月芒。龟阙西瑶台，中有明光章。下视小兆臣，玉检鸾回翔。稽首校隐文，琅函耀霞光。绛蕉承宝露，肉芝冒玄霜。采掇充服食，味倾金梨浆。逍遥淡无为，寿期穹壤长。"④

幼时的潜移默化，成年之后的交游，加上对于道家文献的优游涵咏，顾瑛的行事，自然就带上了几分仙风道骨。谢应芳《寿玉山主人》一诗如此写道："黄梅雨歇南风清，绿槐如云阴满庭。胡髯雪白双眼明，长日细字笺龙经。有时忽著道士服，骑鹤三天奏符箓。天上神仙知姓名，人间富贵差驰逐。"⑤ 从其好友笔下刻画的这么一位泠然御风的仙道形象，我们也就不难猜想顾瑛身上道家风味的浓厚程度了。

不过，道家对于顾瑛最大的影响，还在于那份超拔与达观的生活态度。正是这种超拔与达观，帮助顾瑛度过了生命中许多最艰难的时刻，也使他可以从嚣扰的尘世中抽离，继续一如既往地悠游和

---

① 于立：《金粟冢中秋日燕集后序》，附于《金粟冢秋日燕集》诗后，见顾瑛：《玉山逸稿》卷四，《丛书集成初编》，64页，北京，中华书局，1985。

② 于立：《金粟冢中秋日燕集后序》，附于《金粟冢秋日燕集》诗后，见顾瑛：《玉山逸稿》卷四，《丛书集成初编》，65页，北京，中华书局，1985。

③ 具体参阅本书附录二《顾瑛交游考》"方外"条。

④ 袁华：《耕学斋诗集》，卷三，见《影印文渊阁四库全书》，第1 232册，275页，台北，台湾商务印书馆，1986。

⑤ 谢应芳：《龟巢稿》，卷三，见《影印文渊阁四库全书》，第1 218册，38页，台北，台湾商务印书馆，1986。

快乐着。袁华《次韵顾玉山感怀》一诗中，有这样几句：“金粟老秃翁，丧女及二妇。情钟政我辈，况尔中年后。值兹世浊恶，喧呶互纷揉。达观了死生，放浪无何有。”① 面对亲人的离世，面对浊恶不堪的现实，也只有“达观了死生，放浪无何有”，方才可以得到暂时的释放与舒缓，方才不致被悲伤与厌恶压倒。

顾瑛的超拔与达观，还有一个突出的表现，那就是发生在至正二十年（1360）中秋的金粟冢秋日燕集。所谓金粟冢，便是顾瑛为自己建造的坟墓，位置在绰墩其先陇附近。中秋这天，顾瑛邀约故友旧交一同宴饮于其墓之上，“慰劳之顷，仲瑛肃客登陇，藉以茵罽，环坐冢上，前列短几，陈列觞豆，各置笔札于□方。兴至而咏，情畅而饮，不以礼法束也”②。这在常人看来，简直是不可思议的怪事。但在顾瑛来说，却是“齐物我，一死生，先生玄门之道也。予虽不敏，岂以死生动其心哉。以其没而吾故人哭于斯，祭享于斯，曷若先而与吾故人饮于斯，赋咏于斯也”③？所以，方才“展席藉草，待月临川。簪盖既合，饮芳割鲜。歌斯哭斯，以终余年”④。而道人于立对于顾瑛此举亦称：“吾有大患，为吾有身，及吾无身，何患之有？达生委命，视死如归，吾学老氏者，固不必论，若夫穷理尽性，以至于命，原始反终，而知死生之说，孔氏之道也。子学孔氏者，能不以死生动其心，爵禄惑其志，子其几道欤！”⑤可见，非深谙道家之理者，难以为此！非达者，亦难以为此！因此，于立才说：“千古在前，万古在后，生而与故人饮酒泉台之上，则句吴自顾君始也。”⑥

---

① 袁华：《耕学斋诗集》，卷四，见《影印文渊阁四库全书》，第 1 232 册，287 页，台北，台湾商务印书馆，1986。

② 于立：《金粟冢中秋日燕集后序》，附于《金粟冢秋日燕集》诗后，见顾瑛：《玉山逸稿》，卷四，《丛书集成初编》，64 页，北京，中华书局，1985。

③⑤⑥ 于立：《金粟冢中秋日燕集后序》，附于《金粟冢秋日燕集》诗后，见顾瑛《玉山逸稿》，卷四，《丛书集成初编》，65 页，北京，中华书局，1985。

④ 《金粟冢秋日燕集》，见顾瑛：《玉山逸稿》，卷四，《丛书集成初编》，63 页。

顾瑛不单为自己营修了墓室，还自己书写了墓志铭。其铭称："夫生之有归，犹会之有离。譬彼朝露，日出则晞。予生也于生弗光，予死也于予何伤。"① 这样的文字，足以佐证顾瑛的达观。生死之事，都不足挂心，也不会牵动忧喜，那人世之间，又还有什么事值得烦恼和忧虑的。

当然，在那样的乱世，选择超脱达观，有的时候仅是一种从现实中逃遁开去的方式。毕竟，面对"兵革四起，白骨成丘。家无余粮，野有饿莩"② 那样的景况，个体的无能为力是显而易见的。所以，选择这样的逃遁方式，既是无可奈何的，也是无可厚非的。它虽然不够积极正面，却也不能简单地斥为消极。不过，它却难免遁向空幻一路。

至于释氏，则是顾瑛晚年的选择。相对超脱与达观，释氏可说是为顾瑛提供了一种更为具体的逃遁方式。顾瑛借助"祝发"这一形式，为的就是彻底地拒绝所谓当道的反复征辟——"秋八月，予欲谢世缘而无策，不免削发作在家僧"③，而并非像有的记载所说，是阅读释氏书有所领悟，才选择在家为僧的。④

虽然如此，顾瑛对于释氏应当也有着浓厚的兴趣——出入玉山的释子数量，就明显多于道人。⑤ 祝发之后的顾瑛，也确乎沉浸到了释典当中。杨镰、叶爱欣整理《玉山名胜集·玉山遗什卷上·附录》所收顾瑛《补释典》诗前小序即云："而予在隐，间为当道交辟不已。遂祝发，庐草屋三间于葬侧，扁曰'北山兰若'，披阅

①② 顾瑛：《金粟道人顾君墓志铭名迹录元本》，见《玉山逸稿》，附录，《丛书集成初编》，78页，北京，中华书局，1985。

③ 顾瑛：《绿波亭记》，见《玉山名胜集》，卷五，《影印文渊阁四库全书》，第1 369册，91页，台北，台湾商务印书馆，1986。

④ 《万姓统谱》"顾阿瑛"条即云："晚阅什氏有悟，遂祝发称金粟道人"，《影印文渊阁四库全书》，第957册，373页，台北，台湾商务印书馆，1986。

⑤ 具体参阅本书附录二《顾瑛交游考》"方外"条。

释氏大藏经典，手书补其缺漏者三百若干卷，皆装潢归景德寺庄中。以全忠孝也。”① 袁华所写《顾仲瑛栖禅小像》亦称：“中岁慕道，阅经律论。员颅方袍，指心见性。”② 殷奎也说：“庐墓，大阅释氏书，探讨其文义，久之若有得焉。”③

不难想象，祝发之后又浸淫于佛经的顾瑛，其生涯较之从前的放旷不羁、纵情任性，自然添上了一层勘破的透彻、空寂的色彩。所以，连真正的方外僧人也不免慨叹：“已知金粟真成隐。”④ 从顾瑛后来写的《三体心经偈》，亦可略窥他此番浸淫佛典的成效。其一云：“斩钉截铁画虚空，三体分明一体同。读得心中无一事，莲花开在海当中。”其二说：“当心一画到如今，画画皆心不可寻。尽说朱珪精字法，看他那画上求心。”

同为方外人士，僧道的共同特点都是脱俗。不过，僧人的脱俗，却不同于道人。道人脱俗，靠的是达观与出世的思想，还有炼丹求仙的道术，行事虽然不同流俗，却始终免不了与尘世有所粘连。僧人脱俗，则是强调六根清净，看破红尘，与俗世毫无挂碍。因而释氏对于顾瑛的影响，最终所成就的，是他身上那股清寂的气息。不过，祝发对顾瑛来说仍然只是一种形式。祝发之后的顾瑛，并未遁入空门，他仍然热衷于诗酒宴游，与朋友交往。很显然，这位“在家僧”所割断的也仅仅是某一部分的尘缘。

值得注意的是，这几种思想在顾瑛身上并未引发任何交锋，它们极为自然而又无比圆融地共同构建了顾瑛的思想体系。于是，在玉山亭馆毁于火灾之后，我们看到这样一个有趣的现象：顾瑛在被

---

① 杨镰、叶爱欣整理：《玉山名胜集·玉山遗什卷上·附录》，670页，北京，中华书局，1985。

② 《顾仲瑛栖禅小像》，见袁华：《耕学斋诗集》，卷一，《影印文渊阁四库全书》，第1 232册，264页，台北，台湾商务印书馆，1986。

③ 殷奎：《墓志铭》，见《玉山逸稿》，附录，《丛书集成初编》，80页，北京，中华书局，1985。

④ 释良琦诗，见《玉山名胜集》，卷五，《影印文渊阁四库全书》，第1 369册，90页，台北，台湾商务印书馆，1986。

毁的芝云堂北创建了若干楹小殿，将释迦、老君、孔子的塑像都供奉其中，题其额则曰“三静殿之皆结不二室”①。由此可见，当遭逢任何灾厄时，顾瑛是同时向这三种思想寻求着庇护的。

当然，思想而外，顾瑛的性情也和他的出身及人生经历有着撇不清的关系：徒余家声的望族，使得顾瑛不会以贵族自居，没有了那份高贵的姿态；失学治理家业的经历，又使得他没有一般文人书生的清高与酸腐，与市井小民的生活是贴近而非隔膜的。因此，他对于那些为了生计奔波的市民商贾，总是存有一份由衷的同情。顾瑛《玉山璞稿》中有一首诗，题为《三二年来，商旅难行，畏途多棘，政以为叹。徐君宪以雪景盘车图求题，观其风雪载道，不能无戚然也。遂为之赋云》，便足以证此。诗曰：

山盘盘，车逐逐，大车前行后车促。不愁雪里衣裳单，但恐雪深车折轴。行人岁暮心切切，天寒马疲牛腹枵。日落不知行路遥，今年月尾度敖鄗，明年月头过成皋，二月三月临帝郊。似闻物低米价高，莫使终岁徒劳劳。城中贵客朱门豪，狐裘绣襮红锦袍。琵琶合曲声嘈嘈，毡房肉阵传羊羔。雪花回风如席飘，卷帘醉脸殷若桃，岂知人间衣食如牛毛。②

顾瑛的胸怀，于此诗之中，可见一斑。

对于顾瑛性情最为重要的影响，莫过于他“少慕为侠，驰骛里闾”的经历。如果依照顾瑛那首《自题像》所写，儒、释、道三者对他的影响都可以外化为衣冠之类的话，那么，这衣冠覆盖之下的，便是少年顾瑛“斗鸡长乐，走马章台”③ 那个放浪不羁的灵

---

① 杨镰、叶爱欣整理：《玉山名胜集·玉山遗什卷上·附录》所收顾瑛《写道经》诗前小序，671页，北京，中华书局，2008。

② 顾瑛：《玉山璞稿》，见《丛书集成初编》，14～15页，北京，中华书局，1985。

③ 《顾仲瑛栖禅小像》，见袁华：《耕学斋诗集》，卷一，《影印文渊阁四库全书》，第1 232册，264页，台北，台湾商务印书馆，1986。

魂。所以，他才会无限留恋地吟咏道："若说向时豪侠处，五陵鞍马洛阳街"。总的来说，少年时代的"飞扬跋扈为谁雄"，带给顾瑛的，就是他性情上的豪放不羁、尚义轻财与好事。

顾瑛的豪宕不羁，最突出的表现，应是他的不乐仕进。其实，顾瑛并非不愿效命于元廷，从上文所言他以一介布衣佐理军务即可知此。然而之前，朝廷的每一次任命，他都避而不从。"先是，浙东帅府以茂异辟为会稽儒学教谕，趣官者至，则趋而避之。至正九年（1349），江浙省以海寓不宁，又辟贰昆山事，辞不获已，乃以侄良佐代任焉。"① 之后，顾瑛虽奉纳麟哈剌之命守西关、赈民饥，可这中间顾瑛却不堪其苦——"且笑闲身作散官，也随小队簇金鞍。江关月□□啼早，海市春深雨气寒。杀贼有方多武备，赈饥岂意属儒冠。思家夜夜劳清梦，几日归承菽水欢。"② 不过他却始终不曾遁去，置职责于不顾。因为，虽然是"腐儒不愿黄金印，旧业犹存东郭田"，但他也"寸心忧国惭无补，两鬓飞霜一半加"③，他所希望的，乃是"安能铸剑为农器，尽使闲田寸寸耕"④。可是，当朝廷要任命他知是州事时，他却毅然离去，逃名于吴淞江上。据此，可以确知顾瑛之所以不乐仕进，其实是不惯那种有所拘束的生活。所以，他即便有忧国忧民的思想，会在危急关头振臂而起、力任其事，但却无法容忍将自己的人生拘禁在某个官职之上，在他看来，那实在无异于"官囚"。对顾瑛而言，"兰舟摇摇落花里，唱彻吴歌弄吴水。十三女子杨柳门，青绿盘髻郁金裙。折花卖眼一回步，蛱蝶双飞上春墓。老仙醉弄铁笛来，琼花起作回风杯。兴酣鲸吸玛瑙碗，立案

---

① 顾瑛：《金粟道人顾君墓志铭名迹录元本》，《玉山逸稿》，附录，《丛书集成初编》，77页，北京，中华书局，1985。

② 《述怀》，见顾瑛：《玉山璞稿》，《丛书集成初编》，22页，北京，中华书局，1985。

③ 《和翟惠夫即事二首》，见顾瑛：《玉山璞稿》，《丛书集成初编》，24页，北京，中华书局，1985。

④ 《予以官守系身，七十日间，草堂松菊，积雨半荒，马上口占一律》，见顾瑛：《玉山璞稿》，《丛书集成初编》，24页，北京，中华书局，1985。

鸣筝促象板。午光小落行春西，碧桃花下题新题”①，这样的人生，才是值得追求的——无论是大白狂浮的豪放，还是小红低唱的旖旎，只要可以纵情任性，只要是自由自适的，就足够了。

顾瑛的轻财尚义，更是为人所共知。杨维桢《雅集志》即称顾瑛“性尤轻财喜客”②，所谓“爱客每能挥酒钱”③。对于朋友，他往往不计回报地一掷千金。即使对象是和自己关系不大的前人旧事，他也可以冒着危险，奋然起之。殷奎在为顾瑛写的《墓志铭》里就提到这样一件事：“邑马鞍山有宋刘改之墓，为僧徒所据。君首率郡人吊酹，白有司，复其历域。”④ 元代僧众势力之大，远远超出人们的想象。⑤ 而顾瑛，竟然可以为了宋代一个忠节之臣，不惜冒犯这一庞大的势力，单凭此事，即已足见其尚义之笃。

顾瑛的好事，则体现在许多方面。最突出的，莫过于他积极地筹划和组织一次又一次的雅集。而对于古贤遗迹的不懈追慕，也堪称其好事之一端——某次，他在荒草断垣之间看到一块有东坡题咏的残石，便欣悦不已，“易之以粟，归而立诸中庭”，最后“砌石为坛，字曰拜石”⑥，引领众多名士前去拜赏。甚至连昆山州修建城隍庙这样的事，他都非常愉快地揽为己任，“州人顾瑛以衣冠故族，耕隐界溪之阳，时以长者称之，知侯之意，则忻然以庙事为己任”⑦。如此好事，实在只有“痴绝”一词方能形容。

---

① 《花游曲》，见顾瑛：《玉山璞稿》，《影印文渊阁四库全书》，第1 220册，130页，台北，台湾商务印书馆，1986。

② 杨维桢：《雅集志》，见《玉山名胜集》，卷二，《影印文渊阁四库全书》，第1 369册，17页，台北，台湾商务印书馆，1986。

③ 华亭朱熙诗，见《玉山名胜集》，卷一，《影印文渊阁四库全书》，第1 369册，11页，台北，台湾商务印书馆，1986。

④ 殷奎：《墓志铭》，见《玉山逸稿》，附录，《丛书集成初编》，80页，北京，中华书局，1985。

⑤ 此处僧众，当是元廷所笃信之喇嘛教。南地僧人，是无力去侵占墓园的。

⑥ 顾瑛：《拜石坛记》，见《玉山名胜集》，卷八，《影印文渊阁四库全书》，第1 369册，128页，台北，台湾商务印书馆，1986。

⑦ 《昆山州重建城隍庙记》，见陈基：《夷白斋稿》，卷二十三，《影印文渊阁四库全书》，第1 222册，302页，台北，台湾商务印书馆，1986。

这样一个顾瑛，他的好尚自然也是多种多样的。他酷爱搜集古书名画、彝器秘玩，追慕古人的遗风余韵。他爱好林泉，热衷兴建园林，崇尚隐士冲淡的生活。他又喜欢广交朋友，放浪形骸。他的隐居生涯，往往是偕友人，狎红袖，终日宴饮于园林之中。他酷好写诗，因此他的宴集总是以诗为务。他也喜爱游山玩水，常常邀三五知己徜徉吟咏于云水之间，飘然似仙界中人。这些爱好，看起来真的是五花八门。然而，正如不同的身份可以贯通于顾瑛一身，这些爱好，同样可以融汇在一个共同的所在，那便是顾瑛倾注大半生精力与心血经营的玉山雅集。玉山雅集，几乎可以说囊括了顾瑛全部的好尚——有诗酒之乐，有书画古玩之藏，有良朋之欢聚，亦有山水之逸兴，更不乏园林之游赏。因此，对顾瑛来说，玉山雅集绝不仅仅是一般意义上骚人韵士的诗酒文会，它更是顾瑛的生活方式，是令他全心投入的事业。因为玉山雅集帮助顾瑛所实现的，便是他的理想人生。

只有富于资财的顾瑛，方才有能力去修建这众多的亭池楼馆，广邀各路良朋，操持一次次的宴集觞咏，同时搜罗各方名士的诗歌墨迹，并将宾客唱和之作付梓出版，使玉山雅集天下闻名。同样，也只有“贯通”了多种身份的顾瑛，方能做到真正的包容与理解。这使得玉山雅集里，看不到门户之限，看不到地位身份的差别，始终涌动着的，是一种平视的目光。这样，玉山雅集才不至于落入寻常风流际会的窠臼，反是成了真正意义上的同心交契，让当时与后世之人无限向往。

所以，在某种程度上，顾瑛可以说是玉山雅集“天然”的主人。是顾瑛成就了玉山雅集，同时，玉山雅集也成就了顾瑛。

三、顾瑛的“玉山”

顾瑛世居吴地昆山之西，界溪之上。“由吴城东行五十里为界溪，又十五里为马鞍山，盖古之娄县，今所谓昆山也。”① 由此可知顾瑛居所乃在昆山以西十余里处。昆山即马鞍山。马鞍山之得名，因此山形似马鞍。昆山以昆为名则是由于此山“出奇石如玉”②，而昆仑素为产玉之地，故称昆山，又名玉山。顾瑛之所谓“玉山”，由此处而来。

顾瑛的“玉山”，指的是他折节读书之后，在居所西偏治理营建的一处规模庞大的园林别墅——“玉山佳处”③。顾瑛居处滨溪，却无山，他“乐其水之清而病去山远，虽时舟至其所，然不可朝夕成趣。于是即所居西偏积土为小山而累石其上，高可数寻而袤倍之”，接着，又“筑草堂于其址，左右亭馆若干所，旁植杂花木，以梧竹相映带，总名之为玉山佳处”④。所谓玉山佳处，其实也就是玉山雅集发生的主要场所。

玉山佳处的亭馆池榭名目繁多。杨维桢在《玉山佳处记》一文中就写道：

> （顾瑛）名其前之轩曰“钓月”，中之室曰“芝云”，东曰“可诗斋”，西曰“读书舍”。后累石为山。山前之亭曰“种玉”，登山而憩注者曰“小蓬莱”，山边之楼曰“小游仙”，最后之堂曰“碧梧翠竹”。又见“湖光山色”之楼，过“浣花”之溪而“草堂”在焉。所谓“柳堂春”、“渔庄”者，又其东偏之景也。临池之轩曰“金粟影”，此虎头之痴绝者。合而称之，则曰“玉山佳

① 陈基：《玉山佳处记》，见《玉山名胜集》，卷二，《影印文渊阁四库全书》，第1 369册，15页，台北，台湾商务印书馆，1986。

② 杨维桢：《玉山佳处记》，见《玉山名胜集》，卷二，《影印文渊阁四库全书》，第1 369册，15页，台北，台湾商务印书馆，1986。

③ 一开始，顾瑛此处园林在“玉山佳处”外，尚另有一名，即所谓“小桃源”是也，参见杨镰、叶爱欣整理《玉山名胜集·玉山遗什卷上·附录》所收杨维桢《小桃源记》，664页，北京，中华书局，2008。

④ 顾瑛：《金粟道人顾君墓志铭名迹录元本》，见《玉山逸稿》，附录，《丛书集成初编》，77页，北京，中华书局，1985。

处”也。①

此文写于至正八年（1348）②，勾画的是建设初期的玉山，而非玉山全貌。当是时，不少的亭馆还在建设中，此时连名目都不曾有。顾瑛书于至正丙申（1356）的《绿波亭记》，第一次对亭馆数目有所统计：“余家玉山中，亭馆凡二十有四”③。然其时仍属尚早，所以这一数目并非最终结果。明人徐复祚《花当阁丛谈》卷三“顾阿英”条下说：“昆山顾阿英，在元末以豪爽自命，有亭馆三十六处，处处华整。”④ 而《古今图书集成·文学典》第九十二卷《文学名家列传》“顾德辉”条引《苏谈》亦称：“顾阿瑛在元末为昆山大家，其亭馆盖有三十六处。”⑤《元诗选·初集》顾嗣立亦引《苏谈》，称：“铁崖《吴咏》云：‘三十六桥明月夜，姑苏城里有琼花。’即此谓也。”接着却说：“今合记中（指杨维桢《玉山佳处记》）与《名胜集》所载，止有二十八处，余皆不可考矣。”⑥ 据笔者所考，则在杨维桢记文中提到的名目之外，玉山的亭馆尚有听雪斋、春晖楼、芙蓉渚、书画舫、春草池、雪巢、白云海、来龟轩、绿波亭、绛雪亭、澹（淡）香亭、君子亭、拜石坛（寒翠所）、秋华亭、问潮、文会亭⑦等。加上杨记所云，共有三十处。⑧

① 杨维桢：《玉山佳处记》，见《玉山名胜集》，卷二，《影印文渊阁四库全书》，第1 369册，14页，台北，台湾商务印书馆，1986。

② 杨维桢：《玉山佳处记》，见《玉山名胜集》，卷二，《影印文渊阁四库全书》，第1 369册，15页，台北，台湾商务印书馆，1986。

③ 《玉山名胜集》，卷五，见《影印文渊阁四库全书》，第1 369册，91页，台北，台湾商务印书馆，1986。

④ 徐复祚：《花当阁丛谈》，卷三，借月山房汇钞第十五集，14页。

⑤ 《古今图书集成·文学典》，卷九十二，《文学名家列传·顾德辉》，76 765页，台北，鼎文书局，1977。

⑥ 《元诗选·初集》，2 336页，北京，中华书局，1987。

⑦ 问潮、文会亭之名，俱见于杨维桢所作《小桃源记》，见杨镰、叶爱欣整理《玉山名胜集·玉山遗什卷上·附录》，644页，北京，中华书局，2008。

⑧ 顾嗣立之考，遗漏“芙蓉渚”、“问潮”、“文会亭”，又将拜石坛、寒翠所误作两处，故计得二十八处。

虽然，玉山亭馆的具体数目已无法确知，但起码有这三十处是可列出名目的。相较旁人之一池一馆，这样的规模绝对是令人咋舌的，在当时可谓绝无仅有。

这样一处园林，修建之功可想而知。不仅要垒石为山，还有激泉为湍，甚至“引溪流绕屋下，于是萦者如带，抱者如环”①。而玉山的营建，更是一个绵亘的过程。后至元五年（1339），顾瑛已立拜石坛，构君子亭。而至正八年（1348）秋，即杨维桢写记的那个时间，玉山佳处的大致，方才初步修建完成。至正九年（1349），碧梧翠竹堂始建成。白云海是至正十六年（1356）顾瑛母亲去世之后，顾瑛为思母而建的。来龟轩也是当年顾瑛自商溪避难归来后方有的名目。芙蓉渚之轩则是至正十七年（1357）新建而成。这之后，在四方兵起的状况下，顾瑛的玉山还经历了毁坏与重建。谢应芳《龟巢稿》中就有一诗，题为《闻顾玉山芝云堂火而所藏之书俱焚，恐其不能为怀，寄诗释之》②，还有一首则是《和顾玉山重构钓月轩》③，是以可知。可见在兵荒马乱的年代，顾瑛的玉山也未能逃脱亭馆尽毁的厄运。

如此费尽心力修建的园林，其美不胜收，自然不在话下。读《玉山名胜集》中赵麟撰写的赋文，当日玉山之风光，或者可以感知一二。

> 其前则晴岚苍苍，烟骨童童，蓝田日暖，玄圃春融，拂衣之湿翠飞雾，栖檐之暮霭从龙。又有清流映带，晴波湛空，减减渊渊，汩汩溶溶。黄帘荡而金乌晓浴，碧础润而潮海夜通。乃有瑶草绿缛，绮树琼葩；芳椒杜若，紫荇菱荷；盘松踞石，孙竹穿沙。……崇兰盈砌，缅江左风流

① 柯九思：《渔庄记》，见《玉山名胜集》，卷六，《影印文渊阁四库全书》，第1 369册，101页，台北，台湾商务印书馆，1986。

② 谢应芳：《龟巢稿》，卷三，见《影印文渊阁四库全书》，第1 218册，46页，台北，台湾商务印书馆，1986。

③ 谢应芳：《龟巢稿》，卷三，见《影印文渊阁四库全书》，第1 218册，47页，台北，台湾商务印书馆，1986。

之日；寒梅绕屋，即西湖处士之家。其中则莑石效奇，层峦叠颖；引泉汲古，灵液沁冷；玩好时出，有列差等。商樽周彝，秦钟汉鼎，虽远迹于侈靡，实夸奇于博敏。玉堂金马，彼轩冕以何为？流水桃花，岂武陵之路永！①

这样的景致，使得每一位拜访玉山的宾客，都恋恋不愿离去。高明曾写道："余以公事有程，不得留。舟至河浒，时已曙矣。回望玉山之居，树木葱翠，烟霏芊绵，楼阁缥缈，隐约若图画……遂乃命舟人缓移櫂（棹），且顾且去，意眷眷不能舍也。"② 另外，玉山吸引人之处不止于亭馆，还有名物之美。且不说陈列其中的书画器玩，就连每处亭馆的题匾，往往都是名家手笔——"每处皆有春帖一对，阿英手题也。记必名公，诗必才士，虽篆隶二三字，亦必选当代之笔。"③ 故而，流连玉山的宾客，不但醉于其亭池楼馆的幽阒可爱，同时也陶然在那风雅的氛围中。这样一个所在，方能最大限度地激发出与会诸君内心的诗情。

有这样一方萧爽幽阒的庭园，又有那么一位痴绝好事的主人，玉山雅集的冠绝天下，就是情理使然了。

第二节　玉山之雅集

一、玉山雅集的规模及形式

玉山雅集的规模声势，在有元一代，可谓是空前的。时人称之云："一时人品疏通隽朗，侍姝执伎皆妍整，奔走童隶亦皆驯雅，安于矩镬之内。觞政流行，乐部皆畅。碧梧翠竹，与清扬争秀；落

---

① 《玉山名胜集》，卷一，见《影印文渊阁四库全书》，第 1 369 册，13 页，台北，台湾商务印书馆，1986。

② 高明：《碧梧翠竹堂记》，见《玉山名胜集》，卷三，《影印文渊阁四库全书》，第 1 369 册，38 页，台北，台湾商务印书馆，1986。

③ 《文学名家列传·顾德辉》所引《苏谈》，见《古今图书集成·文学典》，卷九十二，76 765 页，台北，鼎文书局，1977。

花芳草，与才情俱飞。矢口成句，落毫成文。花月不妖，湖山有发。……夫主客交并，文酒宴赏，代有之矣。而称美于世者，仅山阴之兰亭，洛阳之西园耳。金谷、龙山而次弗论也。然而兰亭过于清则隘，西园过于华则靡。清而不隘也，华而不靡也，若今玉山之集者非欤?"① 以至于"四方之来与朝士之能为文词者，凡过苏必之焉"②。由此，足见其声名之盛。

玉山雅集的规模空前，一方面，固然在于"其园池亭榭之盛，图史之富，与夫饩馆声伎，并鼎甲天下"③，另一方面，则由于雅集的参加者，基本上是"今之名卿大夫，高人韵士与夫仙人释氏之流，尽一时之选者"④。虽就玉山每一次雅集来看，宾客数至多不过十数人，通常也就五六人，但出入玉山的各色宾客总数却高达180人左右，可谓颇具规模。更重要的是这一雅集持续了相当长的时间，而不像春夜宴桃李园那样昙花一现，转瞬即逝。据笔者所考，见于记载并有明确时间的第一次雅集活动，发生在至正八年(1348)；最后一次，则是至正二十年（1360）。⑤ 在这十三年的时间中，有时间可考的雅集聚会共有75次，其间只有至正十三年(1353) 未见有雅集的记载，平均每年有近6次雅集。天下兵起之后，吴地虽然还有相对的安宁可言，但四方宾客的聚首已是十分之不易。考虑到这一情况，这个数字可说相当之惊人。

玉山雅集是名副其实的风雅之集，发生在玉山各处亭馆池榭间

---

① 杨维桢：《雅集志》，见《玉山名胜集》，卷二，《影印文渊阁四库全书》，第1 369册，17页，台北，台湾商务印书馆，1986。

② 李祁：《玉山名胜集序》，见《玉山名胜集》，卷首，《影印文渊阁四库全书》，第1 369册，3页，台北，台湾商务印书馆，1986。

③ 《明史·顾瑛本传》，7 325页，北京，中华书局，1974。

④ 吴克恭：《玉山草堂序》，见《玉山名胜集》，卷一，《影印文渊阁四库全书》，第1 369册，7页，台北，台湾商务印书馆，1986。

⑤ 么书仪先生在《元代文人心态史》称"之后一直到至正二十五年。虽然还有聚会"，然至正二十三年，顾瑛已于合溪新营别业，此后所进行的不过零星的唱和之事，便有所谓小聚也难以准确记哪一年。么先生所言至正二十五年尚有聚会，不知所指为何，姑存之，以俟后考。

的诗酒觞咏是其最为主要的活动形式，往往“罗樽俎，陈砚席，列坐而赋，分题布韵，无间宾主”①。雅集宾客多以诗歌为事者，通常还“未暇问姓字邑里、行李所从来，辄举酒相与献酬杂遝。亦不计年齿，貌苍者上坐，饮酣歌舞各以所长自适”②。雅集过程，还不乏丝竹之声：或有琴师在侧，“时猩猩轧琴，与宝笙合曲”③；或主宾自为之，“玉山复擘古阮侪与胡琴丝竹并歌声相为表里，蔼然有古雅之意，予亦以玉箫和之”④。此外，当然少不了佐酒的红袖。大多数的雅集场合，都可以看到姬妾陪侍在侧。“主人榼酒宴客于听雪斋中，命二娃唱歌行酒”⑤，“琴姬小琼英、翠屏、素真三人侍”⑥，甚至“歌舞少间，群姬狎坐庭中”⑦。所以，杨维桢才写道：“无奈道人狂太甚，时携红袖写乌丝。”⑧ 而席上赋诗，有诗成之人，也有诗不成者。对于这些没有完成赋诗任务的宾客，玉山的惯例，通常是罚酒，或者以他伎代之，在《玉山名胜集》中就时常可见“诗不成者几人，各罚酒几觥”等诸如此类的字样，至于“从序以画事免诗而为图”⑨，“国良以吹箫，陈惟允以弹琴，赵善

① 李祁：《玉山名胜集序》，见《玉山名胜集》，卷首，《影印文渊阁四库全书》，第 1 369 册，3 页，台北，台湾商务印书馆，1986。

② 陈基：《送郑同夫归豫章分题诗序》，见《玉山名胜集》，卷四，《影印文渊阁四库全书》，第 1 369 册，58 页，台北，台湾商务印书馆，1986。

③ 顾瑛：《口占诗序》，见《玉山名胜集》，卷七，《影印文渊阁四库全书》，第 1 369 册，119 页，台北，台湾商务印书馆，1986。

④ 熊梦祥：《分题诗序》，见《玉山名胜集》，卷七，《影印文渊阁四库全书》，第 1 369 册，115 页，台北，台湾商务印书馆，1986。

⑤ 昂吉：《分题诗序》，见《玉山名胜集》，卷五，《影印文渊阁四库全书》，第 1 369 册，76 页，台北，台湾商务印书馆，1986。

⑥⑨ 吴克恭：《分题诗序》，见《玉山名胜集》，卷二，《影印文渊阁四库全书》，第1 369 册，42 页，台北，台湾商务印书馆，1986。

⑦ 于立：《分题诗序》，见《玉山名胜集》，卷七，《影印文渊阁四库全书》，第 1 369 册，118 页，台北，台湾商务印书馆，1986。

⑧ 《玉山名胜集》，卷一，见《影印文渊阁四库全书》，第 1 369 册，9 页，台北，台湾商务印书馆，1986。

长以画序首，各免诗”①，这样的事情也是常见的。

不过，玉山雅集未限于顾瑛的“玉山佳处”。玉山雅集还有另外的一种形式，那便是出游。出游的地点不少，有附近十五里开外真正的玉山，即所谓马鞍山；还有石湖诸山、天平山；稍远一点，便是虎丘、观音山、惠山；再远一点，则有越地的钱塘西湖，比如至正十九年（1359），顾瑛应时任钱塘太守的谢节之邀，就有西湖观梅之举。一路行进，一路俱有雅集。虽然远离了玉山佳处的园林，这些山水间的吟咏游赏同样不失为玉山雅集的组成部分。玉山宾客袁华就曾把部分出游时的诗作编为一册，题为《玉山纪游》。四库馆臣在此书的提要中这样写道：“游非一人，而瑛为之主；游非一地，而往来聚会悉归玉山堂也。每游必有诗，每诗必有小序以志岁月。……所收不及《玉山名胜集》、《草堂雅集》之富，而山水清音、琴樽佳兴，一时文采风流，千载之下尚如将见之也。”②

二、玉山雅集之盛衰

玉山雅集的兴起，当在元季至正八年（1348）。这一年，大规模的玉山佳处开始创建。也是这一年，发生了杨维桢称之为“诸集之最盛”的至正戊子二月十九日之会。此次雅集中，张渥用白描的手法绘制了一幅《玉山雅集图》，将雅集的种种情状细致地勾勒出来。从这幅图上，后人可以看到“冠鹿皮、衣紫绮，坐案而伸卷者，铁笛道人会稽杨维桢也，执笛而侍者，姬为翡翠屏也。岸香几而雄辩者，野航道人姚文奂也。沉吟而痴坐，搜句于景象之外者，苕溪渔者郯韶也。琴书左右，捉玉麈从容而色笑者，即玉山主者也，姬之侍者为天香秀。展卷而作画者，为吴门李立，旁侍而指画，即张渥也。席皋比、曲肱而枕石者，玉山之仲晋也。冠黄冠坐

---

① 于立：《序》，见《玉山名胜集》，卷三，《影印文渊阁四库全书》，1 369 册，52 页，台北，台湾商务印书馆，1986。

② 《玉山纪游提要》，见《玉山纪游》，集前，《影印文渊阁四库全书》，第 1 369 册，481 ~482 页，台北，台湾商务印书馆，1986。

蟠根之上者，匡庐山人于立也。美衣巾束带而立，顾指仆从治酒者，玉山之子元臣也。奉肴核者，丁香秀也。持觞而听令者，小琼英也”，是时之景，如在目前。所以，杨维桢才说：“是宜斯图一出，为一时名流所慕艳也。”① 后来之宾客，不少就因此图此记才被吸引到玉山。同年三月来到玉山的释良琦就写到：“至正戊子二月十九日，杨侯铁崖宴于顾君玉山，赋咏叠笔，淮海张渥为图，传者无不叹羡。”② 可见，二月十九日之集，对玉山雅集起到了很好的宣传作用，也为日后雅集之鼎盛和名噪一时，奠定了基础。

是年，顾瑛和他的宾客也开始了出游。第一次是二月十二日因雪霰交作而未果的虎丘之游。接着，二月廿一日，顾瑛又携宾客同游玉山。三月十日，则是石湖之游。可见，从一开始，玉山雅集就是以两种形式进行的。这一年，共进行了 7 次雅集。③ 第二年，也就是至正九年（1349），则一共进行了 5 次雅集。其中，六月吴克恭之集与十二月听雪斋之集，宾客均达 10 人，可谓玉山雅集中人数众多者。

至正十年（1350）到至正十二年（1352），可谓玉山雅集的鼎盛时期。其中，尤以至正十年为最。至正十年，玉山雅集一共进行了 22 次之多，平均每个月有近两次雅集！是年正月，顾瑛故人陈基从京师回到江南，来到玉山。这时候，杨维桢去了松江讲学，释良琦回到了龙门寺，郯韶也出入漕台忙于公务。和陈基同在玉山的，顾瑛而外，只有于立而已。所以陈基颇为感喟“诸君子况复出处不齐，不能复如畴昔雅集之盛”④。不过，正当他在那儿“俯仰寤叹、慨然兴怀”⑤ 的时候，熊梦祥和陆仁来到了玉山，于是有

① 以上三则引用，俱见杨维桢：《雅集志》，见《玉山名胜集》，卷二，《影印文渊阁四库全书》，第 1 369 册，17 页，台北，台湾商务印书馆，1986。

② 《玉山名胜集》，卷二，见《影印文渊阁四库全书》，第 1 369 册，19 页，台北，台湾商务印书馆，1986。

③ 这一数字，所指为有确切时间可考之雅集，以下均类此。

④⑤ 陈基序文，见《玉山名胜集》，卷三，《影印文渊阁四库全书》，第 1 369 册，44 页，台北，台湾商务印书馆，1986。

了正月十一日之集。玉山繁忙的至正十年，自此拉开序幕。至正十年的玉山，不但不似陈基所云“不能复如畴昔之盛”，反是“远过畴昔之盛”。这一年，是玉山雅集的全盛时期。畴昔也好，将来也罢，都没有可以望及项背的。单看这年七月一个月内所发生的雅集，就不难体会“全盛”二字的含义了。

七月六日，吴世显、释良琦、李云山顺道过顾瑛玉山，以诗相问讯，正当他们泛舟继续前行时，却被顾瑛追回，当晚集于芝云堂，以“风林纤月落”分韵赋诗，“惟李云山狂歌清啸，不能成章，罚三大觥逃去”①。当晚夜半，顾瑛置酒于秋华亭上，歌舞稍歇，众宾与群姬狎坐庭中，又以“天上秋期近”分韵赋诗。过了三天，七月九日，顾瑛又和释良琦、于立饮于秋华亭。顾瑛作诗纪会，于立、释良琦和韵同赋。两天之后，“至正庚寅七月十一日，饮酒渔庄，时雨初过，芙蓉始著数花，翡翠飞栏槛间。渔童举网得二尺鲈，于是相与乐甚。主人分韵赋诗，主则玉山隐君，客则琦龙门、于匡庐，行酒者小琼英”②。

短短六天之内，几乎是同样的参与者，就已雅集4次之多，主宾兴致之高，可见一斑。其中，吴世显、释良琦、于立等人早在五月十八日曾过访玉山，有避暑湖光山色楼之事，以及“饮散步月”时候的分韵赋诗。

七月十二日，昂吉过访玉山，众人饮酒于钓月轩中。释良琦以“旧雨不来今雨来”分韵，顾瑛作诗序。诗成者有5人。七月十三日，顾瑛等人会饮于芝云堂上，分韵者同样是释良琦，此次诗成者有7人。七月十五日，释良琦离开，顾瑛、于立、昂吉等人又坐于湖光山色楼，即景联句。四天三次宴饮赋诗，如此紧凑的雅集日程，在其他年份是不曾看到的。

① 于立：《分韵诗序》，见《玉山名胜集》，卷八，《影印文渊阁四库全书》，第1 369册，134页，台北，台湾商务印书馆，1986。

② 于立：《分韵诗序》，见《玉山名胜集》，卷八，《影印文渊阁四库全书》，第1 369册，104页，台北，台湾商务印书馆，1986。

七月二十一日，释广宣造访玉山。其时宾客还有郑元祐、于立、赵原等。顾瑛遂“款之春晖楼上，行酒对弈。已而觞咏于芝云堂，酒半兴洽，分‘冰衡玉壶悬清秋’为韵，相与赋诗，以纪一时邂逅之乐”①。

七月二十五日与七月二十九日，为欢迎黄溍门生王祎的到来而举办雅集。七月二十五日，王祎一到玉山，顾瑛便与一众宾客夜饮芝云堂上，酒酣之际，以“丹桂五枝芳”分韵赋诗。当时约释良琦与袁华未至，第二日两人一到，即足韵补于众作之后。二十九日，顾瑛再次与王祎等人于芝云堂宴饮。这一次，则是以古乐府分题作诗，“以纪一时之雅集”②。

短短一个七月，雅集就如此之多，直教人有眼花缭乱之感。而雅集的宾客也没有局限于以往的人物，还不断有新鲜血液的加入。显然玉山之雅集是在不断地吸引着四方人士，其规模也在持续扩大着。

这一年，还有一次雅集颇值一提，那就是因张翥的到来而进行的八月十九日之集。至正十年（1350）八月十九日，张翥以代祀归自海上，抵达姑苏之后，便应顾瑛之邀来到玉山。顾瑛宴之于草堂。当时在座宾客有 12 人，即席以玉山亭馆分题赋诗的有 9 人。从张翥所写诗歌来看，他对于玉山可说充满了嘉许与眷眷之情——“明月出沧海，照见玉山东。山人美良夜，雅集草堂中。飞觞泛零露，妍唱引流风。秋声度莲叶，幽光涵桂丛。侧闻界溪上，有室迥冯空。水花拂竿缕，波影蒙窗栊。委金忽零乱，沉魄更冲融。沙禽惊欲起，渔灯翳复红。夫君岂钓者，乐与在濠同。予怀寄遐赏，清吟殊未工。”③ 而这一次雅集之所以重要，就在于张翥乃朝中名臣，

---

① 郑元祐诗序，见《玉山名胜集》，卷二，《影印文渊阁四库全书》，第 1 369 册，25 页，台北，台湾商务印书馆，1986。

② 袁华诗序，见《玉山名胜集》，卷八，《影印文渊阁四库全书》，第 1 369 册，136 页，台北，台湾商务印书馆，1986。

③ 《玉山名胜集》，卷八，见《影印文渊阁四库全书》，第 1 369 册，125 ~ 126 页，台北，台湾商务印书馆，1986。

其诗文之名亦著。他的前来、他的奖誉，无疑为玉山雅集做了一次很好的广告，大大增加了玉山雅集的知名度及增强了感召力。

同处鼎盛时期的至正十一年（1351），一共进行了12次雅集，其形式多以出游为主。是年正月七日，顾瑛偕同郯韶、释良琦、陈惟允等人前往虎丘，“时积雪弥旬，旭日始出，乃登小吴轩凭高眺远，俨然白银宫阙，在三山玉树间，兴不可已，遂留宿贤上人松雨轩数日，由是得历览山中清胜”①。顾瑛赋诗10首，陈惟允则一一画出。正月初九，这一行人又来到剑池，取水煮茗，赋诗作画，清兴难抑。是年三月，顾瑛等人有观音山之游。五月，顾瑛与释良琦等人同在西湖，故而有邀杨维桢、葛元哲同祭张雨之举。八月，则顾瑛有往锡山访倪瓒之行，访而未果，遂与诸客登惠山。自惠山还吴城之后，“相与泛舟出阊阖门，过百花洲，转横塘至石湖，水光浮空，新月始生，山光水色与明河倒景相滉漾，樵歌水唱，远近相答，于是饮酒甚欢，遂舣舟新郭而宿焉，旦日由行春桥、观音岩、历楞伽山宝积寺，肩舆而造上方，霜降气清，原墅澄旷，丹霞翠霭，出没有无而荒台废苑，隐隐吴宫之旧”②，一时山水之清嘉，形诸诗篇之中。这一年顾瑛及其宾客出游之频繁，游历范围之广，诸人兴致之浓，实在堪称盛况空前。

至正十二年（1352），是由盛入衰的转折点。这一年，虽然也进行了7次雅集，但相较前两年，已有明显的衰退。这一点主要表现在宾客的情绪之上。时局的动荡，使玉山主宾再也无法像以前那样纯然地快乐、超逸于尘氛之上了。宴席之上，宾客们在诗酒以外，还谈起了时政，这在以前是从来没有的——“相与议论时务，凡可惊可愕，可忧可患者不少。”③ 玉山虽然还是一方乐土，但四

---

① 顾瑛：《游虎丘杂咏诗并序》，见《玉山纪游》，《影印文渊阁四库全书》，第1 369册，487页，台北，台湾商务印书馆，1986。

② 陈基：《游上方纪游诗序》，见《玉山纪游》，《影印文渊阁四库全书》，第1 369册，499页，台北，台湾商务印书馆，1986。

③ 熊梦祥：《分题诗序》，见《玉山名胜集》，卷七，《影印文渊阁四库全书》，第1 369册，115页，台北，台湾商务印书馆，1986。

方而来的宾客却带来了“行路难”的感慨，故雅集之时亦常可闻时艰之叹。近旁的杭城，已遭焚毁；曾为拜石坛和寒翠所篆题的达普化也已杀身死国。面对这样的现实，即便可以一展欢筵，也是暂时的、强作的。这个时候聚在一起，相互安慰、纾解压力的成分占了多数，众人已无法再像从前那么专心而恣意地享受雅集带来的快乐了。所以，在这样的时局之下，雅集的衰败，是一种必然。

至正十三年（1353），张士诚入吴，这一年玉山没有雅集。至正十四年（1354），玉山雅集很自然地开始了它的衰落期。至正十四年，忙于水军事务的顾瑛一直到年底才和朋友见上面，方有了两次雅集。至正十五年（1355）、至正十六年（1356）、至正十七年（1357），雅集的次数都停留在“两次”的数目上。再后，至正十八年（1358）尚有7次，可至正十九年（1359）仅有4次，至正二十年（1360）只有3次，玉山雅集的式微已是不争的事实。事实上，烽火隔江，虽然只有百里之遥，却已是形同天涯。宾客来往不易，聚首雅集自然变得极其困难。何况顾瑛在这期间，屡经变故，何来心力，继续以雅集为业，继续做那个风雅好事、喜客超拔的玉山主人！

至正二十年九月，顾瑛因释子贤和祺上人的到来，而与诸客宴集于书画舫。这就是见于记载，有确切时间可考的最后一次玉山雅集。虽然，在这一次雅集中，看不到结束也看不到告别，但实际上，同年中秋的金粟冢燕集，已经宣告了结束，也完成了告别——“大书勒崖壁，永绝生前游。”① 没过多久，玉山亭馆尽毁，失却栖止之地的玉山雅集可谓彻底终结。留给后人的，唯有无尽的追思与缅想。

三、玉山雅集自觉的传承意识

玉山雅集与前代雅集有一个最大的不同，就在于它的传承意识。以往那些著名的雅集，传世文字可谓寥寥，后人只能凭蛛丝马

① 顾瑛：《金粟冢秋日燕集》，见《玉山逸稿》，卷四，《丛书集成初编》，64页，北京，中华书局，1985。

迹想见其风采，对于那些无法触及的昔日，总是充满了叹惋——“予幼时读晋兰亭、唐桃李园序，谓一时胜集，意千载而下无复能继。及究观兰亭作者，率寥寥数语，罕可称诵，向非王右军一序则此会几泯没无闻。若桃李园之宴，则又不知当时能赋者几人，罚金谷酒数者几人，其泯没尤甚。”① 至于王维之辋川、杜牧之樊川，虽以“当时物象见于唱酬者历历在人耳目”② 而为后世称诵，其宾客却并非全然可称风雅，“然辋川宾客独称裴迪，而樊上翁则不过时召昵密往游而已”③。只有玉山雅集，庶几做到了“会有其人，人有其诗，而诗皆可诵耶”④，并且，让自己的文字付板印行，流传后世，使后世人再不用凭空想象，扼腕叹息。

玉山雅集之所以做到这一点，就在于它拥有十分自觉的传承意识。它不希望风光泯灭、被后人忘却，它更希望可以在后人眼中，与昔日之胜集相比肩。

这种自觉传承的意识，首先来自玉山主人顾瑛。每一次雅集，顾瑛几乎都在力倡众宾赋诗，以纪斯会。雅集盛时如此，雅集衰时亦然。比如至正十二年（1352）九月十三之集，顾瑛就曾有过这样一番说话——“古人驱驰戎马间，览物兴怀未尝不托之赋咏。每读周公东征，宣王六月，江汉常武，下迨两汉六朝唐人诸诗，其有及于乱离者，窃有感焉。昔则见于诗，今则身践之。风景艰棘，山川险阻，诸公相会，良不易得，可无赋咏以纪兴乎？”⑤ 可见其求诗之切之笃。玉山雅集在每次诗成之后，都要书写成卷，还要命筵席上的某位宾客写就序文，描摹雅集的具体情状，书于卷首。有的时候，如果有善画者在座，往往还将当日雅集的风貌绘制成图。其文字之中，对是日诗成者几人，诗不成者几人，罚酒几觥都交代

①④ 李祁：《玉山名胜集序》，见《玉山名胜集》，卷首，《影印文渊阁四库全书》，第1 369册，3页，台北，台湾商务印书馆，1986。

②③ 黄溍：《玉山名胜集序》，见《玉山名胜集》，卷首，《影印文渊阁四库全书》，第1 369册，2页，台北，台湾商务印书馆，1986。

⑤ 秦约：《分韵诗序》，见《玉山名胜集》，卷四，《影印文渊阁四库全书》，第1 369册，68页，台北，台湾商务印书馆，1986。

得清清楚楚。如此繁复而琐细的工作，就确保了玉山雅集的有迹可寻，不致成为过眼烟云。

即便是出游之时，顾瑛也不忘邀请朋辈赋诗纪行。在给《锡山纪行诗》作序时，他写道："凡得纪行诗若干首，录贻诸诗友，因赓唱迭和，遂成卷轴。今次叙之以识岁月，异日开卷抚事，则今日山水之适，朋旧之胜，如在眉目间，不能不为之兴感也。"① 可见，顾瑛有着十分自觉的记录与保存的意识。而记录与保存，恰是能够有所流传的前提。

顾瑛对于每一次玉山雅集时宾客所作，都可谓宝爱非常。再有新进的宾客来到玉山，他总要展示一番，继而要求那新来之人写下新的题咏文字。吴克恭初到顾瑛玉山之时，所受到的便是这种待遇——"徂暑既炽，予放船海滨，溯流玉山之下，仲瑛肃予于草堂，出诸君所为诗观之。适兰雨方霁，林景清沐，予神情超然，手其帙不舍去。……仲瑛多其客之能诗，言度其方来者之未艾也，俾余序其端。"② 正因如此，顾瑛才会在这些书卷被兵士洗劫一空之时，分外地心痛。他写道："及归草堂，而诸卷皆为之分挈而去。每与汝阳袁子英叹诸朋辈手泽，不可复见。"③ 等到有贵人相助，失而复得之际，却发现柳塘春、绿波池、绛雪亭三卷已不知去向。顾瑛"不忍使三亭馆处寂寞也"④，于是在闲暇时与袁华，以及擅长楷书的马晋"分补其缺，各书一卷"⑤。不过，失去的终是失去了，顾瑛对此心中仍然不能释怀，不无慨然。所以，他在至正十六年（1356）绛雪亭的海棠花会上才如此感喟："呜呼，花不以寒暑而开，人而有吴越之阻，世殊事异，能不慨然！予向时绛雪亭诗卷，兵至时为乱军中好事者持去，就俾莒城貌图于前，予赋唐律一

---

① 顾瑛：《游锡山纪行诗序》，见《玉山纪游》，《影印文渊阁四库全书》，第1 369册，493页，台北，台湾商务印书馆，1986。

② 吴克恭：《玉山草堂序》，见《玉山名胜集》，卷一，《影印文渊阁四库全书》，第1 369册，7页，台北，台湾商务印书馆，1986。

③④⑤ 顾瑛：《绿波亭记》，见《玉山名胜集》，卷五，《影印文渊阁四库全书》，第1 369册，91页，台北，台湾商务印书馆，1986。

首于后，请坐客相次以纪。”①

对宾客手迹如此看重，乃是出于对雅集的看重，对于所作诗歌的看重，对那些被记录的岁月、人物、风流的看重。出于这份看重，也为了使这些印迹不再失去，顾瑛才将宾客所作编成了两部书，付梓刊行。一部即《玉山名胜集》。此书主要收录了玉山宾客在雅集时分韵、分题和唱和之作，按照不同的亭馆编类，每一类下，都记载了亭馆的题匾、对联、记文；对于每一次雅集的诗文活动，都有序或记加以说明，同时尽录其诗以及后来所补之作。从这样一种编订格式，不难看出此书是由那些亭馆的卷册合订而成的。另一部为《草堂雅集》。这一部书收录的主要是顾瑛交游诸人的“往还唱和及杂赋之诗”②。绝大多数人都有小传于其名之下，少数人只有字号、籍贯。虽然是以“草堂雅集”为名，“实简录其人平生之作。元季诗家，此数十人括其大凡。数十人之诗，此十余卷具其梗概，一代精华，略备于是”③。可知此书不但有助于认识雅集诸君诗歌的整体风格，更对元季诗坛的概要了解以及文献的存录有着非比寻常的意义。凭着这样两部书，玉山雅集时的锦章绣句，人物风流，也就一直保存到了21世纪的今天。

当然，顾瑛之外，玉山雅集的宾客也不乏这种传承的意识。至正八年（1348）二月，顾瑛与杨维桢等人有昆山之游。在序文中，杨维桢即云：“昔王逸少登乌山，顾诸客曰：‘百年后安知王逸少与诸君至此乎？’吁！此羊叔氏岘山之感也。今吾五六人，俯仰之余，倘无纪述，百年后又安知玉峰之游有吾五六人也？遂叙。”④言语之间，唯恐后人不知今日之风流的担心便是一望即知的。有所

① 顾瑛：《秋日海棠花开序》，见《玉山名胜集》，卷五，《影印文渊阁四库全书》，第1 369册，92页，台北，台湾商务印书馆，1986。

② 《玉山草堂雅集序》，见杨维桢：《东维子集》，卷七，《影印文渊阁四库全书》，第1 221册，440页，台北，台湾商务印书馆，1986。

③ 《草堂雅集提要》，见《草堂雅集》，集前，《影印文渊阁四库全书》，第1 369册，175页，台北，台湾商务印书馆，1986。

④ 杨维桢序，见《玉山纪游》，《影印文渊阁四库全书》，第1 369册，483页，台北，台湾商务印书馆，1986。

纪述，不过是为了百年之后有人知晓今日之游，一方面，足见这一群人对自己的风流俊赏颇为自恃，另一方面，则是他们对于传世这一愿望的恳切。所以，袁华才会将出游赓和诸诗以及诗序编成一册，题为《玉山纪游》，让当日之山光水色，永远鲜活地荡漾着。

在雅集之中，宾客还时时将今之雅集与古之盛事两相比较，期望可以与之相匹，同样风雅超群，同样成为传颂艳羡的对象。吴克恭在至正九年（1349）“六月徂暑”一集的《分题诗序》中，就曾这样写道：“明日，其一人逸去，虽败乃公事，亦兰亭之遗意也。”① 公事出现在雅集，意味着尘俗的孱入；以公事而放弃雅集，更是败兴之举。不过，吴克恭却以超逸的兰亭之集作比，这样，纵是尘俗与败兴，也都转为了风雅。这一比附，所传递出的信息，就是玉山宾客自认不逊兰亭的信心。还有张翥，在至正十年（1350）八月十九日之会上，也说过这样的话——“未知昔贤梓泽兰亭如今之会也耶?”② 李祁，在为《玉山名胜集》作序时，更是充满自信地写道：“吾故谓使是集与兰亭、桃李园并传天壤间，则后之览者，安知其不曰彼不我若耶!”③

正是出于对前辈风流的慕尚，以及对本身超拔出众的肯定，所以，玉山雅集诸君希图能够继承前人风尚，能够与昔日兰亭、西园一样流传不朽的渴望可谓非常之强烈。这样的渴望，也就形成了玉山雅集自觉的传承意识。在这种传承意识的驱动之下，玉山雅集大量地创制诗歌，留下了大量文字材料，也留下了比过去任何一个雅集都要多的往日痕迹。“考宴集唱和之盛，始于金谷、兰亭；园林题咏之多，肇于辋川、云溪；其宾客之佳，文辞之富，则未有过于是集者。虽遭逢衰世，有托而逃，而文采风流，照映一世。数百年

---

① 吴克恭：《分韵诗序》，见《玉山名胜集》，卷三，《影印文渊阁四库全书》，第1 369册，42页，台北，台湾商务印书馆，1986。

② 《玉山名胜集》，卷二，见《影印文渊阁四库全书》，第1 369册，27页，台北，台湾商务印书馆，1986。

③ 李祁：《玉山名胜集序》，见《玉山名胜集》，卷首，《影印文渊阁四库全书》，第1 369册，3页，台北，台湾商务印书馆，1986。

后，犹想见之”①，则玉山诸君之愿望已然实现。而这样一桩无与伦比，令人数百年之后犹不免追思冥想的雅集盛事，若无那样一个好事成痴的主人顾瑛，又何能至此！

当然，顾瑛的玉山雅集能够在元末至正那样一个烽烟四起的黑暗时世赫然出现，也与元代特殊的士人风尚以及江南一地的雅集传统有着不容漠视的联系。元代科举不畅，人所共知，因而元代士人对于政治大多持疏离的态度，他们关心生活本身更胜于关心政治，因此，隐逸之风在元代大为盛行。② 而元代商品经济的发展以及元代尚实的风气，使得元代士人与市民阶层有了更多的交往，同时也更加懂得如何以所学知识技艺去维持生计。加之，元代的思想环境以多元为特征，“不合不通，各自有宗”③，于是元代士人在思想上与行事上比之前代都显得更为开放和包容。至于江南一地，长期都处在富庶而安定的状态，即便是在四方兵起之时，江南所受到的扰攘也较他处为少，尤其玉山所在的吴中昆山一带，总的来说都是处于一个偏安的环境中。再加上此地所具有的发达的山水园林文化，长期积淀而形成的雅集传统，很自然的，江南就成了玉山雅集育种最为理想的温床。

在这样的背景下，玉山雅集能够于乱世中横空出世并冠绝千古也就不足为怪了。而这样的背景，显然也为元末的诗歌创作所共有，尤其是士人风尚的那一部分。故而，在某种程度上，玉山雅集与元末诗歌创作风尚可说在血脉上存在某种天然的联系。

---

① 《玉山名胜集提要》，见《玉山名胜集》，《影印文渊阁四库全书》，第1 369册，1页，台北，台湾商务印书馆，1986。

② 萧丽华先生在《元诗之社会性与艺术性研究》一书中即称：“元人除少部分仕宦于朝外，绝大部分都是隐士，或仕而后隐，或隐而后仕，或终身不仕。这几乎是整个元代文士的绝大部分类型。”见《元诗之社会性与艺术性研究》，170页，台北，国家出版社，1998。

③ 叶子奇：《草木子·杂制篇》，61页，北京，中华书局，1959。

第二章　玉山雅集——诗意栖居的家园

作为核心，文人雅集的主人固然值得关注，作为活动的具体参与者，其宾客的情况一样不容忽视。具体的，宾客构成、主宾交谊、参与者心态，这些都是在探讨文人雅集时需要深研的方面，因为这些方面所具有的特质，一样会作用于该雅集以及雅集所创制的诗歌。

作为一项规模空前的雅集盛事，玉山雅集的宾客构成堪称复杂——虽是文人雅集，其宾客身份却不限于文人，各色人等皆有，这就充分显现了玉山不以门户、身份为重，而“惟诗是求”，推重才情。至于顾瑛与众宾之间的交谊，也唯有“深挚”二字方足以概括，再加上此间个性飞扬，纯然是一个远离尘鞅、告别羁绊的所在，故玉山雅集对于参与众人而言，并不仅仅是一种风雅的聚首。否则，在烽烟四起的时候，雅集诸人就没有必要克服种种的艰难险阻，一次次地相聚玉山。在某种层面上，玉山雅集乃是他们心灵休憩的地方——可以带来慰藉，可以获得释放，可以享受到诗情与自适的地方。“此心安处是吾乡”，顾瑛的玉山，可谓雅集诸君共同的心灵家园。这一特性的存在，就使得玉山雅集所作诗文绝不单单是一种记录、交游的工具，而且是情感释放、个性宣泄的最佳渠道，是一浇众人心中块垒的那个酒杯。如此一来，玉山雅集所作诗歌自然就和那些附庸风雅、应景游戏之作迥然不同。

第一节　海纳百川：玉山雅集的宾客构成

对于玉山雅集的宾客构成，时人曾这样概括：“今之名卿大夫、高人韵士与夫仙人释氏之流，尽一时之选者，莫不与之游，从雅歌投壶、觞酒赋诗无虚日，由是仲瑛名闻湖海间。”① 从这段文字，即可略知玉山雅集的宾客构成。

很显然，对于身份各异的来客，顾瑛的玉山都一律敞开了怀抱。

一、文士与玉山雅集

玉山雅集既是以诗歌创作为主的盛会，则玉山宾客之中，文学之士必不在少数。杨维桢就曾这样记述顾瑛之交游——“余来吴，见吴之大姓家，友于人者，往往市道耳、势要耳、声色货利耳。不好声利而好杂流者寡矣。矧好儒流乎？不好儒流而好书数者寡矣。矧好文墨章句为不朽之事乎？仲瑛嗜好既异于彼，故其取友亦异。”② 言下之意，顾瑛所好是文墨章句，所交也多是文墨章句之士。根据笔者对于顾瑛交游的考订，其中“文学”一类，有 51 人，在顾瑛可考的交游中，占到了大约三分之一的格局。③

在这些文士中，杨维桢堪称玉山的灵魂。他于玉山雅集之初就已纳交于顾瑛，顾瑛对他，可谓极尽殊遇——“其首内交于余也，筑亭曰其亭以尊余所学也，设榻曰其榻以殊余之所止也。”④ 至玉山式微之时，我们也仍能看到杨维桢与顾瑛雅集甚欢的场面，例如至正十九年（1359）冬天，顾瑛应谢节之约偕袁华前往西湖观梅，返程途中就曾与杨维桢会于云间——“适淮南省郎中周侯羲卿督饷留皇冈，亟遣漕舟以送至云间，而杨铁崖先生在焉。贰府谢君伯理、县丞俞君仲桓，一见倾倒如平生欢，即张灯开筵，联句分题。

① 吴克恭：《玉山草堂序》，见《玉山名胜集》，卷一，《影印文渊阁四库全书》，第 1 369 册，7 页，台北，台湾商务印书馆，1986。

② 《玉山草堂雅集序》，见杨维桢：《东维子集》，卷七，《影印文渊阁四库全书》，第 1 221 册，440 页，台北，台湾商务印书馆，1986。

③ 参见本书附录二《顾瑛交游考》。

④ 《玉山草堂雅集序》，见杨维桢：《东维子集》，卷七，《影印文渊阁四库全书》，第 1 221 册，441 页，台北，台湾商务印书馆，1986。

梅花之约，不于西湖而在乎九峰三泖之间”①。可知杨维桢的活动，贯穿了整个雅集的始终。

其他玉山宾客，便有不少是因杨维桢之故方才来到顾瑛玉山的。其中，卫仁近、袁华、郭翼、殷奎、张宪、杨基与吴毅都是杨维桢的门生；李廷臣、郯韶、项炯、郑东则是颇得杨维桢称赏之人。李廷臣学诗于丁复，对他的诗，杨维桢赞曰：“盖仲虞（李廷臣字）纯明笃茂，博极文而多识当朝典故，虽在布衣，忧君爱国之识时见于咏歌之次。其资甚似杜者，故其为诗不似之或寡矣。”②他甚至认为在这一点上，李廷臣是超过其师的，“吾求丁公之诗似杜者或未之过”③。郯韶是杨维桢的唱和友——“余闲居西湖者七八年，与茅山外史张贞居、苕溪郯九成辈为唱和交。”④ 对于这位唱和之友，杨维桢同样赞不绝口：“郯韶字九成，吴兴人，少开敏博学，慷慨有大志，工唐人诗，务追开元、大历之盛。”对于项炯、郑东，杨维桢亦极力称许——“我则有未尝不悲今世之无诗也。幸而合吾之论者，斤斤四三人焉，曰蜀郡虞公集，永嘉李公光，东阳陈公樵，其人也。窃继其绪余者亦斤斤得四三人焉，曰天台项炯，姑胥陈谦，永嘉郑东，昆山郭翼也。”⑤ 此外，顾瑛收有的张简诗作，也多由杨维桢寄来，“张简，字仲简，姑苏人。读书知古今。寄迹老子法。作诗淡雅有陶韦风。隐居鸿山，凡经吴中，虽少会面，必写诗由铁崖寄焉”⑥。还有李孝光，在杨维桢发起的

① 袁华文，见杨镰、叶爱欣整理：《玉山名胜集·玉山遗什卷下》，705页，北京，中华书局，2008。

②③ 《李仲虞诗序》，见杨维桢：《东维子集》，卷七，《影印文渊阁四库全书》，第1 221册，437页，台北，台湾商务印书馆，1986。

④ 杨维桢：《西湖竹枝集序》，见《西湖竹枝集》，卷首，《武林掌故丛书》。

⑤ 《郭羲仲诗集序》，见杨维桢：《东维子集》，卷七，《影印文渊阁四库全书》，第1 221册，441页，台北，台湾商务印书馆，1986。

⑥ 《草堂雅集》，卷十二，见《影印文渊阁四库全书》，第1 369册，416页，台北，台湾商务印书馆，1986。

元末古乐府运动中，李孝光堪谓“最早的知音、声援者和实践者”①。杨维桢始终视李孝光为至交，对其诗歌成就，也始终推崇备至——在《两浙作者序》一文中，杨维桢认为所谓“能诗者”只有七家，第一家便是“永嘉李孝光季和”②。

杨维桢与顾瑛可谓意气相投，都热衷纵情诗酒、放浪形骸；那些和杨维桢相关，得杨维桢青眼的人，则屡屡见诸顾瑛的交游。所以不难想象，玉山雅集自然洋溢着浓重的杨维桢个人色彩——那种不拘形迹的放浪与纵情，就是玉山雅集最显著的标志。然而玉山雅集并未因此就设立门户之限，恪守正统的婺州文人同样是顾瑛的座上贵宾。“自宋末元初以迄明初洪武、建文年间，在婺州地区六县（金华、东阳、义乌、永康、武义、浦江）一州（兰溪）的范围内，活跃着一个文人群体。其中较为著名的人物，金华有叶谨翁（审言）、张枢（子言）、苏伯衡（平仲）、宋濂（景濂，号潜溪）等，东阳有胡助（履信，一字古愚，号纯白道人）等，义乌有刘应龟（元益）、傅野（景文）、黄溍（晋卿）、王袆（子充）等，……陈基（敬初）、方孝孺（希直，一字希古）是台州临海人，陈基长期从黄溍问学，方孝孺则是宋濂的学生，曾一度居住浦江，他们也都应该归入婺州文人群体中。”③ 这一个文人群体，大多尊崇朱熹之学，并且有强烈的社会责任感，喜欢参与政事，积极入世。④ 这一群体和顾瑛、杨维桢等人的最大不同在于他们始终是锐意进取的，所以朱元璋建立政权之初，朝中多见婺州文人。另外，婺州文人在文上用力较多，而顾瑛玉山显然以诗为重。不过，这一

---

① 黄仁生：《论李孝光的诗歌创作及其在诗坛地位的变迁》，载《中国文学研究》，2001（2），35页。

② 《两浙作者序》，见杨维桢：《东维子集》，卷七，《影印文渊阁四库全书》，第1 221册，439页，台北，台湾商务印书馆，1986。

③ 欧阳光师：《从文人群落到文人集团——元代婺州文人集团再研究》，载《文史》，2001（1），223～224页。

④ 欧阳光师：《从文人群落到文人集团——元代婺州文人集团再研究》，载《文史》，2001（1），229～232页。

群体中的许多人却与顾瑛等人颇为相得。其中，黄溍就曾为顾瑛的《玉山名胜集》作序，序中称顾瑛“以能诗好礼乐与四方贤士夫游”①，“以世族贵介，雅有器局，不屑仕进而力之所及独喜与贤士大夫尽其欢，而其操觚弄翰，觞咏于此，视樊上翁盖不多让。而宾客倡（唱）酬之盛，较之辋川或者过之”②，足见其推许之意。

黄溍的弟子陈基，更是顾瑛、杨维桢的至交好友。③ 至正十年(1350)，陈基刚自京师回到江南，顾瑛一通书信，他便欣然前往玉山，看望这位已是三四年未见的友人，一住就是十数日。陈基此时的归来，乃由于朝廷内部的倾轧、小人的谗言诬陷④，其内心的疲惫与倦怠是可以想见的。经历了“才高世所疾，时昌命逾屯”⑤的遭遇，再来到顾瑛玉山佳处那种水竹琴书的生活中，他感到的，必然是“三四年来驱驰辛苦，幸而息肩”⑥ 的轻松与惬意。这是此年年初发生的事情，同年十二月下旬，陈基又来到顾瑛的玉山，与顾瑛、于立等人煮茗赏雪，并写下《煮雪窝为玉山作》一诗，诗中有句曰：“草堂之仙人，隐居玉山陲。平生盗泉不肯饮，恶木不肯栖”⑦，可见在陈基心中，顾瑛乃是一个品性高洁之人。而在另一首《次韵玉山唱和诗》中，陈基又道：“人言名教乐未央，明哲

①② 黄溍：《玉山名胜集序》，见《玉山名胜集》，卷首，《影印文渊阁四库全书》，第1 369册，2页，台北，台湾商务印书馆，1986。

③ 黄仁生：《铁雅诗派成员考》将陈基列为“铁崖唱和友”，载《中国文学研究》，1998（2），47页。

④ 王祎：《王忠文集》，卷十七，《书堵无傲被诬事后》，其文曰：“初，无傲以学行受知鲁国王丞相，至正戊子擢监修国史掾史。……有若临海陈敬初，与无傲学行相上下，后无傲擢掾一岁，宰相用为经筵检讨。会宰相去位，人疾其进，争以危言中之，几蹈祸不测。而御史有以私意恶之者，因遂以为言，敬初之去也，士大夫为之叹息。”见《影印文渊阁四库全书》，第1 226册，345页，台北，台湾商务印书馆，1986。

⑤ 见《王忠文集》，卷一，《十一月七日出南城别陈三检讨》，见《影印文渊阁四库全书》，第1 226册，17页，台北，台湾商务印书馆，1986。

⑥ 陈基序，见《玉山名胜集》，卷三，《影印文渊阁四库全书》，第1 369册，44页，台北，台湾商务印书馆，1986。

⑦ 陈基：《夷白斋稿》，卷六，见《影印文渊阁四库全书》，第1 222册，206页，台北，台湾商务印书馆，1986。

所贵惟守常，安用策勋封醉乡。我闻夏殷时，圣亦师务光。宓子乃得友，鸣琴不下堂。人生莫叹居无俦，林宗乃为叔度留，李膺亦复同仙舟。平生痴绝顾虎头，我歌此曲君听否，为君更赋逍遥游。”①虽然身为究心世务的婺州文人，对于顾瑛的逍遥林泉、不问世事，陈基却表现出发自内心的激赏。

陈基的同门友人，师从黄溍多年的王祎，曾在至正十年（1350）七月一过玉山。至正七年（1347）就随其师黄溍远赴京师的王祎，正是这一年二月方离京南还。王祎离京归来的原因，一是多年游走京师却未获任用，二是南省的乡试在即。② 对于这么一位汲汲于仕进的客人，雅集诸君仍是同等相待、礼遇有加，不但诗文之中屡见赞美之语，而且对他的仕进前程也给予了良好的祝愿——“明日金华南省去，蜚声应到五云端。”③ 因为王祎的到来，玉山在七月二十五日、七月二十九日都进行了雅集。王祎还为顾瑛的可诗斋撰写了记文。从那篇“推本三百篇大要”④ 的文章，不难看出王祎与其他宾客的格调迥异——王祎行事正则端方，有礼有节，是典型的儒者；雅集诸君却风流倜傥，不拘小节，自命神仙中人。不过，这位温良庄重的王祎对于雅集却也颇为乐在其中——“芳樽侑娇歌，谑笑杂清议。论交不须多，对酒且成醉。情文略细仪，理会忘外累。孤踪苦无常，良集讵云易。未知今日欢，明年复何地。”⑤ 同样充满了眷恋不已的情绪。

---

① 陈基：《夷白斋稿》，卷五，见《影印文渊阁四库全书》，第 1 222 册，202 页，台北，台湾商务印书馆，1986。

② 陶宗仪：《南村辍耕录》，卷五，“角端”有：“至正庚寅，江浙乡试，八月二十二日夜二鼓，院中仿佛见一物，驰过甚疾，其状若猛兽者，军卒从而喧哄，因出角端为赋题。”（北京，中华书局，1959 年，55 页。）至正庚寅，也即至正十年，是以可证。

③ 于立诗，见《玉山名胜集》，卷二，《影印文渊阁四库全书》，第 1 369 册，26 页，台北，台湾商务印书馆，1986。

④ 王祎：《可诗斋记》，见《玉山名胜集》，卷四，《影印文渊阁四库全书》，第 1 369册，66 页，台北，台湾商务印书馆，1986。

⑤ 王祎诗，见《玉山名胜集》，卷二，《影印文渊阁四库全书》，第 1 369 册，26 页，台北，台湾商务印书馆，1986。

与顾瑛玉山雅集有关联的文士中，还有一类不能不提，那就是曲家。从相关文献记载来看，出现在玉山可以确知身份的曲家有两位，并且都是鼎鼎大名的人物。一位是南戏《琵琶记》的作者高明（则诚），另一位则是元代散曲清丽风格的代表人物，元散曲作家中存世作品最多的张可久（小山）。①

顾瑛《草堂雅集》卷八收有高明之诗，顾瑛在其小传中称："高明，字则诚，永嘉平阳人。至正五年张士坚榜中第，授处州录事。长才硕学，为时名流。往来予草堂，具鸡黍，谈笑贞素，相与澹（淡）如也。"② 高明之过玉山，今于记载可知者唯有一次，时间是至正九年（1349）的八月。这次过访之后，高明写下了一篇《碧梧翠竹堂后记》。在这篇文章中，能够明显看到高明对于顾瑛的玉山园池有着奇佳的印象——"萧爽阒寂，清气可沐。须臾，有风出梧竹之间，摩戛柯叶，调调刁刁，泠然于喁，如耳琴筑。久焉，皎月自水际出，光景穿漏，泛漾栏槛"③；对于此间的宾客燕集，也感觉愉悦非常——"仲瑛出酒觞客，客数人皆能诗歌谈辩，饮甚乐。夜将半，露瀼瀼下。梧竹中清光拂席凉，吹袭人毛骨欲寒。客相与笑曰：'安得从浮丘公招青童吹灵霄之笙，击洞阴之磬，以终此乐耶？'"④ 对于自己的公务缠身，却是万般的沮丧和无奈——"然以余观之，若梧竹之胜，虽欲优游夷犹而以尘累牵掣不得少留而去，况欲涉海求所谓方丈、瀛洲、蓬莱者哉！"⑤ 所以，他不由得托袁华如此嘱咐顾瑛："为我语仲瑛，君碧梧翠竹之乐不易得也。第安之。他日毋或汩于禄仕，而若予之不能久留也。"⑥

张可久和顾瑛相交，大约在其暮年于昆山做幕僚之时。《玉山名胜集·外集》有一首题为"张小山"所作的《早起口占寄玉山》，其诗云："蚁槐树下梦不成，抖擞白云出带星。沿篱切切候

① 赵义山：《元散曲通论》，284页，上海，上海古籍出版社，2004。

② 《草堂雅集》，卷八，见《影印文渊阁四库全书》，第1 369册，339~340页，台北，台湾商务印书馆，1986。

③④⑤⑥ 高明：《碧梧翠竹堂后记》，见《玉山名胜集》，卷三，《影印文渊阁四库全书》，第1 369册，38页，台北，台湾商务印书馆，1986。

虫语，循溪灖灖新潮鸣。自怜头颅已脱发，未了案牍犹劳形。黄尘汩汩高没人，何时解缨濯清泠。菖蒲潭上有神人，玉山草堂睡未醒。”① 从这首诗中，不难读出年岁已暮的张可久，对于自己这种幕僚小吏、案牍劳形的生活充满了厌弃与倦意，对顾瑛悠游闲适的林泉生涯则满怀羡慕和向往。

人们都说：文人相轻，自古皆然。可是，在顾瑛的玉山，我们却很难感到这一点——应该说，这里没有相轻，没有党同伐异，有的只是相契、理解与包容。

二、释道与玉山雅集

释氏道人在玉山雅集的宾客中，数量也颇为众多。顾瑛晚年自号“金粟道人”，按照他的解释，是“盖人传前身是慧聚寺比丘廷福，又梦中知向一世为黄冠师姚兴孙是也，金粟道人由是而名”②。实际上，这正体现了顾瑛在思想上对于释道的一种贯通与杂糅。

顾瑛交往的释道友人，来往最密切的就是匡庐道人于立和龙门僧人释良琦。同时，于立与释良琦也是在有记载可寻的玉山雅集中出现频率最高的两个人。

作为顾瑛挚友，于立很长一段时间都住在玉山，镇日陪同顾瑛宴请宾客、诗酒言欢。在玉山，他甚至还拥有属于个人的居所。顾瑛这样描述他的这位朋友：“于立，字彦成，南康之庐山人，故宋名将家。幼明敏博学，善谈笑，学道会稽山中，得石室藏书。遂以诗酒放浪江湖间，长吟短咏，有二李风。多游吴中，与予特交善，故于玉山草堂有行窝焉。书法名画，题品居多。”③

从至正八年（1348）二月十九日之集到至正十四年（1354）

---

① 《玉山名胜集·外集》，见《影印文渊阁四库全书》，第 1 369 册，154 页，台北，台湾商务印书馆，1986。

② 《金粟道人顾君墓志铭名迹录元本》，见顾瑛：《玉山逸稿》，附录，《丛书集成初编》，77 ~ 78 页，北京，中华书局，1985。

③ 《草堂雅集》，卷十一，见《影印文渊阁四库全书》，第 1 369 册，389 页，台北，台湾商务印书馆，1986。

腊月的可诗斋之集，几乎玉山的每一次集会，每一次出游，都可以看到于立的身影。直到至正十五年（1355），于立去往会稽，这以后，由于兵火的阻隔，乃与玉山暌（睽）违了三四年。对于无法相聚的挚友，顾瑛十分惦念，很多雅集场合，他都在说着类似的话："适斯时也，当戎马交驰之际，凡我友朋，一别如雨，若匡山于君，番阳萧君，皆予之至厚者也，今日之在会稽，犹风马牛之不相及也。予思之未尝一日忘之。"① 至正十八年（1358）左右，于立方才回到界溪，但又重病缠身，行动不便，无法去往玉山——"适予患风痹，手足奇□，不得以运掉，对客蹇蹇口若钳，所居去绰山三四里，抱疴频年，不能一朝往也。"② 几乎是近在咫尺，却还是"不能一朝往"，其心中之怅惘，无须多言。一直到至正二十年（1360），于立病情减轻，才终于得以再度出现在雅集的宾朋中间。

释良琦和顾瑛的交情，以及出入玉山的次数，完全可与于立相颉颃——"释良琦号楚石，与顾金粟游极密。玉山草堂中诸词客每有倡（唱）和，必琦为发端，诸公雅推重之。"③ 对于这位友人，顾瑛是这样描述的："释良琦，字元璞，姑苏人。自幼读书学禅白云山中。性操温良，澹（淡）然无尘想。诗声尤著江湖间。与杨铁崖、郯九成累过余草堂，超然物外人也。"④ 杨维桢也称其"风行云凝，无所滞碍，既究禅理，旁通儒学，诗特其余事耳"⑤。

顾瑛与释良琦之间的友情，可谓相当深厚。雅集之初，释良琦就已身在玉山，虽然是一介"性操温良"的僧人，却也陶然于顾

---

① 陆仁：《小集分韵诗序》，见《玉山名胜集》，卷六，《影印文渊阁四库全书》，第1 369册，99页，台北，台湾商务印书馆，1986。

② 于立：《金粟冢中秋日燕集后序》，见顾瑛：《玉山逸稿》，卷四，《金粟冢中秋日燕集》，诗后，《丛书集成初编》，64页，北京，中华书局，1985。

③ 《六研斋三笔》，卷三，见《影印文渊阁四库全书》，第867册，705页，台北，台湾商务印书馆，1986。

④ 《草堂雅集》，卷十四，见《影印文渊阁四库全书》，第1 369册，469页，台北，台湾商务印书馆，1986。

⑤ 《西湖竹枝集》，见《武林掌故丛书》，21页。

瑛的“张乐置酒、清歌雅论”①，并且乐此不疲。甚至至正十五年(1355)顾瑛奉命守关，后又逃名吴淞江，身为他乡之客时，释良琦仍旧偕友人在中秋之际赶往顾瑛寓居之地，一同赏月雅集，以慰老友之怀。所以在兵火阻隔的日子，顾瑛同样叹道：“龙门归吴江而无信，道路梗绝，莫知何在。……向之看花觞咏者，惟汝阳一人而已。对花伤感渐成，不乐而罢酒。”② 这之后，顾瑛举家避难，释良琦也不顾危险，毅然相随。在听闻老友被逼无奈祝发为僧之后，释良琦又急忙赶来玉山，探望劝慰。不妨说，这位本该超然物外的释氏，在顾瑛与玉山雅集这一问题上，只见用情深挚，不见一丝超然。

而游走于顾瑛玉山的释道人士，声名最著者道人，非张雨莫属，僧人则首推柏子庭。元代道人之能诗者以张雨为冠，“其诗清新俊逸，侪辈鲜及。晚年弃妻子，寄迹老氏法中，诗如‘丹光出林掩明月，玉气上天为白云’，不目之为仙才不可也。始隐茅山，后徙灵石山中。诗名震京师”③。当然，这“名震京师”，也跟他与赵孟頫、虞集交善有着十分密切的关系。至于柏子庭，则是元季昆山一带非常著名的诗僧。《道光昆新两县志》卷三十《释道》有：“柏子庭，邑人，为慧聚寺僧，有戒行，能诗，名所居曰不系舟，有磬疏传于世。”④ 郭翼也曾说：“方外诗僧则大无外者、省梦庵者、理独间者、唐西白者、器大用者、庆云冈者，皆齐巳、灵澈之流也。颜悦堂编蒲之有室，柏子庭不系之有舟，宝云海之宗乘，亮虚白之图画，秉白云之千林阁，庄蒙泉之大宝洲，方之高僧，无

① 释良琦文，见《玉山名胜集》，卷二，《影印文渊阁四库全书》，第1 369册，19页，台北，台湾商务印书馆，1986。

② 顾瑛：《秋日海棠花开序》，见《玉山名胜集》，卷五，《影印文渊阁四库全书》，第1 369册，92页，台北，台湾商务印书馆，1986。

③《西湖竹枝集》，见《武林掌故丛书》，6页。

④《道光昆新两县志》，卷三十，《释道》，见《中国地方志集成·江苏府系志辑》，第15册，465页，南京，江苏古籍出版社，1991。

与伦比。”①

顾瑛与张雨的交游，见于玉山雅集的初期。至正八年（1348）三月十日，顾瑛曾与张雨、杨维桢等人一同于烟雨中游赏石湖诸山。在这次游赏的过程中，张雨曾为妓琼英赋《点绛唇》词，杨维桢还写下了著名的《花游曲》。不过，《点绛唇》今已不传。顾瑛《草堂雅集》收有张雨诗作，其中有一诗题为《云林席间怀铁笛简草堂》。张雨卒于至正十年（1350），顾瑛曾于至正十一年（1351）前往钱塘祭拜其墓——于《草堂雅集》卷中张雨诗《赠郑明德》后，顾瑛就题有：“伯雨至正十年秋殁于钱塘开元宫，葬南山灵石坞，予偕杨廉夫、袁子英祭墓下，复得其诗，用刊于左。”②过早的离世，使得张雨于玉山雅集的出现，只有那么一次。不过，各种记载还是将其列为玉山主宾，这与顾瑛对他的尊崇称许直接相关。

顾瑛对于柏子庭，如此描述：“释祖柏，字子庭，四明人。故宋史魏王后，幼从禅学，有诗声江湖间，来往经余草堂，多所留咏。”③ 在顾瑛《玉山逸稿》卷一中，还有一首《写柏子庭卷》，诗云：“虚舟元不系，湖海至今称。悟得庭前柏，方为物外僧。空□无我相，落落有谁譍？肯向东山住，东山气倍增。”④ 而柏子庭也有《题玉山主人壁》一诗，诗曰：“杖锡穿云雨湿衣，我来君出两相违。茶边听得仙童语，学士朝朝向晚归。”⑤ 从这首记载访而不遇的小诗，不难品出二人之间那种淡淡却又隽永的交谊。

---

① 《与顾仲瑛书附》，见郭翼：《林外野言》，卷下，《影印文渊阁四库全书》，第1 216册，723页，台北，台湾商务印书馆，1986。

② 《草堂雅集》，卷五，见《影印文渊阁四库全书》，第1 369册，280页，台北，台湾商务印书馆，1986。

③ 《草堂雅集》，卷十四，见《影印文渊阁四库全书》，第1 369册，467页，台北，台湾商务印书馆，1986。

④ 顾瑛：《玉山逸稿》，卷一，见《丛书集成初编》，2页，北京，中华书局，1985。

⑤ 《玉山名胜集·外集》，见《影印文渊阁四库全书》，第1 369册，149页，台北，台湾商务印书馆，1986。

纵观顾瑛玉山雅集中的释道友人，有一个现象颇值得留意——这些游宴玉山的方外之士，许多人并非就像“释”“道”这一身份所标志的那么纯粹。不少道人，以前都是涵咏典坟的文人儒生，直到晚岁方脱儒冠、著道袍。钱抱素就是这样一个例子。他年轻时是一个博学工文章，汲汲于仕进的文士，晚年方才改弦易辙成了一名黄冠道人。上文提到的张雨，同样是晚年才弃置妻儿，入山做道士。余善，虽然身为昆山清真观道士，却同时又是杨维桢的弟子，杨维桢曾于其作《游仙词》后题道：“此余方外生余善。”① 唯一一位彻头彻尾的道人，可能就只有独冷先生郑守仁一人而已。郑守仁乃是“幼著道士服，长游京师，寓蓬莱坊之崇真宫，不事干谒，斋居万松间。一夕大雪填门，公读书僵卧自若，京师号为独冷先生。至正间主白鹤观”②，自始至终，都不曾改变过道人的身份。

释氏的不纯粹，则体现在不少僧人并未彻底地斩断尘缘，道德观念上仍有儒家的印记，甚至于立身行事都带有鲜明的儒家色彩。且看那希颜，他实际是释希颜，俗姓那，住玉峰荐严寺，但在《草堂雅集》中，却仍以那希颜出现，依旧是世俗的姓名。而顾瑛在他的小传中还提到：“宽厚好士，王公大人无不折节敬礼。奉母尤致孝。”③ 从这一形象来看，他更似一位仁厚长者，而非得道高僧。释元本，也是一位颇具儒风的僧人。陈基《夷白斋稿》中有一篇《送本上人东归序》，就充分勾画了释元本身上浓重的儒家气质。其文曰：

> 余乡本上人立中出家云间，衣粗食淡，究心禅理，夙夜精进甚力。间与大夫士扬榷古今文艺，肆笔为诗章，奕奕有奇气，遍访浙东西名山，长老大浮图莫不以礼引接之。余闻上人之贤有日矣。今年春上人来吴门相见，握手

---

① 《元诗选补遗》，971页，北京，中华书局，2002。

② 《草堂雅集》，卷十，见《影印文渊阁四库全书》，第1 369册，386页，台北，台湾商务印书馆，1986。

③ 《草堂雅集》，卷十四，见《影印文渊阁四库全书》，第1 369册，467页，台北，台湾商务印书馆，1986。

道故问乡曲社里，孰远孰近，孰亲孰疏，乃知其与余世有姻，童稚时往来田间，出入桑梓，未必不相识。……上人貌甚伟，气甚温，志甚弘。开口论文字，上下纵横反复空有，弗畔于理。……余方资上人以游乎方之外，上人顾以大母之丧，将东归临海省父母，因奉襄葬事，征余言以为别。夫去闾巷，远亲戚二十年，服浮屠之服，言浮屠之言，宜亦浮屠而已矣。今劳心役形，不远千里，走山川，冒霜露，辛苦跋涉，以庶几其生敬死哀之心。夫岂直以诗篇自娱，徒取如么弦孤韵，瞥入人耳目之为贵哉！世盖有儒名而墨行者，吾于上人，又奚取焉！①

这位本上人虽然“去闾巷，远亲戚”已经二十年，但他心中，仍有深厚的乡情与亲情。虽则“服浮屠之服，言浮屠之言”，他却并非只是“浮屠而已矣”。他不远千里，历尽艰辛地返乡奔丧，所履行的其实不过就是一个“孝”的理念。可是既已出家，就当慈悲为怀，而不是亲情萦怀；一个早已没有尘缘可言的人，又何来尽孝之说？可见，本上人的外表虽是浮屠，内心却仍有儒家的意绪。所以，在陈基眼中，相对儒名而墨行者，本上人便是僧名而儒行之人。

另外，还有不少释氏，他们不单单只潜心于佛学，也旁通儒学，甚至是儒老皆通的。例如释良琦，杨维桢就说他“既究禅理，旁通儒学”②。释余泽，顾瑛于《草堂雅集》小传中称其“研究教乘，尤博儒书”③。还有释文信，顾瑛则说：“幼警悟，不喜尘俗，遂出家从浮图氏。既悟禅旨，兼通儒老。”④ 而这一现象的存在，恰可说明元代思想界的开放与贯通。

---

① 《夷白斋稿》，卷十八，见《影印文渊阁四库全书》，第1 222册，275～276页，台北，台湾商务印书馆，1986。

② 《西湖竹枝集》，见《武林掌故丛书》，21页。

③ 《草堂雅集》，卷十四，见《影印文渊阁四库全书》，第1 369册，466页，台北，台湾商务印书馆，1986。

④ 《草堂雅集》，卷十四，见《影印文渊阁四库全书》，第1 369册，476页，台北，台湾商务印书馆，1986。

三、画人书家与玉山雅集

元代是我国文人画大盛的时期，从前期的赵孟頫、钱选、高克恭，到后来的“元四家”——黄公望、吴镇、倪瓒、王蒙，元代绘画艺术的天空可谓群星闪耀、美不胜收。处在这样一个时期，以风雅为标榜的玉山雅集自然不可避免地与众多画人发生交集。而书画本一体，尤其就文人画来看，很多画人同时身兼书家。聚首玉山的宾客中，姓名生平可考之画人书家就有20人之多。其中同样名家云集，上面提到的“元四家”就有三家与顾瑛有交。

黄公望，字子久，号大痴，是“元四家”中“当之无愧的第一人”①。他早年曾在浙江、大都为小吏，后因受到株连下狱。出狱之后，不复出仕，转信全真教。之后，他便把生涯浪迹在江南的山山水水之间，挥洒在纸上的笔墨淋漓中。黄公望与顾瑛之间的具体交游情况已不可考，但《玉山名胜集·外集》收有他写给顾瑛的四首诗，据此可知二人是有交往的②：

其一

片玉山前人最良，文章体物写谋长。古来望族推吴郡，直到云仍姓字香。

其二

花槛香来风入座，雕栊影转月穿棂。钩轩平野连天碧，排闼遥山隔水青。

其三

竹里行厨长准备，浊醪不用恼比邻。文章诗酒时时醉，花果园林处处春。

其四

人生无奈老来何，日薄崦嵫已不多。大抵华年当乐

① 徐书城：《中国绘画艺术史》，131页，北京，人民美术出版社，2001。

② 《玉山名胜集·外集》，见《影印文渊阁四库全书》，第1 369册，163～164页，台北，台湾商务印书馆，1986。

事，好怀开处莫空过。

这四首诗，称美顾瑛能不坠家声，又描写了玉山景致的优美以及雅集宴游的快乐，更以老者的身份细加嘱托——“好怀开处莫空过”。从这四首诗，自不难看出黄公望对于顾瑛及其玉山的称许态度。

倪瓒，则是顾瑛神交良久的友人。著名的至正八年（1348）二月十九日雅集，倪瓒就在顾瑛的邀请名单内，可惜期而未至。至正十一年（1351）八月，顾瑛又有往锡山访倪瓒之举，惜乎倪瓒此时身在毗陵，又一次不遇而归。直至至正十八年（1358）八月，顾瑛放舟至松溪，退馆于同川法喜寺，其时倪瓒亦在寺内，二人才有了一次时间确切的会面记载。① 还有一次难于系年的会面，则是发生在“灵岩虎阜间”的一次听笙雅集。② 虽然二人谋面次数少得可怜，但这却没有妨碍他们之间的相知。顾瑛《草堂雅集》对于倪瓒这样写道：“倪瓒，字元镇，毗陵人。酷好读书，尊师重友，操履修洁。诗趣淡雅，如韦苏州。作小山水如高房山。自号经锄隐者，家有云林隐居，与予有葭莩之亲。累辱见招，规往而每不果，然多得其所作，故并刻云。”③ 寥寥数语，已能看出顾瑛对这位友人倾心的欣赏。

倪瓒集中，有数首写与顾瑛的诗。其中一首题为《寄顾仲瑛》，诗曰：“江海秋风日夜凉，虫鸣络纬促寒一作尚練裳。民生惴惴疮痍甚，旅泛依依道路长。衰柳半倚湖水碧，浊醪犹趁菊花黄。知君习静观诸妄，林下清斋理药囊。”④ 这首写在“民生”“疮痍”

---

① 参见本书附录一《顾瑛年谱》，至正十八年八月条。

② 据杨维桢：《周郎玉笙谣》下小引，其中有云：“予尝于灵岩虎阜间闻其奇弄，令人飘飘然有伊洛间意，时坐客句曲张贞居、东海倪元镇、昆山顾仲瑛、云丘张仲简、吴兴郑九成，咸名能诗者也”，是以可知。见《铁崖古乐府》，卷二，《影印文渊阁四库全书》，第 1 222 册，19 页，台北，台湾商务印书馆，1986。

③ 《草堂雅集》，卷六，见《影印文渊阁四库全书》，第 1 369 册，301 页，台北，台湾商务印书馆，1986。

④ 倪瓒：《清闷阁全集》，卷五，清康熙五十二年（1713）城书室刻本，25 页，台北，台湾商务印书馆，1986。

之际的诗歌，诗语凄清，却充满了友人之间的了然与理解。毋庸置疑，倪瓒对于顾瑛有着相当透辟的认识，于是乎，他才能够写出《金粟道人小赞》那样的文字，留给后人一个完整且丰满的顾阿瑛。

王蒙，亦曾屡次参与玉山雅集。顾瑛《草堂雅集》称："王蒙，字叔明，吴兴赵文敏公之甥，强记力学，作诗文书画尽有家法，尤精史学。游寓京师，馆阁诸公咸与交善，故名重侪辈。尝过草堂，所留诗止此云。"① 依顾瑛之言，王蒙曾一至草堂。但在至正十八年（1358）四月，王蒙与岳榆等人一同造访玉山之时曾赋诗曰："乱后重登旧草堂，主人延客晚樽凉。"② 是以王蒙应该不止一次来到玉山。《草堂雅集》应该是在乱前刊就的，所以不及记此。王蒙对于顾瑛的风雅痴绝十分欣赏，他曾在一首诗中如是写道："玉山草堂近秋水，当昼烟云生席茵。檐间鸥鹭下白雪，床有琴瑟娱嘉宾。虎头痴绝丹青在，鹅帖临摹纸墨新。料得西风收获竟，焚香菌阁坐清神。"③ 在《玉山名胜集·外集》还有王蒙的另一首诗《海子桥偶得一诗奉寄玉山》，诗之末句云："江南冰雪里，音信寄来稀。"④ 显见他对顾瑛这位老友的牵挂之情。

此三家之外，出入玉山的画人中，声名显赫的还有柯九思及张渥。

柯九思在元代以擅画墨竹知名，曾任奎章阁鉴书博士。后至元五年（1339），他曾一至顾瑛居处，看到那块有东坡题识的石头，

---

① 《草堂雅集》，卷十，见《影印文渊阁四库全书》，第1 369 册，383 页，台北，台湾商务印书馆，1986。

② 《玉山名胜集》，卷七，见《影印文渊阁四库全书》，第1 369 册，112 页，台北，台湾商务印书馆，1986。

③ 《玉山名胜集》，卷一，见《影印文渊阁四库全书》，第1 369 册，8 页，台北，台湾商务印书馆，1986。

④ 《玉山名胜集·外集》，见《影印文渊阁四库全书》，第1 369 册，172 页，台北，台湾商务印书馆，1986。

于是“见而奇之，再拜题名而去”①，这之后，顾瑛方才“砌石立坛，字曰拜石”②。此举足见顾瑛对于柯九思的推崇。而柯九思为渔庄所撰记文亦称顾瑛乃“青年绩学，抱才负艺”③，称其与宾客之雅集为“世故之孑孑者，不芥蒂于胸中”④，其诗亦云：“神人夜斧开清玉，一片西飞界溪曲。中有桃源小洞天，云锦生香护华屋。主人意度真神仙，日日醉倒春风前。手挥白羽扇，口诵青瑶篇。袖拂荆山云，足蹑蓝田烟。飘飘直向最佳处，漱润含芳揽琪树。世间回首软红尘，不须更上蓬莱去。”⑤ 二人实可谓惺惺相惜。

张渥，是元代著名的人物画家，他师法李公麟的白描技法，妙绝当世。顾瑛言其“用李龙眠法作白描，前无古人，虽达显人不能以力致之”⑥。在玉山雅集之初，张渥就是顾瑛的嘉宾。至正八年（1348）二月十二日，顾瑛曾邀其与杨维桢、于立等同游虎丘，后因雪霰交作，方才未果此行。顾瑛《游虎丘未果和杨铁崖韵》题下即有：“附杨维桢诗题云：至正八年二月十二日，玉山人买百花船泊山塘桥下，呼琼花、翠屏二姬，召予与张渥叔厚、于立彦成游虎阜。俄而雪霰交作，未果此行。先以此诗写寄，要诸公各和。”⑦ 而那幅杨维桢为之作志，惹得无数后来者惊叹艳羡的《玉山雅集图》，就出自张渥的手笔。除此之外，同年二月廿一、廿二日，顾瑛还曾与张渥等六客，同游真正的玉山——马鞍山。至正十

① 顾瑛：《拜石坛记》，见《玉山名胜集》，卷八，《影印文渊阁四库全书》，第1 369册，128页，台北，台湾商务印书馆，1986。

② 顾瑛：《拜石坛记》，见《玉山名胜集》，卷八，《影印文渊阁四库全书》，第1 369册，128页，台北，台湾商务印书馆，1986。

③④ 柯九思：《渔庄记》，见《玉山名胜集》，卷六，《影印文渊阁四库全书》，第1 369册，101页，台北，台湾商务印书馆，1986。

⑤ 《玉山名胜集》，卷二，见《影印文渊阁四库全书》，第1 369册，23页，台北，台湾商务印书馆，1986。

⑥ 《草堂雅集》，卷七，见《影印文渊阁四库全书》，第1 369册，324页，台北，台湾商务印书馆，1986。

⑦ 顾瑛：《玉山逸稿》，卷一，见《丛书集成初编》，6页，北京，中华书局，1985。

一年（1351）顾瑛于钱塘西湖祭祀张雨之时，张渥亦在其侧。

画人之外，与顾瑛来往颇密又名声颇著的书家则有赵奕、朱珪及马晋。

赵奕是著名书画大家赵孟頫的第三子，与善画人马的其兄赵雍相比，他则在书法上更为擅长。顾瑛玉山佳处之湖光山色楼，即赵奕篆颜。杨维桢称其："学书家法，犹晋之有羲、献。其丰神秀整，文采彬彬，真王谢公子也。"[①] 顾瑛也说："赵奕，字仲光，魏国文敏公仲子[②]。作诗为文，翰墨游艺皆有家法，尤好古雅，不事进取。与予特友善。相去虽数百里，必一月一致书。其天质秀雅，如芝兰玉树，王谢佳子弟也。"[③] 据此可知二人交善。至正十一年（1351）十月，赵奕自苕溪前来玉山探访顾瑛，遂有玉山草堂之集。在此集上，赵奕写有"回瞻玉山青，百里风帆挂。维舟草堂前，梧竹自潇洒。一别逾三秋，相见各惊骇"[④] 这样的句子，而见于记载的赵奕参与雅集，也仅此一次而已，遂知二人相交的状态，也总是聚少离多的。

朱珪，字伯盛，昆山人，工大小篆，尤善摹刻。按顾瑛的说法，朱珪为其近邻——"伯盛朱隐君，予西郊草堂之高邻也。性孤洁，不佞于世。工刻画，及通字说。故与交者皆文人韵士。"[⑤] 顾瑛不但如此赞赏其人品，对于他的刻工，也给予了相当高的评价，认为他所刻印章，大有汉风，而所摹刻之图画，更是精妙绝世。所以诗中有云："神斧磨天割紫云，仙葩殒玉发清芬。灵书宝

---

① 《西湖竹枝集》，见《武林掌故丛书》，10页。

② 顾瑛此处误记。赵孟頫三子，长为亮，次为雍，季为奕，然赵亮声名不彰，赵雍、赵奕声名颇显，所以顾瑛误会赵奕为次子，也是情理中事。此条可参见本书附录二《顾瑛交游考》"赵奕"条所引《吴兴备志》。

③ 《草堂雅集》，卷六，见《影印文渊阁四库全书》，第1 369册，300页，台北，台湾商务印书馆，1986。

④ 《玉山名胜集》，卷二，见《影印文渊阁四库全书》，第1 369册，31页，台北，台湾商务印书馆，1986。

⑤ 顾瑛：《玉山逸稿》，卷四，见《丛书集成初编》，58页，北京，中华书局，1985。

诀开刚卯，不数人间小篆文”，还说“镂玉涂金与错银，尽将工巧失天真。君能独扫雕虫伎，定品当一作他年合入一作仝出神。”① 而朱珪不止为顾瑛刻“金粟道人”章及摹刻赵孟頫白描桃花马于石，还曾为顾瑛临摹柳塘春马九霄的篆颜，以补此卷之缺。至正十八年（1358）送别谢应芳之集，朱珪亦在玉山席间。

马晋，字孟昭，扶风人，善楷书。至正十六年（1356），顾瑛在失却柳塘、绛雪、绿波三卷诗文之后，就是与袁华、马晋一同“分补其缺，各书一卷”② 的。马晋于绛雪亭卷后有《跋》一篇，其文曰：“右绛雪亭诗一卷，兵入草堂时图书散佚，玉山归而获此卷于池中。完而可读者，惟前诗五首耳。自张师允御史至王叔正之作，凡若干首，皆于名胜集中重录于右。惟御史之诗，乃袁子英所隶。余诗并七月纪时与序，皆予书。”③ 至正十六年十月可诗斋之集，马晋也参与其间，“善长秉笔作图于卷，予索孟昭楷书以识”④。可知马晋的楷书，于玉山雅集确曾发挥过十分重要的作用。

诚然，往来于玉山的画人书家不止此数，以上只是撮其要而言之。玉山的风雅，正是在这众多画人书家的往还穿梭中频添着。

四、西域蒙古与玉山雅集

作为我国历史上第一个由少数民族建立的大一统政权，民族的大融合是元代最为显著的时代特征之一。而顾瑛的玉山，确实也映射出了这一特征。据笔者所考，玉山宾客中能确知姓名的西域、蒙

---

① 《题朱伯盛诗卷四首》，见顾瑛：《玉山逸稿》，卷四，《丛书集成初编》，58页，北京，中华书局，1985。所引为第一、四首。

② 《玉山名胜集》，卷五，见《影印文渊阁四库全书》，第1 369册，91页，台北，台湾商务印书馆，1986。

③ 《玉山名胜集》，卷五，见《影印文渊阁四库全书》，第1 369册，93页，台北，台湾商务印书馆，1986。

④ 《玉山名胜集》，卷四，见《影印文渊阁四库全书》，第1 369册，73页，台北，台湾商务印书馆，1986。

古人氏共有7人①，他们是昂吉、达普化、孟昉、聂镛、萨都剌、锁住和斡玉伦徒。这些人的身上，或多或少，都带有一定的华化印痕，足称风雅之辈，其中萨都剌更是元代著名的诗家。

锁住，至正年间曾为浙东宣慰副使。杨镰、叶爱欣整理的《玉山名胜集·玉山名胜外集·纪饯送》收有于立《送浙东副元帅巡海归镇诗序》，其文云："国朝自平宋以来，岁漕东南稻米由海抵京邑，至正八年春，海寇暴作，焚官储，劫帅臣，贼嘄（叫）謼（呼）势张甚。朝廷命各道出师，据要害摧截其角牙，岁以为定制。十年，浙东副元帅锁住公总兵在行，公闻命，即戒严出次外廷命。……先是，各道出师多为民病，公所至，民不知有兵。贼间聚海岛者，相视愕眙，鼠窜他境上。凡三月，粮既率事②，由昆山刘家港取陆路归镇行省。……既告行，饮酒故人玉山草堂上，言不及军事，谈笑侃侃若出诸生下。"③ 就此文，可知顾瑛与锁住交往早于至正十年，而锁住虽为蒙古官吏，却也有相当的汉学积累，仿佛诸生。

达普化，又称泰不华，字兼善，有"白野"之号。《元史·泰不华传》称其为伯牙吾台氏④，但对其所隶何族并未指明。后世对此也一直未有定说。有人认为他是色目人中的钦察人，也有人说他就是蒙古人。⑤ 但不管隶属何族，达普化都属于受中原汉族文化影响颇深之人。陈垣先生《元西域人华化考》一书在西域人之儒学、

① 顾瑛玉山佳处亭馆匾额，亦多马九霄所题。马九霄即为回纥人，是马九皋之弟，能篆书。不过，其与顾瑛之间未见有交游迹象。其所题之字，顾瑛也有可能得自于旁人。证据之不足，故未将此人列入顾瑛之交游。此外达识帖穆尔与顾瑛虽有一面之交，但所为乃荐官之事，且亦被顾瑛所拒，故不纳入玉山宾客的讨论范畴。

② 此处明显点断有误，兼失校。考之《丛书集成初编》本《玉山逸稿》卷四《云帆驾海图诗送浙东副元帅锁住公归镇》题下小注，知其当为："凡三月粮既卒事。"

③ 杨镰、叶爱欣整理：《玉山名胜集》，下册，373页，北京，中华书局，2008。

④ 《列传》，第三十，见《元史》，卷一百四十三，3 423页，北京，中华书局，1976。

⑤ 如陈垣先生《元西域人华化考》一书，就考订达普化为钦察人。而陶宗仪《书史会要》、孙原理《元音》等书都称其为蒙古人。

西域之中国诗人、西域之中国书家等章节都论及达普化，可知他在儒学、诗歌、书法方面都有一定造诣。据顾瑛《拜石坛记》，达普化曾在后至元五年（1339）玉山亭馆兴建之初一过玉山，“后三月而御史白野达兼善来观，嘉丹丘之逸致，为作古篆‘拜石’二字于坛，又隶‘寒翠’以美其所”①。除了这一处，玉山其他亭馆园池，也多达普化所题颜。不过，玉山亭馆大致建成之后，达普化却没有机会再去。所以，郑元祐才在文章中如是叹曰：“白野公为庸田使，时得玉山君诗读之，常欲扁舟访君界溪，未果而除浙东帅。安知公死于王事，忠义之烈，昭如日星。使公在而获睹尊师所为序并诸君子所赋诗，当重称赏。今公既没而萧君与余亦皆老矣，援笔感念，为之慨然。”② 是时为至正十二年（1352），达普化正是在这一年讨伐方国珍的战斗中牺牲的。

聂镛为蒙古人，《元诗选·癸集》收有其诗。其小传称：“镛字茂宣，一作‘先’。幼警悟，从南州儒先生问学，通经术。善歌诗。”③ 聂镛与顾瑛有交。《玉山名胜集》中收有他的四首诗。其中一首是题碧梧翠竹堂的，一首则是题可诗斋的，另外两首则是寄怀顾瑛之作。其诗曰：

其一

美人昔别动经年，几见娄江夕月圆。怪底清尘成此隔，每怀诗句向谁传。桃溪日暝垂纶坐，草阁秋深听雨眠。安得百壶春酿绿，寻君还上木兰船。

其二

虎头公子最风流，只著仙人紫绮裘。筑室爱临溪侧

① 顾瑛：《拜石坛记》，见《玉山名胜集》，卷八，《影印文渊阁四库全书》，第1 369册，128页，台北，台湾商务印书馆，1986。具体时间之考订参见本书附录一《顾瑛年谱》。

② 《玉山名胜集》，卷七，见《影印文渊阁四库全书》，第1 369册，112页，台北，台湾商务印书馆，1986。

③ 《元诗选·癸集》，1 219页，北京，中华书局，2001。

畔，钩帘坐见水西头。常时把笔题江竹，最爱看山立钓舟。却羡多才于逸士，清秋不厌与君留。①

足见其对顾瑛的推美和相思之意。

孟昉，字天玮，唐兀人，寓居于大都。陈垣先生于《元西域人华化考》一书，将其列为“西域之中国文家”，称“与余阙同时，同为唐兀人，而以古文名者有孟昉”②。顾瑛与孟昉的交往，主要见诸诗歌。顾瑛《玉山璞稿》有《乙未和孟天玮都司见寄》五首，还有《长歌寄孟天玮都事》一首。其诗多道心中之事，非知交者，则不足言此。如“楼上人家不识春，檐头蛛网亦生尘。朱门桃李皆零落，只有东风未嫁人”③，虽未明言，却也不难读出顾瑛对时局濒溃、朝野将倾这一现实发自内心的喟叹。而“天子仁慈尚姑息，丞相南征兴重役。乘时饿虎昼吃人，谁与苍生系休戚”④。如此愤激切直之语，对方如非相知甚深者，又如何能够道出。

至于昂吉，则是见于记载来往玉山最密的西域人。顾瑛《草堂雅集》卷十有云：“昂吉，字启文，西夏人。登戊子进士榜，授绍兴录事参军，多留吴中。时扁舟过余草堂。其为人廉谨寡言笑，非独述作可称，其行尤足尚也。”⑤《元西域人华化考》一书将昂吉列为“西域之中国诗人”，称“唐兀去中国最近，其地又颇崇儒术，习睹汉文，故入元以来，以诗名者较他族为众。余阙、斡玉伦

---

① 聂镛：《寄怀玉山》，见《玉山名胜集·外集》，《影印文渊阁四库全书》，第1 369册，160～161页，台北，台湾商务印书馆，1986。

② 陈垣：《元西域人华化考》，卷四，见《文学篇》，77页，上海，上海古籍出版社，2000。

③ 《乙未和孟天玮都司见寄》其四，见顾瑛：《玉山璞稿》，《影印文渊阁四库全书》，第1 220册，142页，台北，台湾商务印书馆，1986。

④ 《长歌寄孟天玮都事》，见顾瑛：《玉山璞稿》，《丛书集成初编》，28～29页，北京，中华书局，1985。

⑤ 《草堂雅集》，卷十，见《影印文渊阁四库全书》，第1 369册，384页，台北，台湾商务印书馆，1986。

图之外，尚有张雄飞、昂吉、完泽等”①。昂吉在至正九年（1349）十二月就曾一至玉山。而玉山雅集最盛之至正十年（1350），亦时见昂吉于其间唱和赋诗。在昂吉眼中，玉山雅集是这样的——“玉山草堂花满烟，青春张乐宴群贤。美人蹋舞艳于月，学士赋诗清比泉。人物已同禽鸟乐，衣冠并入画图传。兰亭胜事不可见，赖有此会如当年。”② 而雅集中人，亦常以“西夏郎官美词翰”③、“西夏郎官富文采”④ 等语称美昂吉。可见，昂吉这一西域人士于玉山一样能够领受到那份风流绝尘的逸况，一样过得和乐欢洽。

萨都剌与顾瑛的交游情况，于史未彰，然而在萨都剌《雁门集》中却有《席上次顾玉山韵》一诗，其诗云：“粉墙斑鸠啼绿树，白日紫燕穿珠帘。昼长深院弄瑶瑟，艳姬十指行春纤。”⑤ 据此，可推知二人的生活轨迹确实是曾经有过交汇的，只可惜这交汇的时间短暂得令人叹惋，如若不然，玉山雅集的诗歌又将增添一份来自萨都剌的绮丽光芒。

与昂吉同为“西域之中国诗人”的斡玉伦徒亦曾一至顾瑛玉山。在顾瑛《丛书集成初编》本《玉山璞稿》中有《和斡克庄崇明三沙诗》一首，诗中有云：“却忆题诗绣衣使，高秋曾过玉山东。”⑥ 是以可证二人有交。

由上所述，可以看到：所谓西域、蒙古之人，与所谓汉族士人

---

① 陈垣：《元西域人华化考》，卷四，见《文学篇》，59页，上海，上海古籍出版社，2000。

② 昂吉：“玉山雅集图者，淮海张叔厚为玉山主人作也。主人当花柳春明之时宴客于玉山中，极其衣冠人物之盛，至今林泉有光。叔厚即一时之景绘而成图，杨铁史既序其事，又分韵赋诗于左，俾当时预是会者，既足以示不忘而后之览是图与是诗者，又能使人心畅神驰，如在当时会中，展玩之余，因赋诗以记其后云”，见《元诗选·三集》，416页，北京，中华书局，1987。

③ 《玉山名胜集》，卷八，见《影印文渊阁四库全书》，第1 369册，126页，台北，台湾商务印书馆，1986。

④ 《玉山名胜集》，卷八，见《影印文渊阁四库全书》，第1 369册，135页，台北，台湾商务印书馆，1986。

⑤ 《雁门集》，卷十二，323页，上海，上海古籍出版社，1982。

⑥ 《玉山璞稿》，见《丛书集成初编》，10页，北京，中华书局，1985。

并无分别，他们同样可与顾瑛交同心之契，也同样可于玉山雅集众宾之中以诗文擅场，凭风雅超群。

五、工匠伎艺与玉山雅集

最后，顾瑛玉山还有一类宾客必须一提，那就是工匠伎艺之流。以过去的眼光看来，所谓工匠伎艺者，都属贱民之类，难登大雅之堂。但在顾瑛玉山，他们却赫然厕身于雅集宴席之间，受到的待遇与其他宾客别无二致。

墨工吴善（国良）就是这样一个典型的例子。所谓墨工，即是制墨的工匠。作为墨工，吴善最擅长用桐花烟制墨。倪瓒和郑元祐都曾写诗称美过其制墨的工艺。倪瓒之诗云：“吴生制墨变潘法，住近义兴山郭中。洗玉巧当前涧水，采花还觅古时桐。照夜虹光灯隐壁，拂云鸾尾谷生风。长年圭璧富润屋，我善养生那有穷。”① 郑诗则云：“吴生家藏烧墨诀，传自李潘语非夸。扫桐华烟三万石，鬼物守护无疵瑕。千杵万杵白兔臼，麋角捣胶无夜昼。制成龙香古圭璧，玉刚金纯石同寿。”② 墨工之所以往来于各地文人雅士之家，最直接的目的就是为了出售所制之墨。吴善当然也不例外，倪瓒集中就有一诗题为《义兴吴国良用桐烟制墨将游吴中求售，赋诗以速其行》。③

作为一位制墨求售的工匠，吴善的身份地位可谓卑微之极。可是在顾瑛玉山的雅集场合，我们却丝毫感受不到他被冷落。吴善在玉山雅集最盛的至正十年（1350）十二月来到此间，从相关的记载看，他在玉山盘桓了大约半个月的光阴，多次与顾瑛等人宴乐觞咏。《玉山名胜集》卷三于立之序就提到：“至正十年……嘉平之望……适郯云台自吴门，张云槎自茂苑，吴国良自义兴，不期而

---

① 倪瓒：《清閟阁全集》，卷六，清康熙五十二年（1713）城书室刻本，11 页。

② 郑元祐：《桐华烟为吴国良赋》，见《草堂雅集》，卷三，《影印文渊阁四库全书》，第 1 369 册，237 页，台北，台湾商务印书馆，1986。

③ 倪瓒：《清閟阁全集》，卷三，清康熙五十二年（1713）城书室刻本，10 页。

集，相与痛饮湖光山色楼上。”① 于这些雅集当中，吴善未见半点局促，还能以吹箫助趣。顾瑛《题桐花道人卷》有云：“桐花道人吴国良雪中自云林来，持所制桐花烟见遗，留玉山中数日。今日始晴，相与同坐雪巢，……听清癯生陈惟允弹石泉流水调，道人复以碧玉箫作《清平乐》。虚室半白，尘影不动，清思不能已已。”②郯韶亦云：“酒酣，予诗最先成，盖桐花仙客又能倚洞箫作《梅花三弄》，实能起予之遐思。”③ 可见，无论主人还是宾客，都没有以和吴善这位墨工同席为耻。他们大都称美其为“桐花仙客”，或者“桐花道人”，对他的风致颇为赞赏。

吴善吹箫之余，亦能赋咏。在枫桥送别于立之际，他曾次郯韶之韵为诗曰：“三日寒山寺，桥边共缆舟。看云坐磐石，濯足俯清流。急雪翻随马，澄江静没鸥。君归甬东去，我向竹西游。”④ 所作颇有清致。应该说，这样一个善吹箫，又能吟咏的吴善，同样可称风雅之辈。最关键的一点在于：周旋于玉山宾客之间，他的这份风雅，并没有因为其墨工的身份而有半点减损。

吴善之外，出现在玉山有姓名可考的卑微之人，尚有疡医刘起，以及乐师张猩猩、周琦。所谓疡医，就是指治疗各种疮伤，例如肿痛溃烂之类的大夫。这在医师中间，应该属于级别较低的一种。这位刘起，曾参与过至正九年（1349）六月之集。席间虽不能成诗，但在座的宾客仍以“雅”相称——“医缓辄雅拜”⑤，并不见轻视之意。乐师亦属贱职，而玉山的数位嘉宾，如杨维桢、于

---

① 《玉山名胜集》，卷三，见《影印文渊阁四库全书》，第 1 369 册，52 页，台北，台湾商务印书馆，1986。

② 《玉山名胜集》，卷五，见《影印文渊阁四库全书》，第 1 369 册，86 页，台北，台湾商务印书馆，1986。

③ 《玉山名胜集》，卷五，见《影印文渊阁四库全书》，第 1 369 册，78 页，台北，台湾商务印书馆，1986。

④ 《玉山名胜集》，卷四，见《影印文渊阁四库全书》，第 1 369 册，61 页，台北，台湾商务印书馆，1986。

⑤ 吴克恭诗，见《玉山名胜集》，卷二，《影印文渊阁四库全书》，第 1 369 册，43 页，台北，台湾商务印书馆，1986。

立、昂吉①等，都曾写诗赠与善弹胡琴的张猩猩，力赞其技艺——“神弦梦入鬼工秋，湘山摇江江倒流。玉兔为尔停月臼，飞鱼为尔跃神舟。”② 还有一位周琦，生平事迹已不可考，但可知其为吹笙之人，亦曾列座于玉山之宴席。于立就有诗《玉笙谣玉山席上赠周生，时铁崖同赋》，其中云：“十三学神仙，十五能吹笙，仙人王子晋，同上凤凰翎。丹山凤凰十七声，钧天按节皆和鸣”③，对其伎艺倍加称许。杨维桢集中有《周郎玉笙谣并引》，其小引亦云：“金华周郎琦，独聪于此。予尝于灵岩虎阜间闻其奇弄，令人飘飘然有伊洛间意，时坐客句曲张贞居、东海倪元镇、昆山顾仲瑛、云丘张仲简、吴兴郯九成，咸名能诗者也。”④ 地点虽非玉山，坐客中也未见于立之名，但从二诗的词句看来，当是同次雅集所赋。

以上仅就玉山最具代表性的五类宾客分而论之。五类之外，尚可见隐逸、官吏及其他身份未详之人，隐逸、官吏者多兼有文士身份，故此略而不论。就以上所述，已可清楚看到：顾瑛的玉山虽然只是偏处于江南一隅的方寸之地，可来往其中的各色人等，却不啻为一个社会的小小缩影。借由这样一个缩影，我们无疑能够更好地认识元代诗歌创作人群的构成，以及因此而添注其间的种种特色，因为玉山雅集毕竟是以诗歌为事的雅集，而往来其间的大多数人，都是当时诗坛的一分子。

---

① 于立诗《胡琴谣赠张猩猩》后有小字云：“时西夏高起文同赋。”高起文即昂吉，具体考证，参见本书附录一《顾瑛年谱》。

② 杨维桢：《张猩猩胡琴引》，见《铁崖古乐府》，卷二，《影印文渊阁四库全书》，第1 222册，18页，台北，台湾商务印书馆，1986。

③ 《草堂雅集》，卷十一，见《影印文渊阁四库全书》，第1 369册，394页，台北，台湾商务印书馆，1986。

④ 杨维桢：《铁崖古乐府》，卷二，见《影印文渊阁四库全书》，第1 222册，19页，台北，台湾商务印书馆，1986。

第二节　肝胆相输：顾瑛与玉山宾客之间的交谊

当然，玉山之所以有吸引力，除了它所敞开的怀抱外，还在于它的真挚。玉山之集不是风流际会的虚应故事，而是力求投契与会心的知交之集。第一章论及玉山主人顾瑛，已然知道他是轻财尚义、好事痴绝的。这样的性情，也就决定了他会是一个将朋友放到极高位置的人。而这种性情，显然也影响到了整个玉山，玉山雅集的主宾之间，所缔结的同样是一份真挚得叫人动容的友谊。

袁华《耕学斋诗集》有《郑明德先生卖寿器以赘婿，玉山道人复赠一棺，赋诗以谢，邀予次韵》一诗，诗云：

> 山人右臂枯有棱，日耕研田耘剡藤。只今年已六十五，感时念旧身凌兢。文章海内鸣当日，老病穷愁如蝟（猥）集。子亡女长当赘婿，无钱卖棺情岂恤！江空木落西风高，短衣破屋惊搜牢。相逢玉山泪流霰，老我太平难再遭。玉山重义又急火，为制柟木棺，若蚕得缠裹。便呼老仆荷锸随，醉死何妨即埋我。君不见，北邙山，荒坟累累白草间。积金何如积阴德，黄鸟能致三公环。①

郑明德者，郑元祐也，明德乃其字。此人与顾瑛交游甚久。顾瑛曾写过一首《寄郑明德》，诗云："我爱廛居郑有道，屡辞征币卧松云。年来短发笼纱帽，客至新诗写练裙。几上只留招隐赋，人前每读送穷文。清时已见文名著，日日高车访隐君。"② 诗中满是慕尚、嘉许之意。而且，这绝非停留于口头上的假意奉承。所以，当郑元祐遭逢如此窘境时，顾瑛才会毫不犹豫地慷慨相助。要知道，郑元

① 袁华：《耕学斋诗集》，卷五，见《影印文渊阁四库全书》，第 1 232 册，301 页，台北，台湾商务印书馆，1986。

② 郑元祐：《和玉山见寄》，诗后所附顾瑛诗，见《草堂雅集》，卷三，《影印文渊阁四库全书》，第 1 369 册，234 页，台北，台湾商务印书馆，1986。

祐65岁之年，恰好是至正十六年（1356）。[①] 正是在这一年，顾瑛遭遇了许多人生的大变故——携家避兵于商溪、母亡、有兵入草堂相执、亭馆书卷尽失、张士诚纠缠不止、祝发为在家僧，等等。这一年，可谓顾瑛的多事之秋。就在这自顾不暇的时候，对于朋友，顾瑛还是一如既往地伸出援手。这份挚诚，着实叫人叹惋。

同时，顾瑛对待朋友的关怀与热情，不仅见于那些相交日久的友人身上，很多人方才一过玉山，顾瑛就已待之如老友一般，于是许多萍水相逢者，都成了他的莫逆之交。谢应芳就是这样一个例子。谢应芳是毗陵人，逃难来到玉山。对于这样一位逃难前来且素未谋面之人，顾瑛仍极尽款待之能事，仿佛要用这份热忱，为之洗尽路尘与客愁——“时余逃难来，憔悴如病鹄。相见恨殊晚，姓名闻已熟。夜饮佳树轩，明朝杯又续。高堂桂花秋，金钗剪银烛。双歌棹舷船，洗我愁万斛。一留两月余，坐客常五六。写图纪觞咏，坠水亦有曲。连床可诗斋，清话屡同宿。”[②] 袁华《柳塘轩听雨与谢子兰同赋》对这一次会面也有记述：“有客毗陵来，皂帽霜盈颠。奔逃患难余，与予同可怜。岂无道里归，饥火方垂涎。主人敬爱客，开尊且留连。幽轩落疏雨，秋水满平川。余音散高柳，似聆清商弦。剪烛对床话，中心畅忧悁。”[③] 对于顾瑛而言，袁华是旧雨，谢应芳是新知，不过，这两位旧雨新知在乱离之时会于玉山，感受却是别无二致，都是“洗我万斛愁”，“中心畅忧悁”。顾瑛的待客之道，实在让人心折。这之后，顾瑛对背井离乡的谢应芳一直关怀有加。知道他要迁居泗川，顾瑛就于书画舫张筵为之送

---

① 郑元祐，生于1292年，故知其六十五岁之年为1356年。其生卒年，见本书附录二《顾瑛交游考》“郑元祐”条。

② 《祭顾玉山诗》，见谢应芳：《龟巢稿》，卷四，《影印文渊阁四库全书》，第1 218册，107页，台北，台湾商务印书馆，1986。

③ 《柳塘轩听雨与谢子兰同赋》，见袁华：《耕学斋诗集》，卷三，《影印文渊阁四库全书》，第1 232册，284页，台北，台湾商务印书馆，1986。

行，临别赋诗曰："君归只在泗川上，百里那消风一蓬。君好去，莫匆匆，足衣足食可御冬。回首虹光贯明月，新诗多附高飞鸿"①，句句叮咛，句句深情。就算自己也同样被迫离家、迁居嘉兴，对于谢应芳，顾瑛还是时时不忘以诗问讯——"翁亦客槜李，远避蝮蛇毒。山川郁相望，诗筒时往复。"② 甚至在流徙濠梁之后，对于没有前来送行的谢应芳，顾瑛也不忘致书，仍然满纸问候之语——"挈家赴临濠，星言去程速。送行愧邹游，口占谢龟缩。诗去秋复春，客来书满幅。念我及儿辈，举室蒙记录。"③ 如此深情，叫人怎能不动容！

对于已经故去的朋友，顾瑛同样未曾忘怀于心。至正十年（1350）八月，在天平山游玩的顾瑛，念及已然故去的张雨，就曾无比伤感地吟咏："忆昔张贞居，寄我琳琅篇。逝者不可作，新诗徒为传。举酒酹白日，万壑生凄烟。幽欢苦未足，落景忽已迁。美人胡不来，山水空青妍。"④ 至正十一年（1351），顾瑛曾在西湖准备了牲酒，邀约杨维桢、葛元哲等人一起去张雨墓前祭拜。当日友人对于顾瑛此举，是这样评价的："吁！自《伐木》诗废，交道久缺，而况于今时哉！仲瑛之于朋交，死生交情，能尽其义，可谓善与人交者也。"⑤ 同年八月，顾瑛偕友人出阊阖门登山临水之际，也不忘一至横山，凭吊故人杞菊先生陆德原之墓。陆德原的墓碑上，刻着黄溍所写碑文。面对这坟丘与碑文，念及当日曾经寄来蜜梅、徽纸的

---

① 《饯谢子兰分韵诗》，见《玉山名胜集》，卷七，《影印文渊阁四库全书》，第1 369册，110页，台北，台湾商务印书馆，1986。

② 《祭顾玉山诗》，见谢应芳：《龟巢稿》，卷四，《影印文渊阁四库全书》，第1 218册，107页，台北，台湾商务印书馆，1986。

③ 《祭顾玉山诗》，见谢应芳：《龟巢稿》，卷四，《影印文渊阁四库全书》，第1 218册，107~108页，台北，台湾商务印书馆，1986。

④ 顾瑛诗，见《玉山纪游》，《影印文渊阁四库全书》，第1 369册，485页，台北，台湾商务印书馆，1986。

⑤ 释良琦：《游西湖分韵诗序》，见《玉山纪游》，《影印文渊阁四库全书》，第1 369册，488页，台北，台湾商务印书馆，1986。

友人[1]已长眠于斯，顾瑛心中的哀恸是可以想见的——“华表西风鹤未归，白杨无数鸟声悲。我来再拜漫山冢，忍读新安博士碑。”[2]

可以说，这样一个“善与人交”的顾瑛，是在元季“古人已寂寞，古道复久荒”[3] 这样一个浇薄时世，用自己的身体力行，恢复了沦丧已久的“交道”——无论贫富、安危、生死，对于朋友都始终挚诚相待、不离不弃。所以，郑元祐才会在《和玉山见寄》一诗中如此感叹：“犹赖顾循能慰藉，江河冷落见番君”[4]；杨维桢写给顾瑛的诗中，也屡屡可见“故人情深谁比似，论交奚啻旧绨袍”[5] 这一类字句。至于谢应芳，同样时时记挂着顾瑛，时时写寄着问候的诗句，在得知顾瑛去世消息之后，他更是肝肠寸折，涕泪纵横——“初疑传者讹，细闻泪盈掬。嗟我老异乡，知己失鲍叔！”[6] 于是，很自然的，这位重义爱友宛若古时鲍叔的顾瑛，也赢得了无数同样真心的友人，同样挚诚的对待。

所谓“时穷节乃见”，朋友们对于顾瑛的这种挚诚的相待，危难之时表现得尤为突出。郑元祐《白云海记》便记录了这样一件事情：“今年（即 1356 年）[7] 春，界溪顾君仲瑛奉其母陶夫人避地于商溪，商溪在吴兴之东南僻绝处，人以君平昔尊贤下士，虽危险

---

① 见陆德源：《送徽纸昌园梅且索和》二诗及所附顾瑛唱和之诗，《草堂雅集》，卷六，《影印文渊阁四库全书》，第 1 369 册，297 页，台北，台湾商务印书馆，1986。

② 顾瑛：《拜杞菊先生墓》，见《玉山纪游》，《影印文渊阁四库全书》，第 1 369 册，504 页，台北，台湾商务印书馆，1986。

③ 吴克恭：《纳交行》，见《草堂雅集》，卷三，《影印文渊阁四库全书》，第 1 369 册，241 页，台北，台湾商务印书馆，1986。

④ 郑元祐：《和玉山见寄》，见《草堂雅集》，卷三，《影印文渊阁四库全书》，第 1 369 册，234 页，台北，台湾商务印书馆，1986。

⑤ 《玉山名胜集》，卷二，见《影印文渊阁四库全书》，第 1 369 册，22 页，台北，台湾商务印书馆，1986。

⑥ 《祭顾玉山诗》，见谢应芳：《龟巢稿》，卷四，《影印文渊阁四库全书》，第 1 218 册，108 页，台北，台湾商务印书馆，1986。

⑦ 具体考证，请参见本书附录一《顾瑛年谱》。

殆艰，裹糇粮、具舟楫以从君于商溪者，相望不绝。”① 此后不久，顾瑛母亲因病去世，则又是“吊者相属于道，哭者相踵于室，执绋追送几数千人”②。郑元祐的记述，或者有夸张的地方，但却道出了这样一个不争的事实：顾瑛虽然身历危难，却不乏友朋相伴。从这一事实，我们不难看出顾瑛的人品，“士于此可以念君平日之为人”③；另外，这也可证明顾瑛平日所交，绝非那种只能于宴席上欢饮谈笑的酒肉朋友，而是可以共赴患难的良朋。这些追随着顾瑛同往商溪的人，可以知道名字的就有释良琦和袁华。“忆昔避地商溪头，畏途风雨同泛舟。登楼见月思乡泪，坐石看云忆弟愁”④，能够不惧畏途之风雨，不虞个人性命之安危，照样同舟共济，这就真称得上患难之交了。

顾瑛避地于吴兴商溪的时间虽只有数月，但在这数月之内，他却还结交了一位难得的好友。此君即是葛玄素。顾瑛与葛玄素相识于商溪之上的大慈隐寺。两人一见面，便颇有好感，“天民（葛玄素之字）读书有节义，落落有古人风，故与予甚浃洽”⑤。等到顾瑛返回界溪之时，葛玄素更是“远饯于洪城溪亭，临溪泣别”⑥，令顾瑛感动不已。而当葛玄素听说顾瑛祝发为僧之事，又“驾轻舟历数百里之险途”⑦，前来看望问候。面对这样一位朋友，顾瑛不禁感叹：“其义之笃，情之深，非寻常泛交结面者之比！”⑧ 缔交

---

① 郑元祐：《白云海记》，见《玉山名胜集》，卷五，《影印文渊阁四库全书》，第1 369册，79页，台北，台湾商务印书馆，1986。

②③ 郑元祐：《白云海记》，见《玉山名胜集》，卷五，《影印文渊阁四库全书》，第1 369册，79页，台北，台湾商务印书馆，1986。

④ 《玉山名胜集》，卷五，见《影印文渊阁四库全书》，第1 369册，84页，台北，台湾商务印书馆，1986。

⑤⑥ 《玉山名胜集》，卷六，见《影印文渊阁四库全书》，第1 369册，99页，台北，台湾商务印书馆，1986。

⑦ 《玉山名胜集》，卷六，见《影印文渊阁四库全书》，第1 369册，99～100页，台北，台湾商务印书馆，1986。

⑧ 《玉山名胜集》，卷六，见《影印文渊阁四库全书》，第1 369册，100页，台北，台湾商务印书馆，1986。

于患难，其情谊，的确坚比金石，生死与共。

身处乱离之中的顾瑛，遭遇了不少的坎坷，但他的身边却始终没有缺少过朋友的关心与惦记。就是到了明朝建立、顾瑛被迫远徙濠梁之时，他的身边仍不乏友朋的身影。袁华《耕学斋诗集》卷六有诗题为《分题得南武城送顾仲瑛之濠梁》，由此可知顾瑛在开赴濠梁之前，朋友曾相聚为之送行。能够做到这样，实在很不容易，因为新朝的统治者朱元璋是一个猜忌之心极重的人。吴地本为张士诚所有，很多的儒士文人都为其所用，所以朱元璋对于吴地之人的反感与猜忌尤甚。稍有不慎，便获死罪。何况顾瑛乃因其子是元朝故臣的身份而遭到流徙，这对于新建立的政权而言，就是前朝余孽。如要保全自己，应当是避之唯恐不及的。接近都有致祸的可能，更别说以朋友的身份为之送行了！不是真正的朋友，绝难为此！当日于何处饯行，有几人相送，已不得而知了。唯一留下的，就只有袁华这一首诗：

> 南武城，在娄水，阖闾昔筑候越兵，檇李兵交竟伤指。夫差一战虽复仇，尝胆毋忘会稽耻。大夫种至请行成，属镂卒赐忠臣死。争长黄池盟，宁知甬东徙。南武城，城已堕，我来览古仍赋诗。棠梨花落雨丝丝，游子西行何日归，怅望不见令人悲！①

袁华的诗歌，不仅记录了一个悲戚的春日里的一场送别，同时呈现了一份历经千载也不减光芒的生死友情。

甚至顾瑛辞世已告五载之际，洪武六年（1373）正月初三，玉山常客秦约与陆仁还相约备下清酌庶馐一同拜祭，“惟公禀卓荦英迈□□，心豪而志雄。富不恃产之万金，贵不慕禄之万钟。赋诗则咳唾珠玉，摛辞则五采之流虹，精研佛老之学，皆理实而心融。好义如郭元振，好侠似陈孟公”，“思公如在，感念无穷。惟公知

---

① 《分题得南武城送顾仲瑛之濠梁》，见袁华：《耕学斋诗集》，卷六，《影印文渊阁四库全书》，第1 232册，310页，台北，台湾商务印书馆，1986。

约与仁，必亦慨叹于冥冥之中”。① 顾瑛与之早已阴阳相隔，二人却还拳拳至斯，堪见这是一种何等深长的情谊！

“羁旅知交态，淹留见俗情”②，应该说，经历了和平与战火的交替，经历了社稷倾颓、山河易主，顾瑛和玉山宾客之间的交谊，其实已经焠炼成了一种可以肝胆相输、生死与共的友情。也正因为如此，玉山雅集才总是让人感到温暖，总是充满吸引力。故此，即便是身处锋镝之间，人们却还是忍不住穿越艰难险阻来此一聚，享受那“入门相见各青眼”③ 的殊遇，以及“谈笑便须相抵掌，清兴何所共持觞”④ 的欢愉，这是只有真存深挚的友情才能给予的欢愉。

第三节　因寄所托：玉山雅集纵情诗酒的背后

王羲之《兰亭集序》有一段很著名的话：“夫人之相与，俯仰一世，或取诸怀抱，晤言一室之内；或因寄所托，放浪形骸之外。”⑤ 顾瑛及其朋友于玉山的纵情诗酒、超逸放旷，恰恰就是对于所谓“因寄所托，放浪形骸之外”最好的诠释。

一、与俗相乖的个体

顾瑛等人之所以会选择这样一种方式进行交游，在很大程度上，是出于对世俗的蔑视。顾瑛和他的很多朋友，在世俗之人眼中，可说都是怪人、畸人，都是无法理解和认同的。而顾瑛等人也从来无意妥协，哪怕心中因此颇为郁积。可是郁积的内心总是需要

---

① 《祭顾玉山文》，见杨镰、叶爱欣整理：《玉山名胜集》，下册，656 页、657 页，北京，中华书局，2008。

② 杜甫：《久客》，见《全唐诗》，卷二百二十八，2 474 页，北京，中华书局，1960。

③ 释良琦：《题碧梧翠竹堂》，见《玉山名胜集》，卷二，《影印文渊阁四库全书》，第 1 369 册，27 页，台北，台湾商务印书馆，1986。

④ 释良琦诗，见《玉山名胜集》，卷七，《影印文渊阁四库全书》，第 1 369 册，100 页，台北，台湾商务印书馆，1986。

⑤ 王羲之：《兰亭集序》，见《古文观止》，卷七，长沙，岳麓书社，1988。

释放路径的，是以玉山雅集的每一次飞觞啸咏，便成了这些“乖戾”个体难得的肆意伸展。玉山雅集中最著名的“怪人”、“畸人”，则非倪瓒、杨维桢，以及顾瑛本人莫属。

倪瓒以“迂”著称于世。在世人看来，他的“迂”，在于不治家业，甚至到了后来尽弃不顾；也在于好洁成癖、懒与人交。这样一个倪瓒，是不务正业的，也是不可理喻的。但实际上，倪瓒却是一个清逸高洁，不涉尘俗的人。世人以“迂”相称，是因为那些被尘垢所蒙蔽的俗眼无法看到这些品质的美好；倪瓒以“迂”自称，是对于世俗不能理解的一种自嘲，同时还有对自己个性的固执与坚持。从倪瓒的诗歌当中，我们不难看到这位“倪迂”、“懒瓒”明月清风一般的内心世界。

倪瓒出身无锡富户，但他所向往的却是一种“云行水流，游戏自在”① 的人生，所以，他宁愿埋头于诗文书画，寄影于山水园池，而不致力于家业的经营。到了兵乱四起的元季，他更是尽弃家产，遁迹山水间。不过，这并非有的记载所称，是倪瓒预感到将来富户命运而做出的明智之举。其实，这只是因为他不堪忍受租赋的控制，不愿意自己的喜怒像受控于狙公一般受控于权门——“嗟余堕狙网，朝暮逐四三。”② 其《至正乙未素衣诗》题下即有小注云：“素衣，内自省也。督输官租，羁絷忧愤，思弃田庐，敛裳宵遁焉。”③《述怀》诗中亦说：“输租膏血尽，役官忧病婴。抑郁事污俗，纷扰心独惊。”④

然而，这样一位生性恬淡、与世无争的人，所得到的却往往是世人的讪笑与白眼。对于这一点，倪瓒是了然于心的。他在诗中常

---

① 《至正十年十月廿三日余以事来荆溪，重居寺主邀余寓其寺之东院，凡四阅月，待遇如一日。余将归，乃命大觉忏除垢业，使悉清净，乃为写寺南山，画已因画说偈》，见倪瓒《清闷阁全集》，卷一，清康熙五十二年（1713）城书室刻本，1 页。

② 倪瓒：《清闷阁全集》，卷二，清康熙五十二年（1713）城书室刻本，5 页。

③ 倪瓒：《清闷阁全集》，卷一，清康熙五十二年（1713）城书室刻本，2 页。

④ 倪瓒：《清闷阁全集》，卷一，清康熙五十二年（1713）城书室刻本，10 页。

说："俗人难与言，长吟野踟蹰"[①]，"少逢人眼青，每遇俗眼白"[②]。对于倾心相交的友人，他亦会感叹："结交云林叟，不顾俗嘲哂"[③]。可见倪瓒并非不屑与人交，而是污浊尘世中，接受他并能懂得他的人实在不多。但即便如此，倪瓒依然"不思悔改"，依然我行我素，对于污浊的时世，始终保持着一种高蹈的姿态，从容的心境——"人以秋毫轩轾我，我心澹（淡）然如碧渊。何期失脚堕尘网，谈笑区中饱世缘。"[④] 所以，倪瓒的好洁，其实不过是一种精神的外化，是他对于同流合污的不甘。对于时世，倪瓒有这样的认识："轻薄纷纷新少年，论诗作赋如涌泉。为云为雨手翻覆，背面挤倾当面怜。"[⑤] 这样的时世，实际不啻于一个丑恶的梦境——"爰梦鬼物，黯淡惨慄（栗）。或禽而角，或兽而翼。夔足骏奔，豕形人立。往来离合，飞搏跳掷。纷攘千态，怪技百出。"[⑥] 故而置身其间的倪瓒，毅然选择了绝世独立，"零露漙夕影，端居澄俗氛。恬淡斯寡欲，荣名非所欣"[⑦]，同时，他"洗耳不堪闻俗语"[⑧]，"白眼视俗物，清言屈时英"[⑨]。笔记小说多载云林好洁轶事，未必属实，或者不乏夸张歪曲之处，但也从侧面佐证着倪瓒对

① 《次韵酬友人》，见倪瓒：《清閟阁全集》，卷一，清康熙五十二年（1713）城书室刻本，11页。

② 倪瓒：《清閟阁全集》，卷二，清康熙五十二年（1713）城书室刻本，7页。

③ 《赠张士行》，见倪瓒：《清閟阁全集》，卷一，清康熙五十二年（1713）城书室刻本，15页。

④ 《人我二首》（之一），见倪瓒：《清閟阁全集》，卷七，清康熙五十二年（1713）城书室刻本，15页。

⑤ 《赠顾定之》，见倪瓒：《清閟阁全集》，卷四，清康熙五十二年（1713）城书室刻本，4页。

⑥ 《义兴异梦篇》，见倪瓒：《清閟阁全集》，卷一，清康熙五十二年（1713）城书室刻本，1页。

⑦ 《秋夜赋》，见倪瓒：《清閟阁全集》，卷一，清康熙五十二年（1713）城书室刻本，10页。

⑧ 《杭人有传余死者，贞居闻之怆然，因赋以寄之》（其二），见倪瓒：《清閟阁全集》，卷五，清康熙五十二年（1713）城书室刻本，18页。

⑨ 《述怀》，见倪瓒：《清閟阁全集》，卷一，清康熙五十二年（1713）城书室刻本，10页。

于污俗之态不可遏制的厌弃之情。

不过，倪瓒并非冷漠于世事。对民生的凋敝、社稷的安危，他是牵系于心的。譬如，“忧国悲民瘼，旱郊起雷车”①、“南游阻绝伤多垒，北望艰危折寸心”②、“桑柘萧条半草莱，百年人事哽悲摧”③、“破屋逃亡寒燐（磷）起，故宫基构绿芜平”④ 这类句子，于倪瓒诗中就时时可见。而他之所以选择抽离，除了不堪污浊之外，还因身经沧海之后，对纷乱的世事有了一种勘破的态度。这一态度，在以下两首作品中，道得格外分明。

> 折桂令拟张鸣善
>
> 草茫茫，秦汉陵阙，世代兴亡，却便似月影圆缺。山人家，堆案图书、当窗松桂、满地薇蕨。侯门深，何须刺谒；白云闲，自可怡悦。到如今，世事难说。天地间，不见一个英雄，不见一个豪杰。⑤
>
> 鹊桥仙
>
> 富家休恃，英雄休使，一旦繁华如洗。鹊巢何事，借鸠居数载，主三易矣。东家烟起，西家烟起，无复碧罩朱启。我来重宿半间云，旧制惟余此耳。⑥

他领悟到，就算是众人皆醉我独醒，也无补于事，因此，才会说“举世无知心自得，众人皆醉我何醒”⑦。同时也可以看到，无论世人如何看待，无论世事如何变迁，倪瓒对于自己的品性，却始终有

---

① 《陆德中祈雨有感》，见倪瓒：《清闷阁全集》，卷一，清康熙五十二年（1713）城书室刻本，17 页。

② 《答邵生》，见倪瓒：《清闷阁全集》，卷五，清康熙五十二年（1713）城书室刻本，13 页。

③ 《述感》，见倪瓒：《清闷阁全集》，卷五，清康熙五十二年（1713）城书室刻本，21 页。

④ 《寓斋秋怀次韵三首》（之三），见倪瓒：《清闷阁全集》，卷五，清康熙五十二年（1713）城书室刻本，22 页。

⑤ 倪瓒：《清闷阁全集》，卷九，清康熙五十二年（1713）城书室刻本，3 页。

⑥ 倪瓒：《清闷阁全集》，卷九，清康熙五十二年（1713）城书室刻本，5 页。

⑦ 《呈诸友人再用前韵》，见倪瓒：《清闷阁全集》，卷五，清康熙五十二年（1713）城书室刻本，23 页。

一种不屈不挠的笃信与固守。

至于杨维桢，则以“妖”为一些道学文人所唾弃。斥之为“妖”者，大多因其为人放浪不羁，不同常俗。但杨维桢的放浪，却事出有因。杨维桢是泰定四年（1327）的进士，本来很渴望在政治上有一番作为，但却于仕途连连遭遇坎坷挫折。进士及第之后，他被署为天台尹，即因整顿吏治一事而惨遭免官——“天台多黠吏，凭陵气势，执官中短长，先以饵钩其欲，然后扼吭，使不得吐一语，世号为‘八雕’。君廉其奸，中以法，民方称快。其党颇蚓结蛇蟠不可解，君卒用是免官。”① 后又调钱清场盐司令，此番则是因“盐赋病民”② 而屡白有司，几乎都要弃印辞官，才终于有个“讫获减引额三千”③的结局。不久，其父母相继亡故，杨维桢遂以丁忧去官，之后，却是“不调铨曹者十年”④。朝廷准备修辽、金、宋三史时，杨维桢曾作《正统辩》，获得时任大司徒的欧阳玄的赏识，即将荐举之时，“又有沮之者”⑤。于是，杨维桢只是被任命为杭州四务提举。这是一个相当辛苦的官职。于任上，杨维桢“日夜爬梳不暇。骑驴谒大府，尘土满衣襟”⑥，劳累非常，却无怨言。后转建德府推官，亦是全力以赴，任劳任怨。最后，杨维桢被升为江西儒学提举、奉训大夫，此时却已是四海兵起，故而终于未能上任，转而栖身江湖。

可见，杨维桢于仕途是相当不得志的。虽然身为进士，却始终沉沦下僚，不得重用。尽管他一直都在全力付出，但却甚少有人赞赏。心中抱负，终究得不到施展。这样的境遇，对于一个胸怀大志的人来说，能不苦闷吗？这一腔激愤之气，倾吐于文辞之中，自然就带着一股凌厉横逸的气势；表现在行事上，同样也会呈现出一种不管不顾的放旷来。更何况，杨维桢的性格本属刚烈，容易采取激

---

①③④⑤⑥　《元故奉训大夫江西等处儒学提举杨君墓志铭有序》，见宋濂：《宋濂全集》，第二册，《銮坡后集》，卷六，679～680页，杭州，浙江古籍出版社，1999。

②　《元故奉训大夫江西等处儒学提举杨君墓志铭有序》，见宋濂：《宋濂全集》，第二册，《銮坡后集》，卷六，680页，杭州，浙江古籍出版社，1999。

烈而极端的方式。宋濂称其“或戴华阳巾，被羽衣，泛画舫于龙潭凤洲之中，横铁笛吹之，笛声穿云而上，望之者疑其为谪仙人。晚年益旷达，筑玄圃蓬台于松江之上，无日无宾，无宾不沉醉”①。他自己也说：“吾未七十，休官在九峰三泖间，殆且二十年，优游光景过于乐天，有李五峰、张句典（当为曲字之误）、周易痴、钱思复为倡和友，桃叶、柳枝、琼花、翠羽为歌畒伎，第池台花月主者乏晋公耳。然东诸侯如李越州、张吴兴、韩松江、钟海盐，声伎高咽，未尝不居其右席，则池台主者未尝乏也。风日好时，驾春水宅赴吴越间，好事者招致，效昔人水仙舫故事，荡漾湖光，望之呼铁龙仙伯，顾未知香山老人有此无也。”② 有的笔记，还记载了他的所谓“莲杯行酒”的轶事——“杨铁崖耽好声色，每于筵间见歌儿舞女有缠足纤小者，则脱其鞋载盏以行酒，谓之金莲杯。”③杨维桢的放浪形骸，由此可见一斑。

面对旁人的不解与厌憎，杨维桢的内心，实在充满苦楚。他在一首诗中这样感叹：“还仙服食终恍惚，天上仙骸成积林。手持女娲百炼笛，笛中吹破天地心。天地心，何高深，八千岁，无知音！”④ 可见其苦无知音的寂寞心情。另一首《古愤》则云：

> 阴阴璞玉抱，幽幽雌剑鸣。玉屈有时白，剑孤有时并。如何妾玉身，长抱碈（珉）石名；如何妾剑身，指为妖铁精！天乎如有情，蚀月为妾明。地乎如有情，河水为妾清！⑤

所谓妾身者，显然就是杨维桢的夫子自道。虽然身怀璞玉，却被人

---

① 《元故奉训大夫江西等处儒学提举杨君墓志铭有序》，见宋濂：《宋濂全集》，第二册，《銮坡后集》，卷六，681页，杭州，浙江古籍出版社，1999。

② 《吴兴备志》，卷十三，见《寓公徵第七》，《吴兴丛书》，26页。

③ 陶宗仪：《南村辍耕录》，卷二十三，“金莲杯”条，279页，北京，中华书局，1959。

④ 《道人歌》，见杨维桢：《铁崖古乐府》，卷三，《影印文渊阁四库全书》，第1 222册，22页，台北，台湾商务印书馆，1986。

⑤ 杨维桢：《铁崖古乐府》，卷四，见《影印文渊阁四库全书》，第1 222册，28页，台北，台湾商务印书馆，1986。

认作石头；即使是宝剑之身，却被人斥为妖精！在这一首诗中，诗人那份怀才不遇又屡遭误解歪曲的愤懑与苦痛，可谓表露无遗。尽管较之身边的凡俗之众，他无疑是出类拔萃、鹤立鸡群的，但此时之“鹤”，却因为与时抵牾，乏人襄助，已经“不复戾九天”①，反倒“不如地上鸡，乃得窃药随神仙”②，这实在是令人感到悲哀的。不过，杨维桢却始终认为：“得势失势兮，而以分乎雌雄！”③在他看来，雌雄之分，并不在得势失势之间。这样的认识也使他对自己始终存有一份自恃。因而，即使无法在仕途上实现个人的雄才壮志，无法取得时人的认同，他依然坚持用自己的方式来宣泄，来树立个人的形象——狷介也罢，放荡也罢，起码不同流俗，是朝着“天子不能子，王公不能俦”④，不见丝毫奴态的“大人”走去的。

顾瑛的“痴”，在世俗之人看来，同样不可思议。人们无法理解：一个出身豪门巨富的人，何以不爱钱财、不治产业、不慕权贵，甚至不乐仕进，反而把全部产业交付子婿打理，将整付心力都用在了玉山雅集的经营上。从世俗的眼光来看，这简直就是愚不可及的。俗人同样无法理解的还有，何以一个根本未曾真正出仕，未食朝廷俸禄的顾瑛，会在江山倾危之际，有着发自内心的伤痛与担忧。然而，却正是这一份“痴”，使得顾瑛身上全无豪富之家的伧俗之气，反是呈现出难能可贵的挚诚——对诗书生涯、对林泉悠游、对雅集、对友人，都全心地投入、真诚地喜爱。由此可见，顾瑛是一位真正具有赤子之心的人。为人行事，他听凭的都是自己的内心。正因为这样，他才可以面对更迭反复的世事，却始终保证节操不隳，保证素心依旧，始终做到了真实。

可是，置身世俗者的目光中，顾瑛也依然有不被理解的悲哀与

---

①② 《鹤趼趼》，见杨维桢：《铁崖古乐府》，卷七，《影印文渊阁四库全书》，第1 222册，54页，台北，台湾商务印书馆，1986。

③ 《龙虎辞》，见杨维桢：《铁崖古乐府》，卷七，《影印文渊阁四库全书》，第1 222册，54页，台北，台湾商务印书馆，1986。

④ 《大人词》，见杨维桢：《铁崖古乐府》，卷三，《影印文渊阁四库全书》，第1 222册，22页，台北，台湾商务印书馆，1986。

无可奈何。在《乙未和孟天暐都司见寄》那一组诗中，有这样的句子：“江头日日惜芳时，三月春光两鬓丝。拔剑自歌还自舞，邑人谁识虎头痴！”① 其内心的郁结，一望而知。

这样一些个性强烈却又不被世俗接受的人走到一起，几乎是没有疑问的，他们会选择“放浪形骸之外”作为相与的方式。一则只有采用这种极致畅快的方式，他们心头纠结多时的不平与愤懑，方能够得以纾解，一洗而空；二则他们可以凭借这样的交往，尽情地惊世骇俗，以宣泄他们对于现世的不满；三则他们那些强烈的个性，需要在这种无所顾忌的放浪中，得到彻底的舒展、充分的张扬。因此，在玉山雅集恣意纵情、诗酒风流的后面，首先存在的，就是这样一些与时相乖，却又不甘屈从的个体。这些个体，失意于世俗，却借着玉山雅集的诗与酒，借着朋友了然的目光，肆意且顽强地坚持着，更彰显着。

二、追慕魏晋的人生态度

另外，顾瑛等人痴迷于玉山雅集的诗酒生涯，也与他们对于魏晋士人发自内心的追慕有着不可分割的联系。魏晋士人所确立的，正是一种纯任自然、无所拘束、傲睨尘俗的风尚，以及少不了园林、山水、诗酒、名士间清谈的生活范式。在这样的风尚与范式中，自然流逸出一种酣畅奔放的气质，以及浓郁的诗情。当时著名的“竹林七贤”，就是其中的突出代表。《世说新语·任诞第二十三》云：“陈留阮籍，谯国嵇康，河内山涛，三人年皆相比，康年少亚之。预此契者：沛国刘伶，陈留阮咸，河内向秀，琅邪王戎。七人常集于竹林之下，肆意酣畅，故世谓‘竹林七贤’。”②

数百年后，集于玉山的顾瑛诸人，同样也总在“肆意酣畅”着。玉山雅集中，时常可以看到主宾不拘形迹的纵情欢乐。至正九

---

① 顾瑛：《玉山璞稿》，见《影印文渊阁四库全书》，第 1 220 册，142 页，台北，台湾商务印书馆，1986。

② 《世说新语笺疏》，726 页，上海，上海古籍出版社，1993。

年（1349）十二月十五日，顾瑛、昂吉、于立等人集于听雪斋时，就曾出现这样的场景："客有岸巾起舞，唱《青天歌》，声如怒雷。于是众宾乐甚，饮遂大醉。"① 而至正十年（1350）正月，诸君张筵于碧梧翠竹堂时，又有"松云子饮酣长啸，上马驰去，得栖字不赋云。"② 同年七月六日，释良琦等人本是泛舟下娄江，顺道过界溪问讯，却被顾瑛命人追回，当晚即于玉山芝云堂宴饮。"酒半快甚"之时，众人分韵赋诗，"惟李云山狂歌清啸，不能成章，罚三大觥逃去"③。之后，诸人又移席秋华亭，继续开怀畅饮，不但有歌舞助兴，还与群姬狎坐其间，完全无视礼法的存在。从以上这些事例，不难体会出雅集诸君勃发的逸兴，以及众人的乐而忘形。顾瑛本人，即写有一诗极言雅集之酣畅。其诗云：

> 高堂梧与竹，叆叆（飙）排空青。凉飔忽飞来，落我生色屏。为君燕坐列绮席，吴歌赵舞双娉婷。莼香翠缕雪齿齿，蔗浆玉碗冰泠泠。人生良会不可遇，况复聚散如浮萍。分明感此眼前事，鬓边白发皆星星。华亭夜鹤怨明月，何如荷锸随刘伶。中山有酒十日醉，汨罗羁人千古醒。葡萄酒，玻璃瓶，可以驻君之色延君龄。脱吾帽，忘吾形，美人听我重叮咛。更惜白玉手，进酒且莫停。酒中之趣通仙灵，玉笙吹月声泠泠，与尔同蹑双凤翎。④

在顾瑛看来，与其劳心于世务，最后落得和陆机一般，欲闻华亭鹤唳却不可得，倒不如跟随酒徒刘伶，终日以酒为事，放荡不羁，反而始终都能享受到大醉酩酊所带来的畅快。其宾客亦云："今仲瑛

① 昂吉：《分韵诗序》，见《玉山名胜集》，卷五，《影印文渊阁四库全书》，第1 369册，76页，台北，台湾商务印书馆，1986。

② 陈基：《序》，见《玉山名胜集》，卷三，《影印文渊阁四库全书》，第1 369册，44页，台北，台湾商务印书馆，1986。

③ 于立：《分题诗序》，见《玉山名胜集》，卷八，《影印文渊阁四库全书》，第1 369册，134页，台北，台湾商务印书馆，1986。

④ 顾瑛诗，见《玉山名胜集》，卷二，《影印文渊阁四库全书》，第1 369册，43页，台北，台湾商务印书馆，1986。

居机、云之乡不远百里，而大田长林足以自乐。有云壑笙鹤之想，无华亭清唳之叹。其失得又何如也！”① 显然，顾瑛和他的玉山宾客们，对于魏晋士人生活轨范的步法是有选择性的。他们所追慕的，主要是魏晋士人的那份超然忘机、纯任性情的生活态度，因为他们渴望自己的人生也能做到同样的超逸放旷、傲睨世表。于是，他们才会那般无所顾忌地欢会于玉山，“脱吾帽，忘吾形”，使得玉山雅集中的纵酒放达全然不被礼法、世俗所拘禁，在他们面前，同样是“礼岂为我辈设也”②！相较昔日的“竹林七贤”，其“肆意酣畅”的风姿，可谓别无二致。

在玉山雅集中，与追求酣畅同样显著的，便是顾瑛等人对于诗情的那份苦心经营。顾瑛之于“玉山佳处”的倾心治理，即可看作这一经营中最浓重的一笔。园林，本身就是诗化的自然山水，更何况是如此大规模且出色的园林。园林作为诗化的自然山水进入士人的生活，也是发生在魏晋期间的事情。《世说新语·栖逸第十八》就记有：“康僧渊在豫章，去郭数十里，立精舍。旁连岭，带长川，芳林列于轩庭，清流激于堂宇。”③ 今日研究魏晋文学思想的学者亦认为：“在庄园中造山造水，在一个有限的空间里营造无限的自然的美，人工雕凿它而又要它尽量保存自然的神韵，装点上亭台楼阁，艺花植木，聚石引泉，这与其说是为了体悟玄理，不如说是为了观赏和愉悦。它本身就是一种把人融入自然，既创造环境又培养心境的艺术的创作。这种艺术的创作不因庄园的建成而结束，不是刹那间的体悟，而是一个生活的过程。……这更多的是一种感情的需要。它和其他的生活情趣是结合在一起的，与诗、酒、琴、棋，与名士交往，都是生活的一个过程。”④ 顾瑛对于园林事业的热衷，其文化心理的源头便在于此。

---

① 吴克恭：《玉山草堂序》，见《玉山名胜集》，卷一，《影印文渊阁四库全书》，第1 369册，7页，台北，台湾商务印书馆，1986。

② 《世说新语笺疏》，730页，上海，上海古籍出版社，1993。

③ 《世说新语笺疏》，659页，上海，上海古籍出版社，1993。

④ 罗宗强：《魏晋南北朝文学思想史》，186页，北京，中华书局，1996。

在“玉山佳处”这样的园林间游赏，诗情的获得极其轻而易举，加上“好事的”顾瑛和他的宾客又总在别出心裁地营造富于诗意的氛围。《玉山名胜集》卷六就记录了这样一件事：至正十一年（1351）九月十四日这天，顾瑛在玉山之渔庄招待宾客。当时有芙蓉怒放，水鸟翔集，诸君临流展席，还能俯见游鱼。等到日影西沉，更有“月色与水光荡摇棂槛间”① 庭轩雅秀，景致清丽，侍姬手调鸣筝，诸客飞觞欢饮，可称至乐。但顾瑛并不满足，复命小童泛舟湖上，演唱宾客们适才写就的诗篇。试想，于暮色始降，初月临空之际，有小舟缓缓划向苍茫的烟浦之中，清婉的欸歌伴着橹声穿过寂静的夜空悠悠荡来。这样的情景，实在有若画境，给人以远离尘寰的感受。虽是有意制造的气氛，却没有半点的造作矫情，实在叫人无法不醉心。

等到他们走出园林，来到自然的山水之间时，那一份与魏晋名士一脉相承的诗情，更是鲜活地荡漾起来。所以，他们总是慨然便起登山临水之思，一旦置身“水光浮空，新月始生，山光水色与明河倒景相滉漾，樵歌水唱，远近相答”的情景之中，就似乎已然忘却了万千烦恼，饮酒赋诗，欢畅无极。所谓“呼童沽酒烹锦鲤，醉入芦花月如水。周郎放歌踏船尾，我亦和之声亹亹。明月照我心，秋水洗我耳。富贵亦何为？人生行乐尔！城中黄尘眼为眯，安得置我丘壑里”②，便是此间情状的真实写照。不同于园林中人为的诗化，大自然中真实的山川是在用自身不可方物的明秀，为骚人韵士频添着诗情，而这些骚人韵士于其间放浪形骸地纵酒啸吟，也同样为这山川倍增着风流。

简而言之，玉山诸君对于“诗情”的用心，是一目了然的。这和魏晋时期，王子猷雪夜访戴的情怀，及其“暂寄人空宅住，

---

① 陆仁：《欸歌序》，见《玉山名胜集》，卷六，《影印文渊阁四库全书》，第1 369册，104页，台北，台湾商务印书馆，1986。

② 陈基：《新郭》，见《玉山纪游》，《影印文渊阁四库全书》，第1 369册，501页，台北，台湾商务印书馆，1986。

便令种竹”① 的行径，可谓异曲同工，都一样听任内心的需求，注重生活的格调，追求一种超尘拔俗的人生境界。可以看到，所谓园林、山水、诗酒，确乎已经成为玉山诸君“一个生活的过程”；酣畅也好，诗情也罢，无不外化在诸君于玉山欢宴雅集时的诗酒风流中，它们，也即这一“生活过程”的情趣所在。不妨说，玉山雅集的诗酒风流，正是顾瑛等人追慕魏晋士人生活态度的直接表现。

三、丧乱之际的哀戚

有研究者认为，面对元季动荡的时局，顾瑛等人依旧醉心于玉山中的雅集宴饮，其实是一种逃避的行径；他们这些人实在不啻于一群“躲进诗国的鸵鸟”②。还有的研究者更直接指斥：“这种游乐无虚日、宴饮无节制的生活情景，正是玉山草堂主人顾阿瑛以及他趋之若鹜的友朋宾客们在风雨飘摇的时代变态行为的具体表现”③，认为“说到底，顾阿瑛还是以他的轻财好事、喜聚不喜散的个性，和他所提供的最世俗的耳目声色口腹之乐，吸引了当时那些仍以‘雅士’自居、自命不凡的文人才士”④。应该说，这样的评价是有欠公允的。事实上，随着兵革四起，乱离渐近，顾瑛的玉山雅集已经不复是“游乐无虚日，宴饮无节制”了——不仅雅集的次数锐减，就连雅集时的欢畅，也不比从前那般纯粹和尽兴了。时世的颠沛与风雨，对于雅集诸君而言，也同样挂心。因为玉山雅集虽已成为他们生活的一个过程，却并非生活的全部。在这里，永远只有暂时的息肩，暂时的相聚。处于丧乱之际，雅集诸君共同直面的是即将倾颓的朝廷、疮痍满目的现实，以及自身难测的命运，还有朋友间旷日持久的暌违。其内心的忧戚，是可想而知的。只不过，他们也深知自己的无能为力，于是，才更为看重在玉山这里的

---

① 《世说新语笺疏》，759页，上海，上海古籍出版社，1993。
② 杨镰：《元诗史》，527页，北京，人民文学出版社，2003。
③ 么书仪：《元代文人心态》，253页，北京，文化艺术出版社，1993。
④ 么书仪：《元代文人心态》，260页，北京，文化艺术出版社，1993。

相聚，哪怕拼尽全力，不惜穿越烽烟的阻隔，也要继续维持玉山雅集这一难得的诗意存在——这几乎是他们在沧海横泗的衰世所能得到的最后也是最温暖的慰藉。可见，维系玉山雅集的力量，根本不是什么“耳目声色口腹之乐”的吸引。所以纵然面对丧乱的玉山仍是诗酒依旧，但这时的诗酒却已添加了沉重的内涵。乱世所带来的那些无法纾解的痛楚与哀戚，都寄托在了这杯盏与文字之间。

时局的动荡带给玉山雅集的冲击是显而易见的。自至正十二年（1352）以后，顾瑛玉山的筵席上就逐渐可见“乱离”的影迹。随着时间的推移，这影迹也就愈来愈浓重了。一开始，在顾瑛的玉山，常常听到的是这样的叹息：“嗟乎，世故之艰难，人事之不齐，得一适之乐如此者，可不载诸翰墨以识当时之所寓，况南北东西理无定止，焉知后之会者谁欤”①，“风景艰棘，山川险阻，诸君相会，良不易得”②，“兵后朋旧星散，得一顷相见旷如隔世”③；常常看到的是这样的字句：“缅思风尘际，雅会良独难”④，“安得壮士目裂眦，扫荡群凶清四裔”⑤，“历此艰危中，别郡正劳攘。何由得清夷，复见桑麻长”⑥。可以说，此时的顾瑛等人已经感受到了时世的艰危，体会到了会面的困难，但对于和平的恢复，心中仍然怀有一丝盼望——“尚拭目以观太平之盛”⑦。可是到后来，他

① 于立：《口占诗序》，见《玉山名胜集》，卷六，《影印文渊阁四库全书》，第1 369册，97页，台北，台湾商务印书馆，1986。

② 秦约：《分韵诗序》，见《玉山名胜集》，卷四，《影印文渊阁四库全书》，第1 369册，68页，台北，台湾商务印书馆，1986。

③ 顾瑛：《口占诗序》，见《玉山名胜集》，卷四，《影印文渊阁四库全书》，第1 369册，73页，台北，台湾商务印书馆，1986。

④ 张守中诗，见《玉山名胜集》，卷七，《影印文渊阁四库全书》，第1 369册，116页，台北，台湾商务印书馆，1986。

⑤ 袁华诗，见《玉山名胜集》，卷七，《影印文渊阁四库全书》，第1 369册，116页，台北，台湾商务印书馆，1986。

⑥ 熊梦祥诗，见《玉山名胜集》，卷七，《影印文渊阁四库全书》，第1 369册，116页，台北，台湾商务印书馆，1986。

⑦ 萧景微：《序》，见《玉山名胜集》，卷三，《影印文渊阁四库全书》，第1 369册，45页，台北，台湾商务印书馆，1986。

们眼前的世界却遽然成了“不闻乱军中，食人如食狗。苗獠虣已甚，横杀掠人妇”①，“前年去年兵蔽野，单堠双堠人举烽”②，甚至“频年两浙阻兵戈，黄柑绿桔不相过。……汉庭传柑还赐宴，应念江南久征战。圣恩有诏息蠲租，可奈数州人已无”③。

时局的恶化，超出了人们的想象；仅有的一丝盼望，最终也不复存在了。

身处在这样一个地狱般的世界，顾瑛等人内心的痛楚是显而易见的。烽火隔江，整日相处的朋友变得经年不得一见，生死难料；不在身边的亲人，又因为隔绝了书信，变得存殁未卜；就连自身，也同样不知能否在这干戈之世免于最终成为饿殍的命运。于是，朋友间的相聚变得异常珍贵；友情，无疑成了这些生活在战乱之中的人们最重要的精神慰藉。他们对于时世的欷歔与喟叹，只有面对朋友方才得以道出；他们胸中的忧悁，也只有朋友才能了解，才能予以宽慰。握手道契阔的刹那，相与酣饮的瞬间，所承载的情感，都变得相当丰富与复杂：“时艰会面难，取醉那容缓”④，“感时增慷慨，岂不怀友生”⑤，“黄埃满眼叹萍踪，暂对清尊乐事同”⑥，“风尘澒洞罕相见，尽醉忘形谁主宾”⑦，“睽违念契阔，酩酊写情

① 顾瑛诗，见《玉山名胜集》，卷六，《影印文渊阁四库全书》，第1 369册，100页，台北，台湾商务印书馆，1986。

② 顾瑛诗，见《玉山名胜集》，卷七，《影印文渊阁四库全书》，第1 369册，110页，台北，台湾商务印书馆，1986。

③ 谢应芳：《龟巢稿》，卷三，见《影印文渊阁四库全书》，第1 218册，40页，台北，台湾商务印书馆，1986。

④ 顾瑛诗，《玉山名胜集》，卷三，见《影印文渊阁四库全书》，第1 369册，46页，台北，台湾商务印书馆，1986。

⑤ 袁华诗，见《玉山名胜集》，卷三，《影印文渊阁四库全书》，第1 369册，46页，台北，台湾商务印书馆，1986。

⑥ 卢震诗，见《玉山名胜集》，卷三，《影印文渊阁四库全书》，第1 369册，46页，台北，台湾商务印书馆，1986。

⑦ 顾瑛诗，见《玉山名胜集》，卷四，《影印文渊阁四库全书》，第1 369册，69页，台北，台湾商务印书馆，1986。

愫”①，“襟分念契阔，簪盍乐休假”②。透过这些诗句，我们所看到的，便是雅集诸君历经沧海之后，伤痕累累、急需抚慰的内心世界。在这样的时候，玉山雅集的诗与酒，对顾瑛他们而言，与其说是一种逃避，倒不如说是纾解与排遣来得更为确切些。事实上，顾瑛等人也从不曾回避现实的苦难，即便是在雅集的宴饮中，也没有片刻的忘却。他们不过是借着诗与酒，力图用残存的力量继续营建一份诗意，维系一种温暖，再以这份难能可贵的诗意与温暖，安抚自己和朋友那在乱世之中饱经艰虞的心灵。所以，尽管是在山河破碎之际，玉山的雅集却能够得以继续着；只不过，已经很难看到原来的那份超逸。

代替那欢畅与超逸的，是一份挥之不去的忧患感。至正十六年（1356）十月十四日的可诗斋联句之集，忧患色彩就极为浓郁。这一天，缪侃来到玉山看望顾瑛。因为他的到来，顾瑛又邀请了袁华、范基、赵原、马晋、钱敏等人。众人便在可诗斋摆开了筵席。这一次的雅集，依旧是欢饮无度，也不改饮酣赋诗的传统，但却明显地不同往日了。其中有这样一个细节：“诸公亦乐就饮，或携肴或挈果共成真率之会”③。在玉山雅集中，用以宴请宾客的佳肴瓜果，由宾客自己带来，这恐怕还是第一次。虽然可称作是“真率之会”，但却难掩时局动荡对顾瑛家境造成的影响。实际上此时聚首玉山的每个人，身上都不可避免或多或少地背负着乱世带来的悲惨际遇。作为主人的顾瑛，就已经历了丧母之痛，被迫做了在家僧，长子又还远在军中，音信杳无。缪侃则与逃难的老父失散多年，同样是生死不知。他们内心满溢的悲苦与辛酸，尽现于此时吟就的篇章当中：

---

① 《夜集联句诗》，见《玉山名胜集》，卷四，《影印文渊阁四库全书》，第1 369册，72页，台北，台湾商务印书馆，1986。

② 《至正乙未十月廿六读书舍会合联句》，见顾瑛：《玉山璞稿》，《丛书集成初编》，39页，北京，中华书局，1985。

③ 顾瑛：《口占诗序》，见《玉山名胜集》，卷四，《影印文渊阁四库全书》，第1 369册，73页，台北，台湾商务印书馆，1986。

百里扁舟能作客，入门款语似无依。阿翁九月新成服，老父三冬未见归。江上黑风兼雨至，树头红叶带霜飞。伤心我亦如君切，有子天涯未授衣。①

少年壮志已模稜（棱），忆旧怀亲思不胜。我父竟为逃难客，故人近作在家僧。身居乱世惭何补，哭到穷途去未能。相见莫论生死事，且须泥饮对寒灯。②

自身已是如此的朝不保夕，可顾瑛等人对于时局却仍有一份拳拳之意——“草堂旧岁逢君日，正说王师欲渡江。守境无人能借寇，移家容我亦为庞。关中积粟愁输挽，海畔飞书愿乞降。世事如棋忧不得，拥书清夜对寒缸。”③ 尽管“忧不得”，这些人却总还是要情不自禁地忧虑，甚至还希望在这兵戈纷乱中，守住一份素心——“木叶纷纷乱竹窗，凄风凄雨暗空江。世间甲子今为晋，户里庚申不到庞。此膝岂因儿辈屈，壮心宁受酒杯降。与君相见俱头白，莫惜清谈对夜缸”④。“此膝岂因儿辈屈，壮心宁受酒杯降”，说得出这样的话，他们又怎会只是在“寻求刺激以忘却现实烦忧”⑤！更何况，顾瑛不仅是这样说的，也是这样做的。所谓“难以寻到在动乱年代表现文人传统责任感的文字”⑥，实在是一个过于轻率的判断，并不符合玉山雅集的现实。只不过，当时的局面已是无从逆转了，即使内心不乏对于兴亡的责任以及对这一责任的

① 顾瑛诗，见《玉山名胜集》，卷四，《影印文渊阁四库全书》，第1 369册，74页，台北，台湾商务印书馆，1986。

② 缪侃诗，见《玉山名胜集》，卷四，《影印文渊阁四库全书》，第1 369册，74页，台北，台湾商务印书馆，1986。

③ 范基诗，见《玉山名胜集》，卷四，《影印文渊阁四库全书》，第1 369册，73页，台北，台湾商务印书馆，1986。

④ 顾瑛诗，见《玉山名胜集》，卷四，《影印文渊阁四库全书》，第1 369册，73页，台北，台湾商务印书馆，1986。

⑤ 么书仪：《元代文人心态》，253页，北京，文化艺术出版社，1993。

⑥ 么书仪：《元代文人心态》，262页，北京，文化艺术出版社，1993。

承担，却也只能空余叹息:“治安无策济时艰，始信金销壮士颜。”①他们清醒地看到：元朝的败亡趋势，已是不可力挽的狂澜；四方蜂起的割据势力，也多是纠和的乌合之众，难称“群雄”。既然任何努力全然无补于事，最终不过是“其若花开雪落何”②，那么，他们也就只能选择把满腔的忧患寄诸文字，付诸酒杯——“今夕共谋真率醉，莫将时事说江南!”③ 可是，就算内心已有这样的认识，他们议论最多的，却仍是时事，仍是江南。

因此，客观来说，顾瑛等人在风雨飘摇的时世，依旧聚首于玉山之中的诗酒宴乐，并不能简单地被指斥为醉生梦死，或者说成什么世纪末的变态与疯癫。既然他们仍旧可以感受到苦痛，同时又总也无法将那些对时世的担忧抛诸脑后，这又怎么称得上是醉生梦死？更何况，并不是但凡纵情诗酒的行径，就一定是快乐的，就都是所谓不可救药的沉溺。事实上，古往今来，多少贤人哲士都曾将满腹的忧愤，托付于诗酒。就连诗圣杜甫也说过：“谁能更拘束，烂醉是生涯”④，“莫思身外无穷事，且尽生前有限杯”⑤。原因很简单——“宽心应是酒，遣兴莫过诗。”⑥ 然而，却并没有人因此就认为杜甫是一堕落不堪、醉生梦死之辈。同理，玉山诸君也不当因此而遭受斥责与唾弃。

当然，玉山诸君对于诗酒的纵情，确实也少不了因为光阴易

---

① 《乙未和孟天時都司见寄》其二，见顾瑛：《玉山璞稿》，《影印文渊阁四库全书》，第 1 220 册，142 页，台北，台湾商务印书馆，1986。

② 《再叠前韵》，见顾瑛：《玉山草堂集》，《元人十种诗》，376 页，北京，中国书店，1990。

③ 缪侃、顾瑛联句，见《玉山名胜集》，卷四，《影印文渊阁四库全书》，第1 369 册，74 页，台北，台湾商务印书馆，1986。

④ 杜甫：《杜位宅守岁》，见《全唐诗》，卷二百二十四，2 399 页，北京，中华书局，1960。

⑤ 杜甫：《绝句漫兴九首》(其四)，见《全唐诗》，卷二百二十七，2 451 页，北京，中华书局，1960。

⑥ 杜甫：《可惜》，见《全唐诗》，卷二百二十六，2 440 页，北京，中华书局，1960。

逝、良会难得而滋生出来的对于及时行乐的迫切感。这其实可说是中国文人由来已久，且深埋于血脉之中的一种迫切感——“生年不满百，常怀千岁忧。昼短苦夜长，何不秉烛游。为乐当及时，何能待来兹。”① 光阴总是稍纵即逝，欢乐也总是难以永驻，既然如此，又怎可辜负良辰美景、挚友佳朋，不去尽情享受欢会所带来的快乐，尽情地“诗酒趁年华”呢！所以，这样一种迫切感出现在顾瑛的玉山雅集中，是再自然不过的，它也表现得十分突出——“人生百年内，良会苦不多。相逢不尽醉，其如欢乐何！”② 这样的情绪，在雅集的诗句中，是屡屡有之的。

不过，这种及时行乐的迫切情绪，只是玉山雅集最为表象的东西。玉山诸君在遭逢衰世的时候，仍然不放弃对于诗酒的流连，更多的，却如四库馆臣所称，是所谓“有托而逃”③ ——应该说，这四个字，方是对顾瑛等人寄情诗酒这一行为最为中肯和确切的评价。其实，只要透过那些雅集时留下的诗文，我们就可以清楚地看到：玉山雅集的诗酒，并不只是诗酒而已；玉山诸君的纵情，也并不只是纵情而已。在这纵情诗酒的背后，分明就是有所寄托的。这份寄托，除了那些桀骜不驯、为时不容的个体外，除了他们对于魏晋风度的慕尚外，赫然在目的，便是身处乱离之世那不可抑止的哀戚，以及忧时伤世的情怀。于是，展现在我们面前的玉山雅集，才成了现在这般模样——超逸中亦见沉重，放浪里也不乏深情。这样的玉山雅集，才能延续于烽烟而不被时人诟病，才称得上是诗意栖居的心灵家园，也才具有了经久不衰的吸引力与影响力；而在这样的雅集盛会所写下的诗篇，也才得以进一步迥异于那些游戏笔墨，具有深厚的情感基础及社会内涵。

---

① 《古诗十九首》，见《古诗源》，卷四，91 页，北京，中华书局，1963。

② 顾瑛诗，见《玉山草堂集》，《元人十种诗》，363 页，北京，中国书店，1990

③ 《玉山名胜集提要》，见《玉山名胜集》，前，《影印文渊阁四库全书》，第 1 369 册，2 页，台北，台湾商务印书馆，1986。

第三章 “惟诗是求”的玉山雅集

前面两章所论，主人也好，宾客也罢，都不过是构成玉山雅集鲜明个性特征的因素所在。而除了这些特异之处，玉山雅集还是极富典型性的文人雅集。这一典型性就集中表现在玉山雅集与诗歌的关系之上。

之前说过，元代是文人群体活动突出的时代，而玉山雅集则堪称元人雅集的最强音。玉山雅集与诗歌创作呈现出极为密切的关系——玉山雅集可谓是真正“惟诗是求”的雅集。凡会必有诗，无论最初兴起，还是鼎盛时期，甚至式微阶段；无论是聚于玉山的池榭亭馆，还是徜徉于异地山水，甚至于颠沛流离之际，我们都能看到诗歌在其中那分明的身影。

更何况，参与玉山雅集诗歌创作的这些诗人，并非平庸之辈。清人顾嗣立在其《寒厅诗话》中曾对元诗发展有一个精到的概述，同时拈出了最具代表性的35位元代主要诗人。其文曰：

> 元诗承宋、金之季，西北倡自元遗山好问，而郝陵川经、刘静修因之徒继之，至中统、至元而大盛。然粗豪之习，时所不免。东南倡自赵松雪孟頫(頫)、而袁清容桷、邓善之文原、贡云林奎辈从而和之，时际承平，尽洗宋、金余习，而诗学为之一变。延祐、天历之间，风气日开，赫然鸣其治平者，有虞、杨、范、揭，虞集，字伯生，号道园，蜀郡人。杨载，字仲宏，浦城人。范梈，字亨父，一字德机，清江人。揭傒斯，字曼硕，富州人。时称虞、杨、范、揭，又称范、虞、赵、杨、揭，赵谓孟頫。一以唐为宗，而趋于雅，推一代之极盛，时又称虞、揭、马祖常、宋本褧。继而起者，世惟称陈旅、李孝光、二张翥、宪。而新喻傅汝砺若金、宛陵贡泰甫师泰、庐

> 陵张光弼昱皆其流派也。若夫揣炼六朝，以入唐体，化寻常之言为警策，则有晋陵宋子虚无、广陵成原常廷珪、东阳陈居采樵，标奇竞秀，各自名家。间有奇才天授，开阖变怪，骇人视听，莫可测度者，则有贯酸斋小云石海涯、冯海粟子振、陈刚中孚，继则萨天锡都剌，而后杨廉夫维桢。廉夫当元末兵革扰攘，与吾家主人瑛领袖文坛，振兴风雅于东南。柯敬仲九思、倪元镇瓒、郭羲仲翼、郯九成韶辈，更倡迭和，淞、泖之间，流风余韵，至今未坠。廉夫《古乐府》上法汉、魏，而出入于少陵、二李。门下数百人，入其室者惟张思廉宪一人而已。明初袁海叟凯、杨眉庵基为开国词臣领袖，亦俱出自铁崖门。而议者谓“铁体”靡靡，妄肆讥弹，未可与论元诗也。①

在这35位元代代表诗人中，玉山雅集的成员就占到了13位，他们包括：陈旅、李孝光、张翥、张宪、张昱、萨都剌、杨维桢、顾瑛、柯九思、倪瓒、郭翼、郯韶、杨基。② 不难看出，玉山雅集几乎把元代后期诗坛的重量级人物网罗一空，其诗歌作者的实力无须多言，其诗歌创作的水平也可见一斑。同时，这13位诗家差不多已是元末诗歌创作的绝对主力，则玉山雅集的诗歌创作在某种程度上就完全能够充当反映此时诗坛的创作水准、具体动向及主要诗学思想的风向标。玉山雅集与元末诗歌创作风尚之间关系之密切，也就不言而喻了。

第一节　雅集时的诗歌赋咏

依前所论，诗歌是玉山雅集当然的主角，玉山诸君聚于斯处，活动的主要内容都不外乎诗。

---

① 顾嗣立：《寒厅诗话》，见《清诗话》，83～84页，上海，上海古籍出版社，1978。

② 参见本书附录二《顾瑛交游考》。

> 仲瑛好古博学，今之名卿大夫、高人韵士与夫仙人释氏之流，尽一时之选者，莫不与之游，从雅歌投壶、觞酒赋诗无虚日，由是仲瑛名闻湖海间。①
>
> 去年夏六月十有八日，余与延陵吴伯恭、云台散吏郯九成访玉山草堂主人，留半月，酣余赋诗无虚日。②
>
> 予于玉山隐君别三四年间，其与会稽杨铁崖、遂昌郑有道、匡庐于炼师、苕溪郯九成、吴僧琦元璞，日有诗酒之娱而其更唱迭和之见于篇什者往往传诵于人。③

就算到了风云变幻、世事艰难之际，玉山诸君对于诗歌创作的热情也始终未改。

> 丁酉岁二月廿二日，龙门琦开士自吴江泛舟访金粟道人顾君仲瑛于界溪之上，龙门复贻书石川招予过此，适葛君天民亦自苕霅来，各以道路芜梗，暌离隔岁，慰藉问劳，握手叙契阔，语剌剌不能休，其于故人之情为何如哉？留数日，日以诗酒相娱乐。④

甚至就在与会诸人都已勘破世情，心如槁木死灰之时，他们会饮于顾瑛为自己营建的坟茔——金粟冢，也仍然选择了诗歌作为寄托心曲的方式。

> 慰劳之顷，仲瑛肃客登陇，藉以茵罽，环坐冢上，前列短几，陈列觞豆，各置笔札于□方。兴至而咏，情畅而饮，不以礼法束也。⑤

---

① 吴克恭：《玉山草堂序》，见《玉山名胜集》，卷一，《影印文渊阁四库全书》，第1 369册，7页，台北，台湾商务印书馆，1986。

② 释良琦：《分韵诗序》，见《玉山名胜集》，卷二，《影印文渊阁四库全书》，第1 369册，23页，台北，台湾商务印书馆，1986。

③ 陈基：《序》，见《玉山名胜集》，卷三，《影印文渊阁四库全书》，第1 369册，44页，台北，台湾商务印书馆，1986。

④ 陆仁：《小集分韵诗序》，见《玉山名胜集》，卷六，《影印文渊阁四库全书》，第1 369册，99页，台北，台湾商务印书馆，1986。

⑤ 于立：《金粟冢中秋日燕集后序》，见《玉山逸稿》，卷四，《丛书集成初编》，64页，北京，中华书局，1985。

诸君之雅集，真可谓始于诗也终于诗；诗歌吟唱，贯穿始终。所以吴克恭才会毫不犹疑地称顾瑛为“日以宾客从事而惟诗是求”①。其实，非但顾瑛一人如此，参与雅集的玉山宾客亦皆如此。“惟诗是求”是玉山雅集的普遍现象。从上面所引文字的加点部分，我们可以清楚看到：玉山诸君聚在一起，从来就是“当轩不复问寒温，群口夸诗如健斗”② 的。

诗歌，显然是促使这些人走到一起的直接原因。正因为顾瑛出身豪富，却能置生产经营于不顾，醉心追求诗文风雅和结交朋辈，这才能将数量如此之多的一帮宾客从地北天南凝聚到玉山这一方寸之地。诗歌，可谓是玉山真正的灵魂。下面，我们就具体看看玉山雅集时的诗歌赋咏，进一步观察雅集活动对于诗歌创作的影响。

一、赋咏的形式

和众多的文人雅集一样，分韵赋诗、唱和、联句都是玉山雅集诗歌活动中常见的形式。其中，最为常见者要数分韵赋诗。在见于记载、有时间可考的 75 次雅集活动中，分韵赋诗有 29 次之多。玉山雅集的分韵赋诗通常不限体例——同一次分韵赋诗的场合，既有统一体例的情况，也不乏各种诗体的杂陈。比如说，至正庚寅（1350）五月十八日夜晚，顾瑛等人以“炯如流水涵青蘋”分韵赋诗，所赋诗歌就全为七律。而至正九年（1349），顾瑛、昂吉等人于听雪斋的分韵赋诗，所赋诗歌就既有五古、七绝、五律，也有七律和五绝，几乎可谓囊括众体。此外，分韵对象也五花八门，上至《诗经》，下至时人诗句。例如至正十二年（1352）九月十四日可诗斋之集，众人分韵的对象是《诗经·小雅》中《鹿鸣》的句子：“我有嘉宾，鼓瑟吹笙。”而上文提到的至正九年听雪斋之集，分

---

① 吴克恭：《玉山草堂序》，见《玉山名胜集》，卷一，《影印文渊阁四库全书》，第 1 369 册，7 页，台北，台湾商务印书馆，1986。

② 顾瑛诗，见《玉山名胜集》，卷八，《影印文渊阁四库全书》，第 1 369 册，126 页，台北，台湾商务印书馆，1986。

韵对象则是“夜色飞花合，春声度竹深”——此乃顾瑛自撰春题。再有，玉山雅集对于分韵韵脚的平仄也无一定的限制——通常以全句分韵，不论平仄；但也偶见分平声字为韵的情况，例如至正十八年（1358）闰九月可诗斋之集，雅集诸人便以“客从远方来，遗我双鲤鱼”中的平声字分韵赋诗。

分韵赋诗之外，唱和与联句在玉山雅集的诗歌活动中也占了相当的篇幅，其中，唱和出现的频率略高一些。一般来说，人数较少时，雅集诸君便多唱和之事。譬如在至正十年（1350）七月九日这天夜里，顾瑛、释良琦、于立三人聚在秋华亭行酒度觞之际，所采用的就是唱和的方式。于山水徜徉之时，玉山诸君亦多唱和之事。至于联句，则不拘人数的多少，也不限形式。在玉山雅集中出现过的联句诗歌，既有五言排律、七言排律，也有七律、七绝。当然也有同一次雅集活动是唱和与联句兼而有之的。比如至正十一年（1351），顾瑛自惠山回吴越，和陈基、周砥等人相携泛舟之时，便有诗酒唱和的举动，唱和之余，又有下面这首《舟中联句》：

行春桥下看山回瑛，翠幕红帘面面开基。一夜水风吹不断立，蜻蜓飞入画船来砥。①

可见，诸君在雅集时具体采用哪一种形式进行赋咏并不存在什么固定的模式，更多地，还是取决于雅集参与者当时的兴致。

上述三种，就是玉山雅集诗歌活动最为基本的模式。除此之外，我们还能够看到分题赋诗和同题集咏。其中尤其值得注意的是同题集咏。因为就元代诗歌的实际而言，同题集咏的现象非常普遍，无论元初、元中，还是元末，它都存在着，也发展着，是元诗的一个显著特色。玉山雅集则可谓元代同题集咏的一个典型案例。关于这一点，杨镰先生在《元诗史》中如是论道：“在元代，‘同题集咏’是诗坛一个推动力。……它是元诗史的特点，也是元诗的组成部分。相州圭塘别墅，吴中玉山佳处……的诗酒觞咏之会，

---

① 《舟中联句》，见《玉山纪游》，《影印文渊阁四库全书》，第1369册，503页，台北，台湾商务印书馆，1986。

慈溪定水寺蒲庵与天香室志咏，是同题集咏的扩展。"[1] 所谓同题集咏，指的是围绕同一个题目展开的赋咏。它与唱和十分相似却也存在很大不同。唱和对于诗歌的韵脚和体裁都有所要求，而同题集咏则不存在这些要求——无论韵部，也无论体式，只要是关于同一个题目的讽咏，便可纳入同题集咏的范畴。顾瑛等人在玉山雅集中进行的诗歌赋咏，在某种层面上，确实堪称同题集咏之扩展。

玉山雅集中特征最为显著的一次同题集咏，就是至正十一年（1351）九月十四日的渔庄雅集。此次雅集，玉山主宾都为渔庄那种"芙蓉如城，水禽交飞，临流展席，俯见游鲤"[2] 的风致所陶醉，大家在玉山主人顾瑛的倡导下，挥就了二十章题为《渔庄欸歌》的诗歌。另外，同题集咏还多见于玉山诸君出游的赋咏中。例如，上文所举过的至正十一年（1351）的泛舟出行，顾瑛等人于唱和、联句之外，也不乏同题集咏。其中，《过姑苏台》、《横塘寺》、《观音岩》、《上方》、《拜杞菊先生墓》等诗作都是同题集咏之作。试看三首《过姑苏台》：

过姑苏台　　　　　　顾瑛

上方秋色与山齐，画舫分诗小字题。一带姑苏台下水，为谁流到越来溪。

又

姑苏台前杨柳黄，百花洲上日苍凉。吴王饮酒不知醉，越女唱歌空断肠。蔓草寒烟走麋鹿，芙蓉秋水浴鸳鸯。画船荡桨石湖去，坐看青山到上方。

又　　　　　　周砥

姑苏台下路，舣棹问遗踪。草色令人爱，山光如酒浓。凉风疏柳叶，秋水澹（淡）芙蓉。千古兴亡意，凄

① 杨镰：《元诗史》，624～625页，北京，人民文学出版社，2003。

② 陆仁：《欸歌序》，见《玉山名胜集》，卷六，《影印文渊阁四库全书》，第1 369册，104页，台北，台湾商务印书馆，1986。

凉酒一钟。①

这三首诗，除了题目一致外，无论体裁，还是诗歌的韵脚，都是毫不相同的。这正是同题集咏的特色所在。

相形之下，分题赋诗于玉山雅集中出现的情形较少，在这 75 次雅集活动中，分题赋诗仅有 3 次。一次是至正十年（1350）七月二十九日，由于王袆的到来而在芝云堂进行的雅集。此次席上，诸人以古乐府分题赋诗，纪当时之胜。当时成诗三人——袁华赋得《门有车马客》、顾瑛赋得《山人劝酒》、于立赋得《短歌行》。同年八月十九日，顾瑛在玉山为迎接张翥而设宴，则以玉山佳处的各处亭馆分题作诗。第三次，至正十一年（1351）八月五日，玉山宾主为送郑同夫回豫章而举行雅集，席上，众人以吴中山水分题赋诗。虽然次数不多，但玉山雅集的分题赋诗以古体为主的现象，在某种意义上也映射出元代诗歌一以贯之的复古风潮。

二、题材与体裁

一般来说，文人雅集时的诗歌创作总是存在题材范围相对狭小局限的弊病，歌咏的内容，无非花月诗酒、宴集风雅、山光水色，等等。作为极具典型意义的文人雅集，玉山雅集自然也不能免俗。其诗作最为常见者，莫过于众人对雅集本身的咏叹——对玉山佳处风物的赞美、对朋友间情谊的珍视，还有欢会难得的欣喜与叹惋。比如著名的至正八年（1348）二月十九日之集，众人以“爱汝玉山草堂静”分韵赋诗，诗歌所歌咏的内容，就不外乎以上所述：

于立得爱字

青阳在林野，云物殊变态。系船石萝阴，把钓桃水汇。采英延清酌，揽芳结幽佩。欢期岂再必，于焉寄所爱。

---

① 《玉山纪游》，见《影印文渊阁四库全书》，第 1 369 册，500 页，台北，台湾商务印书馆，1986。

姚文奂得汝字

仲春会桃源，青年映霞举。道人吹铁笛，主者捉玉麈。野航晨不渡，溪渔来何许。敧坐蟠桃阴，匡庐故俦侣。众宾各雅兴，辞适忘尔汝。怀哉张李辈，明月在空渚。复念东海宇，云林夜来雨。

郯韶得玉字

逶迤玉山阿，窈窕桃花谷。林芳缀丹葩，霞彩散晨旭。溪回濯新锦，洞幽答鸣玉。乐哉君子游，于以寄高躅。

顾晋得草字

客从桃源游，爱此玉山好。清文引佳酌，玄览穷幽讨。流莺答新歌，飞花落纤缟。分坐有杂英，醉眠无芳草。

顾瑛得静字

兰风荡丛薄，高宇日色静。林回泛春声，帘疏散清影。褰裳石萝右，濯缨水花冷。于焉奉华觞，聊以娱昼永。①

这中间，于立所吟咏的是玉山佳处的风物和欢会的感叹；姚文奂所咏，则是雅集的场面及其对于未至友人的思念之情；而郯韶、顾晋、顾瑛之诗，基本将笔墨集中在了玉山美妙的景色之上，字里行间，充满了愉悦的情绪。

当诸君相偕出游时，歌咏的主要对象又成了身边的那些山水胜景。例如顾瑛等人在游灵岩山时，写下的便是以当地名胜为题的一组《山中杂咏》，有《涵空阁》、《响屧廊》、《八角井》、《洗砚池》、《琴台》、《西施洞》等等。而众人在描山摹水时，亦不忘肯定彼此之间的友情。《观音山》一组，便是如此。

---

① 《玉山名胜集》，卷二，见《影印文渊阁四库全书》，第1 369册，18页，台北，台湾商务印书馆，1986。

观音山　　　　　　　　陆仁

朝出阖闾城，西望观音山。石林行荦确，径度飞龙关。飞龙之关神所凿，断石中开云欲落。大峰一掌拆空青，小峰谁掇金莲萼。故人新自越中归，若耶云门夸崛奇。手提如意铁作杖，绝顶独倚长松枝。太湖水深鸿雁翔，三江到海天苍苍。功成却思越范蠡，感古令人愁断肠。支公放鹤自有亭，石上细听寒泉声。楞伽丛桂亦已落，洗马池头秋草青。凉风吹衣日皓皓，急唤金壶与倾倒。登高明日又重阳，崖根菊花为谁好？玉山子，匡庐仙，两君气谊真有合，据石自说三生缘。人生不如金石固，忽忽流光鸟飞度。不见东山晋太傅，高风千载人争慕。

次韵　　　　　　　　于立

清秋与客登西山，两崖拔地开天关。人言天关神所凿，大星小星天上落。太初气结浑沌璞，巨灵削出青天萼。白云无心去复归，点缀万态生新奇。乖龙化作蟠屈树，老猿挂在夭矫枝。东山入海如龙翔，西山极天郁青苍。我来跻攀不辞险，百盘九折如羊肠。观音山，何亭亭，石泉泻作秋风声。据岩濯足骋遐观，海烟不隔三山青。白日行天秋皓皓，对酒休辞玉山倒。人生得意须尽欢，况复与子心相好。绝顶凌风思欲仙，美人如花昼如年。丈夫作事贵感激，浮世谩说多因缘。浮世因缘那可固，但恐流光镜中度。劝君莫惜少年游，白头面皱空追慕。

次韵　　　　　　　　顾瑛

道林越上还，卓锡支硎山。养鹤碧岩里，骑马飞龙关。飞龙高，鬼斧凿，一道银河迸空落。水积寒泉如镜平，清秋倒浸芙蓉萼。道林放鹤竟不归，我今远来犹好奇。翩翩飞盖相追随，玉树照耀珊瑚枝。穷高发长啸，兴逐飞云翔。吴王台榭渺何处，七十二点烟苍苍。俯挹太湖水，洗我冰炭肠。解衣盘礴秋满亭，落日下方钟磬声。楞伽山中霜露白，高景山前松树青。鸿飞冥冥秋皓皓，渌酒深尊与君倒。山中九月银杏熟，庭下五株丹桂好。陆机二十才且贤，山阴狂客真谪仙。忘情不必说尔汝，买山定结山水缘。论交不啻陈雷固，几见流年暗中度。归来援笔纪兹游，丹丘云台定相慕。①

这些诗在赋咏观音山一地风景外，就不乏“玉山子，匡庐仙，两君气谊真有合，据石自说三生缘”、“人生得意须尽欢，况复与子心相好”、“陆机二十才且贤，山阴狂客真谪仙。忘情不必说尔汝，买山定结山水缘。论交不啻陈雷固，几见流年暗中度。归来援笔纪兹游，丹丘云台定相慕”这些个颂赞友情的句子。

值得一提的是，玉山的诗歌题材存在一条明显的时间界线。具体来说，就是至正十二年（1352）。在这之前，玉山雅集的吟咏，基本上是觞乐游冶的歌吟；在这之后，随着变乱的到来，现实的因素便逐渐侵入到顾瑛等人的诗作当中。如第二章所论，此时诸君的雅集欢会，已不复昂扬轻快的调子，而是增添了些许沉重，雅集时所作的诗歌，也逐渐成了乱离板荡的哀鸣。譬如同是赏花所作，在这条界线前后就有着截然的不同。先看至正十年（1350）七月，众人于秋华亭夜赏桂花所作：

顾瑛

又到秋华亭子上，东山爽气正清妍。阶前落叶不须扫，石上幽花自可怜。越国女儿娇娜娜，兰陵酒色净娟娟。深樽剩有清香在，留待瑶笙月下传。

释良琦

亭上重来宴绮筵，秋花数树向人妍。浊醪妙理自可信，白发生秋何足怜。幽径独行苔冉冉，红莲堪把水娟娟。还山明日应相忆，写得新诗趁鹤传。

① 《玉山纪游》，见《影印文渊阁四库全书》，第1 369册，507～508页，台北，台湾商务印书馆，1986。

于立

桂子开时香满天，山光秋气两新妍。近人月色如相识，照水花枝若自怜。曲趁瑶笙声宛转，舞回歌扇共婵娟。此中不是人间世，饶舌丰干莫浪传。①

从这些诗句，我们不难体会到雅集诸君内心那份陶然忘机的心情。再看至正十六年（1356）七月，众人聚在玉山同赏海棠所作：

顾瑛

怪底海棠能狡狯，今年当暑著花鲜。露粘蝶粉生珠汗，日炙猩红上紫绵。梦断马嵬春信远，神游金谷晚妆妍。独怜向岁题诗者，不见烧灯花树前。

陆仁

七月海棠花满枝，却思三月见花时。谁烧银烛相为乐，正是烽烟苦乱离。绛雪飘摇从自落，凉风爱护莫教吹。人生若此秋如许，不惜沉酣倒玉卮。

王楷

春去好花都落尽，也怜秋见海棠开。持杯烂醉红云底，莫把银灯照石苔。②

在这些诗句中，我们再也找不到往日那种纯然的快乐。相反，诗歌透出的是一股隐隐的哀愁——面对怒放的鲜花，众人心中想到的却是阻隔无法相见的朋友、生死难料的亲人以及世事无常的变化；虽是同聚赏花，心中却伤感渐生、愁绪渐浓。众人折花剧饮，于花下沉醉，为的也只是纾解丧乱带来的种种苦痛，求得片刻的解脱与忘却。可是这样的苦楚、这样的现实，怎么可能说忘就忘得了的？借酒浇愁愁更愁！现实生活中的烽烟和乱离在雅集诸君的这等举动中反而变得更加鲜活与真实。“春去好花都落尽”，雅集诸君在此时写就的诗句，所昭示的就已是一种衰世的气象了。

---

① 《玉山名胜集》，卷七，见《影印文渊阁四库全书》，第 1 369 册，119 页，台北，台湾商务印书馆，1986。

② 《玉山名胜集》，卷五，见《影印文渊阁四库全书》，第 1 369 册，92 ~ 93 页，台北，台湾商务印书馆，1986。

与题材的相对单一不同，玉山雅集的诗作可谓众体皆备。前面论及雅集诗歌赋咏形式时，笔者曾提过同一次分韵赋诗的场合便存在着五古、五律、七绝、七律、五绝等各类诗体。至于唱和、联句，同样也众体纷呈。到了分题赋诗，甚至还出现过古乐府的体式。而除却“诗”这一体式，顾瑛的玉山雅集还不时能见词、曲的身影。

顾瑛玉山声伎之盛在当时素负盛名。杨维桢《雅集志》一文就曾如此描述玉山之声伎：“一时人品疏通隽朗，侍姝执伎皆妍整，奔走童隶亦皆驯雅，安于矩矱之内。觞政流行，乐部皆畅。碧梧翠竹与清扬争秀，落花芳草与才情俱飞。”① 就连一过玉山的张翥，也对顾瑛所储声伎大表赞叹——“开樽罗绮馔，侑席出红妆。婉态随歌板，齐容缀舞行。新声绿水曲，秾艳大堤倡。宛转缠头锦，淋漓蘸甲觞。弦松调宝柱，笙咽炙银簧。”② 在这样一个环境中，出现词曲的创作是再自然不过的事情，何况顾瑛本人就对词曲创作颇感兴趣，也颇有研究。他曾写过一部《顾曲十六观》，大谈词曲创作。该书题下有云：

> 古之乐章、乐府、乐歌、乐曲，皆出于雅正，粤自隋唐以来，声诗间为长短句，至唐人则有《尊前》、《花间集》。迄于崇宁，周美成诸家，讨论古音，审之古调沦落之后，少得存者，由此八十四调之声稍传，即诸家后增演慢曲引近，或移宫换羽，为三犯四犯之曲，按月令为之，其曲遂繁，求其可歌可诵者，指不多屈。间惟秦少游、高竹屋、姜白石、史邦卿、吴梦窗数家，格调不凡，句法挺异，俱能特立清新之意，删削靡慢之词，自成一家，各名于世。作者能取诸人之所长，去其所短，精加锻炼，像而为之，岂不能与美成辈争雄长哉！余疏陋谫才，生平好为

① 杨维桢：《雅集志》，见《玉山名胜集》，卷二，《影印文渊阁四库全书》，第1 369册，17页，台北，台湾商务印书馆，1986。

② 张翥：《寄题玉山诗》，见《玉山名胜集》，卷首，《影印文渊阁四库全书》，第1 369册，4页，台北，台湾商务印书馆，1986。

词曲，缵述管见，仿十六观以列次于左，知音者愿同商之。①

所以说，在“生平好为词曲”的顾瑛所经营的玉山，又焉能少了词、曲的参与！早在雅集初时，至正八年（1348）三月杨维桢、顾瑛等人游石湖诸山时，就有张雨为小琼英赋《点绛唇》的记载。雅集盛时，至正九年（1349）十二月听雪斋之集，又有与会宾客“岸巾起舞，唱《青天歌》，声如怒雷”② 的突出例子。至正十一年（1351）三月顾瑛、郯韶等人同游观音山，顾瑛还曾口占《蝶恋花》一首，戏谑郯韶对当时琵琶佐酒的徐楚兰那份醉心。词云：

春江暖涨桃花水，画舫朱帘，载酒东风里。四面青山青侣洗，白云不断山中起。在眼韶华能有几？玉手佳人，笑把琵琶理，狂杀云台标外史，断肠只合江州死。③

同年八月，在送郑同夫归豫章的筵席上，也有人“行酒放歌，作《庐山高》，亹亹有梁楚间人气调”④。可见，词、曲从来就未远离过玉山。虽然今天见于记载的玉山雅集填词唱和之举唯有两次，但在当时显然不止此数。袁华诗中就有这样的句子：“好倩吴姬歌《水调》，不辞百罚酒杯传。”⑤ 从这句诗我们不难想象，填词之后再命侍姬演唱，逞弄文采，营造气氛，这是当日玉山雅集的常态。这在一定意义上也反映了元代当时词、曲的流行程度——其地位并不亚于正统的诗歌，它们同样得到了一群以“风雅”自命的文人青眼。请看，顾瑛结交的一众朋辈中，张可久是著名散曲家，张翥则是元末著名的词家，柯丹邱、高明也都是元代著名的戏曲作者。他

① 顾瑛：《制曲十六观》，见《丛书集成初编》，北京，中华书局，1985。

② 昂吉：《分题诗序》，见《玉山名胜集》，卷五，《影印文渊阁四库全书》，第1 369册，76 页，台北，台湾商务印书馆，1986。

③ 《玉山纪游》，见《影印文渊阁四库全书》，第 1 369 册，508 页，台北，台湾商务印书馆，1986。

④ 陈基：《送郑同夫归豫章分题诗序》，见《玉山名胜集》，卷四，《影印文渊阁四库全书》，第 1 369 册，58 页，台北，台湾商务印书馆，1986。

⑤ 《玉山名胜集》，卷六，见《影印文渊阁四库全书》，第 1 369 册，98 页，台北，台湾商务印书馆，1986。

们来往于玉山的身影足迹，足以成为玉山雅集不废词、曲的明证。

三、审美取向

考查玉山雅集的诗歌创作实际，有一个现象非常值得关注：形形色色的玉山宾客在不同雅集场合赋就的各种体裁的诗歌，却明显存有一些共同的审美取向。

首先，就是对杜诗的推崇。从雅集主要的赋咏形式——分韵赋诗来看，这一特点尤为明显。29 次分韵赋诗中，作为分韵对象次数最多的就是杜诗，共有 8 次。这些被选作分韵之用的杜诗，分别是："爱汝玉山草堂静"①，"暗水流花径，春星带草堂"②，"碧梧栖老凤凰枝"③，"风林纤月落"④，"天上秋期近"⑤，"东阁官梅动诗兴"⑥，"攀桂仰天高"⑦ 和"江东日暮云"⑧。此外，还有"旧雨不来今雨来"一句，则显然化自杜甫《秋述》中语——"旧雨来，今雨不来。"而居于次席的苏轼之诗唯有 4 次，曹操诗仅有 3 次，其他诗人只有 1 次。顾瑛等人对于杜甫的偏爱可谓一目了然。

在玉山雅集的诗歌创作中，对于杜诗的袭用也格外分明。至正

---

① 《崔氏东山草堂》，见《全唐诗》，卷二百二十四，《杜甫九》，2 403 页，北京，中华书局，1960。

② 《夜宴左氏庄》，见《全唐诗》，卷二百二十四，《杜甫九》，2 395 页，北京，中华书局，1960。

③ 《秋兴八首》(之八)，见《全唐诗》，卷二百三十，《杜甫十五》，2 510 页，北京，中华书局，1960。

④ 见《玉山名胜集》，卷五，《影印文渊阁四库全书》，第 1 369 册，86 ~ 87 页，台北，台湾商务印书馆，1986。

⑤ 《月》，见《全唐诗》，卷二百二十五，《杜甫十》，2 407 页，北京，中华书局，1960。

⑥ 《和裴迪登蜀州东亭送客逢早梅相忆见寄》，见《全唐诗》，卷二百二十六，《杜甫十一》，2 437 页，北京，中华书局，1960。

⑦ 《八月十五夜月二首》(之一)，见《全唐诗》，卷二百三十，《杜甫十五》，2 530 页，北京，中华书局，1960。

⑧ 《春日忆李白》，见《全唐诗》，卷二百二十四，《杜甫九》，2 395 页，北京，中华书局，1960。

十一年（1351）十月以“夜阑更秉烛，相对如梦寐”分韵赋诗的雅集上，袁华所赋之诗就有“道旧热衷肠”① 之句，明显照搬自杜诗《赠卫八处士》。同样是袁华，在至正十二年（1352）九月顾瑛欢迎其侄子元佐、良用的筵席上，又毫无变更地挪用了另一句杜诗——“致君尧舜上。”② 不过，玉山“崇杜”倾向最为明显的诗歌，还不是此类毫无创意的袭用，而是那些写在丧乱之际的作品。

前面说过，时世的变更使得雅集参与者的心理也不由自主地发生了变更：他们的胸中有了更多的郁积，也增添了许多的忧患。可以说，这一时期的他们，与当年的杜甫有着某种精神气质上的相似，故而此时他们笔下的诗歌，也就更为自然地向着杜诗靠拢。比如至正十六年（1356）十月，顾瑛等人在可诗斋唱和的诗篇，就有着不同以往的风貌：

顾瑛

木叶纷纷乱竹窗，凄风凄雨暗空江。世间甲子今为晋，户里庚申不到庞。此膝岂因儿辈屈，壮心宁受酒杯降。与君相见俱头白，莫惜清谈对夜釭。

缪侃次韵

玉壶酒美醉寒窗，酒渴还思饮大江。好事久传吴下顾，作官甚愧鹿门庞。眼中世态原如此，愁里诗魔卒未降。相对正怜犹梦寐，笑谈何惜倒银釭。

范基次韵

草堂旧岁逢君日，正说王师欲渡江。守境无人能借寇，移家容我亦为庞。关中积粟愁输挽，海畔飞书愿乞降。世事如棋忧不得，拥书清夜对寒釭。③

① 《玉山名胜集》，卷二，见《影印文渊阁四库全书》，第1 369册，30页，台北，台湾商务印书馆，1986。

② 《玉山名胜集》，卷八，见《影印文渊阁四库全书》，第1 369册，140页，台北，台湾商务印书馆，1986。

③ 《玉山名胜集》，卷四，见《影印文渊阁四库全书》，第1 369册，73页，台北，台湾商务印书馆，1986。

诗中所道，明显是一派忧时伤世的幽微心事，凝重而沉痛。这与杜甫诗中那份沉郁的美感，可谓有着精神气韵上的相通。

其次，尚丽与好奇堪称玉山雅集诗歌创作的两大主流风尚。玉山多位诗家都是这两种风格的显著代表，比如以杨维桢为首的铁崖诗派就是好奇的典型，而以顾瑛为首的一众诗人则是尚丽的标兵。这两派主流诗家，本章第二节将有详细阐述，此处不赘。这里需要指出的是，除了上面说的那两派主流诗家，一些平日并不以“奇”、“丽”风格见长的诗人来到玉山雅集之后，其创作却也明显发生了改变。比如以清畅著称的于立，在玉山就写出了这样的作品：

> 玉山之堂俯吴甸音盛，对酒凭高发清兴。碧桐翠竹昼生阴，金碗蔗浆寒欲凝。亭亭双凤踏长筵，寂寂孤鸾度深径。请君更尽双玉壶，绛蜡银瓶破昏暝。①
>
> 波光月色净涵虚，炯若清冰在玉壶。水槛夜凉栖翡翠，钓竿秋净拂珊瑚。杯行玉手琼英酒，鲙斫金盘雪色鲈。书卷诗篇不知数，为君题作辋川图。②

这样的诗，无论是意象或是设色，俨然一派绮缛秾丽，与于立诗歌惯有的那种自然不事雕琢的清气迥乎不同。

又如，一些本身爱好清閴的僧人，写在玉山筵席上的诗篇却也丝毫不见清寂之气。作为与顾瑛关系最为深厚的僧人，释良琦的诗歌风格本来和古往今来的诗僧并无不同，一样难逃两种俗套——一是过分求清，一是满篇禅语。清人在论及僧诗时就曾说：“僧家不独忌钵盂语，尤忌禅语。……禅家诗家，皆忌说理，以禅作诗，即落道理，不独非诗，并非禅矣。”③ 还有“释子兴趣索然，尺幅易窘，枯木寒岩，全无暖气，求所谓纵横不羁，潇洒自如者，百无一

① 《玉山名胜集》，卷二，见《影印文渊阁四库全书》，第1 369册，43页，台北，台湾商务印书馆，1986。

② 《玉山名胜集》，卷六，见《影印文渊阁四库全书》，第1 369册，104页，台北，台湾商务印书馆，1986。

③ 贺贻孙：《诗筏》，见《清诗话续编》，192页，上海，上海古籍出版社，1983。

二，宜其不能与才人匹敌也”①。谈禅易使诗歌落入理窟，求清则使得诗歌的格局狭小。这两点，尤其是对于所谓清致的追求，在释良琦原来的诗作中，是颇为明显的。譬如说，在释良琦的诗中，我们时常可见这样的句子——“苔石当坐卧，松枝堪挂巾”②、“树密听猿啼，苔深断人迹”③、“沙白霜初落，溪寒日易阴”④、“乱叶阶前雨，长藤石上根”⑤，等等。这类句子的频频出现，充分说明了诗人对于幽阒景致的偏爱，以及这种偏爱所导致的有所局限的视野。这正是上引诗论所指斥的“尺幅易窘”和“全无暖气”。

但等释良琦来到玉山筵席之上，其诗歌风貌就发生了显著的变化——不再是“全无暖气”，而是充满人间色味，一团暖气了。也许正是置身于那样一个充满世俗之乐的环境所致，释良琦原本清寂的诗歌便自然而然地与一些世俗的气息发生了交集。而这些气息的到来，则使得释良琦的诗歌与一般意义上的僧诗有了显著的区别，请看下面这首诗：

> 片玉山西境绝偏，秋华亭子最清妍。三峰秀割昆仑石，一沼深通渤海渊。鹦鹉隔窗留客语，芙蓉映水使人怜。桂丛旧赋淮南隐，雪夜常回剡曲船。北海樽中长潋滟，东山席上有婵娟。紫薇花照银瓶酒，玉树人调锦瑟弦。醉过竹间风乍起，吟成梧下月初悬。一声白鹤随归佩，何处重寻小有天。⑥

在这一首诗中，已经很难寻觅那种清心寡欲、一心参禅的僧人形象，相反，我们看到的是一份陶然于席上婵娟、银瓶美酒以及丝竹

① 贺贻孙：《诗筏》，见《清诗话续编》，192页，上海，上海古籍出版社，1983。

②③ 释良琦：《夏日招张师圣文学二章》(之一)，见《草堂雅集》，卷十四，《影印文渊阁四库全书》，第1 369册，469页，台北，台湾商务印书馆，1986。

④ 释良琦：《鱼虎子图》，见《草堂雅集》，卷十四，《影印文渊阁四库全书》，第1 369册，470页，台北，台湾商务印书馆，1986。

⑤ 释良琦：《游慧聚寺和唐人诗》(之二)，见《草堂雅集》，卷十四，《影印文渊阁四库全书》，第1 369册，470页，台北，台湾商务印书馆，1986。

⑥ 《玉山名胜集》，卷七，见《影印文渊阁四库全书》，第1 369册，118页，台北，台湾商务印书馆，1986。

管弦之乐的俗人心境。这与通常的僧诗相比显然大不相同。它所呈现出来的风格特征，不但与清无涉，甚至可以说是缛丽的。缛丽在释良琦诗歌中的体现，具体来说就是一种世俗化的走向。这种世俗化走向的出现，可以说是元末社会这一大环境和玉山雅集这一特定场合共同作用的结果。而这一种世俗化走向的存在，就不仅使释良琦的诗歌表现出之前罕见的绮缛风格，同时更给释良琦的诗歌带来了几分暖气，削减了一些枯索与虚寂。

从这样的现象，我们不难得出：如果文人雅集的特定场合存在某种占据主导地位的审美倾向，参与雅集的众人在进行诗歌创作时就都不免会受到此种倾向的影响。尤其是对那些诗才一般、创作个性不甚分明的诗人而言，这种雅集气场的影响力无疑更为显著。

最后，宗唐与复古也是玉山雅集比较突出的审美倾向。在 29 次分韵赋诗中，关乎唐诗的份额达到了 12 次之多，而宋人诗句只有 6 次，汉魏六朝诗也同为 6 次，从唐人诗句在玉山受到的这份青睐，便不难看出雅集诸人对于唐诗的推崇。何况之前已经说过，习杜是玉山雅集十分突出的一种创作风尚，而所谓习杜，其实也不过是宗唐倾向具体到个别诗家的反映罢了。再加上，雅集众人所作诗歌大多以兴象为重，较少说理。众所周知，唐诗就是重意象，重情韵的，它与标举才学、议论、理趣的宋诗泾渭分明。所以，玉山诗歌创作的这一情况，正表明了雅集诸君对于唐人的一种亲近，对宋人的一种疏离。这一点与元诗的基本特征是相符的，所谓“宋诗深，却去唐远；元诗浅，去唐却近”①。

至于复古，则集中体现在雅集诸君对于诗歌体裁的选择上。在玉山雅集，无论是分韵赋诗，抑或唱和，还是分题、同题的赋咏，都多见五古、七古这样的体裁。在雅集宴饮的场合进行诗歌赋咏，优先选择古体而非近体，这本身就是一种复古心理的表现——毕竟近体诗（尤其绝句一体）相对来说篇幅短小，更为适合杯筹交错间的口占与唱酬。另外，具体考察这些古体诗歌，我们也能够明显

① 李东阳：《麓堂诗话》，见《历代诗话续编》，1 371 页，北京，中华书局，1983。

感受到玉山诸君复古的意图——与惯常的尚丽不同，玉山诸君在五古一体的创作中总是尽量避免使用缛丽的辞句、轻快的调子，转而采取质直的表达，笔调也尽量舒缓，从而使整首诗呈现古质的特点。

宗唐复古，本身就是元代诗歌的一大特色。它的具体内涵，就是近体宗唐、古体宗汉魏。不过，到元末的时候，七古大多取法唐代二李，因此，对于汉魏的学习就更多地体现在五古这一诗体之上。这一点，正契合了玉山雅集诗歌创作的现实。可见，一个规模可观、持续了相当时间的文人雅集确乎具有折射某一时期诗歌创作风尚的能力。

当然，上述这些共同的审美取向在玉山雅集诗歌创作中的存在，一方面，反映了那一时期诗歌的创作潮流，另一方面，也相当有力地证明了雅集这么一个特定的创作环境对其参与者有着不容否认的趋同作用。

第二节 玉山主要诗家及其风格走向

当然，单有“惟诗是求”的一腔热情并不足以保证诗歌创作的水准，甚至容易令人产生附庸风雅的恶感。玉山雅集之所以能够凭借《草堂雅集》、《玉山名胜集》、《玉山纪游》等集中所录的诗歌名动后世，就在于它的“惟诗是求”背后，乃是“会有其人”的。本章一开头，笔者就结合顾嗣立的概括统计过，元代后期诗坛的代表诗家差不多已尽在顾瑛之玉山，而四库馆臣在《草堂雅集》提要中的说法则更为直接，其言曰：“元季诗家，此数十人括其大凡。……一代精华，略备于是。”①

可想而知，拥有了这能括元季诗家具有代表性的数十人，玉山雅集的诗歌天空所呈现出的是一派何其熠熠的星光！就众人于玉山

① 《草堂雅集》，卷前，见《四库提要》，《影印文渊阁四库全书》，第1 369册，175页，台北，台湾商务印书馆，1986。

雅集所创作的诗歌来看，则玉山雅集的主要诗歌作者，大致可分为尚丽与尚奇两个阵营。

篇幅所限，我们只能从这两个阵营中选取最具代表性、且与玉山过从最密的诗家分而论之。尚丽者，以顾瑛、郯韶为例；尚奇者，则以杨维桢、郭翼、于立为代表。

一、顾瑛与尚丽一派

玉山雅集的尚丽一派以玉山主人顾瑛为其代表。作为雅集主人、雅集诗歌活动的策划人与组织者，顾瑛对于某种风格的喜好和创作水平自然会对玉山雅集的诗歌创作产生一定的影响。一直以来，对于顾瑛可以胜任玉山雅集主人一职，轻松周旋于骚坛之上，大多数人都认为这是顾瑛家饶于财，又能够轻财喜客、爱好风雅所致。顾瑛本身的诗才并没有得到足够的重视。实际上，玉山雅集的极大成功与顾瑛的诗歌才能是密切相关的。顾瑛固然不以诗歌名世，但玉山雅集毕竟是一个以诗歌创作为主要内容的文人雅集活动，如若没有一定的诗歌写作能力，顾瑛定然是无法在这“惟诗是求”的雅集中策动宾客、应对自如的。

客观地说，顾瑛称不上大诗人，但其诗歌创作还是有其过人之处的。杨维桢就曾屡赞顾瑛之诗——《大雅集》所收顾瑛《唐宫词次铁雅先生无题韵十首》之后，录有杨维桢的评语，称其“十诗绵联缛丽，消得锦半臂也”[1] 而顾瑛《次韵刘孝章治中邀夏仲信郎中游永安湖》诗中那联“啄花莺坐水杨柳，雪藕人歌山鹧鸪”[2]，更是得到了杨维桢的极力赞许。后人于是叹道：“吾家铁先生，平日豪气塞云汉，未尝轻易假人以称可语。今为先生拈出一

---

① 《大雅集》，卷七，见《影印文渊阁四库全书》，第 1 369 册，558 页，台北，台湾商务印书馆，1986。

② 《次韵刘季章治中邀夏仲信郎中游永安湖》(之一)，见顾瑛：《玉山璞稿》，《影印文渊阁四库全书》，第 1 220 册，139 页，台北，台湾商务印书馆，1986。

联，低头逊避，乃知先生是中自有人也。”①

后人对顾瑛诗也颇多赞誉之语。明人顾起纶在《国雅品》中即称顾瑛之诗“声调逸秀，绮缀精密”②；胡应麟在《诗薮》中列举元代七律佳作，亦将顾瑛《唐宫词》收纳其中，视为“全篇整丽，首尾匀和”③ 之作。清人翁方纲更是于其《石洲诗话》一书中力赞顾瑛之诗。其语云：

> 顾仲瑛《次铁崖天宝宫词韵》云：“韩虢并骑官厩马，醉挽丞相踏堤沙。”可谓翻新。④
>
> 仲瑛小诗，极擅风致，竹枝固足颉颃铁崖，题画亦足配云林。⑤
>
> 顾仲瑛《玉山璞稿》，虽皆一时飞觞按拍，豪兴吐属，然自具清奇之气。其一段暇情逸韵，飘飘欲仙，乃有杨铁崖所不能到者。⑥
>
> 玉山诸客，一时多为铁厓和《花游曲》，然独玉山一篇为佳。盖诸公和作与铁厓原唱，纵极妍丽，皆不免伧俗气耳。⑦

从内容上看，顾瑛的诗大致可分为两类：一类是写在兵戈之前的雅集宴乐之作，另一类则是以乱离之后的社会现实为主要题材的作品。这两类作品在风格上有着较大的差异。宴乐之作大多缛丽，现实之作则多见清直。不过，在顾瑛的诗歌创作中，宴乐之作占了

---

① （明）朱承爵：《存余堂诗话》，见《历代诗话》，793 页，北京，中华书局，1981。不过，此间观点仍认为顾瑛乃是以豪侠胜，诗笔不过其余事；正是因为如此，杨维桢才会因其诗之不俗而骇叹。而（明）李日华《六研斋二笔》卷一亦转录此事，重点却在以杨维桢之称许道出顾瑛诗作的不俗，故此其所录支硎先生语并不完全。其实，暂不论诗笔是否顾瑛余事，单就杨维桢的称许来看，亦可证明其诗作亦非泛泛。

② 《国雅品》，见《历代诗话续编》，1 094 页，北京，中华书局，1983。

③ 胡应麟：《诗薮·外编》，卷六，233 页，上海，上海古籍出版社，1979。

④⑤⑥ 《石洲诗话》，卷五，见《清诗话续编》，1 462 页，上海，上海古籍出版社，1983。

⑦ 《石洲诗话》，卷五，见《清诗话续编》，1 472 页，上海，上海古籍出版社，1983。

绝大多数。因此，缛丽是顾瑛诗歌的主要风格，尚丽则可说是顾瑛诗歌创作的主要倾向。这些宴集唱和之作多描写宴饮唱酬的欢乐场面、朋友之间的交情、自然风光的明丽动人，或者感叹欢会的难得、时光的易逝，等等。具体来说，这些诗作大多注重辞句的新巧、整丽，比如下引两诗：①

爽气高秋满玉山，翠烟如海浸螺鬟。芙蓉城里黄金镜，照见双双驾凤还。

临池醉吸杯中月，隔屋香传蕊上花。狂煞会稽于外史，秋风吹堕小乌纱。

从笔者加着重号的这些诗句，不难看出顾瑛对于辞句本身的措意。就整首诗而言，情味却稍嫌不足。再如"池上芙蓉香欲瘦"②、"龙气当天河鼓湿，翠痕浮树月钩纤"③、"沙嘴晓风开幔入，檐牙晴日落窗虚"④，从这些例句，明显可见顾瑛对于巧句的爱好。然而重句不重意，这恰恰是一种被大多数诗家否定的作诗方法。清代的王夫之就曾说过："含情而能达，会景而生心，体物而得神，则自有灵通之句，参化工之妙。若但于句求巧，则性情先为外荡，生意索然矣。'松陵体'永堕小乘者，以无句不巧也"⑤，"作诗但求

① 顾瑛：《玉山草堂集》，卷上，《又口占》二首，《元人十种诗》，362页，北京，中国书店，1990。

② 《至正十年七月初五日琦龙门过玉山留数日，将泛兰陵之舟而未果，十二日起文高先生雨中见过，复留周旋。是日饮酒钓月轩中。秋暑乍退，雨止复作，龙门以"旧雨不来今雨来"分题，余得旧字》，见顾瑛：《玉山草堂集》，卷上，《元人十种诗》，363页，北京，中国书店，1990。

③ 《至正十年七月六日，吴水西、琦龙门偕陇西李云山乘潮下娄江，过界溪诗来问讯。玉山主人命骑追还草堂，晚酌芝云堂，时露气已下，微月在林树间，以"风林纤月落"分韵，赋得纤字》，见顾瑛：《玉山草堂集》，卷上，《元人十种诗》，364页，北京，中国书店，1990。

④ 《郑明德过访，同李廷璧夜酌于书画舫，以"春水船如天上坐，老年花似雾中看"平字为韵，得如字》，见顾瑛：《玉山草堂集》，卷上，《元人十种诗》，371页，北京，中国书店，1990。

⑤ 《姜斋诗话》，卷下，见《清诗话》，14页，上海，上海古籍出版社，1978。

好句，已落下乘”①。贺贻孙亦云：“炼字炼句，诗家小乘。”② 因为这样写就的诗歌通常形浮味浅——“炼句胜则意必不足，语工而意不足，则格力必弱。”③ 于辞句的尖新外，顾瑛对富贵华丽的意象也表现得格外偏爱，诗歌于是显得镂金砌玉，缛丽非常，比如，“弓盘舞按银鹅喙，水调声传金凤槽”④、“落日照金樽，飞雪栖画栋”⑤、“梧桐叶落鸣金井，络纬声多近绣帘”⑥、“紫茸香浮檐蔔树，金茎露滴芭蕉花”⑦、“蜃阙珠宫寒作市，银盘玉露静无声”⑧。这样的句子在顾瑛这些宴饮唱酬的诗歌中可谓比比皆是。不难看出，顾瑛的这类诗歌主要受到了唐代诗人温庭筠的影响。温庭筠的诗歌，正是以才思艳丽，精于刻画著称于世，但他的诗歌大多缺乏张阖感，没有苍浑劲拔的骨格，诗歌的情味一般也显得比较淡薄。在这样的影响下，顾瑛这类诗作大多呈现出辞句绮缛的特点，同时也存在意味短浅、骨力疲弱的弊病。

但在玉山雅集后期的筵席上，顾瑛也有一部分诗歌摆脱了原先

---

① 《姜斋诗话》，卷下，见《清诗话》，19页，上海，上海古籍出版社，1978。

② 《诗筏》，见《清诗话续编》，141页，上海，上海古籍出版社，1983。

③ 吴乔：《围炉诗话》所引蔡宽夫语，见《清诗话续编》，507页，上海，上海古籍出版社，1983。

④ 《次杨铁崖赋张叔厚所绘玉山雅集图韵》，见顾瑛：《玉山草堂集》，卷上，《元人十种诗》，362页，北京，中国书店，1990。

⑤ 《至正十一年冬十月廿三日王德辅、袁子英、于彦成诸公过集，以‘夜阑更秉烛，相对如梦寐’分赋。得梦字》，见顾瑛：《玉山草堂集》，卷上，《元人十种诗》，363页，北京，中国书店，1990。

⑥ 《至正十年七月六日，吴水西、琦龙门偕陇西李云山乘潮下娄江，过界溪诗来问讯。玉山主人命骑追还草堂，晚酌芝云堂，时露气已下，微月在林树间，以“风林纤月落”分韵，赋得纤字》，见顾瑛：《玉山草堂集》，卷上，《元人十种诗》，364页，北京，中国书店，1990。

⑦ 《至正十年五月十八日余与延陵吴水西、龙门僧元璞、匡山于外史避暑于楼中，时轻云过雨，霁光如秋冬，占四绝句云》（之四），见顾瑛：《玉山草堂集》，卷上，《元人十种诗》，368页，北京，中国书店，1990。

⑧ 《辛卯中秋沈自诚、琦龙门集于湖光山色楼，有怀于彦立，以“银汉无声转玉盘”分韵得盘字》，见顾瑛：《玉山草堂集》，卷上，《元人十种诗》，374页，北京，中国书店，1990。

那些宴乐之作的轨范，转而直击现实。这一类诗作中，有关时危世艰、百姓疾苦的描写随处可见；所采用的语言也多质朴平直，笔触饱含深情。眼前的丧乱，不仅仅为顾瑛的诗歌带来了现实的血肉，一改内容的单薄贫瘠；同时还注入了一股清健之气，以致此时的诗歌能够一扫绮缛靡弱的颓态，显得骨格清朗而峻拔。其中，七律的变化可说最为明显。试看以下这几首诗。

时事纷纷若聚沙，自怜客里度春华。奸雄岂是池中物，狂妄真成井底蛙。山色空江云障断，星芒垂野斗横斜。寸心忧国惭无补，两鬓飞霜一半加。①

肯将身事逐飘蓬，鬻爵何缘到野翁。老去滔滔嗟逝水，愁来咄咄坐书空。一窗夜色长江里，十里雨声清梦中。更忆会稽于外史，行厨还在瀼亭东。②

海贼初退山贼连，姑胥细民如倒悬。只忧疫起在五月，岂意雨多如去年。山光依微弄野蔼，水色惨淡凝愁烟。城中交钞籴官米，城外鼓声催岸田。③

从这些例子可以清楚地看到：顾瑛不复只钟情于那些富贵华丽的意象，诗歌不再显得金玉杂陈，其开阖感较以往有所增强。更重要的是，他不再汲汲于设辞造句，而是变得更为关心如何抒发内心的感受了。所以，这一时期的诗作，用语大多疏爽自然，少有雕饰。诗人胸中忧时伤世的情怀，也明显地体现在这些诗歌中。此类情绪的加入，赋予顾瑛这些诗作以沉郁的品格，使其在气质上更为贴近他一向推重的杜甫。因为“杜诗只‘有无’二字足以评之。有者，但见性情气骨也；无者，不见语言文字也”④。性情气骨上

① 《和翟惠夫即事二首》(之二)，见顾瑛：《玉山璞稿》，《丛书集成初编》，24页，北京，中华书局，1985。

② 《予逃名于吴淞江，时于彦成将归越上，舟中有怀》，见顾瑛：《玉山璞稿》，《丛书集成初编》，26页，北京，中华书局，1985。

③ 《舟泊山塘雨中口号》，见顾瑛：《玉山璞稿》，《丛书集成初编》，28页，北京，中华书局，1985。

④ 刘熙载：《诗概》，见《清诗话续编》，2 426页，上海，上海古籍出版社，1983。

的靠拢，远比语言文字上的模仿，来得更为肖似。

总的来说，无论宴乐之诗还是反映现实的作品，顾瑛诗作均有一个共同的好处，那就是首尾匀整，少有支离之病。就顾瑛所作各体诗歌的一般情况来看，则绝句虽不乏风味，但通常浅露，佳者不多；五律在各集中本来就少，佳篇亦少；七古以反映现实者为佳，其余多显得才力窘迫，意短语促；最为出色的，当数七律——既有妍整堪摘之句，也不乏清健疏朗之骨、苍老沉郁之态。故而，在元末的诗坛，顾瑛还是有一方立足之地的。他的诗，为才力所拘固难称上品，但以中上目之还是说得过去的。

同为尚丽一派，郯韶所尚之“丽”不同于顾瑛——不是绮缛，而是清丽。对于郯韶的诗才，顾瑛、杨维桢都颇有赞许之语。杨维桢称其“工唐人诗，务追开元、大历之盛，故格力欲与北州李才辈上下云”①，他在为郯韶诗歌作序时甚至说：“我元之诗，虞为宗，赵、范、杨、马、陈、揭副之，继者叠出而未止，吾求之东南，永嘉李孝光，钱塘张天雨，天台丁复、项炯，毗陵吴恭、倪瓒，盖亦有本者也。近复得永嘉张天英、郑东，姑苏陈谦、郭翼，而吴兴得郯韶也。韶诗清丽而温重，无穷愁险苦之态。盖其强力于学未止，探其本之所出，极其作之所诣，盖得骚之声，得雅之情，则雅之声矣。又岂直在元诗一人之数，追逐李、张、丁、项辈而止乎?”② 顾瑛则在《草堂雅集》中称郯韶为“骏马新銮，蹄骎骎未可知也”③。明人俞弁在其《逸老堂诗话》中亦云：“郯九成与倪元镇齐名，诗亦清丽。”④ 从现存郯韶诗歌看来，清丽婉约无疑是其最大的特色。和顾瑛甚为类似的是，郯韶的诗歌也多以温庭筠、

---

① 杨维桢：《西湖竹枝集》，见《武林掌故丛书》，17页。

② 《郯韶诗序》，见杨维桢：《东维子集》，卷七，《影印文渊阁四库全书》，第1 221册，439页，台北，台湾商务印书馆，1986。

③ 顾瑛：《草堂雅集》，卷十，见《影印文渊阁四库全书》，第1 369册，365页，台北，台湾商务印书馆，1986。

④ 俞弁：《逸老堂诗话》，卷上，见《历代诗话续编》，1 311页，上海，上海古籍出版社，1983。

杜甫为宗。只不过，郯韶对温庭筠的取法，主要表现在对于画面感的营造上。温庭筠很擅长捕捉某一特定的场景，通过精微的刻画，使上句与下句交相辉映，构成浑然一体的画面。在郯韶的五律中，这样的例子可谓相当之多。请看：

日落黄尘里，马嘶青草深。（《登姑苏台刘从事索赋二首》之一，颔联）①

夕阳明野寺，远树落霜枫。（《送郑同夫归豫章分题虎丘》，颈联）②

月照风灯外，星沉夜水前。（《次顾仲瑛晚泊新安见怀韵》，颔联）③

从诗句来看，郯韶的思致虽不如温庭筠巧妙旖旎，但“杨柳离亭思，芙蓉别浦愁”④ 比之“野梅江上晚，堤柳雨中春”⑤，确实是有某种神似之处的。其七律中也时见这等宛丽的句子——“夕阳在波人影乱，秋水上帘竹色幽”⑥、“一篷山色斜阳外，半夜雨声春梦中”⑦，等等。但相比之下，郯韶七律的习杜特色更为鲜明。郯韶的七律写得比较清朗健拔，同是写景，但此时的景致要开阔得多，比如“入池星斗当窗见，枕席波涛隔树闻”⑧、“连天云树当书屋，归梦青山落钓舟”⑨，还有“舟行五月瞿塘险，天入三巴鸟

① 郯韶：《云台集》，见《元诗选·二集》，1 145 页，北京，中华书局，1987。

② 郯韶：《云台集》，见《元诗选·二集》，1 149 页，北京，中华书局，1987。

③ 郯韶：《云台集》，见《元诗选·二集》，1 153 页，北京，中华书局，1987。

④ 郯韶：《云台集》，见《元诗选·二集》，1 151 页，北京，中华书局，1987。

⑤ 《和段少常柯古》，见《全唐诗》，卷五百八十一，《温庭筠七》，6 743 页，北京，中华书局，1960。

⑥ 《用杨铁厓新居书画船亭韵与玉山同赋二首》（之二），见郯韶：《云台集》，《元诗选·二集》，1 126 页，北京，中华书局，1987。

⑦ 《虞山道中有怀玉山征君》，见郯韶：《云台集》，《元诗选·二集》，1 153 页，北京，中华书局，1987。

⑧ 《寄句曲外史》，见郯韶：《云台集》，《元诗选·二集》，1 129 页，北京，中华书局，1987。

⑨ 《送赵季文之湖州知事二首》（之二），见郯韶：《云台集》，《元诗选·二集》，1 130页，北京，中华书局，1987。

道回”①。这样的格调，在温庭筠的诗作中是不多见的，但在杜甫集中却是屡见不鲜的。另外，郯韶的七律诗作，也多见与杜诗面目相似的句子，例如“华夹御城涵晓日，波回仙沼应春潮”②，“青山对雨云连屋，春水到门船在天”③，“白日过门应问字，青春别墅只围棋”④，“清时自分耽书癖，白昼休嫌生事疏”⑤。这些诗句，或偷格，或偷意，或干脆搬用其字句，都带有十分明显的杜甫标记。

不过最能代表郯韶诗歌风格的，还是他的绝句一体。用语轻秀而诗意浅直，这是元诗显得过于靡弱的原因所在；郯韶绝句的好处，恰恰就在于纵然用语轻秀，诗意却依旧能够不失含蓄。试看以下这几首诗。

深宫华气接蓬莱，日日题诗上紫苔。一夜雨声无处著，尽将秋色过江来。（《题宋高宗诗意便面》）⑥

江水飞花作雪轻，月明似入剡溪行。可怜一夜天涯雨，又听春潮打橹声。（《过渔浦》）⑦

春寒时节病头风，惆怅年华逝水同。世事总如春梦里，雨声浑在杏花中。（题《倪元镇春林远岫图四首》之四）⑧

第一首诗并没有花太多的笔墨，已将繁华的消逝、江山的倾颓，还

① 《送僧游庐山将之西蜀谒玉泉尊者》，见郯韶：《云台集》，《元诗选·二集》，1 144页，北京，中华书局，1987。

② 《和仲举张博士见寄》，见郯韶：《云台集》，《元诗选·二集》，1 128页，北京，中华书局，1987。

③ 《送王生之江阴州吏》，见郯韶：《云台集》，《元诗选·二集》，1 133页，北京，中华书局，1987。

④ 《次韵聂茂宣见贻就简陆伯渊》，见郯韶：《云台集》，《元诗选·二集》，1 135页，北京，中华书局，1987。

⑤ 《次玉山分题韵四首》，见郯韶：《云台集》，《元诗选·二集》，1 151页，北京，中华书局，1987。

⑥⑦ 郯韶：《云台集》，《元诗选·二集》，1 125页，北京，中华书局，1987。

⑧ 郯韶：《云台集》，《元诗选·二集》，1 155页，北京，中华书局，1987。

有故国王孙的复杂心事，通通涵盖其中，可谓深宛。这也正是前人所云："含不尽之意，见于言外。"① 第二首，又以清新的笔触，将夜航船的风味写得幽阒可爱，极富诗情画意。最后一首，则是把暮春时节的那份景致与心情极具风情地描绘出来，确实做到了"状难写之景，如于目前"②，轻秀可人之余，韵味也都悠远深长。

当然，就绝句一体而言，我们同样可以清楚看到郯韶对杜甫、温庭筠二人的效法。如这首《题魏明铉画》——"老翁住在浣花村，日日哦诗醉瓦盆。怪底横江见船尾，不知春水到柴门"③，就明显沿用了老杜《春水》的用意——"朝来没沙尾，碧色动柴门。"④ 另外，《村行》一诗——"江烟漠漠雨霏霏，野饭吹香落钓矶。三十六陂秋水阔，背人白鸟一双飞"⑤，则与温庭筠《渭上题》——"吕公荣达子陵归，万古烟波绕钓矶。桥上一通名利迹，至今江鸟背人飞"分明有着某种关联，虽然一为写景，一是咏史，但郯韶对于温庭筠的效仿仍旧一目了然。

简而言之，清新宛丽是郯韶诗歌总体的特色。这份清新宛丽，正从他对杜甫、温庭筠的取法中来。虽然不乏蹈袭之处，但郯韶的袭用多在于诗意，而非囿于一两个词语与句式。这样的袭用，经过了自身的消化与发明，也就有别于生硬的搬用了。

二、杨维桢与尚奇一派

如果说顾瑛是尚丽的领袖，那么，玉山诗人的尚奇则是唯杨维桢马首是瞻的。杨维桢，字廉夫，号铁崖，一作铁厓，在元末诗坛甚至整个有元一代的诗坛之上，都堪称巨擘。明人胡应麟在《诗薮》一书中云："杨廉夫胜国末领袖一时，其才纵横豪丽，亶称作者"。《元诗选》的编选者清人顾嗣立在其《寒厅诗话》中亦称：

---

①② 欧阳修：《六一诗话》，见《历代诗话》，267 页，北京，中华书局，1981。

③ 郯韶：《云台集》，见《元诗选·二集》，1 137 页，北京，中华书局，1987。

④ 见《全唐诗》，卷二百二十六，《杜甫十一》，2 439 页，北京，中华书局，1960。

⑤ 郯韶：《云台集》，见《元诗选·二集》，1 138 页，北京，中华书局，1987。

> 廉夫当元末兵革扰攘，与吾家主人瑛领袖文坛，振兴风雅于东南。柯敬仲九思、倪元镇瓒、郭羲仲翼、郯九成韶辈，更倡迭和，淞、泖之间，流风余韵，至今未坠。廉夫《古乐府》上法汉、魏，而出入于少陵、二李。门下数百人，入其室者惟张思廉宪一人而已。明初袁海叟凯、杨眉庵基为开国词臣领袖，亦俱出自铁崖门。而议者谓“铁体”靡靡，妄肆讥弹，未可与论元诗也。①

今之研究者对其评价也颇高。杨镰《元诗史》就称：“杨维桢是元末最主要的诗文家之一，在整个元代诗坛，也是个人色彩最突出的诗人之一。他的作品的数量、影响与成就，都相当可观。”② 杨维桢在顾瑛玉山堪称上宾，很多宾朋都是因为他的关系才来到玉山与顾瑛相识的，因而不难推想他在雅集诗歌创作上的影响力。而杨维桢诗作的风格特征用一个“奇”字便可概括——奇在意象之奇诡，奇在设色之浓烈，奇在情感之丰沛，奇在骨气之铿然，亦奇在笔势之腾挪跌宕、酣畅淋漓。这样一种风格特征直接开启了玉山诗歌的“尚奇”一路。

最能体现杨维桢之“奇”的，莫过于其所作古乐府诗歌。古乐府一体，堪称杨维桢诗歌成就的主要代表。元人张雨在为杨维桢《铁崖古乐府》作序时就曾说：

> 三百篇之下而不失比兴之旨惟古乐府为近，今代善用吴才老韵书以古语驾驭之，李季秋、杨廉夫遂称作者。廉夫又纵横其间。上法魏晋而出入于少陵、二李之间，故其所作古乐府词，隐然有旷世金石声。人之望而生畏者，又时出龙鬼蛇神以眩荡一世之耳目，斯亦奇矣。东南士林之语曰：“前有虞、范，后有李、杨。”③

---

① 顾嗣立：《寒厅诗话》，见《清诗话》，84页，上海，上海古籍出版社，1978。

② 杨镰：《元诗史》，508页，北京，人民文学出版社，2003。

③ 张雨：《铁崖古乐府序》，见《铁崖古乐府》，卷首，《铁崖古乐府原序》，《影印文渊阁四库全书》，第1 222册，3页，台北，台湾商务印书馆，1986。其中“李季秋”当为“李季和”之误。李季和即李孝光。

明人顾起纶在《国雅品》中也称："才高情旷，词隽而丽，调凄而惋，特优于古乐府。"① 清人王士桢《论诗绝句三十五首》中有云："铁崖乐府气淋漓，渊颖歌行格尽奇。耳食纷纷说开、宝，几人眼见宋元诗。"② 另外，清人吴乔在《围炉诗话》中亦云："杨铁厓乐府，其源出于二李、杜陵，有古题，有新题，文字自是创体，颇伤于怪。然笃而论之，不失为近代高手，太白之后，亦是一家，在作者择之。"③ 正如众人所论，杨维桢的古乐府，确实富于纵横飞荡之势、奇瑰险峭之象。且看下面这两首诗：

五湖游

鸱夷湖上水仙舟，舟中仙人十二楼。桃花春水连天浮，七十二黛吹落如青沤。道人谪世三千秋，手把一枝青玉虯（虬）。东扶海日红桑樛，海风约住吴王洲。吴王洲前校水战，水犀十万如浮鸥。水声一夜入台沼，麋鹿已无台上游。歌吴歈，舞吴钩，招鸱夷兮狎阳侯。楼船不须到蓬丘，西施郑旦坐两头。道人卧舟吹铁篴，仰看青天天倒流。商老人，桔几奕；东方生，桃几偷！精卫塞海成瓯窭。海荡邙山漂髑髅，胡为不饮生春愁！④

月氏王头饮器歌

黑风吹瓠瓠不流，冒顿夜断强王头。黄金留犁搅玉斗，一饮一石酥驼秋。眼红喙吃生血聚，汗滴石楼湿青雨。鬼妻扣骨骨欲应，精禽飞来作人语。黄云压日日欲颓，将军回首李陵台。君不见，汉家西风凋细柳，老上单

① 顾起纶：《国雅品》，见《历代诗话续编》，1 092 页，北京，中华书局，1983。

② 翁方纲：《石洲诗话》，卷八，见《王文简戏仿元遗山论诗绝句三十五首》，《清诗话续编》，1 508 页，上海，上海古籍出版社，1983。

③ 吴乔：《围炉诗话》，卷二，见《清诗话续编》，513 页，上海，上海古籍出版社，1983。

④ 杨维桢：《铁崖古乐府》，卷三，见《影印文渊阁四库全书》，第 1 222 册，25 页，台北，台湾商务印书馆，1986。

于夸好手，棘门胡卢可盛酒。①

从这两首诗的笔势、意象、设色来看，杨维桢古乐府之“奇”与唐代的李白、李贺二人显然有着某种渊源，不过杨维桢对于前人的取法并没有落入纯然的模仿，或于清扬之中加入秾丽，或在奇峭之外增添硬直，笔端始终蘸满丰沛淋漓的情感。总的来看，其乐府诗作中的优秀篇章，几乎都是用意深沉宛转，情感激烈切直，表达瘦硬有力的。如《铁城谣》一诗，就写得异常沉痛迫切：

蒸土筑城城上铁，北风一夜吹作雪。君不见铜驼关外铁瓮堆，中填白骨外涂血，髑髅作声穿鬼穴。铜驼崩，铁瓮裂。②

还有《精卫操》：

水在海，石在山，海水不缩石不刊。衔石向海安，口血离离海同干。③

全诗只字未提精卫，但精卫的形象，已是呼之欲出。其内心强烈的愤恨不平，已跃然纸上。诗歌既是掷地铿然的，同时也令人含咀不尽。

至于杨维桢最为自负的乐府小诗，则不但能够在一个有限的格局中腾挪跌宕，而且还能使强烈的情感表达得并不直露，同时语句瘦硬有力，动人心魄。比如《城门曲》一诗云：“谍报越王兵，城门夜不扃。孤臣睛不死，门月照人青。”④ 诗中没有什么议论的语句，但吴王的昏聩亡国、伍子胥的远见卓识，及其忠而被杀的那一腔愤恨，却已道得格外有力，给人一种金石铿锵的阅读感受。再看

① 杨维桢：《铁崖古乐府》，补卷一，见《影印文渊阁四库全书》，第1 222册，81页，台北，台湾商务印书馆，1986。

② 杨维桢：《铁崖古乐府》，补卷四，见《影印文渊阁四库全书》，第1 222册，99页，台北，台湾商务印书馆，1986。

③ 杨维桢：《铁崖古乐府》，卷一，见《影印文渊阁四库全书》，第1 222册，6页，台北，台湾商务印书馆，1986。

④ 杨维桢：《铁崖古乐府》，卷九，见《影印文渊阁四库全书》，第1 222册，65页，台北，台湾商务印书馆，1986。

《饮马窟》——“长城饮马窟，饮马马还惊。宁知呜咽水，犹作宝刀鸣。”① 不云过往的战事如何惨烈，但云此时的流水尚有杀伐之声，依旧能使骏马惊悚。这样一来，无需更多的言语，一股肃杀之气便已扑面而来。饮马窟此时的萧瑟荒芜，昔日的兵戈交错，仿佛都已呈现眼前。虽只有二十个字，内蕴的表现力却是惊人的。甚至那些情思绮旎、仙气泠然的作品，也同样具备了这一特色。胡应麟曾说：

> 宋乐府小诗殊寡，元酷尚传奇，诸大手集中亦罕睹。惟杨廉夫才情缥缈，独步当代，名下士信无虚也。如“郎赠玉镜华，挂妾菱花盘。安得咸阳镜，照郎心肺肝”，“同生愿同死，死葬清冷滗（洼）。下作锁子藕，上作双头华”，酷是六朝。又《洞庭曲》，“道人铁笛响，半入洞庭山。天风将一半，吹度白银湾。”“桂水五千里，潇湘云气空。衡山七十二，望见女英峰。”“海上双雷岛，浑如滟滪堆。乘龙拔山脚，飞渡海门来。”“仙桔大于斗，浮之过洞庭。江妃浑未识，唤作楚王萍。”率超异神俊，追踪谪仙，非宋、元语。②

可见，小乐府之“奇”，就奇在那份“风流蕴藉、骨气铿然”。因此，就杨维桢所作五言小乐府来看，所谓“老铁较铮铮耳”③，洵是不刊之论。

可以说，杨维桢诗作之“奇”，与他善于向前人学习，深谙继承与借鉴之必要是分不开的。胡应麟就说过：“梦得《竹枝》，长吉《锦囊》，飞卿《金荃》，致光《香奁》，唐人各擅。至老铁乃奄四家有之。”④ 然而，好奇太甚也使得杨维桢的诗歌不免落入丽窠魔障。如《铁崖古乐府》卷二所收《六宫戏婴图》、《内人琴阮

---

① 杨维桢：《铁崖古乐府》，卷九，见《影印文渊阁四库全书》，第 1 222 册，65 页，台北，台湾商务印书馆，1986。

② 胡应麟：《诗薮·外编》，卷六，238 页，上海，上海古籍出版社，1979。

③ 胡应麟：《诗薮·外编》，卷六，239 页，上海，上海古籍出版社，1979。

④ 胡应麟：《诗薮·外编》，卷六，242 页，上海，上海古籍出版社，1979。

图》、《内人剖瓜词》，卷三所收《皇娲补天谣》、《上元夫人》、《毛女》等诗，便都是此例。这正应了前人所云：“杨之妙处，自不可掩。而其他诗之靡，亦不可掩。”① 在这一点上，四库馆臣对于铁崖古乐府的评价颇中肯綮。其语云：“元之季年，多效温庭筠体，柔媚绮旎，全类小词。维桢以横绝一世之才，乘其弊而力矫之。根抵于青莲昌谷，纵横排奡，自辟町畦。其高者或突过古人，其下者亦多堕入魔趣。故文采照映一时而弹射者亦复四起。……特其才务驰骋，意务新异，不免滋末流之弊，是其一短耳。去其太甚则可，欲竟废之，则究不可磨灭也。”② 纵然存在弊端和不足，但“究不可磨灭也”，杨维桢凭借其纵横的才气已足以独步元代。其诗作的这份“奇”，也造就了在元末诗坛风靡一时的“铁体”，或称“铁崖体”。所谓“铁体”，最突出的特征便是意象奇崛、设色秾丽、用语切直、骨格刚硬，以及笔势纵横捭阖、情感强烈真切。原创者杨维桢，再加上那些追随其后倾力于“铁体”写作的一众诗人，便共同构成了元末诗坛独树一帜、影响也最为深广的铁雅诗派。玉山雅集的众多宾客，同时也是铁雅诗派的成员。所以，玉山“尚奇”队伍之庞大，自不必言。

“铁崖铁作心，吐句何奇警。寄语山中人，诗法当造请。”③ 显然，作为杨维桢的学生，郭翼对于老师的诗歌创作是推崇备至的，而他自身的诗歌也显然步武了其师之“奇”。厕身于玉山诸君之间，他无疑是雅集“尚奇”队伍的主力军。应该说，郭翼诗风之“奇”，在那些与杨维桢所作相唱和的诗歌上表现得尤为鲜明。比如下面这首《花游曲》：

---

① 翁方纲：《石洲诗话》，卷五，见《清诗话续编》，1 460 页，上海，上海古籍出版社，1983。

② 杨维桢：《铁崖古乐府》，卷前，见《提要》，《影印文渊阁四库全书》，第 1 222 册，2 页，台北，台湾商务印书馆，1986。

③ 《凤凰石》，见郭翼：《林外野言》，《元诗选·二集》，1 020 页，北京，中华书局，1987。

石池天地花溟濛，芙蓉暖红旗飐风。锦艚两帆出云里，玉滟摇溶养龙水。宝坊壁堂山入门，琼裾杂佩飘轻裙。馆娃愁绝行春步，青狐泣冷鸳鸯墓。铁蛟喷壑风雨来，花宫香送琼英杯。玉粒松膏粉云椀（碗），小扇桃歌紫牙板。苧（苎）萝烟断东海西，双珰槭札近新题。青鸟不来无信使，玉雁衔丝啼十四。真珠字密愁满笺，为君重赋《花游》篇。①

像“玉滟摇溶养龙水”、“青狐泣冷鸳鸯墓”和“铁蛟喷壑风雨来”这样的句子，意象刻意求怪，格调刻意求冷，就和其师一样，表现出对于李贺的明显偏爱。再如《蹋鞠篇和铁崖韵四首》其四，诗云：“落花水流春满路，走红鞠鞠罗尘步，绣襦鸳鸯暖香步。暖香雾，酒光狞。红映肉，太娇生。”② 其中，诗人抒写欲望的不加遮掩，设色的浓烈，以及一些打破传统审美标准的表达，无疑也是很好地继承了老师的衣钵。

但与杨维桢不同的是，郭翼之“奇”更多地体现在诗句的奇警之上，这使他的诗风呈现出一种精悍的特色。譬如，“丛丛山影侵云直，一一人家落路斜”③、“镜里水涵萍似粟，席间云落酒如苔”④、“瘦骨锋棱珠汗落，卧痕半杂古苔烟”⑤，这些就都堪称新警之联。这样的联句在郭翼七律之作中最为多见，郭翼也因其七律在元末诗坛颇具盛名——“人呼老郭为‘五十六’，以其长于七言八句也。”⑥ 当然，这份精悍的得来，与郭翼对于李商隐的学习也

① 郭翼：《林外野言》，见《元诗选·二集》，1 001 页，北京，中华书局，1987。

② 郭翼：《林外野言》，见《元诗选·二集》，1 013 页，北京，中华书局，1987。

③ 《寄青龙瞿惠夫博士》，见郭翼：《林外野言》，《元诗选·二集》，1 005 页，北京，中华书局，1987。

④ 《绿阴亭》，见郭翼：《林外野言》，《元诗选·二集》，1 006 页，北京，中华书局，1987。

⑤ 《题张戡画瘦马图》，见郭翼：《林外野言》，《元诗选·二集》，1 010 页，北京，中华书局，1987。

⑥ 翁方纲：《石洲诗话》，卷五，见《清诗话续编》，1 468 页，上海，上海古籍出版社，1983。

是密切相关的。试看这首和袁华的《无题》之作：①

绕帐犀珠坐影移，铜华铺首啮双螭。守宫点臂斑斑血，结带同心寸寸丝。机上金梭回艳锦，箧中玉子卜灵棋。飞花解系相思否，莫倩韩家赋《柳枝》。

其意象之繁复，诗意之隐晦，乍一看，确有几分李商隐的味道。不过郭翼心中显然并不具有李商隐那般缠绵悱恻、百折千回又难以言明的情思，因此，诗歌仅仅只是形似而已，并未得其精神。

除此而外，郭翼诗风之“奇”也还有一种柔媚的姿态。他笔下的乐府短章，比之杨维桢的瘦硬，显得更为秀丽妩媚。例如以下二诗：

阳春曲

柳色青堪把，樱花一作桃。雪未干。宫中裁白苎，犹怯剪刀寒。②

征妇怨

君久戍远碛，妾愁在空帷。不得如青草，随春上君衣。③

这两首诗，就都称得上是用语明丽，思致宛转而缠绵，风格柔媚有六朝的情味。所以杨维桢于《西湖竹枝集》“郭翼”条下才说：“其诗精悍者，在李商隐间，风流姿媚者，不在玉台下也。”④

玉山尚奇的代表还有于立。杨维桢对于立的诗歌及为人都极其推崇：“诗有二李风，时人多重爱之。予尝观其人如行云流水，无所凝滞，游方之外者也。”⑤ 顾瑛亦称其诗——“长吟短咏，有二

① 《无题和袁子英二首》(之一)，见郭翼：《林外野言》，《元诗选·二集》，1 015页，北京，中华书局，1987。

② 郭翼：《林外野言》，见《元诗选·二集》，1 011 页，北京，中华书局，1987。

③ 郭翼：《林外野言》，见《元诗选·二集》，1 018 页，北京，中华书局，1987。

④ 杨维桢：《西湖竹枝集》，见《武林掌故丛书》，17 页。

⑤ 杨维桢：《西湖竹枝集》，见《武林掌故丛书》，15 页。

李风。”① 所谓“二李风”，具体到于立的诗作中，即指其奇崛之处得自李贺，至于清畅自然、无所滞碍，则又颇似李白。试看《题柯石》一诗：“千岩夜半风雨裂，古剑斫石生铜折。寒潭影动月峥嵘，碧藓淋漓老蛟血。”② 这么怪崛的表达，就只有在李贺集中方才能够得见。不过，于立师法于李贺的，多数仅限于一二意象、字词和表现手法而已，并且这些牛鬼蛇神的意象、冷硬的词句也并未在其诗歌当中铸成一种张力。他不像杨维桢，能够凭借激切丰沛的情感使诗歌具有骨格铮然的美感。例如其作于玉山的《胡琴谣赠张猩猩》一诗，从手法上看明显受到李贺《李凭箜篌引》一诗的影响——是以效果来烘衬技艺的高超；诗中也不乏与李贺相仿的句子，譬如“珊瑚击碎琅玕折，凤凰夜叫离鸾惊”③。但就总体来说，于立这首诗仍然显得过于平易顺畅，并不似李贺所作那般怪崛奇峭、盘根错节。客观而言，于立诗中之“奇”更接近清奇。这与于立本身即是一个行云流水、无所拘束的人直接相关——他在性情上与李白有一种天然的接近，所以诗风也就无怪乎更接近李白。而这份清奇，主要来源于其诗歌所采用的语言清新自然，表达方式酣畅淋漓。例如写于玉山的《渔庄》一诗：

渔庄

二月春水生，三月春波阔。东风杨柳花，江上鱼吹沫。放船直入云水乡，芦荻努芽如指长。船头濯足歌沧浪，兰杜吹作春风香。得鱼归来三尺强，有酒在壶琴在床。长安市上人如蚁，十丈红尘埋马耳。渔庄之人百不理，醉歌长在渔庄底。④

在于立的近体诗作中，同样可见清畅自然这一特色。顾嗣立论及于立时曾说：“近体五言如‘水回岚气合，风度竹声迟。’‘香挹花间

① 《草堂雅集》，卷十一，见《影印文渊阁四库全书》，第1 369册，389页，台北，台湾商务印书馆，1986。

② 于立：《会稽外史集》，见《元诗选·三集》，713页，北京，中华书局，1987。

③ 于立：《会稽外史集》，见《元诗选·三集》，703页，北京，中华书局，1987。

④ 于立：《会稽外史集》，见《元诗选·三集》，704页，北京，中华书局，1987。

露，凉生叶上风。’七言如‘荷露袭衣凉冉冉，桐阴转户月疏疏。’‘近人月色如相识，照水花枝若自怜。’皆天然佳句。”① 实际上，于立诗中的“天然佳句”还远不止此，像“北岫云双屐，西湖雪一篷”②、“落日千山暮，清江万里流”③，还有“一川夜月芙蓉净，数亩凉云薜荔生”④、“小雨欲晴先酿暖，轻阴拂地不惊尘”⑤，等等，都可谓是深得自然之趣，少有斧痕。这些句子的存在，给于立诗歌带来的便是一股清新自然的气息。于立的七绝诸作同样以清迈见长，下面这首《题赵松雪楚江清晓》便足为清迈的代表，诗云：“曾从江上系孤舟，渺渺清江万里流。两岸青山春正晓，一声鸣橹下扬州。”⑥ 这种轻快的调子，就与太白“两岸猿声啼不住，轻舟已过万重山”的名句的确称得上有几分神似。

已知玉山雅集的一群诗人于元末诗坛而言皆为重量级的人物，所谓“元季诗家，此数十人括其大凡。……一代精华，略备于是”⑦，而这括元季诗家大凡的数十人在诗歌创作上又已然呈现出尚丽和尚奇这么两种最为主要的倾向，那么就不难想见此时的元末诗坛究竟是怎样一个面貌。实际上，就前人关于元诗的评断来看，所谓“丽”、“奇”两端的赫然存在，恰恰是元末诗坛的一个不争

---

① 于立：《会稽外史集》，见《元诗选·三集》，693 页，北京，中华书局，1987。

② 《送姚子章赴浙省计事玉山同赋》，见于立：《会稽外史集》，《元诗选·三集》，705 页，北京，中华书局，1987。

③ 《归越次郑九成韵》，见于立：《会稽外史集》，《元诗选·三集》，706 页，北京，中华书局，1987。

④ 《题水竹居》，见于立：《会稽外史集》，《元诗选·三集》，707 页，北京，中华书局，1987。

⑤ 《暮春偶书》，见于立：《会稽外史集》，《元诗选·三集》，707 页，北京，中华书局，1987。

⑥ 于立：《会稽外史集》，见《元诗选·三集》，712 页，北京，中华书局，1987。

⑦ 《草堂雅集》，卷前，见《四库提要》，《影印文渊阁四库全书》，第 1 369 册，175 页，台北，台湾商务印书馆，1986。

的现实——所谓“元之季年，多效温庭筠体，柔媚旖旎，全类小词”①，以及“元末诸人竞师长吉”②，正是此谓。所以说，一个拥有了诗坛主要创作力量的文人雅集，它对于当时诗坛而言就有着非同小可的意义，它其实无异于此时诗坛的一个具体而微型的小小缩影。

最后，需要指出的是，玉山诗人所崇尚的所谓“丽”和“奇”并非像字面上那么单一，它们其实是富于层次的——丽者有绮缛，有清婉，有明丽，还有蕴藉；奇者则或奇崛，或新警，或豪宕，或清奇。而尤为难能可贵的还有，尽管有着自己的主导风格，玉山雅集却没有因此标榜门户，排除异己。对于其他的诗歌风格，它所采取的仍是兼收并蓄的态度。故而，玉山诗歌在丽、奇之外，尚可见倪瓒的疏淡超逸、郑元祐的老苍峻拔、张翥的妍整苍健、周砥的清隽自然、陈基的平白粗直，等等。如此包罗万象，也就充分说明了玉山雅集在诗歌创作方面，同样拥有广阔的胸襟。

第三节　玉山诸君的诗学思想

玉山雅集与诗歌创作之间那种至为密切的关系还表现在：它不仅是进行诗歌赋咏的理想载体，也是展开诗学讨论的重要场合。且看，在玉山为数众多的雅集活动中，主人与宾客就可谓日夜与诗相周旋，他们不仅乐此不疲地写着诗，更谈着诗——“至正十年秋七月十有三日，起文高先生自姑苏泛舟携酒肴过玉山，会饮芝云堂上。坐客于匡山、琦龙门相与谈诗，亹亹不绝”③，“诗成而九成上马入城，予独拂藓读碑，得邂逅石庭坚上人于雨花轩上，对坐谈诗

---

① 杨维桢：《铁崖古乐府》，卷前提要，见《影印文渊阁四库全书》，第1 222册，2页，台北，台湾商务印书馆，1986。

② 胡应麟：《诗薮·内编》，卷三，56页，上海，上海古籍出版社，1979。

③ 《玉山名胜集》卷八，见《影印文渊阁四库全书》，第1 369册，135页，台北，台湾商务印书馆，1986。

不绝”①。不仅整日竞相赋咏，还不断交换彼此对诗歌的看法。这样一来，那玉山诗歌的创作显然就不会呈现出一种无的放矢的状态，不会脱离一定诗学思想的指引，而能够充当某种诗学思想的具体实践者。

一般人们在谈论元代诗学思想时，总是习惯以延祐元年（1314）为界，分为前期和中后期。元代前期诗学明显存在南北的分野。这一分野的出现，和当时诗风南北迥异直接相关。北方的诗学，力倡复古，重内容、情实，轻教化。南方的诗学，则主要建立在南宋诗学的基础之上——其中有继承的，如方回对于江西诗派的总结；也有加以反思的，如戴表元就提出了“宗唐得古”的思想，开有元一代宗唐的先声。随着延祐二年（1315）开科取士，南北诗歌风格的差异逐渐淡化，南北分野迥异的诗学也逐渐趋同。元代中后期，诗学思想则不外乎这样三派主导的潮流——师古、尚今、宗唐。这所谓“师古”、“尚今”、“宗唐”，也是玉山雅集诸君诗学思想的主要方面。其中，除了时代的因素，更有玉山宾客自身的原因。

元代中后期持“师古”论的主要代表人物有虞集、欧阳玄、吴莱、苏天爵等，持“尚今”论的则有刘诜、黄溍、吴师道、张翥等。在这双峰并峙的局面中，有一个人显得格外特殊，他就是杨维桢。杨维桢的诗学思想是“师古”与“尚今”兼而有之的。已知杨维桢于玉山雅集不啻为灵魂人物，于是不难想象，他的这份“兼而有之”便自然而然地覆盖了整个玉山诗歌。所以玉山诗学同样是“师古”与“尚今”并立的。至于宗唐，这是整个元代的大趋势，因而它在玉山众宾客的诗学思想中同样表现得格外分明。在本章第一节，笔者谈到过玉山雅集诗歌创作所存在的一些共有的审美倾向，其实这些倾向的存在，就是雅集诸君诗学思想于诗歌创作中的一个具体呈现。

---

①《玉山名胜集》，卷四，见《影印文渊阁四库全书》，第1 369册，62页，台北，台湾商务印书馆，1986。

一、师古

元代中后期，“师古”的倾向一直呈现出强有力的发展态势。持此论者，往往强调作诗要上溯至汉魏甚至三百篇，以“雅正”为宗。在他们看来，诗歌关乎世运，所作诗歌必当合于风雅比兴。

这一主张，在玉山宾客的诗论中十分突出。如杨维桢就说过：

> 风雅而降为骚，骚降为十九首，十九首降为陶杜，为二李，其情性不野，神气不群，故其骨骼不庳，面目不鄙。嘻！此诗之品在后无尚也。下是为齐梁为晚唐季宋，其面目日鄙，骨骼日庳，其情性神气可知已。嘻！学诗于晚唐季宋之后而欲上下陶杜二李以薄乎骚雅，亦落落乎其难哉！①
>
> 诗与声文始而邪正本诸情。皇世之辞无所述，间见于帝世而备于三百篇，变于楚离骚、汉乐歌，再变于琴操、五七言，大变于声律，驯至末唐季宋，而其弊极矣。君子于诗可观世变者类此。古之诗人类有道，故发诸咏歌，其声和以平，其思深以长。不幸为放臣逐子出妇寡妻之辞哀怨感伤而变风变雅作矣。后之诗人，一有婴拂或饥寒之迫、疾病之楚，一切无聊之窘，则必大号疾呼，肆其情而后止。间有不然，则其人必有大过人者而世变莫之能移者也。②

从上引两段文字，我们可以很明显看到，杨维桢所尊崇的正是诗三百所确立的“雅正”传统。在他的观念里，得情性之正的诗歌在《诗经》而外，尚有《楚辞》、《古诗十九首》，以及陶渊明、杜甫、李白、李商隐等人的作品。所谓“师古”，正是要向这样一些作品学习。另外，杨维桢还认为诗歌是关乎世变的，所以他对于晚

---

① 杨维桢：《赵氏诗录序》，见《东维子集》，卷七，《影印文渊阁四库全书》，第1 221册，437页，台北，台湾商务印书馆，1986。

② 杨维桢：《郭羲仲诗集序》，见《东维子集》，卷七，《影印文渊阁四库全书》，第1 221册，440页，台北，台湾商务印书馆，1986。

唐季宋的诗歌极为鄙薄。他延续了汉儒论诗的传统，认为诗歌应当“发乎情止乎礼义”，应当“其声和以平，其思深以长”，那些“大号疾呼”、“肆其情而后止”之作显然难入他的法眼。他所肯定的，唯有所谓“大过人者”写出的“世变莫之能移”的篇章。这样的观点，与其承认的诗歌关乎世运并不矛盾，只不过更强调了其所推崇的“雅正”。

不过杨维桢的“师古”，也并非主张亦步亦趋地模仿古人。相反，他反对一味拟古，提出对古人的学习重在其“神气”、“情性”。并且，要根据自身的气质禀赋选择学习模仿的对象，这样才能真的做到登堂入室，能够窥见古人诗作之一二玄机。他在《吴复诗录序》中曾这样说：“故其出言如山出云，水出文，草木之出华实也。后之人执笔呻吟、模朱拟白以为诗，尚为有诗也哉！摹拟愈逼而去古愈远，吾观后之模拟为诗，而为世道感也远矣。”① 于《张北山和陶集序》一文又称：“诗得于言，言得于志，人各有志有言以为诗，非迹人以得之者也。……步韵倚声，谓之迹人以得诗，吾不信也。”② 在杨维桢看来，苏轼唱和陶潜就绝非简单的完全模仿，而是基于二人气质、思想上的暗合才有和诗之举。正是这份暗合，使苏东坡的和陶诗获得了极大的成功。如若没有这份精神气质上的相近，单单“步韵倚声”，是无法迹人得诗的。

同样明确举起“师古”旗帜的，在雅集诸君中还有玉山主人顾瑛、王祎、郑元祐、秦约和周砥等。此数人在论诗之时，大都推崇《诗经》，认为后世的诗歌创作皆须以“诗三百”为指归，同样力倡所谓“雅正”的美学标准。

郑元祐在《可诗斋铭》中即云：“昔者圣人，以诗诏我。兴观群怨，皆仅曰可。方其兴起，夫岂一端。由乎人心，天理即安。惩

---

① 杨维桢：《吴复诗录序》，见《东维子集》，卷七，《影印文渊阁四库全书》，第1 221册，436页，台北，台湾商务印书馆，1986。

② 杨维桢：《张北山和陶集序》，见《东维子集》，卷七，《影印文渊阁四库全书》，第1 221册，438页，台北，台湾商务印书馆，1986。

创感发，一归于正。……是盖圣人，以诗设教。下逮百王，是则是效。湘累始骚，五言由汉。百体变殊，孰聚其散。委系虽别，求源则同。性情攸归，岂污岂隆。”①

王祎在《可诗斋记》中同样溯至《诗经》，称“风雅颂”为“三经”，“赋比兴”为“三纬”，重申了前辈儒者“经体纬用”的论调。他认为后世诗歌的发展是体坏的结果，然而无论怎么变化，也都不出“赋比兴”之用——“自风雅颂之体坏，一变而为离骚，再变而为五言，三变而为乐府之词，四变而为声律之格，其间支分派别，不可据数，固皆不能外乎三纬以为用。”② 很显然，他的观点就是：“不本于三百篇不足以为诗也。”③

至正十二年（1352）九月十三日，顾瑛偕同袁华、陆仁、秦约、周砥、于立等人在可诗斋张席赋诗。这次欢聚，便可看做玉山诸君“师古”思想的一次集中宣讲与实践。秦约《分韵诗序》中提到，顾瑛于席间曾云：“古人驱驰戎马间，览扬兴怀未尝不记之赋咏。每读周公《东征》，宣王《六月》，江汉常武，下迨两汉六朝唐人诸诗，其有及于乱离者，窃有感焉。昔则见于诗，今则身践之。风景艰棘，山川险阻，诸公相会，良不易得，可无赋咏以纪兴乎？”④ 诗歌纪述乱离的传统其来有自，顾瑛在此明确指出了其源头非《诗经》莫属。经过这一番强调，与会诸人在赋咏纪兴时，自然就会朝着三百篇的传统靠拢，即使无法真正做到靠拢，他们也在诗歌中强烈表达了自身这份靠拢的意愿——“国风变离骚，寂寥千载后。岂无鲍谢徒，浮靡安足取”⑤，“置酒高宴会，众宾时促

---

① 《玉山名胜集》，卷四，见《影印文渊阁四库全书》，第 1 369 册，66 页，台北，台湾商务印书馆，1986。

②③ 《玉山名胜集》，卷四，见《影印文渊阁四库全书》，第 1 369 册，65 页，台北，台湾商务印书馆，1986。

④ 《玉山名胜集》，卷四，见《影印文渊阁四库全书》，第 1 369 册，68 页，台北，台湾商务印书馆，1986。

⑤ 于立诗，见《玉山名胜集》，卷四，《影印文渊阁四库全书》，第 1 369 册，68 页，台北，台湾商务印书馆，1986。

膝。高谈三百篇，下笔无雍窒。陶写情性余，深入义理窟”①，“大雅去已远，淫哇杂乖漓。惟君力追古，岂数汉魏隋。朝歌棠棣篇，暮诵豳风诗”②，“斋居宾既洽，咏歌神虑清。王风久已荡，雅颂阙遗音。悠悠感文化，恻恻念物情”③，等等，都是此例。

从这些诗句我们可以清楚看到，玉山诸君所力追的“古”，绝非汉魏隋这些时代而已，在他们眼中，鲍谢之徒都是“浮靡安足取”的。他们唯一想要顶礼膜拜的，只有确立风雅传统的《诗经》。只需“高谈三百篇”，便可“下笔无雍窒”了，所以他们这次宴集，就以《小雅·鹿鸣》中的句子分韵赋诗。而周砥写在此次雅集分韵诗后的《后序》，则更进一步地肯定了顾瑛等人对于“雅正”传统的继承：

> 夫诗，发乎情止乎礼义，非矫情而饰伪也。嗟夫王者迹熄而诗亡，然后春秋作矣。寥寥数千载下，晋有陶处士焉，盖靖节于优游恬澹之中有道存焉，所谓得其性情之正者矣。玉山顾君仲瑛慕靖节为人，居处好修，行义好洁，故其诗清绝冲淡，得之靖节者为多。④

“发乎情止乎礼义”、“非矫情而饰伪”，这些都是正统理学家的诗学观。周砥将顾瑛与陶渊明并举，除了二人皆隐居求志者外，更重要的，就在于二人的诗作都秉持了《诗经》的雅正传统，“所谓得其性情之正者矣”。

玉山诸君“师古”的诗学思想，除上面所引的集中表述外，还往往散见于每次雅集的记叙文字中。这些与会宾客，对于雅集时

---

① 周砥诗，见《玉山名胜集》，卷四，《影印文渊阁四库全书》，第1 369册，69页，台北，台湾商务印书馆，1986。

② 袁华诗，见《玉山名胜集》，卷四，《影印文渊阁四库全书》，第1 369册，69页，台北，台湾商务印书馆，1986。

③ 陆仁诗，见《玉山名胜集》，卷四，《影印文渊阁四库全书》，第1 369册，69页，台北，台湾商务印书馆，1986。

④ 周砥后序，见《玉山名胜集》，卷四，《影印文渊阁四库全书》，第1 369册，70页，台北，台湾商务印书馆，1986。

所作诗篇，往往以“古”、“雅”相称许，屡屡以前人相比拟，从这样的遣词造句，更不难看出众人对于“古”的追慕之情、师法之意。如“诗成，辞辄清丽奇古”①，“相与投壶雅歌”②，“坐客盛文彦，逸气凌曹谢”③，等等，同类的例子简直不胜枚举。玉山“师古”风气之浓厚，自不待言。“师古”之风，一直在玉山诗歌创作中占据了重要的指导地位。

二、尚今

“师古”的对立面是“尚今”。元代持“尚今”论者往往主张所谓“师心”、“尚我”。和“师古”不同，这一派论者他们不再强调复古和对前辈作家的模仿学习。他们甚至反对对于前人的因袭。他们更为重视的是如何反映自身所处的这个时代，如何写出时代的特色、自身的特色。元人陈绎曾《静春堂诗集后序》中的一段文字就很能代表这一派论者的观点：

> 情发为诗而生于境，使诗真出乎是，居苍莽，遇寂寞，虽欲为富丽雄伟不可得也。居顺境者反是。索其居而习焉者，为主于内；即其遇而感焉者，万变乎前。二者合而见乎辞，诗之体于是不一矣。十五国之诗，音声情态往往不同，居使之然也。周变而王，豳易而秦，遇使之然也。夷考其衷，王周秦豳，歌哭虽殊，本音犹在；欣戚虽异，故态未忘。习之主于内，盖有不可得而变者矣。楚骚以降，家殊人异。苟得情境之真，未尝求异古人，但有自

① 吴克恭：《玉山草堂序》，见《玉山名胜集》，卷一，《影印文渊阁四库全书》，第1 369册，7页，台北，台湾商务印书馆，1986。

② 陈基序，见《玉山名胜集》，卷三，《影印文渊阁四库全书》，第1 369册，44页，台北，台湾商务印书馆，1986。

③ 陆仁诗，见《玉山名胜集》，卷二，《影印文渊阁四库全书》，第1 369册，19页，台北，台湾商务印书馆，1986。

能成家者。①

他认为“情发为诗而生于境”，所以诗歌是和作者所习、所遇直接相关的。只要能够得情境之真，那就不需刻意求异于古人，也能自然名家。此论断无疑充分肯定了今人诗作的价值。

同为“尚今”论的著名代表，婺州知名的理学家黄溍也是从诗歌风格与诗人所历息息相关这一角度出发来论诗的。基于这一观点，他对于记录亲身所历，专写耳目所接的玉山诗歌给予了高度的肯定——“夫世之有力者孰不寄情山水间？然好事者于昔人别墅，独喜称王氏之辋川，杜氏之樊川，岂非以当时物象见于倡酬者历历在人耳目乎？然辋川宾客独称裴迪，而樊上翁则不过时召昵密往游而已。今仲瑛以世族贵介，雅有器局，不屑仕进而力之所及独喜与贤士大夫尽其欢。而其操觚弄翰，觞咏于此，视樊上翁盖不多让。而宾客倡酬之盛，较之辋川或者过之。嗟乎，后之视今，亦犹今之视昔，使异日玉山之胜与两川别墅并存于文字间，则斯集也，讵可少哉！”②

很显然，黄溍并未以辋川、樊川之“古”来否定玉山之“今”。无论就宾客还是就诗歌而言，他都十分推重顾瑛的玉山。在他看来，顾瑛的玉山相较于前人那些著名的雅集胜地，同样毫不逊色，甚至有过之而无不及。今之玉山，与古之二川，完全可以并立于文字。因为玉山的诗篇同样忠实地记录下当时唱酬者所亲历亲感的各种物象，以致后人揽卷之际，当日之种种，皆能历历于目前。

李祁于《玉山名胜集序》中亦称：“吾故谓使是集与兰亭、桃李园并传天壤间，则后之览者安知其不曰彼不我若耶！”③ 张翥以

① 陈绎曾：《静春堂诗集后序》，见袁易：《静春堂诗集》，后附，《丛书集成初编》，北京，中华书局，1985。

② 黄溍：《玉山名胜集序》，见《玉山名胜集》，卷首，《影印文渊阁四库全书》，第1 369册，2页，台北，台湾商务印书馆，1986。

③ 李祁：《玉山名胜集序》，见《玉山名胜集》，卷首，《影印文渊阁四库全书》，第1 369册，3页，台北，台湾商务印书馆，1986。

代祀归海上，与顾瑛等人欢饮于玉山之时，写下了这样的句子："未知昔贤梓泽、兰亭如今之会也耶?"① 杨维桢在《雅集志》中更高调地肯定了玉山远胜兰亭、西园之属——"夫主客交并，文酒宴赏，代有之矣。而称美于世者，仅山阴之兰亭、洛阳之西园耳。金谷龙山而次弗论也。然而兰亭过于清则隘，西园过于华则靡。清而不隘也，华而不靡也，若今玉山之集者非欤?"② 很明显，面对前人那些家喻户晓的风流盛举，还顾自身，玉山雅集诸君没有丝毫的妄自菲薄之心。"尚今"的态度，溢乎文字。

还应该看到，玉山诸君对于自身亲历的情境，一贯有着极其自觉的记录意识。这本身就是一种"尚今"、"尚我"态度的体现。若非对自身的文采风流有着充分的自信，他们怎么会如此孜孜不倦地记录着书写着，唯恐这些鲜活灵动的画面后人无从得见，消弭于无迹？杨维桢在至正八年（1348）二月与顾瑛等人同登玉峰时曾感慨过："昔王逸少登乌山，顾诸客曰：'百年后安知王逸少与诸卿至此乎?'吁，此羊叔氏岘山之感也。今吾五六人，俯仰之余，倘无纪述，百年后又安知玉峰之游有吾五六人也?"③ 他在诗歌中亦称："人生嘉会不有述，何异市中群聚蚊!"④ 而雅集诸人留下的文字中，"以纪一时邂逅之乐"⑤、"以纪一时之雅集"⑥、"以纪斯

---

① 《玉山名胜集》，卷二，见《影印文渊阁四库全书》，第1 369册，26页，台北，台湾商务印书馆，1986。

② 杨维桢：《雅集志》，见《玉山名胜集》，卷二，《影印文渊阁四库全书》，第1 369册，17页，台北，台湾商务印书馆，1986。

③ 杨维桢：《游昆山联句诗序》，见《玉山纪游》，《影印文渊阁四库全书》，第1 369册，482页，台北，台湾商务印书馆，1986。

④ 顾瑛：《玉山璞稿》，见《影印文渊阁四库全书》，第1 220册，135页，台北，台湾商务印书馆，1986。

⑤ 《玉山名胜集》，卷二，见《影印文渊阁四库全书》，第1 369册，25页，台北，台湾商务印书馆，1986。

⑥ 《玉山名胜集》，卷八，见《影印文渊阁四库全书》，第1 369册，136页，台北，台湾商务印书馆，1986。

游”①，诸如此类的字句更是数不胜数。留存下今天的记忆，以便日后朋辈回想，更期望能将这一份出尘拔俗的风雅流传下去，存于青史之上，与前辈风流一较高下，想必是玉山诸君醉心赋咏的原因之一。

杨维桢的“尚今”，在于他认为诗与性情直接相关，“诗者，人之情性也。人各有情性，则人有各诗也”②。正是基于这一观点，他不主张对古人刻意仿效。他认为只要是性情相近，自然就易于学习，今之人也一样能写出古之诗，这才是学诗的正途：

> 或问：诗可学乎？曰：诗不可以学为也。诗本情性。有性此有情，有情此有诗也。上而言之，雅诗情纯，风诗情杂；下而言之，屈诗情骚，陶诗情靖，李诗情逸，杜诗情厚。诗之状，未有不依情而出也。虽然不可学，诗之所出者不可以无学也。声和平中正，必由于情；情和平中正，或失于性，则学问之功得矣。③
>
> 然诗之情性神气，古今无间也，得古之情性神气，则古之诗在也。然而面目未识而谓得其骨骼妄矣，骨骼未得而谓得其情性妄矣，情性未得而谓得其神气益妄矣。④

所以他对于当时既得古人之神气、性情，又不失自己的神气、性情的一群诗人都是激赏有加的，比如李孝光、项炯、陈樵、郑东、倪瓒、张雨、郭翼，都是此例。

杨维桢的这样一种“尚今”观，其实更近乎“尚我”观——因为重视自身的性情才学，所以自然会肯定自身所作诗篇；肯定了

① 《玉山纪游》，见《影印文渊阁四库全书》，第1 369册，487页，台北，台湾商务印书馆，1986。

② 杨维桢：《李仲虞诗序》，见《东维子集》，卷七，《影印文渊阁四库全书》，第1 221册，437页，台北，台湾商务印书馆，1986。

③ 杨维桢：《郑韶诗序》，见《东维子集》，卷七，《影印文渊阁四库全书》，第1 221册，438页，台北，台湾商务印书馆，1986。

④ 杨维桢：《赵氏诗录序》，见《东维子集》，卷七，《影印文渊阁四库全书》，第1 221册，437页，台北，台湾商务印书馆，1986。

诗歌出于情性，所以在创作诗歌时自然就会有意地书写刻画自己的情性。在杨维桢这种“尚今”观的笼罩下，玉山诸君写于席上的诗作，或多或少，都会受到一定影响——那就是比平日多了一份对于情性和自我的渲染与张扬。

三、宗唐

宗唐是元代诗学思想的主流。在玉山诸君的诗学思想中，这一点亦表现得十分显著。本章第一节谈到的“崇杜”、“好奇与尚丽”、“宗唐复古”等三种审美倾向，其实并不是同一个层面的东西。其中，所谓“崇杜”和“好奇与尚丽”，实际都可以笼摄于“宗唐复古”这一大趋势之下。它们都不过是“宗唐”的具体表征。分而述之，仅仅是为了讨论的方便而已。

谈到“宗唐”的诗学观念，我们所无法绕过的还是杨维桢。杨维桢可称得上是元代后期“宗唐”思想的重要代表。杨维桢诗学思想中的“宗唐”倾向突出体现在他对于杜甫的推重上。

由于杨维桢力主诗歌出于情性，所以他认为诗歌创作应该依循情性的自然，而非众多的格律要求。因此他曾经如此议论——“诗至律，诗家之一厄也。”① 可就是在这样的认识之下，他对长于律诗的杜甫仍然推崇备至——“余在淞，凡诗家来请诗法无休日，骚选外谈律者十九。余每就律，举崔颢《黄鹤楼》、少陵《夜归》等篇，先作其气而后论其格也。崔杜之作，虽律而有不为律缚者。”② 他认为杜甫所作的律诗，在这堪称“诗家一厄”的体制中，能够合乎格律要求又不被这些要求束缚住。究其原因，在于杜甫作诗首要考虑的是“气”，也就是情性方面的问题，其次才是“格”。所以杨维桢自己作律诗，就是依照他所认为的杜甫“先作其气而后论其格”来进行的。

先生尝谓律诗不古，不作可也。其在钱唐（塘）时，

①② 杨维桢：《蕉窗律选序》，见《东维子集》，卷七，《影印文渊阁四库全书》，第1 221册，443页，台北，台湾商务印书馆，1986。

为诸生讲律体，始作二十首，多奇对。其起兴如杜少陵，用事如李商隐，江湖陋体为之一变。然于律中又时作放体，此乃得于颓然天纵，不知有四声八病之拘，其可骇愕如乖龙震虎，排海突岳，万物飞走，辟易无地，观者当以神逸悟之，不当以雄强险阸（厄）律之也。①

另外，杨维桢对于杜甫的推重，也和他的“师古”思想直接关联。在他看来，杜甫是整个唐代唯一能达三百篇之旨的诗人：“及李唐之盛，士以诗命世者殆百数家，尚有袭六代之敝者，唯老杜氏慨然起揽千载既坠之绪，陈古讽今。言诗者宗为一代诗史，下洗哇淫，上薄风雅。”② 再有，杨维桢推崇杜甫，还因为他认为杜甫作诗除了学习《诗经》外，也继承了《春秋》的传统——“世称老杜为诗史，以其所著备见时事。予谓老杜非直纪事史也，有《春秋》之法也。其旨直而婉，其辞隐而见。”③ 作诗以《春秋》之法，这正是杨维桢对自己诗作的期许与自负之处。对于杜甫推重至此，也就难怪杨维桢会说出“删后求诗者尚家数，家数之大，无止乎杜”④ 这样的话语了。如前所述，顾瑛与一干宾客集于玉山，张席宴饮之际，每以杜甫诗句分韵赋诗，这恐怕就与杨维桢“崇杜”的思想是很有关联的。

杨维桢的“宗唐”，还表现在他时常以唐代诗人推许当世作者。比如他在《两浙作者序》当中就写道：“盖仲容、季和放乎六朝而归准老杜；可立有李骑鲸之气而君采得元和鬼仙之变……句曲

---

① 释安：《铁雅先生拗律序》，见《东维子集》，卷七，《影印文渊阁四库全书》，第 1 221 册，447 页，台北，台湾商务印书馆，1986。

② 杨维桢：《诗史宗要序》，见《东维子集》，卷七，《影印文渊阁四库全书》，第 1 221 册，445 页，台北，台湾商务印书馆，1986。

③ 杨维桢：《梧溪诗集序》，见《东维子集》，卷七，《影印文渊阁四库全书》，第 1 221 册，443 页，台北，台湾商务印书馆，1986。

④ 杨维桢：《李仲虞诗序》，见《东维子集》，卷七，《影印文渊阁四库全书》，第 1 221 册，437 页，台北，台湾商务印书馆，1986。

风格夙宗大历而痛釐（厘）去纤艳不逞之习。”① 与杨维桢相类，顾瑛等人在相互称许之时，也屡以“入唐”相肯定，或以唐代诗人相比附。这也是诸君“宗唐”的具体证明。例如，“唐诗晋帖两清绝”②、“寄来书法全临晋，传刻诗章已入唐”③、“得文已许逢居易，堕泪何须忆岘山”④、“载歌少陵诗，把酒言桑麻”⑤。甚至在至正十六年（1356）七月的一次赏花之集，顾瑛直接就说：“予赋唐律一首于后，请坐客相次以纪。”⑥ 直接称自己所作律诗为“唐律”，顾瑛等人“宗唐”的诗学倾向自然无需多言。正如前面所说，崇尚杜甫，有意识地向唐代诗人学习、靠拢，正是玉山众人进行诗歌创作时的一大倾向。

“师古”、“尚今”、“宗唐”，这是玉山诸君诗学思想的主要构成，同时也是元代中后期诗学的一个集中反映。有了这样一些诗学思想的具体指导，玉山的诗歌创作就不仅仅是呼朋引伴的即兴游戏。而在这样一些诗学思想的指导之下，玉山的诗歌逐渐形成了自己的特色，与会诸君都有意识地记录了他们充满诗意与灵性的生活方式，同时不断彰显和刻画自己的性情。

四、小结

就本章所讨论的玉山雅集与诗歌关系的方方面面来看，我们不

---

① 杨维桢：《两浙作者序》，见《东维子集》，卷七，《影印文渊阁四库全书》，第1 221册，439页，台北，台湾商务印书馆，1986。

② 于立诗，见《玉山名胜集》，卷八，《影印文渊阁四库全书》，第1 369册，135页，台北，台湾商务印书馆，1986。

③ 元本诗，见《玉山名胜集》，卷一，《影印文渊阁四库全书》，第1 369册，11页，台北，台湾商务印书馆，1986。

④ 顾瑛诗，见《玉山名胜集》，卷四，《影印文渊阁四库全书》，第1 369册，62页，台北，台湾商务印书馆，1986。

⑤ 岳榆诗，见《玉山名胜集》，卷四，《影印文渊阁四库全书》，第1 369册，69页，台北，台湾商务印书馆，1986。

⑥ 顾瑛：《秋日海棠花开序》，见《玉山名胜集》，卷五，《影印文渊阁四库全书》，第1 369册，92页，台北，台湾商务印书馆，1986。

难得出这样一些结论：第一，玉山雅集确是“惟诗是求”的诗人盛会，诗歌赋咏是诸君聚于玉山最核心的活动形式，玉山雅集的诗歌创作有着相当的水准；第二，玉山雅集诸君的构成，确实堪称“会有其人”，他们的创作实践让我们触碰到了一个具体而微型的元末诗坛；第三，玉山雅集的诗歌赋咏活动还不乏诗学思想的相关讨论，于是玉山雅集的诗歌创作也承载着一定的诗学思想。

通常我们在考察文人雅集活动时，所重视的往往是其社会学、历史学方面的意义，比如文人间的交往情况、某一时代或某一地域的雅集情况、雅集参与者的身份构成、雅集所反映的时代政治特色、雅集活动对于时代政治的作用力，等等。尽管雅集活动总是离不开诗文的参与，可我们对于雅集的文学意义明显是关注不够的。这大概是因为我们总认为文人参与雅集，其重点在于集会本身而非文学创作——觥筹交错、轻歌曼舞、山水游赏、附庸风雅，这似乎就是文人雅集的全部了。其间所作诗文无非游戏、应景、强为之作，品质不高、价值有限。“会”，似乎对诗文创作并无太大意义，甚至有损无补。然而玉山雅集的实际却分明告诉我们：“会”，不但没有损害“诗”，在某种程度上，还成就了“诗”。“会”与“诗”之间，存在着某种积极的、良性的互动关系。

首先，玉山雅集时的诗歌创作基本体现了参加者的真实水平，有的甚至能够跻身该诗人的代表作行列。这充分说明了雅集诗歌不比平日之作逊色。比如上文提过的于立，其出入玉山所留下的篇章就有不少佳作。试看这首与顾瑛等人出游时的唱和之作：

> 过雨收残暑，西来水似天。秋风生柁（舵）尾，明月落樽前。惨淡依山寺，攲斜下濑船。清歌不成调，思尔枕书眠。①

整首诗，可谓清朗之气溢出纸外，分外自然可喜。置诸于立集中，完全称得上是足以代表其风格特色的上乘之作。

---

① 《玉山纪游》，见《影印文渊阁四库全书》，第1 369册，495页，台北，台湾商务印书馆，1986。

同为元末诗坛的著名诗家，周砥在玉山雅集时赋咏的篇章，也一样能够作为其集中佳品。比如以下二首：

姑苏台下路，舣櫂（棹）问遗踪。草色令人爱，山光如酒浓。凉风疏柳叶，秋水淡芙蓉。千古兴亡意，凄凉酒一钟。①

白鹦鹉小穿云幕，碧海波澄浸石扉。一片岩前秋月影，凉风吹上藕丝衣。②

两首诗，都显现出一种淡荡的风度，诗境清幽淡远，耐人把玩。这一种风度，恰恰就是周砥本人诗风的特色所在。

其次，玉山雅集这一特定环境还成功激发了一些平素诗才不佳的作者，使他们的创作突破自身水平的限制拘囿，在某种意义上实现了对自我的超越。比如平日才情淡薄的陈基，于玉山所作就有不俗的表现：

扁舟夜泊新郭市，石湖水深清且泚。长啸一声天地秋，万壑惊风泣山鬼。匡庐生、玉山子，意气相倾誓终始。呼童沽酒烹锦鲤，醉入芦花月如水。周郎放歌踏船尾，我亦和之声亹亹，明月照我心，秋水洗我耳，富贵亦何为，人生行乐尔，城中黄尘眼为眯，安得置我丘壑里。③

在此诗中，我们所看到的就是一个与往常大为不同的陈基——他开始懂得意象的重要；笔端也饱含感情，诗歌在感情的激荡下呈现出清畅淋漓的态势，不再似以往那般呆板平缓。相对于陈基诗作中情味短浅的通病而言，这首诗便不失为一大突破。而这超水平发挥的确实存在就更能说明雅集时所作诗歌绝非我们惯常所认定的那样乏善可陈。

---

① 《玉山纪游》，见《影印文渊阁四库全书》，第 1 369 册，500 页，台北，台湾商务印书馆，1986。

② 《玉山纪游》，见《影印文渊阁四库全书》，第 1 369 册，501 ~ 502 页，台北，台湾商务印书馆，1986。

③ 《玉山纪游》，见《影印文渊阁四库全书》，第 1 369 册，502 页，台北，台湾商务印书馆，1986。

“会有其诗”的现象，并非只见于我们所讨论的玉山雅集。刘勰在《文心雕龙》中就曾写道：“傲雅觞豆之前，雍容衽（衽）席之上；洒笔以成酣歌，和墨以藉谈笑。”① 罗宗强先生在《魏晋南北朝文学思想史》一书中也说过：“抒发一段酣宴之欢情，有此欢情，绮章妙语于是脱口而出。”② 可见，写在筵席觞饮间的诗文绝不仅仅只是无聊肤浅的平庸之作，在相聚欢情的激荡下，发自内心、不同凡响的绮章妙句同样能够在起座喧哗间应运而生。这可说是文人雅集的常情，顾瑛的玉山让我们更为清楚地看到了这一点。

实际上，文人雅集所形成的是一个相当特殊的创作环境——众多的诗歌作者由于某些特定因素的策动而汇集一堂。不难想象，在这样一个诗家云集的环境下进行创作，自然会带上些较量与竞争的意味。各异的风格特色在一个有限的时空一齐出现，交流与碰撞自是不免。同时，不仅仅是创作手法上存有此类交流碰撞，就连相关思想观念上，也会出现争鸣、出现相互影响。于是，在这样的场合进行创作，就算诗艺未必一定能够精进，却一定会受到其他创作个性的摇撼与激荡。而且，参与者的创作水平总是难于整齐划一的，这种情况下，雅集如果存在一两个灵魂人物的话，就会很容易形成某些占据主导地位的创作趋向。此类特有气场往往也令雅集很易成为某种流派诞育的温床，或者强大的推力。这正是接下来本书第四章所要集中笔墨探讨的问题。

简言之，就玉山雅集与诗歌创作之间的关系看来，“会”与“诗”之间所存在的关联无非就是——“诗”通常是所谓“会”的根本，正因为有“诗”的存在，“会”才成为历代文人所无法舍弃、热衷追奉的栖居方式；“会”是“诗”的砥石——正是那竞争的存在、交流的存在、碰撞的存在，才使得文人在把酒言欢之余，也能够不断地思索着、砥砺着、修正着，也超越着。

---

① 刘勰：《文心雕龙·时序》，见周振甫：《文心雕龙今译》，404页，北京，中华书局，1986。

② 罗宗强：《魏晋南北朝文学思想史》，33页，北京，中华书局，1996。

第四章　玉山雅集与元末诗风

因为玉山雅集与诗歌创作之间呈现出极为密切的关系——它"惟诗是求"，同时也不乏诗学思想的碰撞、交汇，而且元代后期诗坛的代表诗家，几乎都曾参与过其间的诗歌赋咏，故玉山雅集不失为此时诗坛的一个微缩景观。然而，玉山雅集与此时诗坛的关系却不止于此，它不仅能够映射出这一时代诗歌大致的创作面貌，也与这一时期诗歌创作风尚的形成有着千丝万缕的联系。

元代末年，社会政治面临着不可逆转的全面崩颓，但诗歌的发展却迎来了整个元代的最高潮。而这最高潮的到来，与玉山宾主持续十数年的诗歌赋咏活动有着不可分割的关联，有研究者这样说过："杨维桢，再加上顾瑛，是支撑元诗在至正年间（主要是战乱期间）走向繁荣顶点的主要推动力。"① 杨维桢是玉山的灵魂，顾瑛则是雅集的主人。从这一论断我们不难看出玉山雅集在元末诗歌发展进程中所扮演的重要角色。

至正年间（1341—1368），也就是本书提出的"元末诗风"所涵盖的具体时间段。这期间，诗歌发生了一系列堪称新异的变化，这在此前的诗歌发展当中都是很少见到的。这些变化具体有：高昂的主体精神、丰沛的情感、浓郁的市民色彩，以及偏离传统的审美趣味。这些变化集中地体现在杨维桢及其一群追随者的诗歌创作上，形成了我们通常所说的铁雅诗派。这一时期，杨维桢的影响力是不容小觑的，无论他的诗学主张还是创作实践。有研究者这样评价："杨维桢是不是元代最有成就的诗人，可以、也应该有争论，

① 杨镰：《元诗史》，518页，北京，人民文学出版社，2003。

但他无疑是最具影响的诗人。"[1] 应该说，杨维桢在元末诗坛所掀起的巨大风潮不但获得了人数众多的忠实拥趸，就连风格迥异的诗家也不免受其影响。据此可知，立足元末诗歌而言，这些变化的出现并非个别现象，而是席卷性的蔚然成风。这一时期的诗坛，明显呈现出一种不同于以往的创作风尚，这便是我们所说的"元末诗风"。显然，所谓元末诗风的形成和壮大，与杨维桢及其铁雅诗派有着最直接的关联。杨维桢的铁雅诗派，不啻为元末诗风的突出代表。

杨维桢在玉山雅集的重要地位，已是经由多番阐述的事实。这里要明确的是，杨维桢的铁雅诗派也和玉山雅集有着异常紧密的联系——铁雅诗派的许多重要成员，同时也是玉山雅集的主要诗人；铁雅诗派的许多重要事件，其发生地点正是顾瑛的玉山；铁雅诗派的许多诗学主张，都在玉山雅集诗歌创作中表露无遗。在某种程度上，玉山雅集与铁雅诗派之间可谓呈现出了一种共生的关系。玉山雅集这一典型的文人雅集，显然充当了铁雅诗派这一特定诗歌流派开展活动的主要载体，及其发展壮大的助推动力。于是，玉山雅集与以铁雅诗派为代表的元末诗风之间，充满了各种内在的关联——对于元末诗风的形成、流播，及影响的扩大与深化，玉山雅集显然都起了不容忽视的作用。正是基于这一点，玉山雅集和元末诗风之间的点点滴滴，才成了我们探讨文人雅集和诗歌风尚这一复杂问题的绝好案例。

第一节　元末诗风——元代诗歌的"新变"

应该说，元代的诗歌创作是在对前代诗歌的反思中展开的。灭金之后，元代北方诗坛承袭了金代的诗风——祖述北宋的苏、黄，以清迈豪放为追求，却落入粗直一路。而宋季诗坛，则是笼罩在江

---

① 杨镰：《元诗史》，507页，北京，人民文学出版社，2003。原文为"但他无疑是最影响的诗人"，明显有漏字，据义补出。

湖诗派的影响之下——祖述晚唐，爱好纤巧清圆的风格，却不免格局褊狭、气骨靡弱。为了改变这一局面，元初的诗人都不约而同地选择唐诗作为尊崇师法的对象，希望借由唐诗的情韵气格一扫北之粗砺、南之萎苶。宗唐得古，遂为有元一代诗歌创作的潮流。

在宗唐得古的主张之下，元诗的发展大概可以分成三个阶段：一是灭金之后到延祐元年（1314）。这一时期，元代南北诗坛从最初的分歧到走向融合，宗唐的主张初露端倪。二是从延祐二年（1315）到至元六年（1340）。这一时期，宗唐得古成为诗坛的主流。三是从至正元年（1341）到至正二十八年（1368）。这一时期的诗风延续了宗唐的主张，却也出现了一些极富新异性的变化。

章培恒先生在《元明清诗鉴赏辞典》一书的《序》中说过这样一段话：

> 如果只是在戏曲、小说创作中出现了新的倾向，而在诗歌创作中一仍旧贯，文学的基本面貌就不能算是发生了变化，从而也就不能在总体上为五四文学准备必要的条件。就这一点来说，元明清诗歌的新变实较戏曲、小说的演进更为重要。①

虽然章先生这段话主要是针对元明清文学在宋代文学与五四文学间的桥梁意义而发的，但考之元代文学自身的发展变化，这一论断同样成立。因为诗歌始终是中国传统文学的主流，戏曲、小说对于传统文人来说不过是小道而已。只有“主流”也已发生与“小道”同质的变化，这一变化才具有根本性的变革意义。在这个意义上，元诗出现的所谓“新变”就实较元曲所呈现的变化更为重要。而元诗所发生的“新变”，恰恰是在元末诗歌的创作中得到了最充分的展现。元末对于整个有元一代诗歌的发展、文学精神的演进变化，无疑有着相当关键的意义。

---

① 《元明清诗鉴赏辞典·序》，1页，上海，上海辞书出版社，1994。

一、元末诗风的特质

前人论及元诗风貌，多与宋诗相较而言——“宋人之诗伧，元人之诗巷，然亦各自间有佳处”①，“元诗坏于曲，纤秾娇艳，不能自振”②，“宋人精诣，全在刻抉入里，而皆从各自读书学古中来，所以不蹈袭唐人也。然此外亦更无留与后人再刻抉者，以故元人只剩得一段丰致而已”③。对于元诗宗唐的特性，诸家看法较为统一：“宋诗深，却去唐远；元诗浅，去唐却近”④，“宋与元皆宗唐也，而不能不变为宋，变为元”⑤。其中最能概括元诗风貌、道出元诗特色的，要数明人胡应麟在《诗薮》中的两段议论。其一曰：

> 宋主格，元主调。宋多骨，元多肉。宋人苍劲，元人柔靡。宋人粗疏，元人整密。宋人学杜，于唐远；元人学杜，于唐近。⑥

其二则为：

> 宋近体人以代殊，格以人创，巨细精粗，千歧万轨。元则不然，体制音响，大都如一。其词太过绮缛而乏老苍，其调过于匀整而寡变幻，要以监戒前车，不得不尔。至于肉盛骨衰，形浮味浅，是其通病。⑦

众所周知，唐诗极于创，宋诗极于变。而元诗，则是对于宋诗极诗体之变的一种纠正。纠正的手段，便是向着唐代甚至更为古远的汉

---

① 毛先舒：《诗辩坻》，卷三，见《清诗话续编》，58页，上海，上海古籍出版社，1983。

② 张谦宜：《絸斋诗谈》，卷五，见《清诗话续编》，865页，上海，上海古籍出版社，1983。

③ 翁方纲：《石洲诗话》，卷四，见《清诗话续编》，1 427页，上海，上海古籍出版社，1983。

④ 李东阳：《麓堂诗话》，见《历代诗话续编》，1 371页，北京，中华书局，1983。

⑤ 《元诗选·初集》，5页，北京，中华书局，1987。

⑥ 胡应麟：《诗薮·内编》，卷二，40页，上海，上海古籍出版社，1979。

⑦ 胡应麟：《诗薮·外编》，卷六，230页，上海，上海古籍出版社，1979。

魏靠拢。这种纠正的努力，其实始于宋末，而在元代达到了极致——鉴于宋人酷尚清真，好发议论，反而堕入粗砺浅直这一点，元人转而推重风调，但由于缺乏气骨的支撑，往往显得太过柔靡。加上元人好用绮丽的辞句，诗歌便总给人肉盛骨衰、形浮味浅的印象。再加之元代诗人才力较唐宋逊色许多，是以元诗不免存有千面如一、缺乏个性的特点。综元诗之面目，大概如是。

就元末诗歌而言，元诗的这种面目不能说已洗净一空，但它的确发生了一些新的变化。对此，前之论者已有较统一的认知。顾嗣立在《元诗选·凡例》中就曾这样肯定："有元之诗，每变递进，迨至正之末，而奇材益出焉。"《元诗选·初集》的杨维桢小传亦称：

> 元诗之兴，始自遗山。中统、至元而后，时际承平，尽洗宋、金余习，则松雪为之倡。延祐、天历间，文章鼎盛，希踪大家，则虞、杨、范、揭为之最。至正改元，人材辈出，而标新领异，则廉夫为之雄。而元诗之变极矣！①

顾嗣立眼中的"奇材"，就是萨都剌、杨维桢等人，他们身上某些特征是极为鲜明的，譬如对于个人情感的看重，抒发情感时不拘于雅正的尺幅，对于明丽瑰奇的色彩和意象表现出极度的偏爱，等等。邓绍基先生在阐述元诗分期问题时，也认为延祐年间之后那一阶段的诗歌成就超过了前期，他的理由有："第一，出现了更多的名作家，除了'四大家'以外，还有杨维桢、萨都剌和张翥等；第二，在诗歌体貌上有'新变'，如'古乐府'、竹枝词等；第三，诗歌风格更趋多样，打破了宋人诗词在题材情调上判然有别的格局，出现了不少爱情诗和艳体诗。"② 这三条理由，尤其是后两条，都是元末诗歌所特有的情形。日本人吉川幸次郎甚至认为中国真正意义上的文人乃在这一时期方告出现："杨维桢乃至他那一派的文

---

① 《元诗选·初集》，1 975～1 976 页，北京，中华书局，1987。

② 《元代文学史》，370 页，北京，人民文学出版社，1991。

学，以及那样的生活，同时也生就了历来中国文明所没有的新型人物”①，并且，“在蒙古统治下的长江下游三角洲地带，也就是所谓‘江南’，形成了‘文人’群”②。章培恒先生笔下，则对元末诗歌有这样的描述：

> 在这基础上，元诗迎来了最后的、也是其发展史上成就最高的一个阶段——顾嗣立所谓“奇材益出”的“至正之末”。……这阶段的诗歌的新变，首先在于初步冲破了“儒雅”的框子，承认并追求官感的享受、以此为实际内容的炽热的生活，同情并讴歌由此生发的七情六欲，作品的基调往往是乐而淫、哀而伤，强烈的感情多伴以炽热、艳丽的色彩，而以丰富、瑰奇的想象来增强感情的激荡。这种丰富、瑰奇的想象虽然常受李贺的影响，但李贺以冷色调为主，这阶段的代表诗人则频繁使用暖色调。可以说，这时期的诗歌在我国诗史上为进入新天地打开了一扇虽则是很狭窄的门，也许只是推开了一条缝，但仅仅这一点就值得大书特书。③

诚如章先生所言，元末诗歌确实存有一些不同于一般的地方。这些与众不同之处，其实就是元末诗歌所发生的“新变”。这些“新变”的存在，使得这一时期的诗歌在我国诗歌发展史上占据了不容小觑的地位——因为它所标志的正是一种转型的到来，或者退一步说，是让我们看到了转型发生的可能，尽管在这一时期这种可能性依旧十分微茫。

细究这一时期的诗歌，我们可以看到，这些所谓“新变”，可以简单归纳为以下几个方面：一是异常丰沛的感情，二是高昂的个体精神，三是与传统相悖的审美趣味，四是浓郁的市民情调。这些新变的共同存在便构成了所谓元末诗风。

① 吉川幸次郎：《宋元明诗概说》，214页，郑州，中州古籍出版社，1987。
② 吉川幸次郎：《宋元明诗概说》，217页，郑州，中州古籍出版社，1987。
③ 《元明清诗鉴赏辞典·序》，6页，上海，上海辞书出版社，1994。

首先，这一时期诗歌对于情性的重视达到了元诗的最高潮。这一时期的诗歌，总是充满了异常丰沛的感情，诗人对于情感所采取的，是一种极力渲染抒发的态度——这种抒发与渲染几乎不带任何限制与框囿，往往显得激切而直露，正如上引章先生所论，是“乐而淫，哀而伤”的。杨维桢的作品，就是最好的例子。上一章谈到杨维桢诗歌创作时，笔者这样说过：杨维桢的诗歌师法唐代二李，却没有陷入模仿的窠臼，反而形成了自己独特的创作风格，这与他对于情性的重视是分不开的。正是凭借情感的激烈与切直，才使得他的诗歌在奇气淋漓之外，还具有骨格铿然的特点。

与杨维桢同有“奇材”之目的萨都剌，其诗作对于情性的强调同样十分抢眼。萨都剌写于至正之后的诗歌中，有两首与杨贵妃相关的作品就很值得注意。

其一为《鹦鹉曲》。诗云：

> 水晶帘垂宫昼长，猩色屏风围秀床。美人春睡苦不足，梦随飞燕游昭阳。觉来粉汗湿香脸，一线新红枕痕浅。三十六宫在眼前，五色香云随指转。牙床端坐杨太真，云冠霞珮绛色裙。双成小立各宫样，绣衣乌帽高将军。雕笼七宝挂高树，玉案金盘看鹦鹉。可怜鹦鹉解人语，不说渔阳动鼙鼓。乃知禽语能戏人，不知人语能杀身。亡家败国污天地，天生尤物天亦嗔。一朝艳质化尘土，可恨可怜千万古。香魂不逐马尘飞，尤托深闺绣房女。想当盘礴欲绣时，停针想象心如丝。绣成持自比容貌，伏枕自喜还自悲。郎君有此从何得，怪底梅花心铁石。偶然持赠百拙人，眉睚眼精生丑色。少年阅此恼断肠，锦屏绣褥兰麝香。夜深酒醒唤银烛，时见杨妃在耳旁。君不闻张丽华堕宫井，铜雀章台烟尽冷。繁华一梦人不知，万事邯郸吕公枕。①

其二为《华清曲题杨妃病齿》，诗云：

---

① 萨都剌：《雁门集》，卷十二，339页，上海，上海古籍出版社，1982。

沉香亭北春昼长，海棠睡起扶残妆。清歌妙舞一时静，燕语莺啼空断肠。朱唇半启榴房破，胭脂红注真珠颗。一点春酸入瓠子，雪色鲛绡湿香唾。九华帐里薰兰烟，玉肱曲枕珊瑚偏。金钗半脱翠蛾敛，龙髯天子空垂涎。妾身日侍君王侧，别有闲情向谁说。断肠塞上锦绷儿，万恨千愁言不得。成都遥进新荔支（枝），金盘紫露甘如饴。红尘一骑不成笑，病中风味心自知。君不闻华清宫，一齿作楚藏祸凶。又不闻马嵬坡，一身溅血何足多。渔阳一日鼙鼓动，始觉开元天下痛。云台不见汉功臣，三十六牙何足用。明眸皓齿今已矣，风流何处三郎李。①

这两首诗，明显都是由浓炽的情语所构成的。前一首，对于绣女的情怀、少年的绮思，诗人揣摩得极其到位，描述得也极其细腻。而这样的春情，在以往的诗歌作品中并不多见，更不用说是以这等蓄满同情笔触的正面写来了。后一首诗歌则更为大胆，诗人居然在诗中对杨贵妃与安禄山那段传说中的情爱表示了极大的理解与同情。这种处理方式，可谓相当之出格——“这种敢于直接与传统的伦理纲常相冲突的精神，是宋人所不敢梦见的。”②

虽然在两首诗中，诗人对杨妃之流也不乏批判的语调，但是那份对其绝代姿容的倾慕，以及对那明眸皓齿终为尘土的叹惋，还有对风流之如李三郎辈的追想却明显在诗歌当中占据了更大的比重。由此可见，作者对于事物的评判标准，始终是以“情”字为先、为重的。相较隶属元诗中期的冯子振所写的《题杨妃病齿图》——“华清宫，一齿痛；马嵬坡，一身痛；渔阳鼙鼓动地来，天下痛”③，萨都剌的诗作显然已经有了较大的不同。而这，与后世汤显祖、洪昇等人所谓“第云理之所必无，安知情之所必有

---

① 萨都剌：《雁门集》，卷十二，340～341页，上海，上海古籍出版社，1982。

② 《元明清诗鉴赏辞典·序》，7页，上海，上海辞书出版社，1994。

③ 陶宗仪：《南村辍耕录》，卷五，63页，北京，中华书局，1959。

焉"①，"借太真外传谱新词，情而已"② 却称得上是血脉相通的。

男女情事之外，那些关乎现实人事的情绪，在此时的诗歌中同样也得到了格外强烈的表达。譬如王冕那些写在乱离之际，抒发民生疮痍之痛、铜驼荆棘之悲、乱臣贼子之恨的诗歌作品，几乎都是"鹏骞海怒，读者毛发为耸"③ 的。似这首《痛哭行》，就写得痛切异常。诗曰：

> 雨淋日炙四海穷，经纶可是真英雄。岐丰禾黍泣寒露，咸阳草木来悲风。京邦大官饫酒肉，村落饥民无粒粟。东鲁儒生徒步归，南州野老吞声哭。纷纷红紫已乱朱，古时妾妇今丈夫。有耳何曾听韶武，有舌不喜论诗书。昨夜虚雷搥（捶）布鼓，中天月破无人补。休说城南有韦杜，白璧黄金天尺五。④

诗人胸中对于元季达官贵人耽于享乐，无视生民苦痛、社稷动荡的激愤之情，完全喧腾于纸上。此种不加限制与遮掩的痛切，甚至在此时的僧人诗作都能够读到。《大雅集》卷二所收释必才的一首《无题》，便是如此。其诗云：

> 饥虎狂咆奔城市，急走闭门惊未已。有人直欲纵其矛，睚之视若刑犬耳。如此英雄世岂无，位沉下僚困屠沽。诸方噬人足狼虎，袖手待殪将安图！⑤

就连平日以疏淡闲远为追求，"不带一点纵横习气"⑥ 的倪瓒，诗中也时见这等强烈的情绪。其《二月六日南园四首》（之四）就曰："有子政与无子同，异居邈若马牛风。人间何物为真实，身世悠悠

① 汤显祖：《牡丹亭·作者题词》，1 页，北京，人民文学出版社，1963。

② 洪昇：《长生殿》第一出《传概》[南吕引子][满江红]，1 页，北京，人民文学出版社，1983。

③ 《元诗选·二集》，王冕小传，929 页，北京，中华书局，1987。

④ 王冕：《竹斋集》，见《元诗选·二集》，935 页，北京，中华书局，1987。

⑤ 见《大雅集》，卷二，见《影印文渊阁四库全书》，第 1 369 册，524 页，台北，台湾商务印书馆，1986。

⑥ 倪瓒：《清闷阁全集》，卷首陈继儒语，清康熙五十二年（1713）城书室刻本。

泡影中。”① 这样的情致，就不是简淡平和所能够形容的。而在这种丰沛激切情感的冲击下，之前普遍存在于元代诗歌中的柔靡景象才得到了一定程度的改观。

其次，在这一时期的诗歌中，那些高昂的自我气度、强烈的主体精神，也占有了相当的比重。

前面提到过，由于科举不畅还有其他方面的因素，元代士人对于政治大多持疏离的态度，他们关心生活本身更胜于关心政治，于是乎他们对个体、对自我便表现出前所未有的重视与强调。再加上商品经济与城市文化持续发展所带来的市民性的羼入，也在不断强化这份个体意识。发展到元末，这种强烈的个体意识就可谓达到了最高水平。高启那首写于元末的著名诗歌——《青丘子歌》，就是在极力彰显诗人的自我。诗曰：

> 青丘子，臞而清，本是五云阁下之仙卿。何年降谪在世间，向人不道姓与名。蹑屩厌远游，荷锄懒躬耕。有剑任锈涩，有书任纵横。不肯折腰为五斗米，不肯掉舌下七十城。但好觅诗句，自吟自酬赓。田间曳杖复带索，旁人不识笑且轻。谓是鲁迂儒，楚狂生。青丘子，闻之不介意，吟声出吻不绝咿咿鸣。朝吟忘其饥，暮吟散不平。当其苦吟时，兀兀如被酲。头发不暇栉，家事不及营。儿啼不知怜，客至不果迎。不忧回也空，不慕猗氏盈。不惭被宽褐，不羡垂华缨。不问龙虎苦战斗，不管乌兔忙奔倾。向水际独坐，林中独行。斫元气，搜元精。造化万物难隐情，冥茫八极游心兵，坐令无象作有声。微如破悬虱，壮如屠长鲸，清同吸沆瀣，险比排峥嵘。蔼蔼晴云披，轧轧冻草萌。高攀天根探月窟，犀照牛渚万怪呈。妙意俄同鬼神会，佳景每与江山争。星虹助光气，烟露滋华英，听音谐《韶》乐，咀味得大羹。世间无物为我娱，自出金石相轰铿。江边茅屋风雨晴，闭门睡足诗初成。叩壶自高

① 倪瓒：《清閟阁全集》，卷七，清康熙五十二年（1713）城书室刻本，17 页。

歌，不顾俗耳惊。欲呼君山老父携诸仙所弄之长笛，和我此歌吹月明。但愁欻（数）忽波浪起，鸟兽骇叫山摇崩。天帝闻之怒，下遣白鹤迎。不容在世作狡狯，复结飞珮还瑶京。①

这样一个青丘子，纵使得不到旁人的理解认同，甚至必须面对嘲讽与轻视，却能够丝毫不以为意，依旧坚持自己所热爱的诗歌事业。较之宋末那些别人才讽刺一句“子欲持是上春官乎”② 便惭愧莫名，从此不敢再以诗歌为事的士人，青丘子的精神境界可说是高出了许多——他对于自我的坚持不会因为旁人的态度而发生变化。对他而言，拥有这么一个特异不群的自我恰恰是最值得骄傲的。这完全是一个傲睨世表，卓然独立的人物形象。整首诗歌洋溢着的，是一种昂扬怒拔的主体精神，以及坚不可摧的自信力。

再者，元末这一时期的诗歌在审美情趣上，也与传统有着明显的差异。

由于情感的抒发不再存有任何拘限，高昂的个体精神在诗歌中得到了大力的宣扬，所以这一时期的诗歌创作在审美情趣上率先突破的便是传统的“雅正”格局——诗歌不再以“思无邪”为其追求，人们转而注重情性的自由抒发。那些激烈的情绪、乖戾的个体，此时都可以入诗。只要它是真实的，就不妨乐而淫、哀而伤。在某种意味上，乐而淫、哀而伤甚至还成了诗人们竞相追逐的表达效果。因为这样一种效果，恰好符合了他们推重自我、张扬个性的心理诉求。

对于“雅正”格局的背离，还集中表现在这一时期诗歌对于浓艳情调的极度爱好上。例如前引萨都剌的两首诗，就充满了香艳的描写——“觉来粉汗湿香脸，一线新红枕痕浅”、“朱唇半启榴房破，胭脂红注真珠颗。一点春酸入瓠子，雪色鲛绡湿香唾”。这

① 高启：《高青丘集》，卷十一，435 页，上海，上海古籍出版社，1985。

② 戴表元：《张君信诗序》，见《剡源文集》，卷七，《影印文渊阁四库全书》，第 1 194 册，111 ~ 112 页，台北，台湾商务印书馆，1986。

样的字句，自六朝齐梁宫体诗之后，也就只有“香奁体”之流可以与之媲美了。一般来说，对于这样一种诗歌，此前的诗人显然是不屑为之的。可是到了元末这一阶段，写作“香奁体”之类的艳情诗居然成了时尚所在。杨维桢就写过大量的这类诗作，引领一时之潮流。例如《染甲》一首——“夜捣守宫金凤蕊，十指尽换红鸦嘴。闲来一曲鼓瑶琴，数点桃花泛流水”①，便直可称是艳诗当行。当然还有一些诗作不免堕入恶趣，比如《相见》、《成配》等诗，便是此例。可即便如此，也丝毫没有影响诗人对于这样一种情调不可遏止的爱好。

还有，之前的诗歌与词曲在题材的选择上判然有别，但在这一时期，这种差别却呈现出逐渐减小的趋势。例如杨维桢之作《香奁集》，就因为他对云庵叟王德琏所作八首《踏莎行》十分欣赏，便在那八首词的基础上，敷衍了八首诗歌。试看其中《绣床凝思》一首：“彩线添来日正迟，香绒倦理一支颐。心游飞絮浑无著，身蜕枯蝉忽若痴。花帧错描愁伴觉，金针阁住许谁知？绝怜小玉情缘重，到死春蚕始绝丝。”② 这全然可说是以词的题材入诗，以诗的形式来敷演词的情致，与柳永所写“彩线慵拈伴伊坐”于格调上是没有多大分别的。

由此，前人论及元诗，每言之近词，其实是不无道理的。诗长于言志，词长于言情，但在元末的诗歌中，却多见以诗敷衍情事。是以这一时期的诗歌，便表现出较为鲜明的词化，甚至是曲化的倾向。前人在评价杨维桢这些“香奁体”诗作时，就有过这样的言论：“皆精工刻骨，古今绮辞之极。然是曲子语约束入诗耳。句稍参差，便落王实甫、关汉卿。”③ 钱仲联先生在讲论清诗时，认为

---

① 杨维桢：《复古诗集》，卷六，见《续奁集》，《影印文渊阁四库全书》，第1 222册，141页，台北，台湾商务印书馆，1986。

② 杨维桢：《复古诗集》，卷五，见《香奁集》，《影印文渊阁四库全书》，第1 222册，140页，台北，台湾商务印书馆，1986。

③ 胡应麟：《诗薮·外编》，卷六，243页，上海，上海古籍出版社，1979。

“戏曲对诗之影响，突出的始于明代”①，“到清，首先影响了吴梅村。‘梅村体’即受戏曲影响”②。实际上，这一影响早在元末萨都剌、杨维桢等人身上便已初现端倪，甚至可说表现得相当之突出了。

最后，从总体上看，浓郁的市民色彩堪称元末诗歌最为突出的表征。之前所说的个性意识的抬头与张扬，诗歌对于情感欲望的充分肯定与大力宣泄，其实都可说是所谓市民性在诗歌中的具体体现。此外，元末诗歌创作中还出现了乐府诗、竹枝词的写作热潮，诗人对于民歌风味表现出超乎寻常的钟爱。在当时的诗歌创作中，时常可以看到类似这样热辣直白、不加遮掩的表达——“郎去天涯妾在楼，西湖杨柳又三秋。郎情莫似湖头水，城南城北随处流。”③ 这正是市民欣赏习惯对于诗歌创作的影响所在。也正因如此，前人在评价元诗风貌时，往往会采用“巷”字，或者“俚俗”二字来加以形容和概括。

李贺时代在元末的到来④，也与市民阶层的特性有着极为密切的关联。因为李贺诗歌中奇诡大胆的想象、不拘常格的表现手法，实际在某种程度上迎合了市民们张扬个性的要求。而李贺诗中常见的瑰丽叠彩的风格，则满足了市民阶层对于装饰性的追求，以及铺张夸炫的喜好。所以，在这一时期，对于李贺的学习师法蔚然成风——“元末诸人竞师长吉。”⑤ 然而，几乎没有谁是因为自身遭际或者性情心境近乎李贺，才展开对“贺体”的仿效师法的。故此，就元末诸君对于李贺的学习来看，袭其奇幻者比比皆是，袭其幽冷者却极少出现。较之元初的刘因等人，元末诗人更为注重李贺诗歌奇诡瑰丽的特征，这样便在诗歌形式上更接近李贺本人的创

①② 钱仲联：《钱仲联讲论清诗》，3 页，苏州，苏州大学出版社，2004。

③ 杨椿诗，见《西湖竹枝集》，《武林掌故丛书》，20 页。

④ 邓绍基先生有云：“如果说文学史上有‘李贺时代’，那并不在中唐而在元末。”见《元代文学史》，370 页，北京，人民文学出版社，1991。

⑤ 胡应麟：《诗薮·内编》，卷三，56 页，上海，上海古籍出版社，1979。

作——所谓“词诡调激，色浓藻密”① 是也。

综上所述，正是这样一些所谓“新变”的共同作用，才最终构成了所谓“元末诗风”——这是一种透着浓重的市民色彩，带有强烈的个性精神与情感特征的诗歌创作风尚。当然，这样一种创作风尚的形成，更与杨维桢和他的铁雅诗派直接相关。

二、铁雅诗派与元末诗风

考之元诗的发展脉络，我们不难发现，元代诗歌创作的中心一直是处在变化之中的。在元诗发展的第一个阶段，由于南北诗坛是从分歧逐渐走向融合的，所以当时的诗坛在很长一段时间之内有着两个创作的中心——在北，是元好问等金代遗民最为集中的河汾一地；在南，则是戴表元、方回、仇远、白珽等人主要活动的杭州附近。到了元诗发展的第二阶段，这一中心迁移至京师。因为这一时期在诗坛饰演主角的，多数都是馆阁中的大臣。元末至正年间，即元诗发展的第三个阶段，诗坛中心又一次发生了转移。这一次转移的路径，则从京师来到了江南。诗歌创作的主体，由市民诗人②取代了馆阁文臣。杨维桢、倪瓒、顾瑛、高启等人便是其中的突出代表。

江南之于元末诗坛的地位是显而易见的，无论铁雅诗派还是玉山雅集，其成员都基本上是江南人士。而在铁雅诗派和玉山雅集之外，元末其他代表诗家也绝大多数是江南籍诗人，要不然就是主要活动在江南一地的诗人。③ 这些现象无疑在向我们透露这样一个信息：江南一地，正是元末诗歌创作中心之所在。江南诗歌所发生的动向几乎成了元代诗坛的风向标。在这样一个诗歌中心转移的大前提下，杨维桢和他的铁雅诗派便当仁不让地成为元末诗坛的主流，

---

① 钱钟书：《谈艺录》，47 页，北京，中华书局，1984。

② 这一提法参照日本人吉川幸次郎：《宋元明诗概说》一书，郑州，中州古籍出版社，1987。

③ 如张翥，他虽然郡望晋陵，但他也主要活动于江南一地。

声势浩大的玉山雅集也因囊括了数十位元季代表诗家而堪称元末诗坛之缩影。因此，二者虽然活动范围基本不出江南一地，但其影响与意义已远远超出了江南。具有丰沛情感、充满高昂个体、呈现着异于传统的审美趣味、沾染了浓厚市民色彩的这些个所谓“新变”，正是在此二者的具体创作活动中逐渐蔚然成风的。

前面说过，所谓铁雅诗派是以杨维桢为宗主的一个诗歌流派。这一诗派主要的风格特色是向唐代诗人李贺取法，以奇气淋漓为追求。同时，这一诗派与元末写作古乐府诗歌的热潮更是紧密结合在一起的。对这一热潮，有研究者将其称之为“元末古乐府运动”①，这一运动的发起者与领袖便是铁雅诗派的宗主杨维桢。值得注意的是，“铁雅诗派”这一提法并非像以往的诗歌流派那样，基本出自后人的总结归纳。“铁雅诗派”这一概念，早在当时已是诗坛共识。杨维桢自己在一些序言中，就曾明确提出过这样一种说法。请看下面这几则文字。

> 我朝习古诗如虞、范、马、揭、宋、泰、吴、黄而下，合数十家，诸体兼备，独于古乐府犹缺。泰定、天历来，予与睦州夏溥、金华陈樵、永嘉李孝光、方外张天雨为古乐府，史官黄溍、陈绎曾遂选于禁林，以为有古性情，梓行于南北，以补本朝诗人之缺。一时学者过为推，名余以铁雅宗派。派之有其人曰昆山顾瑛、郭翼，吴兴郯韶，钱塘张映，嘉禾叶广居，桐庐章木，余姚宋禧，天台陈基，继起者曰会稽张宪也。②

> 曩余在钱塘湖上与句曲外史、五峰老人辈诗，推余诗为铁雅诗。雷隐震上人、复原报上人传余雅为方外别派。继又得祁川行己方上人，齿虽少气则盛，才则宿也。持所

① 黄仁生：《试论元末“古乐府运动”》，载《文学评论》，2002（6），148～159页。

② 杨维桢：《玉笥集叙》，转引自黄仁生：《论铁雅诗派的形成》，《文学遗产》1998（5），75页。

制见余，曰《铁龙》、《玉鸾》二谣，铿然有金石声，余已奇之。今年至祁上，上人出《冷斋全集》求余评，内有和余古乐府题，其辞多警策，余益奇之。嘻！可与震、报同列吾派矣。①

……（释训）今归老故山之化城，筑别室为燕休所，自命曰沤隐，录其平日诗偈，题曰《一沤草》，凡十卷，求余一言传诸其人。且曰：为人脍炙者，元叟派外有吾铁雅派焉。②

从上引三则文字，这一诗派的得名、形成、成员，以及他们对古乐府的热衷，都可略知一二。据黄仁生先生的研究，所谓铁雅诗派即由铁崖唱和友、铁门诗人这两类人物构成，其中，铁崖唱和友 19 人，铁门诗人 71 人，加上领袖人物杨维桢，铁雅诗派共有成员 91 人。这一诗派的形成与发展，与杨维桢等人发起的古乐府运动可谓相辅相成。诗派的主要成员，同样是古乐府运动的中坚力量。简单说，铁雅诗派的兴衰过程大致可分作四个阶段：第一，初创时期（1328—1339），第二，崛起时期（1340—1350），第三，发展时期（1351—1366），第四，衰落时期（明初）。③ 作为领袖的杨维桢，不仅是这一诗派形成的重要力量，也是凝聚诗派的灵魂所在。他的诗学主张，自然就成为这一诗派的指导思想。故而，尽管诗派中人的诗歌风格仍有差异存在，但他们对于情性的重视，对古乐府的爱好，以及对奇幻意象的偏爱，都一样的突出。

之前论及杨维桢诗歌创作时，笔者曾说过，杨维桢之所以特别热衷于写作古乐府，是因为他对于情性的高度重视。在他看来，古乐府一体恰恰是少有格律束缚，最利于情性自由抒发的一种诗体。

---

① 《冷斋诗集序》，见杨维桢：《东维子集》，卷十，《影印文渊阁四库全书》，第 1 221 册，466 页，台北，台湾商务印书馆，1986。

② 《一沤集序》，见杨维桢：《东维子集》，卷十，《影印文渊阁四库全书》，第 1 221 册，467 页，台北，台湾商务印书馆，1986。

③ 以上观点，参见黄仁生：《铁雅诗派成员考》，载《中国文学研究》，1998（2）；《论铁雅诗派的形成》，载《文学遗产》，1998（5）。

因此，他才会和李孝光等三五同道一并发起了元末的古乐府运动。虽然，这一运动的到来与元代雅乐复古的思潮、元末日益尖锐复杂的社会矛盾、元诗宗唐得古的总体走向都不无关系，但究其根本，杨维桢等人“诗本情性”① 的诗学主张，才是这一运动兴起的理论根源，也是宗旨所在。② 铁雅诗派与古乐府运动，是无法截然分开的两个诗歌现象。杨维桢正是在“创立铁雅派的过程中，才逐渐获得了南北词人的承认和推崇，从而成为当时诗坛的领袖。与之相辅相成，他所倡导的古乐府运动也随着铁雅派的崛起而得以扩展和演进。”③ 还必须看到，古乐府运动的规模也使得铁雅诗派具有超乎寻常的影响力，一跃成为元末诗坛的主流势力。

在铁雅诗派的影响之下，元末诗坛刮起了一阵充满奇幻色彩的李贺旋风。明人胡应麟在其《诗薮》一书中，对这种情形多有描述。比如“胜国歌行，多学李长吉、温庭筠者，晦刻浓绮，而真景真情，往往失之目前”④，“宋初诸子多祖乐天，元末诸人竞师长吉”⑤，还有“长吉则宋末谢皋羽得其遗意。元人一代尸祝，流至国初，尚有效者”⑥。虽然胡应麟对于元末诸君师法李贺颇不以为然，但不可否认，以师法李贺来进行古乐府创作，是选对了门径的。因为李贺在古乐府创作上，有着相当之高的造诣，几乎可称是盛唐之后的第一人。毛先舒就曾这样说过：“大历以后，解乐府遗法者，唯李贺一人。设色秾妙，而词旨多寓篇外，刻于撰语，浑于用意。中唐乐府，人称张、王，视此当有郎奴之隔耳。”⑦ 不过，也应该看到，元末诸人对于李贺的学习大多仅停留在一些意象的袭

① 《郑韶诗序》，见杨维桢：《东维子集》，卷七，《影印文渊阁四库全书》，第1 221册，438页，台北，台湾商务印书馆，1986。

② 黄仁生：《试论元末“古乐府运动”》，载《文学评论》，2002（6），148～159页。

③ 黄仁生：《试论元末“古乐府运动”》，载《文学评论》，2002（6），155页。

④⑤ 胡应麟：《诗薮·内编》，卷三，56页，上海，上海古籍出版社，1979。

⑥ 胡应麟：《诗薮·内编》，卷三，57页，上海，上海古籍出版社，1979。

⑦ 毛先舒：《诗辩坻》，卷三，见《清诗话续编》，49页，上海，上海古籍出版社，1983。

用，句式的效法之上，仅得其皮相。同时，元末诸人师法李贺的行为大多由铁雅诗派掀起的风潮所致，他们基本不具备李贺那般幽微不平的心事，因而他们那些效法李贺的诗作，往往以明丽的色调出之，少有“浑于用意”者，反是多见刻意浅露之处。这恐怕正是胡应麟对此颇有微词的原因所在。

杨维桢师法李贺的诗歌作品，我们在前面的章节已经有所举例，此处不赘。下面，试举两例铁雅诗派其他成员的诗作一观。其一，是与杨维桢一同开始古乐府写作，铁雅诗派初创时期的成员陈樵之作。其诗云：

属镂夜啼光属地，将军一出欃枪死。行尘不动人归市，带甲如云自天至。取君甲兵为君洗，分明袖有银河水。手中遗下泥一丸，不封函谷封泰山。①

对于这样的诗，杨维桢本人作出的评价是：“袭格不袭语，善学小李者。”② 另一位是张宪这位铁门诗人，在杨维桢眼中，他可谓铁门诗人中成就最高的一位。其《玉笥集》中有一首《胭脂井》，设色与遣词都绝类李贺所为。诗云：

胭脂井，玛瑙甃。琉璃阑，黄金辘轳银绠寒。桃花小波下无底，雌龙古怨沉红水。妖姬不作井中鬼，玉树飞花落如雨。③

就算是铁雅诗派之外的诗人，身处这么强劲的风潮之下，也难免受到影响。这是因为“一个艺术家总在某些社会条件下创作，也总在某种文艺风气里创作。这个风气影响到他对题材、体裁、风格的去取，给予他以机会，同时也限制了他的范围”④。如《大雅集》

① 陈樵：《出塞曲》，见《大雅集》，卷一，《影印文渊阁四库全书》，第 1 369 册，516 页，台北，台湾商务印书馆，1986。

② 《大雅集》，卷一，见《影印文渊阁四库全书》，第 1 369 册，516 页，台北，台湾商务印书馆，1986。

③ 《玉笥集》，见《元诗选·初集》，1 923 页，北京，中华书局，1987 年。

④ 钱钟书：《中国诗与中国画》，见《七缀集》，1 页，上海，上海古籍出版社，1994。

卷一所收项可立的两首诗《公莫舞》和《吴宫怨》，杨维桢的评语分别就是“锦囊子有奇语无此奇气”①，“十字惨过牛鬼。髑髅无泪尤胜无语”②。

再如高启。以高启为首的诗歌唱和集团“北郭十友”中的许多人，都和杨维桢有所接触，杨基甚至还是铁门诗人之一。可是我们却很难发现高启与杨维桢存在交集的例证，除了《大雅集》中收录的那两首诗。③ 日本人吉川幸次郎甚至说：“他（指高启）的友人‘北郭十友’中的大多数人，都曾受到过杨维桢的知遇；但没有迹象表明他曾与这个比自己大四十岁的老前辈有过接触。也许杨维桢也是他不愿与之‘共宿’的‘凫鹥’吧!”④ 然而在高启的一些诗作中，铁雅诗派的影响却是有迹可寻的。比如这首《玉波冷双莲》，就有着鲜明的李贺家数。诗曰：

> 金风暮剪双头蕊，啼脸辞秋嫣血紫。宫女三千罢笑喧，锦云障冷鸳鸯死。满江烟玉流古香，寻魂吊影愁茫茫。吴天坠露衰红湿，一夜波凉小龙泣。⑤

另外，高启集中还有《月支王头饮器歌》一诗，而杨维桢与其门人对于这一诗题的唱和恰好是当时非常著名的一件事情。杨维桢《铁崖古乐府》补卷一收录了杨作两首，以及三首和辞。顾亮所作和辞之前还有：“《月氏王头歌》，古作数十篇，未有能发其雄愤者，及观先生之作，皆是玉楼鬼不能道者，发其千载雄愤为古今绝唱，一时和者不许张宪而独称赏李费。费真狐狸精也。亮不敏，何敢望费！以先生之命僭和之。”⑥ 故此，高启或许就是在受到杨维

---

① 《公莫舞》，后，见《大雅集》，卷一，《影印文渊阁四库全书》，第1 369册，515页，台北，台湾商务印书馆，1986。

② 《吴宫怨》，后，见《大雅集》，卷一，《影印文渊阁四库全书》，第1 369册，515页，台北，台湾商务印书馆，1986。

③ 《大雅集》所收几乎尽为元末诗，由赖良编选，杨维桢最终删定并点评，故云。

④ （日）吉川幸次郎：《宋元明诗概说》，233页，郑州，中州古籍出版社，1987。

⑤ 高启：《高青丘集》，卷一，7页，上海，上海古籍出版社，1985。

⑥ 杨维桢：《铁崖古乐府》，补卷一，见《影印文渊阁四库全书》，第1 222册，81~82页，台北，台湾商务印书馆，1986。

桢等人的感发之下方才写了这首诗——这样一种可能性的存在是无法决然排除的。更何况，高启此作师法李贺的痕迹极为清晰可辨。其诗如下：

> 碛中万骑骄嘶雪，头挂金鞍敌初灭。归来漆作大白杯，胡酒寒凝色如血。故国无茔归梦迷，朽骨饮恨空如泥。琵琶声中杂鬼语，酥灯照夜风凄凄。昆仑倒泻黄河入，袍汗淋漓疑泪湿。部落谁酬国士恩，尊前一夜无声泣。乌孙降王犹疾首，起奉单于千万寿。①

这些看似毫无瓜葛、不甚相得的诗人，尚且无法摆脱杨维桢及其铁雅诗派的影响，更何况那些与之存在大量交往的人！杨维桢及其铁雅诗派在元末诗坛的影响力可想而知。

除掀起师法李贺的风潮之外，杨维桢还在元末营织了一派旖旎无限的浓郁春光，这是借由其“香奁体”的创作来具体实现的。从杨维桢本人的叙述，便不难看出时人对其香奁诸作的追捧。其语曰：

> 陶元亮赋《闲情》，出謦御之辞，不害其为处士节也。余赋韩偓《续奁》，又何损吾铁石心肠也哉！法云道人劝鲁直勿作艳歌小辞。鲁直曰：空中语耳！不致坐此堕落恶道。余于《续奁》亦曰：空中语耳！不料为万口播传。兵火后，龙洲生尚能口记，又付之市肆梓而行之。因书此以识。②

与此同时，铁雅诗派通过《西湖竹枝词》的唱和，又在元末诗坛形成了一股追逐清新质朴风气的潮流，我们不妨称之为元末诗坛的“民歌风”。这一风气，同样波及甚广。至正八年（1348），杨维桢将众人所作编订成集，付梓刊行，是为《西湖竹枝集》。现在我们依旧能够看到，此集中收录了121人所作184首诗。单就竹枝词的

---

① 高启：《高青丘集》，卷十，426页，上海，上海古籍出版社，1985。

② 杨维桢：《续奁集自序》，见《复古诗集》，卷六，《影印文渊阁四库全书》，第1 222册，141页，台北，台湾商务印书馆，1986。

创作来看，可谓竹枝词这一诗体继唐代刘禹锡之后，所迎来的又一次创作高潮。

参与此次竹枝唱和之人的身份可谓形形色色。有虞集、王士熙这样的前辈名家，也有萨都剌、同同等外族，还有张雨、释椿这等方外人氏，甚至还包括了曹妙清、张妙净这样的闺阁中人。但集中收录诗作的风格却大抵相同，都是具有比较浓厚的民歌风味的，质直清新，缠绵低回。就连僧人所作，也不例外。释福报所作两诗即为：

貂帽谁家美少年，黄金耳环月样圆。日斜走马过湖去，柳下小娃呼上船。

黄妃塔前西日沉，采菱日日过湖阴。郎心只似菱刺短，妾意恰如湖水深。①

集中所录僧人之作，大多类此。以僧人之身份作此绮语，足以说明竹枝词携裹而来的民歌风有着怎样的威力。当然，僧人以绮语为诗在前代也并非没有。不过前代的僧人，要么将注意力完全集中在香艳场面的铺炫上，如宋代的惠洪；要么干脆用艳语来宣扬佛理，不过这始终只是极个别的现象。而元末这些参与竹枝唱和的僧人则明显不同——首先，他们不再是个别现象；其次，他们的专注点在“情”而非“艳”；再者，这些诗也与佛理无涉。再就曹妙清、张妙净等人以闺阁身份牵涉到这一唱和盛事来看，也足见这一种风气的覆盖面积：“深处闺中的女子尚且受到时风的熏染，当时诗坛的规模效应可以想见。此后铁崖新作及其所选所评所序的诗集在元末明初的广泛流传，同样具有引导诗坛潮流的意义。”②

之前论及元末诗风之“新变”时，笔者曾明确指出：李贺时代在元末的到来、乐府诗运动、竹枝唱和的热潮都是元诗浓郁市民色彩的具体呈现；香奁体的盛极一时则让我们看到了此时诗坛对于浓艳情致的偏好以及对于传统“雅正”的偏离；至于古乐府的写

---

① 《西湖竹枝集》，见《武林掌故丛书》，24页。

② 黄仁生：《试论元末“古乐府运动”》，载《文学评论》，2002（6），158页。

作，也充分说明了这一时期诗人对于情性、对于自我的重视程度。综上所论可见，杨维桢和他的铁雅诗派正是发起古乐府运动、倡导竹枝唱和、刮起李贺旋风，以及使得香奁体之流“万口播传”的主力中军！如果没有杨维桢和铁雅诗派，我们很难想象这些个特质能形成席卷一时的创作风潮。故此，将杨维桢及其铁雅诗派视作元末诗风的主要成就者与体现者，可说是毫不为过的。

第二节　玉山雅集与铁雅诗派

在我国文学演进的历史过程中，几乎每一种流派、风气的形成都和某一群人的活动有着十分密切的关系。比如“建安风骨”的形成，就与曹氏父子和邺下文人的活动密不可分。“花间”词人作为倚声填词风气之滥觞，也离不开后蜀赵崇祚的筵席。到了宋代，文人群体活动对于诗文创作所产生的影响就更为明显了。张宏生先生就认为：“考察北宋的诗歌演进，我们发现，群体的活动往往是重要的生成剂。”① 这里他主要指的，是北宋初期的两大文人集团，包括钱惟演留守西京时的幕僚文人群——成员有尹洙、欧阳修、梅尧臣等人，以及后来的欧阳修文人集团——追随者有友人梅尧臣，门生苏轼兄弟、曾巩等——“这两个文人集团的成员，才华突出，联系频繁，具有自立的气度，带有变革的意识，对宋诗独特面目的形成，做出了重要的贡献。”② 实际上，不只诗歌方面，整个北宋文学的发展走向，譬如以文为诗，为文尚质等，都已体现在这两个文人集团具体的活动之中。③

从这些历史上曾经有过的案例，不难看出：所谓文人的群体活动，对于某种流派、风气的形成，其实起了一个承载的作用——通过他们所开展的具体实践活动，某些新的观念便能够从粗具雏形到

---

①② 张宏生：《宋诗：融通与开拓》，1页，上海，上海古籍出版社，2001。

③ 此观点得自王水照先生2002年11月来中山大学的一次演讲，题目为《北宋文学的走向——从钱幕到欧门、苏门》，不敢掠美，特注于此。

逐步成熟，某些主张也会得到充分的贯彻执行，从而形成某种风气，进一步对文学的发展产生影响。应该说，顾瑛等人在玉山所进行的雅集活动，对元末诗风的形成而言，其性质也是相类似的。究其根本，就在于玉山雅集与元末诗风的主要成就者——杨维桢和他的铁雅诗派之间有着颇深的渊源。

一、玉山宾客与铁雅诗人

此前在讨论玉山雅集的宾客构成时，笔者曾经谈及，玉山雅集有不少宾客，其来到玉山或多或少都与杨维桢有关，因此不难推测，雅集宾客与杨维桢铁雅诗派成员之间应当存有一定关系。

据黄仁生先生考订，铁雅诗派的成员共计 91 人，其中能够作为主要研究对象的有 30 人。这 30 人包括：宗主杨维桢，铁崖唱和友李孝光、张雨、陈樵、夏溥、顾瑛、郯韶、叶广居、陈基、倪瓒、钱惟善、陆仁、张简、王逢、袁凯、刘炳、于立、释良震、释福报、释行方，铁门诗人郭翼、章木、宋禧、张宪、袁华、吕诚、吴复、杨基、金信、贝琼。[①] 在这 30 人中，玉山雅集的参加者就有 18 人，占了将近三分之二。这样一个数字是相当惊人的。这 18 人具体包括：杨维桢、李孝光、张雨、顾瑛、郯韶、陈基、倪瓒、钱惟善、陆仁、张简、王逢、于立、释行方、郭翼、张宪、袁华、吕诚、杨基。[②]

更有甚者，这 18 人中的李孝光、顾瑛、杨基三人还是黄仁生先生就铁雅诗派不同发展阶段所列出的三员干将——其中，李孝光主要在铁雅诗派形成的初期发挥作用，他和杨维桢一同发起了元末的古乐府运动。杨基则活动在铁雅诗派的末期，称得上是这一流派在终曲之前的最强音，他将铁雅的余韵带到了明初诗坛。顾瑛处在

---

① 黄仁生：《铁雅诗派成员考》，载《中国文学研究》，1998（2），46～52 页；《论铁雅诗派的形成》，载《文学遗产》，1998（5）。其中，后文所列 30 人实际只有 29 人，遗漏了铁崖唱和友释福报。

② 具体考证参见本书附录二《顾瑛交游考》。

铁雅诗派的中期，也就是它发展与兴盛的阶段。在这一个阶段，铁雅诗派真正成了元末诗坛的主导流派。作为这一阶段的干将，顾瑛对于铁雅诗派的意义自是不言而喻的。

不难看出，铁雅诗派中最具影响力的人物，几乎都被玉山吸纳进来。这中间，诗派的宗主杨维桢即为玉山雅集的灵魂人物，所谓三大干将又都是玉山雅集的成员，其中顾瑛还是玉山雅集的主人，正是他策动和组织了每一次雅集的具体活动。除了这些之外，活动在玉山的铁雅诗人还有：卫仁近、马琬、卢熊、吕恒、吕恂、张守中、殷奎、释照、冯濬、余善、吴毅。[①] 加上前述 18 人，活动在玉山雅集的铁雅诗派成员一共有 29 人。这 29 人也几乎涵盖了玉山雅集中要么最为著名，要么最为常见的几位诗人——杨维桢、李孝光、张雨、倪瓒、顾瑛、郯韶、陈基、于立、郭翼、袁华。正是这几位诗人，撑起了玉山雅集的诗歌天空。

所以说，玉山雅集与铁雅诗派之间的关系可谓异常紧密——不仅在人员构成上存在大面积的重叠，而且这重叠的部分恰恰都是两方最为核心的创作力量。作为元末诗坛最具号召力和代表力的诗歌流派，铁雅诗派的大队人马似乎已经移师玉山，并将顾瑛玉山当成其开展活动的具体所在，甚至是其发展壮大的策源地。而作为此时最为盛大的文人雅集，玉山雅集的主要诗家都与铁雅诗派相关，这就必定会使得其间的诗歌创作总是带着浓厚的铁雅色泽。

其他人暂且不论，单看顾瑛一人，作为玉山主人，他对玉山雅集所具有的影响力是旁人无法比拟的。再加上他又身兼铁雅诗派的三大干将之一，我们不难想象，他施与雅集本身的究竟有些什么样的影响。

---

① 此数名铁雅诗派成员的身份参见：黄仁生：《铁雅诗派成员考》，载《中国文学研究》，1998（2），46～52 页，玉山宾客身份参见本书附录二《顾瑛交游考》。其中，冯濬，字渊如，黄仁生先生考其名为冯浚，言参见《大雅集》。而《大雅集》所列冯渊如名为“以默”，号“弹铁生”。《元诗选·癸集》有“弹铁生冯濬”，字渊如，与《玉山名胜集》所载相合。虽然浚、濬二字可通假，但因此处为人名，故仍从“濬”形。

杨维桢对于顾瑛的看重，是人所皆知的——“才性高旷，尤善小李诗及今乐府。海内文士乐与之交，推为片玉山人。”① 顾瑛对于杨维桢的尊崇，亦可说到了超乎寻常的程度——“仲瑛嗜好既异于彼，故其取友亦异。其首内交于余也，筑亭曰其亭以尊余之所学也，设榻曰其榻以殊余之所止也。”② 在玉山宾客中得此殊遇的，只有杨维桢一人而已。正是由于顾瑛这份超乎寻常的尊崇，所以我们才能毫不犹豫地说：杨维桢就是顾瑛玉山的灵魂人物。从清人诗话中，我们能够看到这样一则记载：

> 玉山主人云：“所谓嬉春体，即老杜以‘江上谁家桃李枝，春寒细雨出疏篱’为新体也。先生谓诗人多为宋体所梏，故作此体变之云。”……玉山与铁崖情迹最密，此言必亲受之。③

从这样一则记载，我们就更不难感受到顾瑛对杨维桢的诗歌创作才能及诗歌主张是何其的崇尚与认同——正是这样发自内心的崇尚与认同，才使得杨维桢的诗歌创作、诗学主张，甚至独特的喜好都无时无刻不在影响着玉山诗歌的具体创作。

郯韶、于立、陈基这几位铁崖唱和友，在顾瑛玉山雅集同样扮演着十分重要的角色。他们一方面与顾瑛交情甚笃，另一方面则是玉山诗歌中某种特定创作风格的代表，在玉山诗歌的创作中占据显要位置。前面说过，郯韶是玉山尚丽一派的代表诗人，于立则是紧随杨维桢的尚奇主力，就连诗才乏善可陈的陈基，也不失为质直一路的领军人物。还有张雨、倪瓒两位，也是顾瑛玉山的贵客，尽管两人出入玉山的次数都不多，但他们的诗风独特，一经加入，就使

---

① 《西湖竹枝集》，见《武林掌故丛书》，18 页。

② 杨维桢：《玉山草堂雅集序》，见《东维子集》，卷七，《影印文渊阁四库全书》，第 1 221 册，440 页，台北，台湾商务印书馆，1986。

③ 翁方纲：《石洲诗话》，卷五，见《清诗话续编》，1 460 ~ 1 461 页，上海，上海古籍出版社，1983。原书标点有误，玉山主人之言只至“故作此体变之”云云，而原书标点亦将翁方纲评点之语一并括入。

玉山诗歌更加的异彩纷呈。

再看郭翼、袁华，这两位都可谓是颇得杨维桢青眼的铁门诗人。像郭翼，杨维桢就认为是合其所论，又能继虞集等人余绪的三四位诗人之一，对其所作，杨维桢总是多有称许——“而予每见其所作，则皆悠然有思，澹（淡）然有旨，兴寄高远而意趣深长，读之使人翛然自得且爽然自失，而于君亲臣子之大义，或时有发焉。未尝不叹其天资有大过人者而不为世变之所移也。”① 如前所论，在玉山雅集，郭翼乃尚奇一派的主力中军。而袁华，在杨维桢看来，他是能与张宪并称的“铁门能诗者”——“吾铁门称能诗者南北凡百余人，求如张宪及吴下袁华辈者不能十人。”② 这样一位“铁门能诗者”袁华，在顾瑛玉山雅集几乎是每会必至的客人。即便是兵尘弥漫的时刻，他的身影也屡屡出现在玉山的亭馆之间。他与顾瑛二人的关系，绝对称得上是生死至交——顾瑛携家避难时，有袁华随行；顾瑛远赴濠梁，亦有袁华送行。这样一位令人称羡的友人，其于雅集诗歌创作同样有着不俗的表现。

显然，玉山雅集主要诗家与铁雅诗派关键成员之间所存在的这份重叠，就使得玉山雅集每一次的诗歌赋咏都有别于一般性的诗酒唱和。某种程度上，它甚至不啻于铁雅诗派的集体创作实践——将铁雅诗派的各种诗学主张切实地贯彻到现实的诗歌创作当中——玉山雅集俨然就是一个铁雅诗派切磋诗艺、宣扬主张的庞大载体。且看整个至正八年（1348），杨维桢都寄居在昆山一地，该年每一次有记载可寻的玉山雅集活动，他几乎都有参加——或至玉山宴饮，或与顾瑛等人外出游玩，写下了不少诗篇。实际上，至正八年这个时间对于铁雅诗派的发展来说至为关键——这一年，集合了百余家

---

① 杨维桢：《郭羲仲诗集序》，见《东维子集》，卷七，《影印文渊阁四库全书》，第1 221册，441页，台北，台湾商务印书馆，1986。

② 杨维桢：《可传集序》，见袁华：《可传集》，卷首，《影印文渊阁四库全书》，第1 232册，362页，台北，台湾商务印书馆，1986。

唱和之作的《西湖竹枝集》终于在顾瑛玉山付梓刊行。① 加上至正六年（1346）杨维桢门人吴复所编《铁崖古乐府》的问世②，截至此时，铁雅诗派对于整个元末诗坛所掀起的那些个风潮才可谓正式展开。在这样一个重要时刻，杨维桢以铁雅诗派宗主的身份留居玉山，可知玉山对于铁雅诗派的意义。而至正八年对于玉山雅集来说同样有着重大的意义——玉山雅集的正式兴起，就是在这一年。而之后，铁雅诗派的风气大炽与玉山雅集的鼎盛阶段也差不多是同一时间，联系顾瑛在铁雅诗派发展壮大过程中所担当的重要角色，我们便不难看出，玉山雅集与铁雅诗派之间确实存在着某种共生的关系。

二、玉山雅集与铁雅诗风

文人雅集之所以能够成为某种流派的温床，就在于它可以在不时举行的集体赋咏中切实地贯彻某种主张，促进某种创作风尚的生成。如果这个雅集的规模足够盛大，参与者在当时诗坛的地位足够重要，那么这种风尚就很容易发展成席卷一时的创作潮流。玉山雅集与铁雅诗派之间那种特殊的关系正如此论。

在杨维桢的力倡之下，铁雅诗派对于古乐府的爱好是广为人知的。而在玉山雅集的相关记载中，我们也不时能够看到诸君于筵席上写作乐府诗的情景。众所周知，对于雅集筵席间的唱和而言，乐府诗并不是容易立就的作品。这一现象的出现，让我们充分看到在这弹丸之地刮起的古乐府创作风潮——玉山雅集对于乐府诗的这份

---

① 杨维桢在《西湖竹枝集》卷首有序曰："余闲居西湖者七八年，与茅山外史张贞居、苕溪郑九成辈为唱和交。水光山色浸沉胸次，洗一时尊俎粉黛之习，于是乎有竹枝之声。好事者流布南北，名人韵士属和者无虑百家。道扬讽喻，古人之教广矣。是风一变，贤妃贞妇兴国显家而烈女传作矣。采风谣者，其可忽诸！至正八年秋七月，会稽杨维桢书于玉山草堂。"是以可知。见《西湖竹枝集》，卷首，《武林掌故丛书》。

② 黄仁生先生在其两篇文章《论铁雅诗派的形成》[《文学遗产》，1998（5）]、《试论元末"古乐府运动"》[《文学评论》，2002（6）] 都称《铁崖古乐府》的刊行时间为至正八年。然而《铁崖古乐府》卷首张雨、吴复的两篇序文都写于至正六年。他处亦无证据表明刊行时间为至正八年。故本文仍依序文，定刊行时间为至正六年。

热衷，恰恰说明了雅集诗人对于铁雅主张的积极贯彻与实践。

例如，至正十年七月，顾瑛、袁华、王祎等人在芝云堂宴集时，就以古乐府分题赋诗。袁华分得《门有车马客行》、顾瑛分得《山人劝酒》、于立分得《短歌行》。是日成诗者，也就他们三人。以于立所作为例：

> 白日苦易短，百岁良非长。今日花间露，明朝草上霜。黄河无停波，浩浩东入海。弱水隔神山，灵药何由采。羲和总六辔，苍龙挟其辀。回车谒王母，蛾眉生素秋。虞渊沉暮景，忽在扶桑颠。孰知青天上，年年葬神仙。樽中有美酒，潋滟浮春香。调笑青霞侣，婵娟紫云娘。今日不饮酒，奈此白日何。来者日益少，去者日已多。太极那能穷，浑沌不可补。不知醉乡人，一息同千古。谁云刀圭药，可以养人骨。天运未可期，且尽杯中物。①

无论从意象的选择还是诗歌的构思上，显见于立对所谓“奇幻”风格的努力靠拢。这一点，正说明他遵循了杨维桢所开创的诗歌创作路向。

至正十一年（1351）九月十四日这天，雅集诸君还在玉山“渔庄”开展了一次以《渔庄欸歌》为题的唱和活动。所谓《欸歌》，实际就是乐府诗题中的《欸乃曲》。和《竹枝词》一样，也是颇具民歌风调的作品。此番参加唱和的有十人，最后赋得《欸歌》二十章。玉山众人所赋就的《欸歌》，在情调上，根本不见“欸乃一声山水绿”的清新质朴，反倒是显得十分秾丽。试看袁华所作两首《欸歌》：

> 红白芙蓉照画屏，秋波如镜映娉婷。并头花似双娥脸，一朵浓酣一朵醒。
>
> 枸杞猩红个个圆，扶疏绿叶引青烟。佳人错认相思

① 《玉山名胜集》，卷八，见《影印文渊阁四库全书》，第1 369册，136页，台北，台湾商务印书馆，1986。

子，来向筵前要赛拳。①

诗语可说是相当之浓炽的。这种对于浓艳情调的爱好，恰是铁雅诗派一以贯之的风格路数。

以上两则，是现存玉山雅集所仅有的两次在筵席上倡作古乐府的记录。当然，还有一些片鳞只爪的文字让我们能够推知：当日玉山雅集对于古乐府的创作，远不止此数。《草堂雅集》收录的于立诗作中，就有一首题为《分得乌夜啼送朱长元赴胶州同知》，其下附有顾瑛所作，诗题则为《分得前有一樽酒》。而陆仁集中亦有一首《白纻曲送朱长元之胶州同知》。② 这三首诗显然作于同一次以古乐府分题赋诗的别筵之上。只可惜，由于记载的缺失，我们现已无法获知这一别筵的具体时间地点、参与宾客、具体事件，以及所赋就的全部篇章。

而于筵席之外，玉山诸君平日的唱和中也不时可见乐府诗歌的形式。比如，顾瑛丧母之后，伤痛难平。为了寄托哀思，他便在碧梧翠竹堂后新建了一幢楼，名之曰“白云海”。文质因此为赋《白云海歌》，顾瑛有次韵，袁华和韵。之后又有陆仁、瞿荣智、卢昭、卢熊等人和韵。而顾瑛更是意犹未尽，一连写了四叠。这样一支《白云海歌》，便是一首新题乐府。试以顾瑛所作观之，诗云：

白云深，白云深，白云飞来知我心。笑看触石起肤寸，斯须变作漫天阴。山人驱云飞出牖，一道龙光射南斗。大星落落小星明，万物区区等刍狗。举手招归怀抱里，三日颠风吹不起。怒排雨脚走空来，卷入银河一泓水。四野纷纷未倒戈，其奈山人不出何。有时乘云钓东海，世上空寻张志和。万松岭上云如絮，天赐山人作霖注。明朝说与云中君，白云之楼是常住。③

---

① 《玉山名胜集》，卷六，见《影印文渊阁四库全书》，第1 369册，105页，台北，台湾商务印书馆，1986。

② 《乾乾居士集》，见《元诗选·三集》，643页，北京，中华书局，1987。

③ 《玉山名胜集》，卷五，见《影印文渊阁四库全书》，第1 369册，80页，台北，台湾商务印书馆，1986。

这样一首诗，与顾瑛平日的创作风格有着较大的距离，但却明显是在实践铁雅诗派炫奇夸幻的风格主张。可以看到，玉山诸君在雅集唱和时对于铁雅诗派主张的贯彻是十分自觉，且不遗余力的——他们不仅在体制的选择上积极响应铁雅诗派所掀起的古乐府写作热潮，同时在风格上也尽可能步伍铁雅诗派所大力推崇的奇气淋漓与浓艳旖旎。

另一方面，作为铁雅诗派的领袖，杨维桢许多乐府诗的创作都与顾瑛玉山有关，其中还不乏一些重要篇章。这些诗歌一经写就，便引发众人的竞相唱和，有的甚至发展成为铁雅诗派标志性的唱和事件。通过这样的唱和热潮，铁雅诗派的创作风气显然就得以向着玉山甚至玉山之外的所在迅速弥散，从而形成一定的规模效应。可以说，杨维桢的引导有了玉山雅集这样一个平台，往往能收到事半功倍的效果。《周郎玉笙谣》、《花游曲》、《小游仙》等诗引发的唱和，便是其中最为著名的例子。《周郎玉笙谣》作于一次虎丘之集，此集有顾瑛、张雨、倪瓒等人的参与。杨维桢的诗前小引即云："予尝于灵岩虎阜间闻其奇弄，令人飘飘然有伊洛间意。时坐客勾曲张贞居、东海倪元镇、昆山顾仲瑛、云丘张仲简、吴兴郯九成，咸名能诗者也。予为赋《玉笙谣》一首，且率诸君子同赋。"① 其诗曰：

> 周郎学仙吹玉笙，玉笙吹得丹山七十二凤之和鸣。曾侍瑶池阿母宴，座中调笑董双成。谪向人间赤松洞，洞口桃花苦迎送。南寻二女湘水头，十三哀弦不成弄。西洞庭，东洞庭，相逢铁笛铜龙精。从此吹春玉台上，丛霄不许谢玄卿。②

当时同赋之诗，有张简的《玉笙引》、张雨的《玉笙谣为铁门笙伶周奇赋》和于立的《玉笙谣玉山席上赠周生，时铁崖同赋》。其中张简、于立二人所作与杨维桢之诗最为酷肖，带有明显的模仿痕

①② 杨维桢：《铁崖古乐府》，卷二，《影印文渊阁四库全书》，第1 222册，19页，台北，台湾商务印书馆，1986。

迹。试以于立之作为例：

十三学神仙，十五能吹笙。仙人王子晋，同上凤凰翎。丹山凤凰十七声，钧天按节皆和鸣。西游瑶池谒熊缺，董家双成最娉婷。桂殿初凉湿秋露，鹅管吹烟隔轻素。缥缈新声泛紫霞，按曲每得周郎顾。铁厓仙人横铁笛，几度周郎蒙赏识。同向缑山弄月明，九点齐州暮烟碧。①

无论是整体构思，还是遣词设色，此诗几乎可说全然得自杨维桢所作。杨维桢的首倡之举，就好比是树立了一个让众人仿效学习的榜样。通过这一榜样的树立，也使铁雅诗派的诗歌风格在唱和中逐步得到了推广与普及。

《花游曲》一诗，写在至正八年杨维桢与顾瑛、张雨同游石湖之时——“至正戊子三月十日，偕茅山贞居老仙、玉山才子烟雨中游石湖诸山。老仙为妓者琼英赋《点绛唇》词。已而午霁，登湖上山，歇宝积寺行禅师西轩，老仙题名轩之壁。琼英折碧桃花下山，予为琼英赋《花游曲》而玉山和之。”② 其诗如下：

三月十日春濛濛，满江花雨湿东风。美人盈盈烟雨里，唱彻湖烟与湖水。水天虹女忽当门，午光穿漏海霞裙。美人凌空蹑飞步，步上山头小真墓。华阳老仙海上来，五湖吐纳掌中杯。宝山枯禅开茗碗，木鲸吼罢催花板。老仙醉笔石阑西，一片飞花落粉题。蓬莱宫中花报使，花信明朝二十四。老仙更试蜀麻笺，写尽春愁子夜篇。③

全诗可谓极尽藻绘敷衍之能事。虽然当时的唱和者只有顾瑛一人，但一经传诵，唱和之人便纷至沓来。事后参与唱和的代表诗家，有

① 《草堂雅集》，卷十一，见《影印文渊阁四库全书》，第1 369册，395页，台北，台湾商务印书馆，1986。

②③ 杨维桢：《铁崖古乐府》，卷三，见《影印文渊阁四库全书》，第1 222册，26~27页，台北，台湾商务印书馆，1986。

郭翼、陆仁、马麐、于立、袁华等人。这些唱和之作亦多见对杨维桢原诗的极力效仿——同样在藻绘方面大下工夫，绮缛非常却意味浮浅。故而，对于此番和作，翁方纲有如是评价：

> 玉山诸客，一时多为铁厓和《花游之曲》，然独玉山一篇为佳。盖诸公和作与铁厓原唱，纵极妍丽，皆不免伧俗气耳。①

实际顾瑛所作也只不过在辞采的堆砌上略加收敛，显得略微清畅，但从大的格局上看，仍然是对杨维桢首倡之作的追步。

《小游仙》作为杨维桢颇具代表性的乐府小诗，同样首创于顾瑛玉山。它们乃是杨维桢为顾瑛玉山的一处亭馆——“小蓬莱”所题。当时杨维桢只写了四首，其中已包括那首被后人视为“其瑰崛长吉莫过”② 的“麻姑今夜过青丘，玉体倠斟白玉舟。莫向外人矜指爪，酒酣为我擘箜篌”③。此四章一出，和者如云。单在玉山，就有陆仁、袁华、秦约、郯韶、陈基等人。杨维桢后来继续写作此体，以致有二十首之众，或者不能排除在玉山受到广泛好评而带来的创作动力。

总之，对于杨维桢的诗歌动向，玉山诸君一贯是积极响应的。只要杨维桢一有新作问世，或者有新论出台，立马进行唱和宣扬的便有顾瑛等人。顾瑛写作《唐宫词》一事堪称其中的典型案例。杨维桢对于宫词一体相当看重——“宫词，诗家之大香奁也。不许村学究语。为本朝宫词者多矣，或拘于用典故，又或拘于用国语，皆损诗体。”④ 在杨维桢看来，宫词不需要太过循规蹈矩、畏首畏尾，不妨香艳一些、浓烈一些。顾瑛所作，就完全是按照这个

---

① 翁方纲：《石洲诗话》，卷五，见《清诗话续编》，1 472 页，上海，上海古籍出版社，1983。

② 胡应麟：《诗薮·外编》，卷六，242 页，上海，上海古籍出版社，1979。

③ 《玉山名胜集》，卷三，见《影印文渊阁四库全书》，第 1 369 册，35 页，台北，台湾商务印书馆，1986。

④ 杨维桢：《复古诗集》，卷四，见《影印文渊阁四库全书》，第 1 222 册，133 页，台北，台湾商务印书馆，1986。

要求进行的：首先，他的用词十分缛丽，极力铺陈渲染一种香艳的格调；其次，他甚少使用典故，诗歌基本上是平白易晓的；再者，他干脆将题目定为《唐宫词》，一来可以不受所谓“国语”（即蒙古语）的限制，二来更不妨泄露帝王家的一段春光。试看其中两首：

莲花池畔暑风凉，玉竹回文宝簟光。贪倚画屏看翡翠，误开金锁放鸳鸯。轻绡披雾夸新浴，堕髻攲云炫晚妆，笑指女牛私语处，长生殿下月中央。

龙旂孔盖拥鸾幢，步辇追随幸曲江。鸟道正通天上路，羊车直到竹间窗。桃花柳叶元无恨，燕子莺儿各有双。中贵向人言近事，风流阵里帝先降。①

正是这样的风调，才得到了杨维桢那般激赏。

与铁雅诗派所掀起的“民歌风”密切相关的《西湖竹枝集》，最终也是在玉山草堂结集付梓的。这一事实，一方面说明了顾瑛对此事的慷慨襄助——若无一定的资金支持，这样一本书的付梓刊行恐怕难于实现；另一方面也证明了玉山雅集在这股民歌风中的重要作用，起码是提供了相当数量的唱和之作——集中收录的诗歌，就有相当部分出自玉山宾客的手笔。而从杨维桢等人写在玉山的诗作当中，则不难看出：此时的玉山，正笼罩在浓郁的竹枝唱和风气中。杨维桢之诗有：

我常被酒玉山堂，风物于人引兴长。银丝尊荐野鸭炙，金粟瓜取西杨庄。山头云气或成虎，溪上仙人多讶羊。何处行春柘枝鼓，阆州竹枝歌女郎。②

山回古县六七里，湖到维亭第一家。翡翠明珠通百粤，竹枝铜鼓出三巴。山公酒醉童将马，禅客诗成女散

① 《大雅集》，卷七，见《影印文渊阁四库全书》，第1 369册，558页，台北，台湾商务印书馆，1986。

② 《玉山名胜集》，卷二，见《影印文渊阁四库全书》，第1 369册，20页，台北，台湾商务印书馆，1986。

花。须信西园图雅集，佛中脱缚有丹霞。①

以上加着重号的诗句，能让我们隐约感知到竹枝唱和之风在玉山的存在。陈基之诗亦称："隐居家住玉山阿，新制苑堂接薜萝。翡翠飞来春雨歇，麝香眠处落花多。竹枝已听巴人调，桂树仍闻楚客歌。明日扁舟入青浦，不堪离思隔沧波。"② 三首诗都写在玉山雅集的初期，也即亭馆初创之时。它们在描绘玉山风物时，无一例外都提到"竹枝"，因此透过这三首诗，竹枝风调在玉山的弥漫已切实可知。另外，最能说明问题的还有卫仁近一诗。其诗题为《承玉山主人遗竹枝辄赋近体以寄》，诗曰：

草堂只在玉山西，未识风流顾恺之。鸳冷绣衾春病酒，蜡销银烛夜敲棋。每怀凤鸟栖梧树，辄倚乌几唱《竹枝》。昨夜阑干明月上，恼人箫管不胜吹。③

由此诗来看，顾瑛在竹枝唱和这桩事上真可说是煞费苦心：不仅自己热心于《竹枝》写作，同时还四处寄发，意在邀和。据此观之，玉山雅集在铁雅诗派著名的"竹枝唱和"上起到的作用，就无须多言了。

正是杨维桢的大力引导，再加上以顾瑛为首的玉山诸君大力配合，玉山雅集在某种意味上成了铁雅诗派"练兵"的场所，甚至可说是铁雅诗派对诗坛风气发生影响的策源地。

三、玉山雅集所产生的助力

前面说过，文人雅集活动不仅能够成为某种流派诞育的温床，甚至能够对这一流派的发展壮大产生助推催化的作用。考察玉山雅集与铁雅诗派之间的相互关系，我们会发现，顾瑛作为铁雅诗派中期干将，他的玉山雅集不但见证更参与了这一诗派发展与兴盛的整

---

① 《玉山名胜集》，卷二，见《影印文渊阁四库全书》，第1 369册，20页，台北，台湾商务印书馆，1986。

② 《玉山名胜集》，卷一，见《影印文渊阁四库全书》，第1 369册，8页，台北，台湾商务印书馆，1986。

③ 卫仁近：《敬聚斋稿》，见《元诗选·三集》，525页，北京，中华书局，1987。

个过程。玉山雅集作为文人聚会的盛事，对于这个诗歌流派的助推功用主要表现在：首先，它维系并壮大了铁雅诗派的队伍；其次，它拓展了铁雅诗派的影响；最后，它丰富了铁雅诗派的风格构成。

第一，不少宾客是通过杨维桢才来到顾瑛玉山，成为雅集的参与者，杨维桢铁雅诗派的队伍也是在顾瑛玉山雅集才得以不断的扩充壮大的。

铁雅诗派兴起之初，其队伍构成并不像我们现在所看到的这样庞大。杨维桢在《西湖竹枝集自序》中谈及自己在西湖七八年的闲居生活时，所提到的唱和友就只有张雨和郯韶——“余闲居西湖者七八年，与茅山外史张贞居、苕溪郯九成辈为唱和交。”① 据黄仁生先生的考订，铁崖唱和友的人数远过于此，共有19人之多。② 这19人中，李孝光、夏溥、陈樵等人是与杨维桢一并发起古乐府运动的同志；而像顾瑛这类，则是杨维桢来到玉山之后方与之缔交的雅集成员。他们和杨维桢之间能够由泛泛之交变为唱和友人，主要的途径便是玉山雅集。如果没有玉山雅集所提供的交流平台，顾瑛等人就无法深入地了解杨维桢的诗歌风格及其主张，同样无法使杨维桢对他们产生认同感，将其视作同道友人。所以，玉山雅集的存在是极其关键的。它为杨维桢结识新的唱和友人、扩充铁雅诗派的队伍提供了相当便利的渠道。

拿顾瑛来说，他能够得到杨维桢的青眼，与二人在玉山雅集中频频进行的唱和联句是分不开的。杨维桢寄居昆山的至正八年(1348)，对玉山所举行的雅集活动几乎从不缺席。就算只有他和顾瑛两个人的场合，二人唱和联句的兴致也丝毫不减。比如至正八年三月三日，二人在书画舫饮酒之际，便是既有联句，又复唱和。从这次联句之作来看，无论在彼此交谊还是诗歌风格上，顾瑛与杨维桢之间都可谓甚为相得。其联句诗为：

---

① 《西湖竹枝集》，卷首，见《武林掌故丛书》。

② 黄仁生：《铁雅诗派成员考》，载《中国文学研究》，1998（2），47~49页。本文对于所谓“铁崖唱和友”、铁门诗人的划分，也主要参照黄先生的观点。

龙门上客下骢马瑛，洛浦佳人上水帘。玛瑙瓶中椰蜜酒铁崖，赤瑛盘内水晶盐。晴云带雨沾香炧瑛，凉吹飞花脱帽檐。宝带围腰星万点铁崖，黄柑传指玉双兴。平分好句才无劣瑛，百罚深杯令不厌。书出拔镫侵茧帖铁崖，诗成夺锦斗香奁。臂鞲条脱初擎砚瑛，袍袖弓弯屡拂髯。期似梭星秋易隔铁崖，愁如锦水夜重添。劝君更复金莲掌瑛，莫放春情似漆粘铁崖。①

二人的这份相得，显然与他们在雅集筵席上频繁的吟唱是紧密相关的。正因为这般频繁的交流，才使杨维桢有机会深入认识顾瑛的诗才，同时也使顾瑛能够亲承其教，在诗歌创作上更加接近铁雅诗派的主张。所以，杨维桢才会在至正十八年（1358）为张宪《玉笥集》作序时，将顾瑛列为“铁雅宗派”的第一人②，明确了顾瑛对铁雅诗派的归属，及其在诗派之中的地位。

与顾瑛相仿，同样经由玉山的唱和活动进入杨维桢视野的，还有于立、陆仁两人。从《西湖竹枝集》中杨维桢为于立所写的小传，可知他对于立的欣赏——“于立字彦成，号虚白子，南康之庐山人。博学通古今，学道会稽山中，以诗酒放浪江湖间。爱吴中山水清旷，故多居之。诗有二李风，时人多重爱之。予尝观其人如行云流水，无所凝滞，游方之外者也。”③ 但此时的于立，对杨维桢来说仅仅只一个值得欣赏的人而已。于立最终能够超出一般的酬唱关系，成为一名铁崖唱和友，与他在玉山雅集中对杨维桢诗作的积极赓和，对其风格的努力追仿密不可分。正是这些，才使于立得以登堂入室，进入铁雅诗派的行列。铁雅诗派，也因此而多了一员猛将。

在刊行《西湖竹枝集》的至正八年，杨维桢与陆仁也不过泛

① 顾瑛：《玉山璞稿》，见《影印文渊阁四库全书》，第1 220册，135页，台北，台湾商务印书馆，1986。

② 见本章第一节所引杨维桢《玉笥集叙》。

③ 《西湖竹枝集》，见《武林掌故丛书》，15页。

泛之交，只知其“明经好古文，其诗有祖法，清俊奇伟，如《佛郎国进天马颂》、《水仙庙迎送神辞》、《渡黄河》、《望神京》诸篇，缙绅先生莫不称道之”①。这几例诗，明显就不是铁雅诗派的风格路数。而陆仁诗风开始发生改变，逐步向铁雅诗派的风格靠拢，首先就表现在那些玉山雅集的唱和诗作中。比如，陆仁集中的《花游曲和铁厓先生》一诗，其风格旨趣就全然步法杨维桢所作：

> 金乌流春春气濛，花云蒸红烂承风。星船荡向银河里，手浣银波水在天。水光花色照湖门，美人斗倩芙蓉裙。松阴冶游驰小步，蹋遍湖头青草墓。泉台蒿目那起来，长生且进麟蒲杯。仰天笑击玉唾碗，美人按度□胡板。鹂黄东来燕子西，喃喃交语如雕题。不是神仙西母使，汉殿双回青翼四。仙人手把五云笺，美人夺得琼花篇。②

这样的诗，相比陆仁其他的诗作，比如《矫矫一良士》、《友竹轩诗》、《春还轩》等古淡雅正的作品，即有着天渊之别。这之后，陆仁对杨维桢的古乐府有更多和作，比如《精卫曲》、《石妇辞》等。同时收录在《草堂雅集》的陆仁诗作，也基本上都是乐府诗。这些事实的存在，足证陆仁对于古乐府一体的倾力创作，但凭此点，他也就不愧“铁崖唱和友”这一身份了。

唱和友之外，一些铁门诗人的来归甚至也与玉山雅集有着一定关联。譬如，郭翼投入杨维桢门下，就发生在杨维桢流连于玉山之时。杨维桢《郭羲仲诗集序》一文中有云：“予在娄江时，翼持所作诗来谒序。”③ 娄江乃昆山古称，杨维桢在昆山之时是至正八年前后，他在昆山所进行的主要活动是参加顾瑛的玉山雅集。郭翼是昆山人氏，且与顾瑛有交。因而郭翼的拜谒之举，很有可能发生在

---

① 《西湖竹枝集》，见《武林掌故丛书》，22页。

② 《乾乾居士集》，见《元诗选·三集》，646页，北京，中华书局，1987。

③ 《东维子集》，卷七，见《影印文渊阁四库全书》，第1 221册，441页，台北，台湾商务印书馆，1986。

玉山集上。这之外，铁门诗人中的卫仁近、卢熊、吕诚、张守中等人也都与顾瑛的玉山有着颇深的渊源。卢熊亦是昆山人，与顾瑛交厚；张守中与顾瑛之间甚至可能存有亲戚关系。[①] 受到玉山雅集影响，他们对杨维桢产生仰佩之意，进而投诸门下，这种可能性也是存在的。

另外，由于杨维桢长期以来都不曾担任过显要的官职，其家产也并不雄厚，单凭他那点微薄的收入，想要支撑维持一个诗派的日常活动显然是不太可能的。而顾瑛的玉山雅集从至正八年（1348）一直到至正二十年（1360），基本上没有彻底中断过。因此，玉山雅集就在一定程度上承担了铁雅诗派日常活动的组织工作，同时也起到了维系铁雅诗派创作队伍稳定的作用。

第二，玉山雅集在宾客构成上的多样性，也使铁雅诗派的成员拥有了较为丰富的层次。

之前文学史上曾经出现过的各种流派、思潮，几乎都与某个特定的文人群体联系在一起，在身份、阶层上有一定的规定性。比如说，白居易等人在唐代开展新乐府运动，大多数响应者就是一些仕宦文人。西崑体在宋初的风靡，也主要是由参加《册府元龟》编订工作的馆阁文臣所引发的。至于在晚宋时期兴起的江湖诗派，更与江湖谒客这一特定的人群有着天然不可分割的关系。杨维桢所领导的铁雅诗派与以往这些流派、思潮最不同的一点就在于它并没有框限在某一种特定的人群之内——它的成员构成多少有点五花八门。层次的多样性使得诗派的影响力能够向社会的各个角落蔓伸，而这种态势的形成，与玉山雅集在铁雅诗派发展兴盛过程中所起的作用密不可分。

就本书第二章所论，我们可以清晰地看到：玉山雅集的宾客构成有着极为丰富的层次，它没有局限于某一种身份、某一种地位，甚至某一种族群。于是，在出入玉山雅集的宾客中，既可见朝中的名公大臣，亦不乏山林中的僧人道士、隐士逸民，同时还有书家画

---

① 参见本书附录二《顾瑛交游考》。

人、工匠伎艺，以及西域蒙古之人。就连文士这一种身份，其构成也同样复杂——既有杨维桢这类不拘形骸的放浪之人，亦有严肃持重的婺州文人，还包括了从事时下流行文体——南戏、散曲创作的曲家。有着这样一种宾客结构的玉山雅集，在充当铁雅诗派活动之载体时，自然就会使铁雅诗派的主张、风格向着不同层次的人群蔓延。

譬如至正年间官至翰林学士的张翥，在至正十年（1350）八月以代祀从海上返京之际，就曾一过顾瑛玉山。于雅集的筵席上，张翥与诸君以玉山佳处的亭馆分题赋诗：

> 玉山山下水满池，池水秋雨深生漪。夜深明月出沧海，照见池边岩桂枝。华阴故人嫩如玉，独坐苍苔垂钓丝。一丝涵影秋嫋嫋（袅袅），待到月来花上时。苦吟忘却鱼与我，但觉两袖风飓飓。引竿钓破广寒碧，乘兴搅碎青玻璃。不知今夕草堂醉，笑领洛神张水嬉。明朝回首越来道，独看月华多所思。①

这样的风格，与其平日的沉苍清健就绝不相类。虽然此次雅集举行之时杨维桢已前往松江讲学，但在玉山筵席间挥觞赋咏的主力，仍然是顾瑛、郯韶、于立这些个铁雅诗派的重要成员。张翥于赋咏唱和之际，自然不免受到这些铁雅诗人的风格浸染，故而才会一改往日老苍的调子，写出这等风格的诗作。

于立以方外人士的身份兼为铁雅诗派成员，借由其自身的创作活动，也顺理成章地把铁雅诗派的影响扩大到了所谓“仙人羽客”中间。和于立相类似的，是那些出入玉山的释子。随着他们在玉山雅集浸淫日久，诗风日渐发生改变——逐渐卷入铁雅风潮，铁雅诗派的风气也就开始向着寺庙禅院弥散。《西湖竹枝集》中收录了不少身为玉山宾客的僧人之作。从这些诗作看，玉山雅集的这类释子对于铁雅诗派所倡导的诗歌风尚是热切响应的。其中，释良琦所

---

① 《玉山名胜集》，卷二，见《影印文渊阁四库全书》，第1 369册，27页，台北，台湾商务印书馆，1986。

作为：

西湖游子那得愁，美人日日狎春游。为人歌舞劝人酒，不信春风能白头。①

释文信之作则有：

湖西日脚欲没山，湖东月出牙梳弯。南北两峰船上看，恰似阿侬双髻鬟。

湖上采菱怜湿衣，泥中取藕偶得归。怪杀鸳鸯不独宿，却嫌鸂鶒傍人飞。

蹙金麒麟双髻丫，白银作甲弹琵琶。何曾辛苦事蚕织，水口红船长是家。②

这样一些诗作，哪里还有半点蔬笋气，分明是一派绮艳的格局。

作为“好文尚雅”③ 的隐逸之士，马麐对于铁雅诗风的承袭也是相当明显的。他和于立等人一样，对杨维桢所作的《花游曲》进行了唱和。其诗如下：

绮楼十二浮空濛，宝衣翠络熏麝风。宫装窈窕银屏里，鹦鹉呼名隔江水。荔枝木瓜花覆门，珠佩丁东摇曲裙。馆娃宫里潘妃步，赢得一丘红粉墓。探花仙子何处来，乳酒百罚行深杯。夜阑酒倒挥玉碗，遮莫城头催漏板。人生一身东复西，花游日日须留题。尚记题诗动宫使，字落骊珠三十四。金花重赐五云笺，制作清平乐府篇。④

这样的措辞立意，与郭翼、于立、陆仁等人所作十分相类，称得上是一母同胞的作品。在马麐集中，如此风调的诗作也屡见不鲜。比如《春夜乐》一首，就显得格外的秾丽绮缛。诗曰：

越罗复幔茱萸红，蹙金绣带蟠双龙。铜盘腻烛传香

① 《西湖竹枝集》，见《武林掌故丛书》，21 页。

② 《西湖竹枝集》，见《武林掌故丛书》，14~15 页。

③ 《草堂雅集》，卷十二，见《影印文渊阁四库全书》，第 1 369 册，407 页，台北，台湾商务印书馆，1986。

④ 《公振集》，见《元诗选·三集》，644 页，北京，中华书局，1987。

蜡，帘箔星光钉文甲。金刀割红□釜烹，豆蔻压春赪玉罂。神仙舞盘踏月行，雁沙印雪留云缨。朱丝泠泠金粟柱，风流上客琼林主。碧海烟中采香妇，湿花仙骨沾春雨。①

袁华集中亦有一首《春夜乐》，该诗乃和杨维桢诗韵而作，韵脚与此诗全然相同。易知马麐此诗也是对杨维桢的和韵之作。这样一种铺金砌玉的格调，实在令人很难想象是出自一位“与世泊如”② 的隐士之手。这在以往岩栖谷隐辈的诗作中，可说相当罕见。因为隐士，从来只和恬淡娴静的韵度挂钩，而非此等秾缛的情致。马麐之诗，亦见收于《草堂雅集》，上举《春夜乐》便是其中之一。对于《草堂雅集》所收录的这些马麐诗作，顾瑛曾经这样写道：“今之所录，皆杨铁崖所称爱者。”③ 显见其诗风与铁雅诗派之间的血缘关系。

张渥是频繁活动在玉山雅集的元末著名画人，同时也是将铁雅诗风带入画人书家圈中的代表人物。至正八年（1348），有杨维桢参加的玉山雅集，几乎都有张渥的出现。至正十年（1350），顾瑛与杨维桢等人在西湖祭奠张雨时，张渥亦曾参与分韵赋诗。他与杨维桢的交往称得上频密。《西湖竹枝集》中也收录了他的唱和之诗。对于张渥，杨维桢如是评价：“能用李龙眠法为白描，前无古人。虽时贵亦罕得之。”④ 此番评价只针对其绘画方面而发，但也足见杨维桢的爱重之意。张渥集中，有《西湖口占次玉山韵四首》。这几首诗就写得纤秾可喜，十分符合杨维桢等人对于旖旎情调的追求。

就算在与周琦、吴善、张猩猩等工匠伎艺之辈交往的过程中，玉山诸君也总是选取乐府作为赠诗的形式。如此一来，则使铁雅诗派的风格好尚拥有了更广泛的群众基础。除了上文举过的《周郎

① 《公振集》，见《元诗选·三集》，654~655页，北京，中华书局，1987。

② 《元诗选·三集》，马麐小传，654页，北京，中华书局，1987。

③ 《草堂雅集》，卷十二，见《影印文渊阁四库全书》，第1 369册，407页，台北，台湾商务印书馆，1986。

④ 《西湖竹枝集》，见《武林掌故丛书》，15页。

玉笙谣》外，同样的例子，还有《桐华烟》，以及《张猩猩胡琴谣》。《桐华烟》一题，是诸人写赠墨工吴善的诗作。吴善是以桐花烟来制墨，故有是题。郑元祐、潘纯等人集中都有此诗。诗中亦时见奇笔。《胡琴谣》则为赞美张猩猩的胡琴技艺而写，杨维桢的《张猩猩胡琴引》显是首倡之作，此外于立、昂吉等人也进行了唱和。昂吉之诗今已不存，于立《胡琴谣赠张猩猩》一诗则依旧带有浓重的模拟之痕。比如，杨诗描写张猩猩弹奏胡琴的场景，有句云"一双银丝紫龙口，泻下骊珠三百斗"①；描写其演奏效果，又有"尚觉莺声在杨柳，神弦梦入鬼工秋。湘山摇江江倒流，玉兔为尔停月臼"②。在于立诗中，我们同样可以看到这样的句子："猩猩对客轧胡琴，紫龙衔丝度幽咽"、"新莺出谷调高声，间关泻出春风情"、"锦瑟无声帝子愁，湘波摇江江倒流"③，明显脱胎自杨维桢所作。

将这类充溢着奇幻色彩的乐府诗歌赠予身份地位低微的市民阶层，在某种程度上，等于将当时诗坛的风尚向着最为广泛的受众传播——通过培养和改变他们的欣赏口味，为这一风尚的进一步流行拓宽了道路。

简而言之，正是因为玉山宾客的构成有如此丰富的层次，与铁雅诗派有着颇深渊源的玉山雅集在进行诗歌赋咏时，就不仅仅只是在被动地贯彻、实践铁雅诗派的风格与主张，同时也会使这些风格主张向社会的各个层面渗透，从而获取不同身份、阶层，甚至种族的接受人群，最终产生最为广泛和深入的影响，真正发展成为诗坛上不可遏止的风潮。再加上，顾瑛的玉山雅集在当时可谓天下闻名，骚人韵士都以能一至玉山、参与其间雅集为幸事。以这样的声名来承载铁雅诗派风格主张的传播，所产生的规模效应是可想而知的。所以说，杨维桢的铁雅诗派最终得以形成笼罩整个诗坛的创作

①② 《铁崖古乐府》，卷二，见《影印文渊阁四库全书》，第1 222册，18页，台北，台湾商务印书馆，1986。

③ 《会稽外史集》，见《元诗选·三集》，703页，北京，中华书局，1987。

风气，同时成为元末诗风的代表，与玉山雅集对其影响力的大力扩展是分不开的。

第三，虽然元末诗坛存在着主导的创作风尚，但元末诗歌的风格构成却并非单一，相反，它恰恰存有多种风格特色——除却占据了主流地位的铁雅诗派那种奇气淋漓、浓艳旖旎之外，还包括了疏淡、清迈、宛丽、沉苍、精巧等风格特色。玉山雅集的诗歌创作，同样也有着这般层次丰富的风格构成。于是，在关系密切的铁雅诗派与玉山雅集之间，所存在的就不仅仅是单方面的影响——铁雅的特色无疑是玉山诗歌的主导，而玉山诗歌也给铁雅诗派带来了更为丰富的层次——其包容性会直接作用于铁雅诗派，在很大程度上消弭了这一流派产生门户观念、排除异己的可能；其风格的多样性则会很自然地渗入铁雅诗人的创作，丰富铁雅诗派的风格构成。我们现在看到的铁雅诗派，尽管几乎都在渲染性情、崇尚奇幻，追求浓艳，但从具体风格来看，却并非全然雷同。这和玉山雅集各出机杼的诗歌创作风格有着紧密的关联。

比如说，类似顾瑛、于立这些个经由玉山雅集方才进入铁雅诗派创作队伍的诗人，他们的进入，本身就带来了不同诗歌风格的融注。我们知道，顾瑛的诗歌风格是以缛丽为其主要特征的，同时这份缛丽的获得，是顾瑛措意于诗歌遣词造句的结果，并非注重营造绮艳的情思所致。在这一点上，他和杨维桢有着明显的区别。此外，顾瑛缛丽的源头在唐代的温庭筠，而杨维桢所大力倡导的“香奁体”，源头却在另外一位唐代诗人韩偓的身上。这两位唐代诗人的情致本就不同，这也是杨、顾二人风格有异的其中一个原因。再加上，顾瑛进入乱离之后的诗作，在风格上也发生了较大的变化——一改原来的绵丽锦缛，变得清直苍健。这样的风格特色，在之前的铁雅诗派便是很少见到的。

还有于立，他在对杨维桢诗作进行唱和时几乎做到了不遗余力的效仿，但在大多数时候，他仍有自己的个性。同是尚奇，同是模仿李贺的风格特色，杨维桢的着眼点主要放在李贺诗歌的“词诡调激，色浓藻密”[1] 之上，所达到的效果，确乎“时出龙鬼蛇神，以眩荡一世之耳目”[2]，与李贺诗歌的“风樯阵马”、“鲸吸鳌掷”、“牛鬼蛇神”[3] 都十分神似；而于立却只是承袭了李贺诗中的一二意象、个别手法，他的诗歌始终保持了清扬畅达的特色。故此，于立诗歌风格只能用“清奇”加以概括，这与杨维桢本人的奇幻飞荡就很不相同。而于尚奇之外，于立所作诗歌也多为清畅自然之作。

至于陆仁，他虽然在唱和杨维桢乐府诗歌方面表现得十分踊跃，也写作了一些格调浓艳，与杨维桢之诗极其类似的作品。但就其诗歌创作的整体情况来看，陆仁诗歌的基调依旧是以古淡典丽为主的。像《友竹轩诗》这样的作品，仍旧是其诗作的主流：

> 友道久已丧，浇风何由淳。对面论气谊，转足生棘榛。断金臭如兰，所贵同心人。取友古所难，此君诚可亲。霜风凛高节，岁寒相与邻。于焉念同志，碌碌奚足论。[4]

这样的风格特征，是铁雅诗派所罕见的。于是，就算在唱和杨维桢的古乐府诸作时，陆仁所写下的诗篇，也会与杨氏之作有着一定的距离。似《精卫操》一诗，陆仁的和辞即为：

> 精卫两翼大，飞向海波去。口衔石子不知数。山高高，海深深，山高海深石自沉。[5]

杨维桢原诗当中那种愤激的情绪、铿然的笔力，在陆仁的诗歌中已然消隐无踪。

---

① 钱钟书：《谈艺录》，47 页，北京，中华书局，1984。

② 张雨：《铁崖古乐府序》，见《铁崖古乐府》，卷首，《影印文渊阁四库全书》，第 1 222 册，3 页，台北，台湾商务印书馆，1986。

③ 杜牧：《李长吉歌诗叙》，见《三家评注李长吉歌诗》，12 页，上海，上海古籍出版社，1998。

④ 陆仁：《乾乾居士集》，见《元诗选·三集》，639 页，北京，中华书局，1987。

⑤ 杨维桢：《复古诗集》，卷一，见《精卫操》后所附，《影印文渊阁四库全书》，第 1 222 册，126 页，台北，台湾商务印书馆，1986。

还有一些铁门中人，由于他们长久地置身于玉山雅集的诗酒觞咏之间，其诗歌风格特色也难免受到雅集创作氛围的影响，发生了些许变化。与顾瑛过从甚密的袁华，就是一个突出的例子。杨维桢既将袁华视作铁门能诗者，则袁华的诗歌创作自然是十分符合杨维桢一贯之主张的。从袁华唱和杨维桢的一些诗作，我们不难感知这种符合。似《柳风蓉月亭次铁崖先生韵》一诗，就颇为典型。诗曰：

绿烟红雾摇兰塘，婵娟泣露啼秋芳。金虫朴帐花风热，花底双歌蹋明月。画阑十二悬晴虹，美人香骨燕支红。满眼春娇小蛮舞，云锦书传青鸟语。亭中主者江左客，春草梦回天下白。①

《和铁崖先生蹋踘（鞠）篇》则云：

冶家女儿髻偏梳，教坊出入不受呼，蹙金小袜飞双凫。飞双凫，曳双袂，玉围腰，珠络臂。

女郎娟娟柳腰肢，锦靴鞡束青芙蕖，玉纤围云倾紫丝。倾紫丝，觯罗袖，蹴花心，为郎寿。②

这几首诗，不论是率意谋篇，还是设色遣词，都与杨维桢所作极为类似，可说是得其真传。借此，我们就懂得了袁华备受杨维桢称赏的根由。不过，在玉山雅集的宴饮唱和中，袁华却多次写出了与此种风格迥然相异的诗歌作品。

例如，在至正十六年（1356）十月的可诗斋之集，袁华所赋就的诗篇，就是一派清苍之气。其诗云：

哦诗听雨坐西窗，犹胜衔枚夜渡江。赤壁焚舟嗟失魏，马陵斫木喜收庞。身经丧乱愁难遣，老去情欢酒易

① 袁华：《耕学斋诗集》，卷五，见《影印文渊阁四库全书》，第1 232册，301页，台北，台湾商务印书馆，1986。

② 《草堂雅集》，卷十三，见《影印文渊阁四库全书》，第1 369册，446页，台北，台湾商务印书馆，1986。

降。清坐不知更漏永，定须点点坠银缸。①

移家缩地惭无术，扛鼎翘关力未胜。半世狎游沧海客，三生旧梦白云僧。也知逐鹿多谋智，始信屠龙有技能。自愧儒冠犹误世，虚斋坐对读书灯。②

这样两首诗，相比上举数作，实在很难想象是出自一人之手笔的。就是相比袁华七律中那些师法李商隐的《无题》诸诗，也绝不相类。这固然不能排除社会现实的巨变给诗人带来的影响，但更为直接和具体的影响，却来自玉山雅集的筵席之上。因为处在雅集唱和吟咏的场合，是很容易受到其他参与者不同诗歌风格，以及当时雅集氛围之浸染与激荡的。这样一来，诗人在雅集中的创作往往会偏离惯常的轨道，甚至写出与平日风格迥异的诗歌来。诗人的诗歌风格与创作技能，在这样的情形中也会得到一定的丰富与提升。故而杨维桢为袁华选定的《可传集》，所收录的大多数诗歌便是袁华在玉山写就的唱和篇什。

以上所论，笔墨都集中在雅集唱和对于个体的丰富与提升上，就一个诗歌流派而言，这份丰富与提升是客观存在的。因为任何一个流派，都是由一定数量的个体所构成的；个体身上发生的变化汇聚起来，便自然会形成整个流派的变化。玉山雅集诗歌创作对于铁雅诗派诗歌的丰富是显而易见的。

从以上三方面的论述来看，玉山雅集在铁雅诗派发展兴盛过程中所起到的推动作用是十分之明显的。由于铁雅诗派本身即是元末诗坛的主流、元末诗风的成就者与体现者，所以，玉山雅集对铁雅诗派的这些推动作用实际上具有更为深远的意义——从元末诗风的形成与发展来看，玉山雅集所进行的大量诗歌活动显然起到了至关重要的作用。这一方天地并不单单是此时诗坛的一个小小缩影，它

① 《玉山名胜集》，卷四，见《影印文渊阁四库全书》，第1 369册，73页，台北，台湾商务印书馆，1986。

② 《玉山名胜集》，卷四，见《影印文渊阁四库全书》，第1 369册，74页，台北，台湾商务印书馆，1986。

更承载及推动了这一时期主导整个诗坛的创作风尚的形成与覆盖。

第三节　“血脉相通”的玉山雅集与元末诗风

玉山雅集是真正“惟诗是求”的文人雅致聚集的盛事，其于诗歌创作上所取得的种种成就正是使之能够在元末冠绝一时、在后世引得无数文人雅客追慕欣羡的重要原因。上一节我们讨论了玉山雅集与铁雅诗派之间的关系问题，这在某种程度上解决了文人雅集对于诗歌风尚是如何发生作用的——文人雅集独具特色的集体诗歌活动形式，使之完全能够充当某个流派诞育的理想载体；同时，文人雅集以其特有的聚合力与影响力，又能够推动完成这一流派发展壮大的历史使命。如果这一流派之后能跃居主流，成功掀起席卷一时的创作风潮，那么该文人雅集也就自然成了某种风尚形成的策动者。由这个意义来说，顾瑛的玉山雅集，便正是元末诗风形成壮大的主要承载及驱动力量。

不过，之前所论，仅是就玉山雅集在诗歌活动上对元末诗风的影响而发。细考玉山雅集的种种相关事实，我们会发现，不仅玉山雅集的诗歌创作与元末诗风的种种特质息息相关，就连在玉山雅集日常的具体活动当中以及玉山宾客身上，我们都可找到类似高昂的个体意识、强烈的感情色彩，还有浓重的市民性这些个与元末诗风共通的特质。显然，于诗歌创作之外，玉山雅集与元末诗风在精神气质上也是“血脉相通”的。

一、高昂的个体意识

元代逐渐发展的商品经济使得元代士人对于政治的态度与前代不同——对于元代士人而言，“仕”不再必然地成为实现自我价值的唯一途径，他们甚至可以疏离于政治。于是，“追求彰显自我”便逐渐成为这一时期士人生活的重心。他们的个体意识，处在一种渐趋苏醒、渐趋昂扬的状态——他们开始看重自我的尊严，他们开始懂得个性的重要，他们逐渐拥有充沛的自信与自尊，他们甚至能够不顾世俗的眼光，尽情地彰显自己的个性，任性用事、放浪形骸。身份、地位、伦常、道德，这些似乎已经不再重要，重要的，就只是“自我”这一独特个体的存在。他们做出种种惊世骇俗的举动，无非就是想对这样一种个体的存在加以强调和宣扬。故此，这些举动的出现，所标志的便是个体意识的高昂。

在顾瑛的玉山雅集，时时处处，人们都能够感受到这一种个体意识的切实存在。

首先，那些出入于玉山雅集的各色宾客，他们彼此之间，他们与顾瑛之间，就不存在任何依附仰仗的关系，也不存在孰尊孰卑的问题，他们所拥有的，是同等的尊严。于是，在玉山宾客的身上，我们常常能看到一股无法掩抑的自尊与自信。这种自尊与自信，来源于他们对自身价值的肯定。他们的价值，不再依赖别人的赐予和评定。只要本身笃信，任何外力也无法否定其自我的价值。这样的自尊与自信，就是个体意识所发出的一种强烈信号。

在玉山雅集文士的笔下，这样的自尊自信是时常可见的。甚至有的时候，它还表现出几分清高自诩的意味。譬如，杨维桢在《雅集志》中就曾如是写道：“海内文士未尝不造玉山所。其风流文采出乎流辈者，尤为倾倒”，“夫主客交并，文酒宴赏，代有之矣。而称美于世者，仅山阴之兰亭、洛阳之西园耳。金谷、龙山而次弗论也。然而兰亭过于清则隘，西园过于华则靡。清而不隘也，华而不靡也，若今玉山之集者非欤”①。这样的字句，显见杨维桢对于自身的风流文采，对于玉山雅集这么一个群体，都是相当之自负的。

就连那些往来玉山的工匠伎艺之人，他们身上，也同样可见这样一种自尊自信的存在。这些人从来就没有因为自己市井小民的身份而自觉卑贱。厕身于这些文人雅士之中，他们在行事上不卑不亢，充满了自我的尊严。以吴善为例，他虽然身为制墨的工匠，来

---

① 《玉山名胜集》，卷二，见《影印文渊阁四库全书》，第1 369册，17页，台北，台湾商务印书馆，1986。

到玉山的目的之一即是为了兜售他所制作的桐花烟墨，但他并没有因此而显得低人一等。他在玉山的所作所为，和一般的雅集参加者是毫无二致的——他周旋于玉山雅集的筵席之上，不时吹箫助兴，不忘出卷索和，同时也积极参与唱和。其举止是如此的从容不迫，充分展示出他对于自我的那份肯定。而这，与他的身份地位是毫无挂碍的。正因为如此，他才得到了众多文人雅士的推崇。倪瓒就曾经写过多首诗词相赠与他。其中有一首小令《凭栏人赠吴国良》是这样的：

客有吴郎吹洞箫，明月沉江春雾晓。湘灵不可招，水云中，环佩摇。①

一个制墨的工匠，在清高绝俗的倪瓒心目当中，居然可以和这么一种遗世独立的形象相联系，其身上所具有的强烈的自尊自信就不难想见了。

其次，个体意识在玉山雅集不只是存在而已，它还呈现出异常高昂的姿态。这是因为，那些出入于玉山的宾客，在强烈的自尊自信之外，往往还拥有强烈的个性。对于这份个性，他们是十分珍视与骄傲的，甚至到了不愿有任何隐藏与掩饰的地步。于是，他们不惜在行事上给人以乖张的感觉，哪怕惊世骇俗。这些存在于玉山的强烈个性，最突出者，莫过于杨维桢的放浪形骸、倪瓒的简傲不逊，以及顾瑛的好事成痴。他们这些人都可说是一些不容于世俗的个体，作为雅集成员，他们就强化了个体意识在玉山的存在。更何况，他们总是采取一些激进的手段，来张扬他们的个性，宣告他们的存在。纵情诗酒，便是其中之一。

尽管玉山雅集堪称“惟诗是求”的文雅盛事，但这诗和酒并不是单纯的风雅道具，更是一种精神寄托。本书第二章在谈到雅集参与者的内心款曲时，也提到过玉山雅集的诗酒背后，实际存在着一些与俗相乖的个体。玉山雅集之所以能够拥有如此巨大的吸引力，就与它对于这些个体的包容直接相关。于世俗之人眼中，这些

① 倪瓒：《清闷阁全集》，卷九，清康熙五十二年（1713）城书室刻本，2页。

个体无疑是有悖常理、乖戾可笑的。他们的内心世界，也常常因为缺乏认同与理解而郁积难平。但在玉山雅集的筵席之上，那些世俗的眼光不复存在，这些个体来到玉山，便可以借助玉山雅集的诗与酒一浇心中块垒，一抒胸中闷气。这样，他们才会一而再，再而三地来到顾瑛玉山，即使身处锋镝之间，也一如既往，乐此不疲。事实上，这类人物对于个性、自我的那份坚持与彰显，就是个体意识觉醒的具体表现。他们出现在玉山雅集，其实等于把已然觉醒的个体意识带到了玉山。玉山雅集所特有的宽松与自由，又使这样一种个体意识得到了最为充分的舒展——他们可以在玉山雅集尽情地释放自己，毫无顾忌；而且他们的纯任性情，总是能够得到雅集众人的青眼相待。不妨这样说，玉山雅集的包容为个体意识的存在提供了立足的空间；雅集诸君的激赏态度又使这种个体意识具有进一步张扬的愿望。于是，在玉山雅集的场合，我们便时常可以看到一些不拘常格、狂放任诞的行为。

比如，在至正九年（1349）十二月的听雪斋之集，就有宾客在酒酣耳热之际，“岸巾起舞，唱《青天歌》，声如怒雷”①，其人对此自己的叙述是：“酒酣大叫出门去，头上失却乌纱巾。”② 在至正十一年（1351）八月送别郑同夫的筵席之上，又有金敬德“行酒放歌，作《庐山高》，亹亹有梁楚间人气调”③。其狂放可见一斑，对于本身风流之自恃也可见一斑。即使面对分韵任务无法完成的局面，玉山雅集的参与者也不会由此而觉得十分尴尬，他们依旧可以选择异常清旷的方式来表现自己的个性，进而赢得众人的赞赏。比如，在至正十年（1350）正月的碧梧翠竹堂之集上，就有

① 昂吉：《分题诗序》，见《玉山名胜集》，卷五，《影印文渊阁四库全书》，第1 369册，76页，台北，台湾商务印书馆，1986。

② 虞祥诗，见《玉山名胜集》，卷五，《影印文渊阁四库全书》，第1 369册，77页，台北，台湾商务印书馆，1986。

③ 陈基：《送郑同夫归豫章分题诗序》，见《玉山名胜集》，卷四，《影印文渊阁四库全书》，第1 369册，58页，台北，台湾商务印书馆，1986。

熊梦祥“饮酣长啸，上马驰去，得栖字不赋”①。同年七月的芝云堂之集，又有李云山“狂歌清啸，不能成章，罚三大觥逃去”②。

这样一些行为，单从形态上看确实与魏晋士人有几分神似，的确可见玉山宾客对于魏晋士风那种自觉的步法意识。然而魏晋士人大肆张扬那些乖戾、超常的行为性情，更大程度是为了在一个压抑充满禁锢的时代发出绝望的呼号，并且这些声音大多都来自贵族文人。而玉山雅集所展现的这样一些行为，其实更具市民性，它昭告的是个体意识的自我觉醒，这也正是元代士人生活状态发生变化的必然结果。

二、强烈的情感色彩

相比前代的文人雅集，玉山雅集对于情感的重视无疑是十分突出的。前代的文人雅集，情感所占据的一直都不是主要地位——它要么只是雅集的副产品，要么就局限在二三子之间。像顾瑛玉山这样把情感摆在显要位置，而且整个雅集人群几乎都是依靠情感作为纽带加以维系的情况，应该说是十分之罕见的。顾瑛玉山雅集也因此而具有强烈的感情色彩。

玉山雅集对于情感的看重，突出反映在雅集参与者彼此的关系上——这些人来到玉山，并不仅是为了营造一种风雅的聚首。诗歌固然是雅集的灵魂人物，对于诗歌共同的爱好驱策着四方宾客汇聚此间，但同时，情谊也是一种强有力的黏合剂，使这四方宾客能够长时间往返此地。很显然，雅集诸君所缔结的是一份真正深挚和隽永的友情，玉山雅集对他们而言，无异于一次次友情的盛宴。前面谈到顾瑛与玉山宾客的交谊时，笔者曾用“肝胆相输”一词对其加以概括，就是因为他们不仅能够共享欢娱，在面对患难，身处险

① 陈基序文，见《玉山名胜集》，卷三，《影印文渊阁四库全书》，第1 369册，44页，台北，台湾商务印书馆，1986。

② 于立：《分题诗序》，见《玉山名胜集》，卷八，《影印文渊阁四库全书》，第1 369册，134页，台北，台湾商务印书馆，1986。

境的时候，也仍旧能够互相扶持、不离不弃。对于这等挚诚的友谊，玉山诸君显然深感骄傲。是以，他们才会在雅集的场合不断用诗歌来赞美着自己身边的友情，表现出相当高调的姿态。

而且，这样一种深厚的友情，也并非只发生在顾瑛与宾客之间，就连雅集成员相互之间，同样如此。试以倪瓒为例，他与陈汝言、陈汝秩兄弟二人的情谊，就十分浓洽。倪瓒集中有一首《寄陈惟寅》，诗下之跋曰："十二月九日夜，与惟寅友契篝灯清话，而门外北风号寒，霜月满地；窗户阒寂，树影零乱。吾二人或语或默，寤寐千载。世间荣辱，悠悠之话不以污我齿舌也。人言我迂谬，今固自若。素履本如此，岂以人言易吾操哉！"① 这一段跋语，写得深切动人，实在不失为一篇优美的小品。二人相知若此，着实令人称羡。另外，倪瓒和顾瑛老友郑元祐之间，也堪称至交。他在寄予郑氏的诗中，就曾如是写道："谷口子真今最贤，久别郁郁梦相牵。好营秫田多酿酒，欲买茅屋尚无钱。兄病每书赊药券，客来唯候煮茶烟。阖闾城东有艇子，忆尔青灯相对眠。"② 关怀牵挂之情，溢乎字表，绝非泛泛之交所能道出。

雅集诸君既然选择了情感作为注重的对象，自然会忽略其他一些因素，比如政治立场、思想学说，甚至包括品性。所以，玉山并不以政治立场、思想观念的一致性作为选取宾客的标尺。顾瑛本人忠于元朝政权，可玉山宾客中却有不少是为割据势力或反元势力效命的文人，比如陈基、陈汝言、王蒙、谢节、杨基等，就都曾任职于张士诚幕中。其中，陈基堪比淮张幕下之陈琳——军檄文书，多出其手；陈汝言也"亲信用事，声势甚隆"③；于玉山雅集后期出现的雪坡太守谢节，更是张士诚身边的左膀右臂。尽管政治立场如此不同，可他们与顾瑛之间，依然是挚友的关系。比如谢节，其于至正十八年（1358）与顾瑛缔交之后，屡屡过从，时时相邀，总

① 倪瓒：《清閟阁全集》，卷三，清康熙五十二年（1713）城书室刻本，15 页。
② 倪瓒：《清閟阁全集》，卷六，清康熙五十二年（1713）城书室刻本，24 页。
③ 钱谦益：《列朝诗集小传·甲前集》，30 页，上海，古典文学出版社，1957。

在题诗以表相思之意——“君今向南陌，我亦向吴门。无奈别离苦，相思空绿尊”①；顾瑛和诗亦有：“寻花同策杖，看竹共敲门。如何即成别，相对饮离尊。”② 缔交虽晚，但二人交情之笃显见一斑。

此外还有一个非常特殊的例子，那就是吴克恭。此人与顾瑛、倪瓒都来往颇密，还颇得顾、倪二人尊崇。倪瓒集中即有《和吴寅夫对雨见怀》一诗，称：“抚事增慨慷，端居倦游遨。处世每惭柳，怀人徒咏陶”③，易知二人交厚。但据史料记载，此人却分明是一个节操有隳之人。陶宗仪《南村辍耕录》卷七［忠倡］条下有载：“至正壬辰秋，边寇陷常州，守吏望风奔溃。徐妇，倡者，寇命以佐燕，乃愤詈弗从，竟刺死之。未几，江浙平章定定来克复，儒流吴寅夫、赵君谟等，以从逆伏诛。”④ 甚至还说：“吴尝室其少妹，且与生子，名教中所不齿者，一死固有余辜。”⑤ 由是，更可见顾瑛等人交友之侧重只在情意相投，其人品质如何，声誉如何，反落第二义了。

我们在谈到文人群体的聚合因由时，经常会拈出这样几种“缘”——如亲缘、乡缘、师缘、友缘，等等。⑥ 从玉山雅集来看，众人聚合之主要因由是友缘。但就算是友缘，不同的文人群体，其内涵也不尽相同。像婺州文人集团，其友缘就“大多是在师缘的基础上直接或间接派生而形成的”⑦。玉山雅集的友缘明显不同于

① 雪坡：《赠别顾隐君二首》，其二，见杨镰、叶爱欣整理：《玉山名胜集》，下册，637页，北京，中华书局，2008。

② 顾瑛和诗，见杨镰、叶爱欣整理：《玉山名胜集》，下册，637页，北京，中华书局，2008。

③ 倪瓒：《清闷阁全集》，卷一，清康熙五十二年（1713）城书室刻本，5页。

④ 陶宗仪：《南村辍耕录》，卷七，91页，北京，中华书局，1959。

⑤ 陶宗仪：《南村辍耕录》，卷七，92页，北京，中华书局，1959。

⑥ 欧阳光：《从文人群落到文人集团——元代婺州文人集团再研究》，《文史》，2001（1），223～227页。

⑦ 欧阳光：《从文人群落到文人集团——元代婺州文人集团再研究》，《文史》，2001（1），226页。

斯——它与师门的传承并无太大关系，雅集诸人的情意相合，才是这份友缘形成的基础。诗歌是灵魂，情感则是黏合剂，情感之于玉山雅集，确实起到了一种维系和强化的作用，为雅集的历时长久提供了有力的保障。顾瑛的玉山雅集，就是这样一个贯穿着丰沛情感的文雅之人聚会的盛事。有此丰沛情感的存在，也就在某种层面上确保了玉山雅集所作诗歌与那些徒具形式、内容空洞的应景文章之间迥然有别。

三、浓重的市民性

玉山雅集与元末诗风在精神特质上还有一点极其相似：玉山雅集同样也具有浓重的市民性。由于玉山雅集发生在商业繁荣、市民众多的江南一地，加上它的组织者、参与者都和市民阶层有着不可分割的联系，因而市民性对于玉山雅集来说，毫无疑问便是题中应有之意。比如说，顾瑛对于亭馆的大肆修建、装饰，就是热衷装饰、重视娱乐等市民特性的具体反映。而雅集诸君对于声色的耽好，则是市民性在玉山雅集中最为显著的表现。在玉山雅集现有的文字记载中，我们常常可以看到声伎、侍姬等出现的场面。“侍姝执姬皆妍整”①，一向就是玉山雅集诸君颇为夸诩的特性之一。他们也毫不隐晦自己在这种场合所享受到的声色之乐。

且看至正九年（1348）十二月，众人集于听雪斋中，就有“二娃唱歌行酒”②。对此，当时宾客的描述是：“美人狎飞觞，碧盌（碗）频行炙。徘徊双鸾舞，窈窕新莺咤。清歌久未停，醉语仍无昊。起坐影零乱，酣眠相枕藉。”③ 可见雅集诸君沉浸其间的那份快乐。而在至正十年（1350）七月六日的秋华亭之集，顾瑛

---

① 杨维桢：《雅集志》，见《玉山名胜集》，卷二，《影印文渊阁四库全书》，第1 369册，18页，台北，台湾商务印书馆，1986。

② 昂吉：《分题诗序》，见《玉山名胜集》，卷五，《影印文渊阁四库全书》，第1 369册，76页，台北，台湾商务印书馆，1986。

③ 旃嘉问诗，见《玉山名胜集》，卷五，《影印文渊阁四库全书》，第1 369册，77页，台北，台湾商务印书馆，1986。

等人更是不拘礼法，与“群姬狎坐庭中”。顾瑛于此时分韵赋就的诗中，对这样一种声色的快乐更极尽渲染之能事——“取醉不辞良夜饮，追欢犹似少年游。分曹赌酒诗为令，狎坐猜花手作阄。最爱柳腰和影瘦，更听莺舌弄春柔。”① 数日之后，众人复饮于秋华亭，此时又有“猩猩轧琴，与宝笙合曲，琼花起舞，兰陵美人度觞与琦龙门行酒”②。琦龙门指的是释良琦，连佛门之人也毫无避忌地置身如此富于声色的环境当中，足见此风之盛。

即使在流连山水之际，雅集诸人的身边也少不了这类声色的陪伴。至正十一年（1351），雅集诸人乘舟从阊阖门出发，过百花洲，转横塘，至石湖，最后泊于新郭。众人此时的舟中之乐，便在于“主人张筵挥羽觞，吴姬唱歌声抑扬。船尾挑灯大鱼出，船头洗盏秋波凉。夜如何其夜未央，万籁不起星煌煌”③、“画船酒行飞急觞，美人罗袖随风扬，长檠翠幙（幕）高高张，浩歌起坐秋夜凉。明月已在天中央，大星小星光烨煌”④。

至于雅集难得一见的填词唱和之举，通常也因歌妓侍姬的存在而引发。比如之前我们在谈玉山雅集诗歌创作时举到的那个例子——至正十一年（1351）三月，顾瑛在与郯韶、释良琦等人游观音山时，口占《蝶恋花》一首，只为谑笑当时那位心醉于佐酒姬人之琵琶的郯韶。词曰：

春江暖涨桃花水，画舫朱帘，载酒东风里。四面青山青侣洗，白云不断山中起。　在眼韶华能有几？玉手佳

---

① 顾瑛诗，见《玉山名胜集》，卷七，《影印文渊阁四库全书》，第1 369册，119页，台北，台湾商务印书馆，1986。

② 顾瑛：《口占诗序》，见《玉山名胜集》，卷七，《影印文渊阁四库全书》，第1 369册，119页，台北，台湾商务印书馆，1986。

③ 周砥诗，见《玉山纪游》，《影印文渊阁四库全书》，第1 369册，502页，台北，台湾商务印书馆，1986。

④ 顾瑛诗，见《玉山纪游》，《影印文渊阁四库全书》，第1 369册，503页，台北，台湾商务印书馆，1986。

人，笑把琵琶理，狂杀云台标外史，断肠只合江州死。①

嘲谑之余，仍以“狂杀”相标举，显然可见玉山主人顾瑛对于郯韶醉心若此乃以风流目之，同时充满了称赏的意味。

等到钱塘桂天香这么一位颇有“林下之风”的名姬来到顾瑛玉山，这一填词之举就显得分外隆重——当时参与唱和的，有袁华、顾瑛等6人，词中比比皆是称美桂天香之意。众人所津津乐道的，显然是吟风弄月、买花载酒的年少风流，而非顾瑛所云“蹑云梯，占鳌头”②。就连顾瑛自己所作，亦为：

> 金粟缀仙树，玉露浣人愁。谁道买花载酒，不似少年游。最是宫黄一点，散下天香方解，来自广寒秋。蝴蝶逐人去，双立凤钗头。　　向樽前，风满袖，月盈钩。缥缈羽衣天上，遗响遏云流。二十五声秋点，三十六宫夜月，横笛按伊州。同蹑彩鸾背，飞过小红楼。③

这样的词作，与花间词人“绮筵公子，绣幌佳人，递叶叶之花笺，文抽丽锦；举纤纤之玉指，拍按香檀”④ 的传统，可谓是一脉相承的。词作间所涌动的，自然是一份旖旎的情思。

不过，玉山雅集毕竟是以写诗为主的文雅活动，故而，面对侍坐一旁的艳姬佳人，雅集诸君也常常以诗为赠。以杨维桢为例，他就曾为琼花、珠月、翡翠屏等多位玉山名姬写过题品之作。自从宋代词体兴起之后，这类功能基本上是由词来完成的，杨维桢等人却一改常规，径直用诗歌来加以表现，这便反映出诗、词判然有别的格局在元末诗坛确然已被打破的现实。同时，我们也可窥知：元末

① 《玉山纪游》，见《影印文渊阁四库全书》，第1 369册，508页，台北，台湾商务印书馆，1986。

② 袁华：《天香词序》，见《玉山名胜集》，卷八，《影印文渊阁四库全书》，第1 369册，145页，台北，台湾商务印书馆，1986。

③ 顾瑛词，见《玉山名胜集》，卷八，《影印文渊阁四库全书》，第1 369册，145页，台北，台湾商务印书馆，1986。

④ 欧阳炯：《花间集叙》，见《花间集校》，1页，北京，人民文学出版社，1958年。

诗风的特质之一——在诗歌中涌现大量香艳场景的正面描写，表现出对于浓艳情调的异常喜好，其实也都与此时诗人对于声色的耽好有着近乎直接的关系。

对于声色的追逐，对于欲望的肯定，就是市民阶层与生俱来的一种特性。秦楼楚馆、歌伎舞乐的兴盛发达，与城镇经济的繁荣、市民阶层的勃兴从来都是紧密结合在一起的。而从上面的文字来看，玉山诸君同样不知疲倦地沉溺在声色享乐之中，对此也不加任何遮掩。这样一种不加遮掩的沉溺，就给玉山雅集添上了一笔浓重的市民色彩。

如前所论，在玉山雅集的具体活动中，在玉山宾客的身上，我们都能发现高昂的个体精神、丰沛的情感元素、浓重的市民气息这些与元末诗风相类似的特质。这正是在诗歌之外，玉山雅集与元末诗风所展现出的同质性。这份同质性，就是我们所说的二者在精神气质上的“血脉相通”。玉山雅集与元末诗风间“血脉相通”的切实存在，充分说明了文人雅集之所以能够对某种诗歌风尚发生作用，一方面，固然因为诗歌活动已然成为文人雅集活动的基本形式；另一方面，则在于同一时期的文人雅集与诗歌风尚，往往是在相同背景的作用下发生的，二者因而往往有着某种天然的血脉联系。所以，文人雅集不仅仅只是借由它的诗歌活动对某种诗歌创作风尚发生作用，它的具体活动本身及宾客构成也都会对诗歌风尚产生影响——因为在雅集所独具的环境、氛围中，这些共同特质往往能够得到集中与凸现，从而获得进一步的强化。

而由于这份血脉相通，玉山雅集与元末诗风在对后世的影响上，也有着颇为雷同的地方——它们可说都在文学的发展中开启了一种可能性，昭示了一种转折的到来。晚明阶段喧嚣一时的个性解放浪潮在二者身上都能寻到源头之所在。

综上所述，元末诗歌所拥有的那些“新变”确实让我们看到了一种崭新的创作风尚——元末诗风在至正年间的诗坛所处的统摄地位。元末诗风的特点在于：个性意识高昂、情感异常丰沛激烈、突破了“雅正”这一传统的审美格局，带有浓重的市民色彩。而这样一种诗风的到来，诚如章培恒先生所言，是让我们看到了一扇通往新天地的虽则略微有些狭窄的门①，单是这一点，便足以令人欣悦了。当然，这种创作风尚的形成也并非一蹴而就，从元诗发展的第二阶段到元末至正年间，从京师到江南，从馆阁大臣到市民诗人，可以看到，元末诗风的形成过程经历了一系列的演变。而在这由演变终至形成的过程中，玉山雅集与铁雅诗派都起到了至关重要的作用，二者对于元末诗风的酿成皆可谓功勋卓著。

其中，铁雅诗派堪称元末诗风最为主要的成就者与体现者。因为铁雅诗派诗学主张的核心便是极力强调情性之于诗歌的重要性，他们倡导的所谓“古乐府运动”，其实即是为了使诗歌回归抒写情性之传统而做出的一种努力。另外，作为江南市民诗人的代表，铁雅诗派的成员大多有着强烈的个性和浓重的市民意识，他们在诗歌创作中毫不遮掩这些特点，甚至总在大肆渲染。所以，铁雅诗派崛起、发展、兴盛的整个进程，其实就是令那些自由的情性、高蹈的自我、突出的市民性逐渐渗入元末诗歌创作，最终形成席卷一时之创作风潮的这样一个过程。

而玉山雅集对于元末诗风来说，无疑是一个有力的策动者。玉山雅集与铁雅诗派之间存在着千丝万缕的关系。二者在成员上存在着大面积的重叠，并且铁雅诗派的宗主杨维桢在玉山雅集也堪称灵魂人物，玉山雅集的主人顾瑛则又充当了铁雅诗派中间阶段的干将，二者的核心创作力量几乎是全然相同的。因此，在某种程度上，玉山雅集就相当于铁雅诗派进行诗歌创作活动的一个载体——铁雅诗派发展过程中许多重要的事件都与玉山雅集密切相关。当然玉山雅集不止起到了载体的作用，就铁雅诗派的实际而论，玉山雅集在维系壮大诗派队伍、拓展诗派影响范围、丰富其风格构成等方面都起到了巨大的推动作用。

可以说，玉山雅集参与了铁雅诗派的发展与兴盛，而这，恰是

---

① 《元明清诗鉴赏辞典·序》，6 页，上海，上海辞书出版社，1994。

元末诗风形成的关键阶段——正是在这一阶段，铁雅诗派真正在元末诗坛占据了主导地位，拥有了最为广泛的影响力；基于这一地位与影响力，具有上述特质的元末诗风才最终形成，真正成为此时诗坛不容撼动的席卷一时的创作风潮。所以，就玉山雅集与元末诗风的关系看来，文人雅集在诗歌风尚形成中所扮演的角色已足见一斑。

结语　文人雅集与诗歌风尚

本书引论部分曾经提过，以曹丕为首的邺下文人胜游历来被视作中国古代文人雅集之滥觞。其风流境况，不仅令当事人一再追思——“昔日游处，行则连舆，止则接席，何曾须臾相失。每至觞酌流行，丝竹并奏，酒酣耳热，仰而赋诗，当此之时，忽然不自知乐也”①，而且成了无数后人无比倾慕的对象。比如谢灵运，他就曾作过《拟魏太子邺中集八首》，以雅集中人的口吻道出了自身对于那段光景的无限追慕之情——“建安末，余时在邺宫，朝游夕宴，究欢愉之极。天下良辰美景赏心乐事，四者难并，今昆弟友朋二三诸彦，共尽之矣。古来此娱，书籍未见”，“罗缕岂阙辞，窈窕究天人。澄觞满金罍，连榻设华茵。急弦动飞听，清歌拂梁尘。何言相遇易，此欢信可珍。”②

从这些相关记载我们不难获知——在肇始之初的文人雅集，诗歌一角便已显然厕身其中。而随着时代的推移，雅集的发展，诗歌与文人雅集之间的联系更是日趋紧密——由简单的参与者逐渐发展成为不可或缺的关键角色，甚至可谓文人雅集必然的题中之意。且看我们所熟知的兰亭雅集。这一极负盛名的雅集盛事无疑为后世众多的文人雅集确定了某种竞相趋奉的风雅范式，而诗歌在其中起到的作用，无疑是这一雅集能够如此令人欣羡与向往的重要原因。实际上，除了王羲之那篇著名序文之外，人们对于兰亭雅集的诸多印

---

① 曹丕：《与吴质书》，见《六臣注文选》，卷三十，768页，杭州，浙江古籍出版社，1999。

② 《六臣注文选》，卷三十，560页，杭州，浙江古籍出版社，1999。

象大都来自这次雅集所存留的那些诗篇——“代谢鳞次，忽焉以周。欣此暮春，和气载柔。咏彼舞雩，异世同流。乃携齐契，散怀一丘”①，“地主观山水，仰寻幽人踪。回沼激中游，疏竹间修桐。因流转轻觞，冷风飘落松。时禽吟长涧，万籁吹连峰”②，“嘉会欣时游，豁尔畅心神。吟咏曲水濑，渌波转素鳞”③，“顾与达人游，解结遨濠梁。狂吟任所适，浪流无何乡”④。就此而言，诗歌与文人雅集之间所缔结的已然是一种颇为密切的联系。

纵观中国古代文人雅集漫长的发展历程，我们不妨这样描述诗歌在其中所担当的角色：诗歌在文人雅集中的出现规定了这类集会最为基本的特征，使之能与其他类型的集会截然分开——这一特征，便是所谓“风雅”。换言之，诗歌就是文人雅集中所谓“雅”的具体承担者与体现者。另外，雅集诗歌的赋咏与流传，则使不同时期的文人雅集得以在字句间保存其昔日光景——或吉光片羽，或年月相继，然而无论哪一种形态，倘使缺失了其间诗歌的存在，那么我们就决计无法于千万世之下重睹其曾经的鲜活。

另一方面，文人雅集这种形态一经出现，便始终置身于中国古代诗歌发展的历程当中。考察我国古代诗歌的发展轨迹，文人雅集所留下的印迹可谓如影随形。因而不难想象，文人雅集与诗歌之间所缔结的关系并不是单向的——不仅诗歌在文人雅集中扮演了重要的角色，文人雅集对于诗歌来说也同样有着极为重要的意义。

如前所论，雅集之事在中国古代文人的生活中占据着极为重要的位置，它几乎可说是中国文人所追慕的风雅生活的一种基本范

---

① 王羲之：《兰亭诗二首》(其一)，见逯钦立辑校：《先秦汉魏晋南北朝诗·晋诗卷十三》，895页，北京，中华书局，1983。

② 孙统：《兰亭诗二首》(其二)，见逯钦立辑校：《先秦汉魏晋南北朝诗·晋诗卷十三》，907页，北京，中华书局，1983。

③ 王肃之：《兰亭诗二首》(其二)，见逯钦立辑校：《先秦汉魏晋南北朝诗·晋诗卷十三》，913页，北京，中华书局，1983。

④ 曹华：《兰亭诗》，见逯钦立辑校：《先秦汉魏晋南北朝诗·晋诗卷十三》，917页，北京，中华书局，1983。

式。于是，它也就在某种程度上成为古代文人进行诗歌创作的重要场所。雅集所提供的，是一个极为特殊的创作环境——在这样一个“群贤毕至，少长云集”的场合，文人墨客不只是沉湎于觥筹交错间的交际应酬、附庸风雅，同样也能取诸怀抱、晤言一室，尽享知己之情契；更可因寄所托、放浪形骸，感受充分释放的自由。因此，雅集之时写就的诗篇，并非像人们通常所认为的那样，尽是些水准不高、为文造情的应景游戏之作。实际上，考察古代文人雅集所作，我们总是能够看到不俗的篇章，比如大家所熟知的王羲之的《兰亭集序》、王勃的《秋日登洪府滕王阁饯别序》及《滕王阁》、李白的《春夜宴桃李园序》、杜甫的《九日蓝田崔氏庄》及《崔氏东山草堂》、白居易的《忆江南》、张志和的《渔歌子》，等等。这些堪称传世之作的诗文都写在雅集宴游之时。甚至还有这样一些作者，他们之所以能够留名青史，所凭借的恰恰是其于雅集宴游时的创作。此中最著者莫过于裴迪，正是其与王维在辋川别业“浮舟往来，弹琴赋诗，啸咏终日”① 所留下的《辋川集二十首》，才最终成就了他的诗名。所以，无怪乎清人翁方纲会在其《石洲诗话》中如是感慨：

> 古人唱和，自生感激。若《早朝大明宫》之作，并出壮丽；《慈恩寺塔》之咏，并见雄宕，率由兴象互相感发。至于裴蜀州之才诣，未遽齐武右丞；而辋川唱和之作，超诣不减于王。此亦可见。②

正如翁氏所论，以唱和为主要诗歌赋咏形式的古代文人雅集正是这样一个能够“自生感激”的创作环境。故此，就一般意义上说，文人雅集对于诗歌创作最为直接和常见的作用即在于催生优秀的作品，甚至能够提升部分诗人的诗歌创作水平。这一点，在玉山雅集

---

① 《王维小传》，见《全唐诗》，卷一百二十五，1 234 页，北京，中华书局，1960。

② 翁方纲：《石洲诗话》，卷一，见《清诗话续编》，1 369 页，上海，上海古籍出版社，1983。

的诗歌创作中，反映得相当明显。比如陈基，其诗才自然不比于立、顾瑛等人，但在众人雅集的场合，他也写出了超越自身诗才限制、足以与于顾二人相颉颃的作品。而顾瑛、郯韶、于立等人写在雅集筵席之上的诗歌，则完全能够充当其集中优秀之作的代表。例如顾瑛备受翁方纲称赏的那首《花游曲》——“玉山诸客，一时多为铁厓和《花游曲》，然独玉山一篇为佳。盖诸公和作与铁厓原唱，纵极妍丽，皆不免伧俗气耳”①，便是写在与杨维桢、张雨石湖游赏的宴席之间的。

文人雅集之所以能够起到上述作用，在于其创作形式的特殊性。文人雅集进行诗歌创作的形式通常是同一题材的唱和联句、分韵赋诗，有的时候甚至会发展为大型的同题集咏。在创作题材甚至体例都有着相当程度限定的前提下，雅集参与者所作诗歌的优劣高下也就具有明显的可比性，甚至可说是一目了然的。在这样一个环境下进行诗歌创作，文人之间相互竞技的心态就被很好地激发出来，他们会更为重视自身诗句的安排与锤炼，力求写出起码不逊他人，甚至远胜朋辈、博人青眼的作品来。于是，雅集所提供的创作环境便很自然地具备了所谓激发创作能力的功能。

文人雅集对于古代诗歌发展的意义却远不止于此——偶一为之的雅集或许不乏佳作传世，还会留下一些风流事迹供后人追仿，但它对于某一种创作风尚而言并不具有太深远的意义。而那些持续时间较长、具有一定规模、成员相对固定，同时又有重要诗人参与其间的文人雅集，对于某一时代的诗歌创作来说，就不只留下几首诗、留下一些风雅印迹这么简单——实际上，这样的文人雅集不仅能够激发、提升参与者的创作能力，还能直接作用于某一时代或者某一地域的诗歌创作风气。

上文所提及的堪称文人雅集肇始的邺下文人宴游便是这样一个例子——“暨建安之初，五言腾踊，文帝、陈思，纵辔以骋节；

① 翁方纲：《石洲诗话》，卷五，见《清诗话续编》，1 472 页，上海，上海古籍出版社，1983。

王、徐、应、刘，望路而争驱；并怜风月，狎池苑，述恩荣，叙酣宴；慷慨以任气，磊落以使才；造怀指事，不求纤密之巧，驱辞逐貌，唯取昭晰之能：此其所同也。”① 根据刘勰的阐述，邺下诸君的雅集胜游对于我们所熟知的“建安风骨”这样一种诗歌风貌的形成显然有着非同小可的意义。邺下诸君还直接构成了那时最为著名的创作群体——“建安七子”，而建安七子便是“建安风骨”具体的实践者与代表者。试想，如若缺失了那些“怜风月，狎池苑，述恩荣，叙酣宴”的种种行迹，这样一些“慷慨以任气，磊落以使才；造怀指事，不求纤密之巧，驱辞逐貌，唯取昭晰之能”的诗歌，又如何能够大量涌现于此时，一举成为建安文学的标志？

本书的研究对象，发生在元末昆山一地的玉山雅集，同样是一个极具典型性的案例。经由前面四章的论述，我们不难看到玉山雅集与元末诗歌创作风尚之间所存有的那种紧密的联系——首先，玉山雅集的宾客构成与当时诗坛主要流派——铁雅诗派存在较大面积的重合。玉山雅集的主要诗人几乎都是铁雅诗派的主力成员。其中，顾瑛既是玉山雅集的主人，也是铁雅诗派发展壮大时期的干将；杨维桢既是铁雅诗派的领袖，又是玉山雅集当仁不让的灵魂人物。其次，玉山雅集的诗歌创作大多呈现出十分鲜明的“铁雅”特色，无论是就诗歌体裁，还是审美倾向而言，均可谓铁雅路数。再者，铁雅诗派作为元末诗坛的主流，其诗歌风格与诗学主张可说是元末诗风最主要的建构者。而铁雅诗派的发展壮大和玉山雅集的趋于鼎盛几乎是同时进行的，铁雅诗派发展过程中的许多重要事件与代表诗作都跟顾瑛玉山有着明显的关联，比如《西湖竹枝词》的结集付梓，《花游曲》、《小游仙》的唱和等，都发生在玉山雅集的场合。毫无疑问，玉山频繁进行的雅集活动正是铁雅诗派创作风尚强有力的实践者与推广者。最后，无论玉山雅集的诗歌创作还是宴游活动，甚至玉山宾客本身，都无一例外地呈现出与元末诗风在

① 王运熙，周锋：《文心雕龙译注·明诗第六》，43页，上海，上海古籍出版社，1998。

精神气质上的相似。这一相似让我们看到了同一背景下文人雅集与诗歌风尚之间天然的血脉联系，这说明文人雅集作用于某一个时代的诗歌创作风尚不仅能借由它的诗歌赋咏来具体进行，事实上，其宾客构成及活动本身也一样会对诗歌风尚产生明显的影响。

实际上，这类文人雅集作用于诗歌风尚的例子还有不少，比如刘、白等人在洛阳的宴游唱和，就与中唐诗歌创作风尚之间有着千丝万缕的联系；而宋初钱惟演等人所进行的“西崑酬唱”更直接导致了西崑体创作风潮的出现；还有晚明三袁等人的结社交游，对于公安派，对于“独抒性灵”这一文学思潮的发展壮大都起到了极其重要的作用，这些都是较为显著的事例。这类例子的存在充分说明：持续时间较长、具有一定规模与稳定性、有重要诗人参与其间的文人雅集，确实能对诗歌创作风尚起到非比寻常的作用——它往往可以成为某种创作主张的具体贯彻者——通过雅集过程中的诗歌创作，具体地实践了该主张，同时也将该主张向某个特定的人群渗透，甚至向更大的范围传播，进而促使席卷一时或一地的创作风潮最终形成。这一类文人雅集在中国古代诗歌的发展进程中所扮演的分明是一个十分重要又富于特色的角色。

这其中，顾瑛所主持的玉山雅集，发生在文人群体活动十分频繁的元代，就其参与人数、亭馆规模、持续时间、创作数量来看，几乎都称得上空前绝后。这样一桩雅集盛事，它与诗歌风尚之间的关系就更加具有典型意义。通过对这样一个典型个案展开系统深入的研究，我们对于文人雅集究竟如何作用于诗歌风尚便能够拥有更为清晰可感的认知。

考察玉山雅集与元末诗风的种种关系，我们不难发现，文人雅集能够作用于诗歌风尚，其规律在于：

第一，文人雅集作为一种集体诗歌创作活动，它的创作环境始终有一个涌动着交流与切磋的氛围，尤其是那些以朋辈交游、吟风弄月为主要内容的雅集盛事。在某种层面上，这个氛围其实正是前人所说的“群居相切磋”——是一次次诗艺的切磋，以及诗歌创作心得的交流。在这样的切磋交流中，受到身边之人的感发刺激，便很容易出现电光火石般的碰撞，从而激发灵感，写作出不俗的诗篇来。这就是上文提到的文人雅集所具备的激发创作能力、催生优秀作品的功能。

除了诗艺的切磋外，雅集诸人往往还会就诗学思想进行深入探讨。比如顾瑛的玉山雅集。在这里，我们不仅能够看到诸位宾客热衷写诗，同样可以看到其醉心于谈诗——对于“师古”的标榜，处处流露的“尚今”心态，包括“宗唐”的创作趋势。这样一来，玉山雅集俨然是一个元代中后期诗学的小小缩影，其中尤以雅集灵魂人物杨维桢的主张最是惹眼，堪称此间诗学的主导思想。于是，雅集中的许多创作行为便都成了有意识的演练与贯彻。比如说，玉山雅集分韵赋诗时对于韵脚大多没有平仄的限制，这就体现了参与者对于体例的取舍——属意古体，而非近体，因为近体诗一般来说都是押平声韵的。这一取舍，与杨维桢崇尚情性的师古路数是暗合的。更不用说《西湖竹枝词》在玉山的结集付梓，以及玉山诸君在写作古乐府方面所付出的各种努力，这些行为本身，无疑均是对于杨维桢所倡导的古乐府运动做出的积极响应。

在具有一定指导思想，又不乏重要诗人参与其间的情况下，文人雅集的诗歌赋咏活动很容易成为某种具体诗学主张的演武场。借由这样的演练，这些具体主张一方面便可向着特定人群甚至更宽广的范围传布开去。另一方面，在这种涌动着切磋交流的氛围中，众人的诗学主张也能够得到不断的磨砺与丰富，在交互影响中逐步成熟。某些新的观念则会从稍具雏形到成形壮大，在这一番充分的贯彻执行之后进一步形成某种创作风气，从而对文学的发展产生影响。

第二，文人雅集是诗歌流派天然的温床——不仅有一定的诗学主张贯彻其间作为导引，同时存在领袖式的灵魂人物，再加上人员相对固定的宾客构成，以及长期不辍的雅集赋咏，文人雅集所具备的这些要素，明显就为诗歌流派的形成、壮大做好了充足的准备。对于那些尚未成形的流派来说，文人雅集毫无疑问是最为理想的母体；而对于那些处在形成过程中的诗歌流派来说，文人雅集则完全能够承载其活动的具体开展，扩大其队伍与影响，不断推动其发展壮大。

顾瑛玉山雅集与杨维桢铁雅诗派之间的关系正是此种规律的明证。在本书第四章的阐述中我们可以看到：玉山雅集与铁雅诗派在成员上就存有明显交叉，其所交叉重叠的恰恰是双方进行诗歌创作的核心力量；玉山雅集的诗歌活动与铁雅诗派大力倡导的“古乐府运动”之间更存在极为紧密的联系——黄仁生先生在谈及杨维桢古乐府运动扩展时就曾提到：通过铁雅诗派其他代表作家的交游唱酬而间接发生影响也是这一运动扩展的一条主要途径，其中最值得注意的是李孝光、陈樵、顾瑛和杨基等人的交际圈，而顾瑛的交际圈人数最多，唱和最盛①，这便不难想象玉山雅集在这一拓展过程中所起到的作用；同时，玉山雅集还能通过自身的活动直接作用于铁雅诗派的发展进程，对于这一诗歌流派队伍的维系与壮大、风格构成的承载与丰富，甚至于影响的拓展与深化，都可说起到了极有力的助推作用，在铁雅诗派崛起与壮大的时期添上了浓墨重彩的一笔。

当然，能够承载某个诗歌流派的发生、发展，这也与文人雅集那种“群居相切磋”的特有氛围不无关联。原因很简单，就在于这种“群居相切磋”的氛围往往会导致诗歌创作中的趋同效应——既然存在某个精神领袖，又有某些诗学主张作为引导，再加上相对恒定的人群，诗歌的评鉴便自会形成一些固定的标准，为了让自己的作品博得众人的称赏，雅集参与者在进行诗歌创作时自然会朝着这些标准靠拢。于是，文人雅集的诗歌创作往往会呈现出极大的相似性，不仅题材与体裁接近，并且审美取向甚至遣词造句都会不约而趋同。所以翁方纲才会如此指斥：

> 元人专于风调擅场，而句每相犯，如“银河倒挂青芙蓉”等类之句，殆几于人人集中有之。其所谓枕藉膏

① 黄仁生：《杨维祯与元末明初文学思潮》，203～212页，上海，东方出版中心，2005。

> 腴者，不出太白，则出长吉，此唱彼和，摇鞞（鼙）拊铎，至于千篇一律，曾神气之不辨，迳（径）路之不分，其亦可厌也已。①
>
> 竹垞先生本自元人打入，其《梦游天台歌》起句："吾闻天台山高一万八千丈，石梁远挂藤萝上。"元郭羲仲《天台行》云："吾闻天台山一万八千丈。"固在前矣。太白先有"天台四万八千丈"之句，但非起句耳。李壁《王荆公诗注》谓太白"四万"字误。又贡南湖《送人归天台》云："天台山高四万八千丈。"大约自元遗山而降，才气化为风调，逮乎杨廉夫、顾仲瑛之属，一唱百和，残膏剩馥，一撇一拂，几于人人集中有之。②

这种"此唱彼和，摇鞞拊铎，至于千篇一律，曾神气之不辨，迳（径）路之不分"的现象，在文人雅集中确实十分突出，这便是趋同效应的直接影响所致。以玉山雅集为例，杨维桢每作一诗，立马便会成为雅集众人争相效仿的对象。那些唱和者，无论是遣词造句还是谋篇立意都无一不师法杨维桢的首倡之作，以至于最后写出的诗歌，大都如出一辙。从第四章我们所举过的那些例子，如《玉笙谣》、《花游曲》之类，便不难看出这一点。再如至正十年（1350），众人集于钓月轩时，顾瑛与于立的分韵之作也可谓极其雷同，不仅内容与情致无二，就连极为相似的字句手法，也于二人诗作中同时可见——"人生有酒不为乐，何异飞蚊聚昏昼"③是顾瑛之诗，于立之作则有"纷纷世上聚蚊儿，昌黎先生唾如土"④，这便是翁方纲所讽刺的"一唱百和，残膏剩馥，一撇一拂，几于人人集中有之"。

不过，尽管这种趋同效应会导致诗歌个性消泯这样的负面影

---

① 翁方纲：《石洲诗话》，卷五，见《清诗话续编》，1 467 页，上海，上海古籍出版社，1983。

②④ 翁方纲：《石洲诗话》，卷五，见《清诗话续编》，1 468 页，上海，上海古籍出版社，1983。

③ 《玉山名胜集》，卷八，见《影印文渊阁四库全书》，第 1 369 册，126 页，台北，台湾商务印书馆，1986。

响——以元诗观之，在文人雅集活动很频繁的有元一代，其诗歌最为突出的弊病之一便是“体制音响，大都如一”①，“元人制作，大概诸家如一”②，“不拘何题，不拘何人，千篇一律，千手一律，真是可厌”③，这一特征的出现显然与雅集创作的趋同效应存在一定关联。但从另外一个角度来看，这种趋同效应对于某种流派的生成及其影响的扩大却无疑是十分有利的，尤其那些具有相当规模的雅集盛事，完全能够凭借这种趋同效应，形成席卷一时或一地的创作风潮。玉山雅集对于铁雅诗派的发展壮大乃至最终元末诗风形成所起到的助推作用，与雅集本身所具有的这种趋同效应便是直接相关的。

第三，由于同一时期的文人雅集与诗歌风尚总是在相同背景的作用下出现的，故而文人雅集对于诗歌风尚的作用便不仅能够通过雅集当时的诗歌赋咏具体地进行，事实上，就连雅集活动本身、宾客构成情况，甚至主宾关系都能够对诗歌风尚发生作用。这是因为，相同背景下的共通特质，不单会浸染到诗歌创作风尚当中，也会从文人雅集的方方面面体现出来。正如第四章所论，这便是文人雅集与诗歌风尚之间天然的血脉联系。在拥有这样一份血脉联系的前提下，那些承载着或变革着某种诗歌创作风尚的文人雅集，每一次具体活动的开展，都不啻是在强化其与创作风尚之间所存在的这些同质特征，同时使这些特征得以更好地彰显出来。玉山雅集与元末诗风之间的血脉相通就是这一规律最好的证明。与元末诗风诞育于同一背景之下的玉山雅集，其成员构成便不再有身份与阶层的限制，市民阶层的孱入即为雅集至为突出的特色之一。再加上绝大多数雅集成员对于自身个性、情感都表现出格外的看重与强调，这便使玉山雅集活动本身就洋溢着高昂的自我、丰沛的情感、浓郁的市民色彩这些元末诗风的代表特质。如此一来，抛开诗歌活动不论，

---

① 胡应麟：《诗薮·外编》，卷六，230页，上海，上海古籍出版社，1979。

② 胡应麟：《诗薮·外编》，卷六，242页，上海，上海古籍出版社，1979。

③ 翁方纲：《石洲诗话》，卷五，见《清诗话续编》，1 458页，上海，上海古籍出版社，1983。

顾瑛玉山的每一次雅集，其实都是在凸显和强化这些特质。这一凸显与强化的作用，对于某种创作风尚的最终形成，同样有着不容小视的意义。

简而言之，文人雅集对于诗歌风尚发生作用的路径，主要不外乎这么三种：其一，雅集提供的创作环境有利于诗艺的磨砺与提升，进而促成了佳作的诞生。这一环境中涌动的交流氛围，又使参与者乐于交换和探讨彼此的诗学主张，并力求以具体的创作来加以贯彻实行。于是，雅集的诗歌创作往往能够成为某种诗学思想的贯彻者与推衍者。其二，精神领袖、诗学思想、固定成员，从这些构成要素来看，文人雅集与诗歌流派可谓十分相似，所以文人雅集自然能够通过充当某个诗歌流派的载体来进一步作用于诗歌风尚本身。其三，相同的时代背景往往赋予了文人雅集与诗歌风尚在血脉上的共通，是以文人雅集单凭那些具体活动及成员构成本身就能作用于诗歌风尚——充分地凸显二者所共有的那些同质性特征，同时从各个方面继续强化和彰显这些特征。

综上所述，在中国古代诗歌的发展进程中，文人雅集显然是一个十分重要而又富于特色的文化现象——它不仅为中国古代文人提供了某种风雅生活的范式，使人们得以在烦嚣的生活中营造诗意，它同时也直接作用于诗歌发展本身。就小的方面来看，文人雅集创作环境的特殊性，使之可以不断激发和提升参与者的创作能力，富含诞育优秀之作的可能性。就大的方面而言，则文人雅集在催生优秀诗作之余，还能与诗歌风尚发生关系——文人雅集独具特色的集体诗歌赋咏形式，足以充当某个诗派诞育和发展的理想载体；同时，文人雅集以其特有的聚合力与影响力，还能成为诗歌流派发展壮大的强劲助力，甚至能推动某个流派逐渐成为诗坛主流，成功形成席卷一时的创作风潮。总而言之，对于诗歌风尚来说，文人雅集既可以是承载者，也可以是策动者，同时还可以是强有力的助推者。考诸玉山雅集与元末诗风之间的种种关系，便足以证此。

附录一

顾瑛年谱①

顾瑛，一名阿瑛，又名德辉，字仲瑛。昆山人。

《元书》卷九十一《隐逸传》（下简称《元书本传》）下有："顾瑛，一名阿瑛，别名德辉，字仲瑛，平江昆山人也。"《元诗纪事》卷二十七"顾瑛"条有："瑛，一名阿瑛，别名德辉，字仲瑛，昆山人。"

除此两条材料外，顾瑛之名见于史书笔记者多为"顾德辉"，或"顾阿瑛"，"顾瑛"者并不多见。《明史》卷二百八十五列传第一百七十二《文苑》（下简称《明史本传》）即作"顾德辉字仲瑛，昆山人"。《新元史》卷二百三十八列传第一百三十五（下简称《新元史本传》）亦作："顾德辉，字仲瑛，昆山人"。《元史类编》卷三十六《文翰二》亦为："顾德辉字仲瑛，别名阿瑛，昆山人。"《列朝诗集小传》甲前集"顾钱塘德辉"条有："德辉，字仲瑛，别名阿瑛，昆山人，四姓之后。"《古今图书集成·文学典》"顾德辉"条下有："按明外史本传，德辉字仲瑛，昆山人。"顾公燮《消夏闲记摘抄》卷中有："顾仲瑛名德辉"。殷奎《故武略将军钱塘县男顾府君墓志铭》（下简称《殷铭》）记为："君讳德辉，字仲瑛，姓顾氏，世为苏之昆山人，盖四姓之旧也。"《姑苏志》

---

① 《顾瑛年谱》见于著录者唯有《中国历代人物年谱考录》所列《顾仲瑛先生年谱》。《中国历代人物年谱考录》称其编者为［清］吴兴顾祖寿，抄本，之后注明"待访"，言原顾元凯所藏，现已不知下落。本年谱则是笔者根据读书目见之材料亲制，未有所本。

卷五十四《人物十四·文学》下则记为："顾阿瑛，字仲英，别名德辉，昆山人。"《万姓统谱》"顾阿瑛"条："字仲英，名德辉，昆山人。"陆心源《仪顾堂集》卷十四《湖州府志人物传·寓贤》之《顾阿瑛传》有："顾阿瑛字仲英，名德辉，昆山人。"其自撰《金粟道人顾君墓志铭》（下简称《自铭》）亦记作："金粟道人姓顾，名德辉，一名阿瑛，字仲瑛，世居吴。"

从以上所引，还可见"仲瑛"亦时作"仲英"。上引之外，徐一夔《始丰稿》卷一就有《顾仲英摘阮小像赞》，同卷《寿藏图赞》亦有："昆山顾仲英甫，简旷不羁。"而"阿瑛"亦偶作"阿英"。徐复祚《花当阁丛谈》卷三即写作"昆山顾阿英"。

案，虽然史书本传及其他记载多不见"顾瑛"之名，然其所编《玉山名胜集》多以"顾瑛"为署。而其文集《玉山璞稿》、《玉山逸稿》中亦多见以"顾瑛"自署者，故可知"顾瑛"之名并非虚妄。至于"仲瑛"之作"仲英"，"阿瑛"之作"阿英"，一则并不多见，如"阿英"者，就笔者目见，仅上引一条。二则顾瑛本人，从未有此自称。故仅列于此，并不算作顾瑛名与字之又一形。

号金粟道人。

《自铭》："当时交相荐举，乃祝发庐墓，阅大藏经以报母恩。复凿土，营寿藏于山之阳，环植丛桂，扁曰'金粟'。自题春帖云：'三生已悟身如寄，一死须教子便埋'。盖人传前身是慧聚寺比丘廷福，又梦中知向一世为黄冠师姚兴孙者是也，金粟道人由是而名。"《殷铭》："适淮兵屯吴，闻君，将用之。乃绝谢尘事，营别业于嘉兴之合溪，渔钓五湖三泖间，自称金粟道人。"《明史本传》云："母丧，归绰溪。士诚再辟之，遂断发庐墓，自号金粟道人。"《元书本传》："母丧归，士诚再辟之，遂断发庐墓，自号金粟道人。"《元史类编》卷三十六《文翰二》："母丧归，张氏再辟，辞不获，乃髡发庐墓，号金粟道人。"《姑苏志》卷五十四《人物十四·文学》"顾阿瑛"条有："及母丧，庐墓阅释氏书有悟，遂祝发称金粟道人。”《万姓统谱》“顾阿瑛”条：“晚阅什氏有悟，遂祝发称金粟道人。”《列朝诗集小传》甲前集亦有：“母丧，归绰溪。张氏再辟之，断发庐墓，诵大乘经以报母，自称金粟道人。”

案，从《自铭》观之，可知其“祝发庐墓”，主要因为当时“交相荐举”，而自号“金粟道人”，则因透悟自己三生与释、道的缘法，故将二者捏合，便有了这一雅号。而从其他记载，则可明知那“交相荐举”、使顾瑛避之唯恐不及的，即当时据吴的张士诚。顾瑛曾以张士诚之辟而避地嘉兴，此番再辟，便只能祝发庐墓，以绝尘累。有些记载，如《姑苏志》、《万姓统谱》，但言顾瑛是晚阅释氏书有悟，遂如此自称，显然未及题中真意。

人常以玉山及虎头称之。

称“玉山”者，乃因顾瑛居于玉山，所建别业又称“玉山佳处”之故。其例颇多，试以谢应芳《龟巢稿》一书观之，书中涉及顾瑛之处，多以“玉山”称之。如卷三《寿玉山主人》、《八月十六日。颠沛中见顾玉山，蒙置酒嘉树轩，相与剧谈痛饮，欢如平生，且有来夕草堂之约，既醉而别，赋此以赠》、《留别顾玉山将往杭州卜居》、《怀玉山隐君并简其子国衡》、《至正丁酉冬，玉山燕客芝云堂，适有时贵自海上来，以黄柑遗之。玉山乃分饷坐客，且曰：“吴中以连年扰攘无之，今有之，诸君子不容无诗”，故有是作》、《送顾玉山游东南诸山》、《玉山以予欲徙居淞江之东，设席书画舫，邀袁子英、陆元庠、恢上人，用“江东日暮云”分韵赋诗以饯，予得江字，用以留别》、《来龟轩诗为顾玉山作》、《闻顾玉山芝云堂火而所藏之书俱焚，恐其不能为怀，寄诗释之》、《和玉山初夏言怀》、《和顾玉山重构钓月轩》、《玉山邀至同里法喜寺饮别，是夕酒醒梦回，宿雨初霁，月明可喜，即景赋诗，兼写送别之意》、《和玉山排闷》、《中秋日玉山顾仲瑛邀翟明府份、秦文仲约等十人饮金粟冢上，酒酣赋诗，各成一首》、《玉山席上分韵得对字》、《顾玉山移舟月夜过客舍，忽闻侧室之讣，即留别一诗而去，别后和韵以订重来之约》、《玉山顾隐君自嘉兴答诗询仆近况，且云径山禅老亦望一见，故复用韵自述，简诸故人》，卷四还有《闻玉山顾隐君以赋役入城，负疾而归》、《祭顾玉山诗》。故又有云“玉山主人”乃仲瑛自号者。《元书本传》即有：“自号玉山主人”之说。然唯此一见，姑存之。

称“虎头”者，则是以虎头乃顾恺之小字之故。顾瑛姓顾，其痴绝亦类顾恺之，故人多以“虎头”相称。如《玉山名胜集》卷二吴克恭所为诗有：“虎头将军玉山隈，翠削群峰锦作苔”，卢昭诗亦有：“慷慨杜陵独怀古，痴绝虎头能好文”，杨维桢亦云：“玉山丈人美无度，前度虎头金粟身”。卷四旃嘉闾有诗云：“玉山有佳处，风物美无价。主人顾虎头，风韵若啖蔗。”顾瑛自己，也屡于诗中如此自称，如同书卷二即有一诗云“莫笑虎头痴绝甚，题诗直欲拟汤休”。

所著诗曰《玉山璞稿》。

《殷铭》：“所为诗有《玉山璞稿》二十卷，幽情遐致，一寄于斯。”《万姓统谱》、《姑苏志》卷五十四《人物十四·文学》亦有：“所著诗曰《玉山璞稿》。”

案，今四库本《玉山璞稿》为一卷。其《提要》云：“《玉山璞稿》一卷，元顾瑛撰。”而《丛书集成初编》本《玉山璞稿》分至正甲午（1354）和至正乙未（1355）两年所作，另附《玉山逸稿》四卷。《玉山逸稿》后有鲍廷博所为《跋》，其文有：“而其自著曰《玉山璞》者，凡二十卷，见华亭殷奎撰墓志中。今传世本仅寥寥数十篇，盖出于后人所掇拾，非其旧矣。……今年三月，予偶从故家得吴中朱存理手钞《玉山璞稿》二卷，为至正甲午、乙未二年之作，诗凡二百十有二首，多世所未见者，于其全集盖什一焉。夫以毛、顾两家之搜讨，而此本卒不获遇，则信乎诗文传世迟速，固自有时也。因重加缮录，并取汲古阁本，考其自来，补所未备，节去已载于璞稿者二十二篇，编为四卷，题曰《玉山逸稿》，凡诗文若词二百十篇，附于璞稿之后，藏之家塾，以备□

诗如顾氏者取裁焉。”比较两种本子，可知四库本即鲍廷博所谓传世本，二者差异确如鲍氏所云。

另，《元人十种诗》有《玉山草堂集》、《玉山集外诗》，为毛晋所辑汲古阁本，二种皆顾瑛诗集，乃从多书抄检所得。与前述两种本子，除编排体例外，并无大异。

杨维桢《东维子集》卷七《玉山草堂雅集序》有：“其自著有《玉山璞稿》、《玉山乐府》，行于时云。”可知顾瑛当时尚有《玉山乐府》之作，今已不传。

其所编有《玉山名胜集》、《草堂雅集》。

《殷铭》：“日夜与客置酒赋诗为乐，而君才赡思捷，语笑之顷，篇章辄就，恒屈服其坐人，今所传唱和集是也。又萃所友名公之作，如张承旨翥、李征君孝光、杨先生维桢、张外史雨而下刻梓数十家，总题曰《草堂雅集》。”《元史类编本传》：“卜筑玉山，草堂供张，亭榭之盛甲天下，日与高人觞咏，都为一集，曰《玉山名胜》；又会萃其所得歌诗，曰《草堂雅集》。”《姑苏志》卷五十四《人物十四·文学》：“萃亭馆篇咏刻梓曰《草堂名胜集》，又刻交游诸公诗自杨维桢而下四十余家曰《草堂雅集》。”

案，四库本《玉山名胜集》共八卷，附外集一卷。书前有黄溍、李祁所为序。《草堂雅集》则是荟萃顾瑛所得歌诗而成，陆心源《仪顾堂集》卷十九《足本草堂雅集书后》有：“右影元钞草堂雅集十三卷，玉山顾瑛类编，每叶二十四行，行二十二字，凡柯九思、陈旅、李孝先（原书如此，当为‘光’字之误）、张翥、杨维桢、黄溍、张天英、郑元祐、吴克恭、陈方、张雨、陆德源、张舜咨、熊洋、赵奕、倪瓒、潘纯、郑東、李元珪、张渥、李瓒、唐棣、丁复、项炯、高明、赵涣、宋沂、郭翼、吕诚、姚文奂、郯韶、陆友、王蒙、昂吉、王祎、郑守仁、卫仁近、于立、陈基、胡助、卞思义、屠性、陈秀民、王鉴、王冕、余日强、李廷臣、宗本先、陆仁、袁华、秦约、彭罙、徐颖、马麐、卢照、翟荣智、张逊、李简、袁泰、唐元、文质、张简、顾盟、黄文德、周砥、束宗廉、释余泽、那希颜、宝月、相柏、良琦、文信、子贤、来复、自恢，计75家，较浙抚采进本多柯九思、陈旅、李孝光、张翥各家。陈基列卷十一而非卷一，彭罙以下十五列卷十二而非卷十一，其他多所异同。考顾嗣立《元诗选》小传有云，向来藏书家多奉《草堂雅集》钞本一册，阅之乃首卷敬仲诗也，由是言之，则雅集首卷国初已不可见，作伪者既以卷十一之陈基诗为首卷，又割卷十二之彭罙以下为十一卷，以充完本，当时亦莫辨其伪也。此本首尾完具，不但远胜浙本，以视顾氏所见首卷仅有敬仲诗者，亦逈（迥）不侔矣。"

今四库本《草堂雅集》为十四卷，卷一即陈基诗，是陆心源所谓浙抚采进本，所录诗者亦有70家，远不止《姑苏志》所云45家。然其提要但云"十三卷"，与事实不符。

陆氏所谓"足本"并不曾见。《中国丛书广录》于《玉海堂景宋元本丛书》下列有："《草堂雅集》十三卷附札记，元顾瑛辑（据元刻本）。"所谓"据元刻本"，未知是否陆氏所言"足本"。而于《玉海堂景宋元本丛书》的按语中，编者又称："沈乾一《丛书书目汇编》所录子目尚有：春秋经解集传三十卷（据宋蜀刻大字本）、宋书一百卷附札记（据宋蜀刻大字本）、景德传灯录三十卷（据元延祐覆宋刻本）、渠阳诗注一卷（据宋端平刻本），另有别行二种：昭明文选六十卷附异同札记（据宋淳熙贵池刻本），未知刊刻否?"然整套丛书，编者并未如他种丛书注明所据馆藏，故不知其所谓"未知刊刻否"是指整套丛书，还是指后列这几种。

所著尚有《制曲十六观》一种。

《丛书集成初编》有《制曲十六观》一种，题为元昆山顾瑛仲瑛著。此本乃据《学海类编》本排编。据《中国丛书综录》，《制曲十六观》仅有这两种版本。

《制曲十六观》题下有："古之乐章、乐府、乐歌、乐曲，皆出于雅正，粤自隋唐以来，声诗间为长短句，至唐人则有《尊前》、《花间集》。迄于崇宁，周美成诸家讨论古音，审之古调沦落之后，少得存者，由此八十四调之声稍传，即诸家后增演慢曲引近，或移宫换羽，为三犯四犯之曲，按月令为之，其曲遂繁，求其可歌可诵者，指不多屈。间惟秦少游、高竹屋、姜白石、史邦卿、吴梦窗数家，格调不凡，句法挺异，俱能特立清新之意，删削靡慢之词，自成一家，各名于世。作者能取诸人之所长，去其所短，精加锻炼，像而为之，岂不能与美成辈争雄长哉！余疏陋谫才，生平好为词曲，缵述管见，仿十六观以列次于左，知音者愿同商之。"

曾祖宗恺。

《殷铭》："曾大父宗恺，宋武翼郎。"

祖闻传。

《殷铭》："大父闻传，元卫辉怀孟路总管。"《自铭》："大父以上，皆宋衣冠。大父仕皇元为卫辉怀孟路总管，始居昆山之朱塘里。"

父伯寿，母陶氏。

《殷铭》："父伯寿，晦德弗炫，号玉山处士，母陶氏。"《自铭》："父玉山处士，隐德不仕。"

案，顾瑛父亦有"玉山高士"之号。陈基《夷白斋稿外集》卷下《尊贤堂分韵赋诗序》有："玉山高士，世为中吴巨族，居昆山界溪之阳。……高士子仲瑛、晋道皆能文而好礼。"据此可知。

兄有名仁者，弟有名晋道者。

《列朝诗集小传》甲前集"顾钱塘德辉"条后附有"顾佐"条，曰："佐，字翼之，仲瑛兄仁之子。"陈基《夷白斋稿外集》卷下《尊贤堂分韵赋诗序》有："高士子仲瑛、晋道皆能文而好礼。"而沈明远于《玉山名胜集》卷五所为《分韵诗序》中有："仲瑛之季晋道。"故而知晋道为顾瑛弟。《玉山名胜集·外集》尚有秦约诗题为《至正壬辰秋舟过马鞍山下，登叠浪轩，酹龙洲先生之墓，俯览江流，渺然遐思，慨风土之昔殊，嗟人生之契阔，有怀玉山、晋道坚昆仲》，此亦可证。

妻王氏。

《殷铭》：“夫人王氏，先卒，赠钱塘县君。”《自铭》：“道人娶王氏。”

子五，元臣、元礼、元弼、元宪、元肃。

《殷铭》：“子男五人，元臣前副都万户，改奉议大夫、湖广行省理问。次元礼、元弼、元宪、元肃。”《自铭》：“道人娶王氏，生男元臣，宣授武略将军，水军宁海所正千户，今升水军都府副都万户，未任。……次子元礼，今授正千户，总乡民，守本土。元贵习举子业，未冠，某在幼一人。”

《列朝诗集小传》甲前集“顾钱塘德辉”后附有“顾元臣”条，曰：“元臣，字国衡，仲瑛之子，初名衡。至正乙未，官宁海所正千户。十九年，以功升水军都府副都万户。国初，以元官徙濠。”亦附有“顾晋”条，曰：“晋，字进道，玉山仲子，后名元礼”。《西湖竹枝集》有：“顾晋字进道，玉山仲子，好读书，性不爱浮靡，见趋竞者不与交，贞素自守，淡如也。字法古甚，其诗法有玉山之风也。”

案，《自铭》所云，除元臣、元礼外，俱不同于《殷铭》所载。其所记顾瑛子男共四人，而《殷铭》曰五人。且“元贵”之名，并不见于《殷铭》。然《自铭》乃顾瑛年 49 时所作，此时距顾瑛逝世，尚有 11 年之久，其中情况变动，亦在情理之中。故本谱取《殷铭》之说，以其时近事确矣。下文有类似情况，即如是处理，不复赘述。

女三人。

《殷铭》：“女三人，长赘陆琦，次适邵、适黄。”《自铭》：“生男元臣……及女妙福，赘婿陆琦。……女二人皆庶。”

侄有名佐者，及名良用者。

顾佐参见上文“兄有名仁者”条所引《列朝诗集小传》。

《玉山璞稿》至正乙未卷有《题侄良用临赵魏公霜浦渔舟图》一诗。《玉山名胜集》卷八秦约《嘉宴序》还有：“至正龙集壬辰季秋二十有二日，玉山顾君仲瑛张筵合乐于芝云堂上，时从子元佐以武功平贼由昆山节判而归，良用亦由京师漕运千户而至，蝉联簪组，交辉迭映，乡闾宗党莫不夸诩顾氏之盛焉。”其中陆仁所为诗后有：“宗族从子翼之氏，仲渊氏适拜官归玉山，遂会亲戚故旧于芝云之堂。”可知“元佐”即顾佐，而良用字仲渊。而于立之诗又云：“我昔勾吴为客初，两家兄弟知名早”，可知二人并非同是仁之子。

孙男五人，孙女六人。

《殷铭》：“孙男五人。元臣之子曰诰、諟（谌）、谦。元礼之子曰禧、祯。孙女六人”。《自铭》：“孙男二人，孙女四人。”

案，其中有一人官为御医。吴宽《匏翁家藏集》卷十三《题元顾仲瑛玉山佳处卷后》题后有小字：“卷亡已久，仲瑛之孙御医始得之，上有陈基记文。”同书卷五十一《跋桃源雅集记》亦云：“玉山在国初以其子元臣为元故官从□诏旨徙居中都，于是一时富室或徙或死，声消景灭，荡然无存。独玉山之后，仕宦不绝，再世为御医……”据此可知，然未详其具体为五人中何人。

其中尚有一孙入赘李庸家为婿。叶盛《水东日记》卷三有《李无易家旧物》一则，文中有云：“赵松雪小蓬莱三字刻匾，字本顾玉山家物，顾一孙赘李，字因在焉。”李庸，字无易，一字无逸，为碛澳巨姓，颇尚文学。明初曾流徙云南。

玄孙有名士通者，亦通医术。

吴宽《匏翁家藏集》卷五十一《跋桃源雅集记》有：“其玄孙士通以医学正术致仕，好文如先世。”

五世孙有名镛者，士通之子。

同上书卷五十一《跋元人顾玉山小象》有："今特有石刻一存吴中，所谓补释典者。予从其五世孙镛观此。"《跋桃源雅集记》亦有："其玄孙士通以医学正术致仕，好文如先世。今以其官传子镛，镛以公事来京师，谓予为乡人也，携示此卷"。故可知。

综上所考，列顾瑛世系如次：

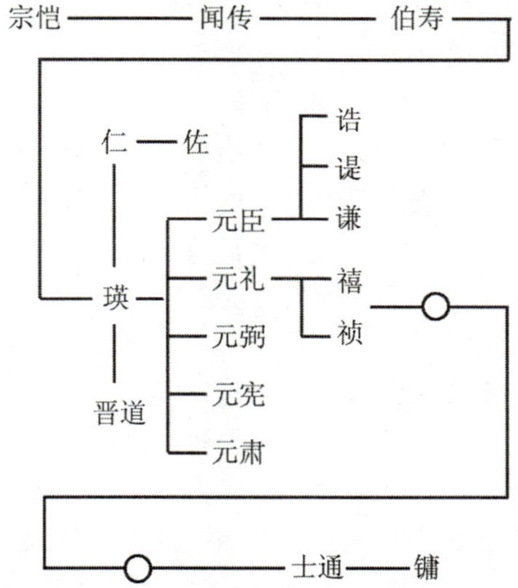

元武宗至大三年庚戌（1310），仲瑛一岁。

是年，仲瑛生。

《殷铭》："而卒实洪武己酉三月十四日也，距其生之岁至大庚戌，得年六十。"《列朝诗集小传》甲前集"顾钱塘德辉"条有："洪武元年……二年三月卒，年六十。"据此可推知仲瑛生于是年。

元仁宗皇庆二年癸丑（1313），仲瑛四岁。

约于是年，仲瑛从于立之父中岳仙伯学。

《丛书集成初编》本《玉山璞稿》至正甲午卷有诗《予总角时，拜中岳仙伯于舍下，今已四十年矣，思之如神游紫府，见陶隐居，累欲从之而不可得。今读钱思复先生赠其子于匡山诗，不能不为之兴怀，遂次韵寓意，呈思复、匡山二先生云》，已知此卷所收乃作于至正甲午（1354）之诗，依此由至正甲午（1354）上推四十年，即1313年，且仲瑛称彼时为其总角之时，四岁之龄，正与此相符。

中岳仙伯但知其为于立之父，其生平姓氏皆不可考。

元仁宗延祐六年己未（1319），仲瑛十岁。

是年，仲瑛识萧元泰道人，得睹道书。

《丛书集成初编》本《玉山璞稿》至正甲午（1354）卷有《学圃亭诗为萧元泰真人赋》，诗中有："学圃丈人萧神翁，黄冠羽服山泽容。……我识丈人甫十岁，示我琅函启神秘。饱读山中石室书，碧□丹章尽奇字。谓我身中有仙骨，晚岁相期供服事。"是以可知。

元泰定帝泰定二年乙丑（1325），仲瑛十六岁。

是年，仲瑛废学佐理父事，年虽幼，然人皆不能欺。

《自铭》曰："予幼喜读书，年十六，干父之蛊而遂废学焉。性好结客，常乘肥衣轻，驰逐于少年之场，故达官时贵，靡不交识，然不坠于家声。"《殷铭》则曰："君幼而警敏，善记诵，年十六，佐父理事，布粟出内，家众不能欺。然轻财喜事，以意气自豪，贵卿大夫，多与之接。乡曲誉望，逾其诸父矣。"

案，《玉山逸稿》卷四《自题像》诗所云"若说向时豪侠处，五陵鞍马洛阳街"，即指此时之事。此句于《珊瑚网》卷三十四又作"遥想少年豪侠处，五陵鞍马洛阳街"，则更易窥知。

元惠宗重纪至元四年戊寅（1338），仲瑛二十九岁。

四月下浣，仲瑛访老僧岩叟于东城之庵，得一假山于断垣之外。

《玉山名胜集》卷八顾瑛《拜石坛记》有："后至元戊寅四月

下浣，访老僧岩叟于东城之庵，庵即故宋周太尉宅，断垣之外，燕麦中有假山在焉，遂披榛约棘褰衣而登其上，罗立诸峰已为好事者辅载而去，独存一壁而失其左股，欹卧于高梧之下，上有老坡题识觞咏之语，易之以粟，归而立诸中庭。”

案，文中“至元”原误作“至正”，今改之。老僧岩叟未详何人。

至元五年己卯（1339），仲瑛三十岁。

于是年，仲瑛弃其旧习，复折节读书，与文人儒士为友，以书画彝器为玩赏。

《自铭》曰：“三十而弃所习，复读旧书，日与文人儒士为诗酒友。又颇鉴古玩好。”《殷铭》曰：“年三十，乃刮劘旧习，更折节读书，崇礼文儒，师友其贤者。喜购古书名画，三代以来，彝鼎秘玩集录鉴赏无虚日。”《明史本传》云：“年三十始折节读书，购古书名画，彝鼎秘玩。”《元书本传》有：“年三十始折节读书，购古书名画、三代以来彝鼎秘玩，集录鉴赏无虚日，举茂才，署会稽教谕，辟行省属官皆不就。”《元史类编》卷三十六《文翰二》亦云：“年三十，始折节读书，购图籍彝器鉴赏自随。”

是年，柯九思曾过仲瑛处，见石拜而题名。后达普华亦至。

《玉山名胜集》卷八《拜石坛记》有：“至元戊寅四月下浣……明年，奎章阁鉴书博士丹丘柯敬仲下访，见而奇之，再拜题名而去，丹丘词翰鉴博，有元之元章也，于是砌石为坛，字曰‘拜石’，后三月而御史白野达兼善来观，嘉丹丘之逸致，为作古篆‘拜石’二字于坛，又隶‘寒翠’以美其所。”

是年，仲瑛曾往阊阖门为陈基饯行，得识陈旅。

杨镰等人所整理的《草堂雅集》卷后一收有陈旅诗，其小传云：“后至元己卯岁，与陈君敬初北上，予往饯于阊阖门，因得一见。”

约于是年前后，仲瑛于其所居已构建有君子亭。

杨镰、叶爱欣整理《玉山名胜集卷下·君子亭》收有韩性为君子亭所作《序》，韩性卒于至正元年（1341），则此序显然作于至正元年之前，而顾瑛年三十始折节读书，则顾瑛君子亭之修筑时间便可推知大致乃在是年前后。

是年八月，张天英曾一过仲瑛之玉山。

杨镰、叶爱欣整理《玉山名胜集卷上·湖光山色楼》所收张天英《记》有云："前十载秋八月，余尝登群玉之山，远见太湖西南下，绕阳山海虞麓流，东汇为阳城湖。湖之上有大林壑，神秀融结，是为界溪，隐君子顾仲瑛氏居之。是时，余一至焉。今八月，又一至焉。"文末署有"是年苍龙集屠维赤奋若"，是以知此记作于至正己丑（1349）年八月，则所谓"前十载秋八月"张天英曾一至顾瑛界溪的时间当为1339年。

元惠宗至正三年癸未（1343），仲瑛三十四岁。

是年，萨都剌曾一过仲瑛席上。

萨都剌《雁门集》卷十二有诗题为《席上次顾玉山韵》一诗，诗云："粉墙斑鸠啼绿树，白日紫燕穿珠帘。昼长深院弄瑶瑟，艳姬十指行春纤。"据清人萨龙光对萨都剌作品的系年，则此事即发生于至正三年（1343）。

至正八年戊子（1348），仲瑛三十九岁。

是年春，李孝光曾过娄江回憩仲瑛草堂。

杨镰等人所整理的《草堂雅集》卷后一收有李孝光诗，其小传曰："字季和，永嘉人。诗文自成一家，为东南硕儒。戊子春，过娄江回憩草堂，继即应召秘监著作，故其述作不多得，今所刊录皆口授云。"

二月十二日，仲瑛携琼花、翠屏二姬，泊舟山塘桥下，招杨维桢、张渥、于立等同游虎阜。却因雪霰交作，未果此行。

《玉山逸稿》卷一《游虎丘未果和杨铁崖韵》附杨维祯诗题有："至正八年二月十二日，玉山人买百花船，泊山塘桥下，呼琼花、翠屏二姬，招予与张渥叔厚、于立彦成游虎阜。俄而雪霰交作，未果此行。先以此诗写寄，要诸公各和。”

二月十九日，仲瑛与杨维桢、姚文奂、郯韶、李立、张渥、于立等人集于玉山。是日，众宾以“爱汝玉山草堂静”分韵赋诗，诗成者五人。

《玉山名胜集》卷二杨维桢《雅集志》一文有：“右玉山雅集图一卷，淮海张渥用李龙眠白描体之所作也。玉山主者，为昆山顾瑛氏。其人青年好学，通文史，好音律钟鼎、古器法书、名画品格之辨，性尤轻财喜客，海内文士未尝不造玉山所。其风流文采出乎流辈者，尤为倾倒。故至正戊子二月十有九日之会，为诸集之最盛。冠鹿皮、衣紫绮，坐案而伸卷者，铁笛道人会稽杨维桢也，执笛而侍者，姬为翡翠屏也。岸香几而雄辩者，野航道人姚文奂也。沉吟而痴坐，搜句于景象之外者，苕溪渔者郯韶也。琴书左右，捉玉麈从容而色笑者，即玉山主者也，姬之侍者为天香秀。展卷而作画者，为吴门李立，旁侍而指画，即张渥也。席皋比、曲肱而枕石者，玉山之仲晋也。冠黄冠坐蟠根之上者，匡庐山人于立也。美衣巾束带而立，顾指仆从治酒者，玉山之子元臣也。奉肴核者，丁香秀也。持觞而听令者，小琼英也。一时人品疏通隽朗，侍姝执伎皆妍整，奔走童隶亦皆驯雅，安于矩矱之内。觞政流行，乐部皆畅。”文后则有：“是日以‘爱汝玉山草堂静’分题赋诗，诗成者五人。”

二月廿一日、廿二日，仲瑛携客六人，乘百华舫，自界溪出津义浦，过九里庵，转金溪，后泊舟驷马桥下，换车骑入慧聚寺，继由寺主僧然相伴登玉山，众人以唱和联句为乐。

《玉山纪游》杨维桢《游昆山联句诗并序》一文有：“至正八年春，二月十有九日，昆山顾君仲瑛以书来招致，余明日抵顾君所。又明日，命百华舫集宾客，自余而次凡六人，朝发自界溪，出津义浦，过九里庵，转金溪，午泊舟驷马桥下，换舆骑入慧聚寺，寺主僧然叟出，肃客上神运殿，见石甃壁，其工天出。然云：‘此向禅师开山时鬼所运也。’遂登玉山，山首印眷凹状，类马鞍，故俗名马鞍。其印之石，幢然立与双苏途相角者，又号文笔云。东见沧海，淴淴无岸，水与天相涵，北海树中见孤屿隐起，苍苍然。然云此虞山也。泰伯之仲所居，故名。已而大风逋（动）石声，如大波涛，衣帽掀舞，瘁然不可立。然领客憩翠微阁，呼山丁作茗供，观向师虎化石山下，读唐孟郊、张祜、宋王安石诗于东石壁。然作合掌礼，云：‘地由玉峰胜，玉峰又由人而胜，自孟张王诗后，绝响久矣。愿吾子有继焉。’余诺之。西庑僧应又招，憩来青阁，盛出佳楮墨求诗。余遂书《玉峰诗》云：‘大风逋（动）落日，人立玉峰头。禅将风虎伏，鬼运石羊愁。地平山北顾，天断海东流。飚（飙）车在何处，我欲过沧州。’诸客各和诗。又复联句，用‘江’字窄韵，推余首唱，诸客以次分韵。余又叠尾韵，成若干句毕。……客曰京兆姚文奂、淮海张渥、吴兴郯韶、匡庐于立。”

案，以此序文推之，则仲瑛等人游昆山之日为二月廿一日，然其联句诗有“二月廿二日，楼船下娄江”句，是以知此二日，仲瑛等人均在昆山游玩。

另，上文“二月十九日”条，依据杨维桢所作《雅集志》一文，可知仲瑛有“二月十九日”之集，而杨维桢明显在参与之列。然此序文中杨维桢又云仲瑛于二月十九日以书招，其于第二日方至玉山。两说虽相龃龉，然皆出自杨氏之笔，故难定是非，姑列于是，以俟后考。

三月初，释良琦与郯韶至玉山，仲瑛特张乐置酒以待。

《玉山名胜集》卷二有释良琦所为文曰：“至正戊子二月十九日，杨侯铁崖宴于顾君玉山，赋咏叠笔，淮海张渥为图，传者无不叹羡。余后半月与吴兴郯九成至玉山，顾君张乐置酒，清歌雅论，人言不减杨侯雅集时。既酣畅，顾君征予赋诗，然予于声乐诗咏何有哉？适其所遇而不违耳。呜呼！人谁非寓，故作诗以道其事，卒反乎正云耳。”

案，自二月十九日后推半月，则可知此时乃三月之初。

三月三日，仲瑛与杨维桢饮于书画舫。

四库本《玉山璞稿》《三月三日杨铁崖顾瑛饮于书画舫，侍姬素云行椰子酒，遂联句》之后，仲瑛曰：“联句终，铁崖乘兴奏铁龙之笛，复命素云行椰子酒，余口占云：‘铁笛一声停素云。’铁崖击节遂足成一诗，俾余次韵，并录于此。诗曰：‘黄公垆西逢故人，坐客各以能诗闻。椰浆半斗破明月，铁笛一声停素云。茧纸题诗写章草，瓜皮看鼎辨周文。人生嘉会不有述，何异市中群聚蚊。’余和诗曰：‘春水画船如屋里，船头吹笛隔花闻。并刀落手碎玉斗，椰蜜分香属紫云。上客日传金帖子，美人夜织锦回文。高堂醉卧氍毹月，肯信东家帐有蚊。’时至正八年上巳日，玉山主人顾瑛识于书画舫。”

三月十日，仲瑛与杨维桢、张雨烟雨中游石湖诸山。

四库本《玉山璞稿》《花游曲》之序曰：“至正戊子春三月十日，偕杨廉夫、张伯雨烟雨中游石湖诸山。伯雨为妓琼英赋《点绛唇》，已而午霁，登湖上山，歇香积寺。琼英折碧桃花，廉夫为赋《花游曲》，因为次韵。”

六月廿四日，仲瑛宴客于浣花馆。

《玉山名胜集》卷六《联句诗序》曰：“至正戊子六月廿四日，维桢与卫辉高智、匡庐于立、清河张师贤、汝南袁华、河南陆仁宴集于浣花馆。酒阑，主客联句凡廿四韵，会稽杨维桢序。”

是年秋，仲瑛于其居之西偏建碧梧翠竹堂。

《玉山名胜集》卷三杨维桢所为《碧梧翠竹堂记》有：“至正八年秋，昆山顾君仲瑛于其居之西偏治别业一所，架石为山，窾土为池，层楼复馆，悉就规制。”

七月，杨维桢在玉山草堂。

《西湖竹枝集》卷首杨维桢所为序有：“至正八年秋七月，会稽杨维桢书于玉山草堂。”

七月甲子，杨维桢为顾瑛作《小桃源记》，是以知顾瑛之园林此时亦曾名曰“小桃源”。

杨镰、叶爱欣整理《玉山名胜集·玉山遗什卷上·附录》有杨维桢《小桃源记》，其文曰：“隐君顾仲瑛氏，其世家在谷水之上，既与其仲为东西第，又稍为园池西第之西，仍治屋庐其中。名其前之轩曰‘问潮’，中之室曰‘芝云’，东曰‘可诗斋’，西曰‘读书舍’；又后之馆曰‘文会亭’、曰‘书画舫’，合而称之则曰‘小桃源’也。……至正八年秋七月甲子会稽杨维桢书。”

八月初一，杨维桢在玉山。

《玉山名胜集》卷二杨维桢所为记有：“至正八年八月初吉，会稽杨维桢书于玉山之读书舍。”

至正九年己丑（1349），仲瑛四十岁。

入暑，吴克恭至玉山草堂。

《玉山名胜集》卷一有吴克恭所为《序》，其文曰：“徂暑既炽，予放船海滨，溯流玉山之下，仲瑛肃予于草堂，出诸君所为诗观之。适兰雨方霁，林景清沐，予神情超然，手其帙不舍去。时客会稽外史于立与龙门山僧琦各捉笔赋诗，诗成，辞辄清丽奇古，皆可观。仲瑛多其客之能诗，言度其方来者之未艾也，俾余序其端。……今年实至正九年，延陵吴克恭寅夫书于草堂之松下。”

六月徂暑，仲瑛馆吴克恭于草堂、芝云堂之间，日与饮酒。后有客自郡城至，遂移至碧梧翠竹堂。集者凡十人。

《玉山名胜集》卷三吴克恭《分题诗序》有：“己丑之岁，六月徂暑，余问津桃源，溯流玉山之下，玉山主人馆余于草堂、芝云之间，日饮无不佳。适有客自郡城至者，移于碧梧翠竹之阴，盖堂构之清美，玉山之最佳处也。集者会稽外史于立、吴龙门山僧琦、疡医刘起、吴郡张云、画史从序，后至之客则聊城高晋、吴兴郯韶，玉山主人及其子衡暨余凡十人，以杜甫氏‘暗水流花径，春星带草堂’之韵分阄，各咏言纪实，不能诗者罚酒二觥，罚者二人。明日，其一人逸去，虽败乃公事，亦兰亭之遗意也。从序以画事免诗而为图，时炎雨既霁，凉阴如秋，琴姬小琼英、翠屏、素真三人侍，坐与立，趋歈俱雅音。是集也，人不知暑，坐无杂言，信曰雅哉。延陵吴克恭序。”

案，与会之人，张云失考。

六月十八日，释良琦、吴克恭、郯韶访玉山，留半月。饮酒之余，赋诗无虚日。

《玉山名胜集》卷二释良琦《分韵诗序》有："去年夏六月十有八日，余与延陵吴伯恭、云台散吏郯九成访玉山草堂主人，留半月，酣余赋诗无虚日。当时以为人生欢会之难，未知明年又在何处，慨然为之兴怀。……时至正庚寅五月十八日，吴龙门山良琦书。"

案，至正庚寅为至正十年，可知"去年"即为至正九年。此处之吴伯恭，于杨镰、叶爱欣整理《玉山名胜集卷上·玉山佳处》所录吴龙门山释良琦、元璞《分题诗序》则为"延陵吴伯恭寅夫"，寅夫即吴克恭字，可知吴伯恭者即为吴克恭。

八月，高明至昆山，过仲瑛所。仲瑛延其至碧梧翠竹堂，出酒觞之。

《玉山名胜集》卷三高明《后记》："今年八月，余至昆山，过仲瑛所居，仲瑛延客入堂，时日已暮，余暑尚酷，及坐，萧爽阒寂，清气可沐。须臾，有风出梧竹之间，摩戛柯叶，调调刁刁，泠然于喁，如耳琴筑。久焉，皎月自水际出，光景穿漏，泛漾栏槛。仲瑛出酒觞客，客数人皆能诗歌谈辩，饮甚乐。夜将半，露瀼瀼下。梧竹中清光拂席凉，吹袭人毛骨欲寒。客相与笑曰：'安得从浮丘公招青童吹灵霄之笙，击洞阴之磬，以终此乐耶？'饮酣，客将就寝，余以公事有程不得留，舟至河浒时已曙矣。……比至城郭，车马杂沓，尘氛滃起，慨想昨昔所游，则已疑为梦中所见矣。适袁君子英来自昆山，乃记其事以示子英，俾以遗仲瑛，且告之曰：'为我语仲瑛，君碧梧翠竹之乐不易得也，第安之，他日毋或汩于禄仕，而若予之不能久留也。'至正九年九月既望，永嘉高明则诚记。"

八月，张天英亦至玉山，为仲瑛作《湖光山色楼记》。

杨镰、叶爱欣整理《玉山名胜集卷上·湖光山色楼》所收清河张天英楠渠《记》有："前十载秋八月，余尝登群玉之山，远见太湖西南下，绕阳山海虞麓流，东汇为阳城湖。湖之上有大林壑，神秀融结，是为界溪，隐君子顾仲瑛氏居之。是时，余一至焉。今八月，又一至焉。”文末有“是年苍龙集屠维赤奋若”，是以可知为至正己丑年八月事。

九月一日，郑元祐过玉山。

《玉山名胜集》卷一郑元祐所为记有：“客有过其家，喜即草堂以休偃者，仲瑛乞为之记……客者，遂昌郑元祐其为之记，则至正九年秋九月一日云。”

十二月十五日，仲瑛宴客于听雪斋，主宾以斋中春题“夜色飞花合，春声度竹深”分韵为诗。

《玉山名胜集》卷五昂吉《分题诗序》有：“至正九年冬，予泛舟界溪访玉山主人，时积雪在树，冻光著户牖（牖）间，主人榼酒宴客于听雪斋中，命二娃唱歌行酒。雪霰复作，夜气袭人，客有岸巾起舞，唱青天歌，声如怒雷，于是众客乐甚，饮遂大醉。匡庐道士诫童子取雪水烹茶，主人具纸笔以斋中春题分韵，赋诗者十人，俾书成卷，各列姓名于左，是会十二月望日也。”

至正十年庚寅（1350），仲瑛四十一岁。

正月，陈基自京师还，仲瑛以书招至玉山，时于立亦在。正月十一日，熊梦祥、陆仁至仲瑛家，仲瑛遂于碧梧翠竹间张筵，主宾相与觞咏为乐。

《玉山名胜集》卷三有陈基所为序曰：“予于玉山隐君别三四年间，其与会稽杨铁崖、遂昌郑有道、匡庐于炼师、苕溪郯九成、吴僧琦元璞，日有诗酒之娱而其更唱迭和之见于篇什者往往传诵于人，而予也以汗漫之役，溯河洛，上嵩华，历关陕，北游而客京师，度居庸计其所跋涉，不啻万余里，方挈挈焉触寒暑犯霜露之不暇，又何由持杯酒、濡翰墨、咏歌挥洒以厕诸子之列耶？今年孟春，予还自北方，隐君首以书见招，过草堂为旬日之欢。于是，铁崖去讲春秋于松江柳泽之上，有道隐居吴城天宫里，元璞亦归天平山之龙门，而九成则出入漕台，执文牍以理公事。朝夕与予为侣者，主则隐君，客则炼师也。予窃念三四年来驱驰辛苦，幸而息肩，而隐君能以水竹琴书相慰藉。而诸君子况复出处不齐，不能复如畴昔雅集之盛。方俯仰寤叹，慨然兴怀，而豫章熊松云、娄江陆良贵适至，隐君乃列绮席设芳俎于碧梧翠竹间，相与投壶雅歌，饮酒欢甚，且即席赋诗而以‘碧梧栖老凤凰枝’为韵，予探得老字，余则各有所属，诗皆辄成，独松云子饮酣长啸，上马驰去，得栖字不赋云。临海陈基敬初序。”

案，《玉山逸稿》卷二有《碧梧翠竹堂燕集以“碧梧栖老凤凰枝”分韵，得梧字》一诗，题下即附陈基此序，文末有：“至正十年岁次庚寅正月十一日，临海陈基敬初序。”故此可知。

四月初一，与陆仁同赋乾明寺钟。

杨镰等人所整理《草堂雅集》卷十五收有陆仁《乾明寺钟诗与玉山同赋》一诗，其诗尾句云：“昭兹铭言著金错，至正庚寅四月朔。”是以可知。

四月既望，黄溍为仲瑛作《玉山名胜集序》。

杨镰、叶爱欣整理《玉山名胜集·序》所收黄溍《玉山名胜集序》文后有：“至正十年四月既望，翰林侍讲学士、中奉大夫、知制诰同修国史、同知经筵事、金华黄溍序。”是以可知。

五月，浙东副元帅锁住曾过仲瑛玉山草堂饮酒。

杨镰、叶爱欣整理《玉山名胜集·玉山名胜外集·纪饯送》收有于立《送浙东副元帅巡海归镇诗序》，其文云：“国朝自平宋以来，岁漕东南稻米由海抵京邑，至正八年春，海寇暴作，焚官储，劫帅臣，贼嗥譸势张甚。朝廷命各道出师，据要害摧截其角牙，岁以为定制。十年，浙东副元帅锁住公总兵在行，公闻命，即戒严出次外廷命。……先是，各道出师多为民病，公所至，民不知有兵。贼间聚海岛者，相视愕眙，鼠窜他境上。凡三月，粮既率事①，由昆山刘家港取陆路归镇行省。……既告行，饮酒故人玉山草堂上，言不及军事，谈笑侃侃若出诸生下。……国有人焉，所以重为天下贺也。吾党能言之士为歌诗以美之。匡庐于立序之。至正

① 此处明显点断有误，兼失校。考之《丛书集成初编》本《玉山逸稿》卷四《云帆驾海图诗送浙东副元帅锁住公归镇》题下小注，知其当为：“凡三月粮既卒事。”

十年五月日书于草堂。”据此可订《玉山逸稿》卷四《云帆驾海图诗送浙东副元帅锁住公归镇》题下附注之漏。

五月十八日，吴世显、释良琦、于立等人避暑于仲瑛湖光山色楼。

《玉山名胜集》卷三仲瑛《口占诗》前小序有：“至正十年五月十八日，余与延陵吴水西、龙门僧元璞、匡山于外史避暑楼中，时轻云过雨，霁光如秋。各占四绝句云”。

是日（五月十八日）夜，仲瑛与吴世显、释良琦、李立、于立等人饮后，于月下分韵赋诗。

《玉山名胜集》卷二释良琦《分韵诗序》有：“今年五月中澣（浣），复与延陵吴水西、陇西李立，放舟溪上，迂疏散逸，其乐又过于前所寓者，及视旧所题诗章，则伯恭在数百里外，云台方进漕掾，日趋大府，以簿书从事得周旋，相与谈笑者，匡庐山人在焉。饮散步月，以‘炯如流水涵青蘋’分韵赋诗如左，书之于卷，以示今之所寓者如此，而后之所寓者不知其可必不可必也。时至正庚寅五月十八日吴龙门山良琦书”。

案，上引所言“陇西李立”者，生平失考。

五月十九日，仲瑛与吴世显卧酒不能起。

杨镰、叶爱欣整理《玉山名胜集卷上·玉山佳处》在吴龙门山释良琦、元璞《分题诗序》及诸君分韵之作后尚有：“十九日，玉山主人与客吴水西卧酒不能起。余与元璞坐东庑池上，清风交至，竹声荷气，清思翛然，殆非人间世。相与联句若干韵。不知二公在华胥梦中亦有此乐否。书之卷中，以索二公一笑。于立。”

七月六日，吴世显、释良琦、李云山晚酌于仲瑛芝云堂。

《玉山名胜集》卷八于立《分题诗序》有：“至正十年七月六日，吴水西、琦龙门偕陇西李云山，乘潮下娄江，过界溪诗来道问讯，玉山主人命骑追还草堂，晚酌芝云。露气已下，微月在林树间，酒半快甚，欲赋咏纪兴，以‘风林纤月落’分韵拈题。惟李云山狂歌清啸，不能成章，罚三大觥逃去。是日诗成者三人。”

案，陇西李云山生平事迹失考。与上文陇西李立，不知是否为同一人。

是日夜半，仲瑛置酒秋华亭上，歌舞之余，群姬狎坐，众宾以“天上秋期近”分韵赋诗。

《玉山名胜集》卷七于立《分题诗序》有：“至正十年七月六日，玉山主人置酒小东山秋华亭上，歌舞少间，群姬狎坐庭中，时夜将半，秋声露气在竹树间，曲水萦带山石下，与银汉同流，翛然若非人间世，因分题赋韵如左。”其后还有：“是夕以‘天上秋期近’分韵赋诗，诗成者三人。”

七月九日，仲瑛与释良琦、于立等人复饮于秋华亭。仲瑛为诗纪会，于立、释良琦和韵。

《玉山名胜集》卷七顾瑛《口占诗序》云：“七月九日复饮秋华亭上，天香袭人，幽花倚石。时猩猩轧琴，与宝笙合曲，琼花起舞，兰陵美人度觞与琦龙门行酒，余为作诗以纪良会，就邀匡山、龙门同韵。”

案，此《口占诗序》虽未明言复饮秋华亭之时，然因其于《玉山名胜集》中紧随上文“是日夜半”条所引于立《分题诗序》之后，且《分题诗序》所记即于立、释良琦、仲瑛三人夜半饮于秋华亭，分韵赋诗之事。此处云“复饮”，主宾又与七月六日之集完全一致。此外，《分题诗序》与《口占诗序》分为于立与仲瑛两人所作，而后一《口占诗序》却未另起，点明仲瑛所作，由是可见，此诗序乃是紧承上一条，因于立《分题诗序》已将宾客与时间交代清楚，故而此处即使不言，亦不会让人误解，自然便知此篇作者即三人之中匡山、龙门而外的玉山主人仲瑛。据此数条，可知《口占诗序》所云“复饮秋华亭上”，即为上文七月六日秋华亭夜饮后之“复饮”。

七月十一日，仲瑛、于立、释良琦饮酒渔庄。

《玉山名胜集》卷六于立《分韵诗序》云：“至正庚寅七月十一日，饮酒渔庄，时雨初过，芙蓉始著数花，翡翠飞栏槛间。渔童举网得二尺鲈，于是相与乐甚。主人分韵赋诗，主则玉山隐君，客则琦龙门、于匡庐。行酒者小琼英。予则于彦成，弁其首简。”

七月十二日，昂吉雨中过玉山，仲瑛置酒钓月轩中。

《玉山名胜集》卷八顾瑛《分题诗序》有：“至正十年七月初五日，琦龙门过玉山，留数日，将泛兰陵之舟而未果。十二日起文高先生雨中见过，复留周旋，是日饮酒钓月轩中，秋暑乍退，雨止复作，龙门琦以‘旧雨不来今雨来’分题，余得旧字。”

案，文中所称“起文高先生”即昂吉之谓。首先，此次与以下一次出现“起文高先生”的雅集场合，分韵作诗的人但见昂吉之名，而未有高起文。而且在众宾所赋诗歌中，多有“山人欲归不得归，西夏郎官去相候。当轩不复问寒温，群口夸诗如健斗”、“西夏郎官好词翰”、“西夏郎官富文采”这样的句子，而释良琦亦云：“高适适远到”。显然，那位远道而来的高先生，便是一位西域人。而昂吉正是唐兀氏，并且还是当日筵席上的远客，其诗有云：“经年不见顾徵（征）士，长忆花前共举杯。一路凉风吹酒醒，满船秋雨载诗来。”同时昂吉字启文，一作起文，与这位高先生也是相符的。

其次，昂吉也有被冠以高姓的先例。发生在至正九年冬季的听雪斋一集，与昂吉同来的旃嘉问在赋诗就如是写道：“我从高书记，穷冬走吴下。江湖风雪深，千里一税驾”。

最后，上述至正九年此集，在《玉山名胜集》的记载中不曾出现高起文，参加只有昂吉等人。且昂吉是此次《分韵诗序》的作者。但在《元人十种诗》本《玉山草堂集》中，顾瑛于此集所作之诗，诗题却成了：《冬日雪中，高起文诸君宴集听雪斋以“春声度竹深”分韵得声字》。是以可知所谓高起文即昂吉之别称。

一则昂本来就有高义，二则高姓为当时西域人之著姓，冠以高姓，即有表达尊崇及称美的意思。故此玉山诸君时呼昂吉为“高起文”。是亦不足为奇。

七月十三日，仲瑛与昂吉等人饮于芝云堂。

《玉山名胜集》卷八顾瑛为文曰：“至正十年秋七月十有三日，起文高先生自姑苏泛舟携酒肴过玉山，会饮芝云堂上。坐客于匡山、琦龙门相与谈诗，亹亹不绝。酒半，龙门分‘蓝田日暖玉生烟’为韵，予探得蓝字，坐无长幼，能诗者咸赋焉。”

七月十五日，释良琦离玉山，泛舟下娄江。仲瑛与于立、昂吉怅然坐于湖光山色楼，即所见而联句。

《玉山逸稿》卷二《湖光山色楼联句》所附于立序有：“七月十五，元璞泛舟下娄江。予与高起文先生、玉山隐君坐湖山楼上，怅然有怀，即所见联句成律，于立书。”

七月廿一日，僧广宣至玉山。时郑元祐、于立、赵原等俱在。仲瑛先后于春晖楼、芝云堂宴客。

《玉山名胜集》卷二郑元祐为文曰：“至正十年龙集庚寅七月廿有一日，吴僧宣无言访顾仲瑛于玉山。时遂昌郑元祐先在焉，匡庐于立彦成则顾瑛之客也。款之春晖楼上，行酒对弈。已而觞咏于芝云堂，酒半兴洽，分‘冰衡玉壶悬清秋’为韵，相与赋诗，以纪一时邂逅之乐。仲瑛得壶字，诗先成。莒城赵善长作画以代诗。坐客不能成诗者，各罚酒一觥。”

七月二十五日，王祎过玉山，夜饮芝云堂上。

《玉山名胜集》卷二于立有文曰：“七月二十五日，金华王子充过玉山，夜饮芝云堂上，酒酣赋诗，以‘丹桂五枝芳’为韵，余得丹字。盖子充黄太史里人，又其高第门生也，挟所学由京师来就乡试于南省，泝（溯）银河攀月桂且有日，故予诗多归美之。是日，约元璞、袁子英不至。明日二公来，遂足韵写诗次第于后。”

案，定此处所记“七月二十五日”为至正十年七月二十五日，一是下“七月二十九日”条所引言王祎之至玉山为至正十年七月，而据笔者搜检，王祎至玉山唯有一次，而上引于立序中有云：“（子充）挟所学由京师来就乡试于南省。”参见笔者所撰《王祎年谱简编》可知，王祎自京师返浙，乃在至正十年，故可推知此处确切年份即至正十年。

七月二十九日，仲瑛与袁华、释良琦、于立、王祎、赵元诸客宴于芝云堂。

《玉山名胜集》卷八袁华所作序有：“至正庚寅秋七月二十九

日，予与龙门山人良琦、会稽外史于立、金华王祎、东平赵元宴于顾瑛氏芝云堂，酒半，以古乐府分题，以纪一时之雅集。诗不成，罚酒二觥，余汝阳袁华也。”

上所引赵元生平失考。

八月十九日，张翥以代祀归自海上，抵吴门，仲瑛宴于草堂。

《玉山名胜集》卷二有张翥所为序，其文曰：“至正十年苍龙庚寅之岁，秋仲十九日，予以代祀归，至姑苏，顾君仲瑛延于玉山，时郑君明德、李君廷璧、于君彦成、郯君九成，华君伯翔、草堂主人，方外友本元、元璞二公，酒半欢甚，即席以玉山亭馆分题者九人。予以过宾属为小引，未知昔贤梓泽兰亭如今之会也耶?”卷八亦有张翥序曰：“至正十年八月十九日，予以代祀海上还抵吴门，仲瑛宴于草堂行窝，时坐客能诗者九人，以玉山佳处之亭馆分题赋诗，予得钓月轩，乃为记小引并赋长句以别。后夜毗陵倚舟望姑苏，有玉气如虹熊然上腾者，必吾草堂诸诗之光焰也。复赋五言十韵以寄，他日过玉山，当为一亭一馆赋之。”

八月二十二日，仲瑛、于立应释良琦之邀至天平山。翌日，萧元泰、郑元祐、郯韶至，往观天池。仲瑛、于立二人则登灵岩。

《玉山纪游》于立《与客游灵岩山中杂咏诗并小序》云：“至正庚寅八月廿二日，余与顾君仲瑛访龙门琦元璞于天平。翌日，萧君元泰、郑君明德、郯君九成复至。三君分岐往观天池，余独与仲瑛登灵岩，因得《山中杂咏》，书之左方，以纪岁月云。”

案，一说八月二十二日，释良琦邀仲瑛游天平，同游即有萧元泰等人。《玉山纪游》郑元祐《游天平山》有：“至正庚寅八月二十有二日，吴僧琦元璞邀玉山顾仲瑛游天平，其同游者，番易（阳）萧元泰、吴兴郯九成、匡庐于彦成、遂昌郑元祐。”然同游并不一定即同日至。故姑列此说于是，仍从于立说。

又，天平山，《百城烟水》之《吴县》有：“天平山，在支硎山南。视诸山最为嶒崒，山多奇石，诡异万状。”

十一月甲子，陈基为仲瑛作《春晖楼记》。

杨镰、叶爱欣整理《玉山名胜集卷下·春晖楼》所录天台陈基敬初《记》有："至正十年十一月甲子，韦羌山人陈基撰。"

十二月初一，仲瑛与杨维桢、曹睿、于立诸客会饮于芝云堂。杨维桢为仲瑛作《雪巢记》

《玉山名胜集》卷八顾瑛有序云："予与杨君铁崖别两年矣，庚寅嘉平之朔，君自淞泖过予溪上，适永嘉曹新民自武林至，相与饮酒芝云堂。明日，铁崖将赴任，曹君亦有茂异之举，同往武林，信欢会之甚难，而分携之独易，安可不痛饮尽兴，以洗此愦愦之怀，因以'对酒当歌'为韵，赋诗如左。"

杨镰、叶爱欣整理《玉山名胜集卷下·雪巢》所收杨维桢所作《记》有："山人为顾仲瑛氏，予李黼榜进士、会稽杨维桢也。至正十年十二月初吉书。"

十二月十五日，郯韶、张云槎、吴善至玉山，仲瑛与此数人聚于湖光山色楼。

《玉山名胜集》卷三于立有序曰："至正十年，冬温如春，民为来岁疠疹忧。嘉平之望，凝云昼合，风格格作老枭声，雨霰交下，顷刻积雪遍林野，适郯云台自吴门、张云槎自茂苑、吴国良自义兴，不期而集，相与痛饮湖光山色楼上，以'冻合玉楼寒起粟'分韵赋诗。国良以吹箫，陈惟允以弹琴，赵善长以画序首，各免诗。张云台兴尽而返。时诗不成者，命佐酒女奴小瑶池、小蟠桃、金缕衣各罚酒二觥，予乃于立，得楼字赋诗于后。"

案，张云槎即张师贤，详见本书《附录二》所考。后之张云台乃张云槎之误。

另，一说吴国良于十二月十九日至玉山。《玉山名胜集》卷四郯韶有序曰："至正十年十二月十九日，义兴吴国良持倪云林诗来玉山中，相与徜徉数日。将旋索为别，予与玉山同柬云林。"《玉山纪游》顾瑛《过吴江纪行小序并诗》有："至正十年十二月十九日，吴兴郯九成自平江载雪过予玉山中，时积雪始晴，水木澄霁，桐花道人吴国良者，携洞箫自杨羡来，乃相留雪巢数日，日与匡庐山人于彦成听箫酌酒。……"

然此说虽点出十二月十九日，却未必即指吴国良至玉山确切时间。因该两条材料一则为郯韶所作，另一则是仲瑛于郯韶至日所作。参见下“十二月十九日”，可知郯韶即于此日至玉山，故而这一时间可能仅是一作文时间。上引于立所为序，明确指出吴国良于十二月望日至玉山，故仍从其说。

十二月十九日，郯韶载雪访玉山。仲瑛宴于听雪斋。在座宾客有陈让、于立、吴善、陈汝吉等。

《玉山名胜集》卷五郯韶所为序有：“至正十年十二月十九日，余扁舟载雪来访玉山，隐君宴余于听雪斋中，时快雪初晴，山木清霁，云影翳日，冰华著人，纤歌彻云，羽觞促席，草堂渔庄映带左右，若在辋川图画间也。座客藏六道人涞水陈让、会稽外史匡山于立、桐花仙客阳羡吴善、清癯生西江陈汝吉咸集焉。宾筵初秩，啸咏既雅，隐君以‘东阁官梅动诗兴’分韵各赋诗刻竹上。”

案，参见下条所引，可知清癯生乃陈惟允之号。陈惟允名汝言，则汝吉当是汝言之误。下径改不注。

十二月廿二日始晴，仲瑛与吴善等人坐雪巢中饮茶，听陈惟允弹琴，吴善吹箫。

《玉山名胜集》卷五顾瑛《附录题桐花道人卷》有：“桐花道人吴国良雪中自云林来，持所制桐花烟见遗，留玉山中数日，今日始晴，相与同坐雪巢，以铜博山焚古龙涎，酌雪水烹藤茶，出錾雷琴，听清癯生陈惟允弹石泉流水调，道人复以碧玉箫作《清平乐》。虚室半白，尘影不动，清思不能已已。道人出所携卷索和民瞻石先生所制《清平乐》词，予遂以紫玉池试桐花烟以赠之，且邀坐客郯云同和，时至正十年腊月廿二日也。”

十二月下旬，仲瑛邀陈基、于立于雪巢煮茗。陈基为赋煮雪窝。

《玉山名胜集》卷五陈基有云：“至正十年十二月，积雪弥旬，玉山主人邀余与于匡山煮茗于雪巢，为赋煮雪窝。”

案，因上文“十二月十五日”条所引《玉山名胜集》卷三于立所为序言是年冬温如春，至望日始降大雪，而此处云积雪弥旬，故可推知此时当属腊月下旬。

十二月二十八日，于立因故过越，仲瑛亦有泛舟之兴，遂同于雪夜至枫桥。

《玉山纪游》顾瑛有文曰："至正十年十二月十九日，吴兴郯九成自平江载雪过予玉山中，时积雪始晴，水木澄霁，桐花道人吴国良者，携洞箫自杨羡来，乃相留雪巢数日，日与匡庐山人于彦成听箫酌酒，而国良先别。二十八日，忽以他故，于山人过越之行，予亦有泛舟之兴，雪夜至枫桥，已四鼓矣。"《玉山名胜集》卷四亦有郯韶之文云："至正庚寅腊月下浣予与琦元璞、吴国良同寓玉山，时大雪弥旬，日坐雪巢，听箫酌酒，煮茗赋诗，俄有他故，乘夜泛舟泊枫桥下，雪复大作。匡山于彦成有越上之行，予爰赋是诗以送之。"

案，枫桥，《吴地记》附录一《吴地记佚文》有："枫桥，吴门三百九十桥，枫桥其最著者。"

至正十一年辛卯（1351），仲瑛四十二岁。

正月初一，于立前往吴下，正月初三，仲瑛过宝带桥，初四，泊垂虹桥。

《玉山纪游》顾瑛《过吴江纪行小序并诗》有："至正十年……十一年正月一日，于山人买舟发吴下，初三日，予始过宝带桥，初四泊垂虹桥。"

案，宝带桥，《百城烟水》之《长洲》有："宝带桥，唐刺史王仲舒鬻宝带助建，故名。后复圮，架木以济。"垂虹桥，本名利往桥，因上有垂虹亭，故名。桥有七十二洞，宋庆历八年（1048）建。俗名长桥。在江苏吴江县东。

正月七日，仲瑛与郯韶、释良琦、陈汝言等过虎丘，宿于贤上人松雨轩中数日，历览山中清胜。

《玉山纪游》顾瑛《游虎丘杂咏诗并序》有云："至正十一年春正月七日，余与吴兴郯九成、龙门琦元璞、匡庐陈惟允泛舟过虎丘，时积雪弥旬，旭日始出，乃登小吴轩凭高眺远，俨然白银宫阙，在三山玉树间，兴不可已，遂留宿贤上人松雨轩数日，由是得历览山中清胜，乃赋小诗十首，以纪斯游，陈匡庐且能一一写图，求诸作者题识，余先书诸诗云。”

案，虎丘，《百城烟水》之《苏州》有：“虎丘，一名海涌，去阊门七里。高一百三十尺，周二百十丈。相传吴王阖闾葬其下，以扁诸之剑鱼肠三千殉焉。越三日，金精上扬为白虎，故名”。

正月初九，大雪始霁，仲瑛、郯韶、陈汝言登剑池取水煮茗，后郯韶入城，仲瑛则于雨花轩邂逅石庭坚上人。

《玉山名胜集》卷四顾瑛有文云：“至正辛卯正月八日，雪中与郯九成、陈惟允游虎丘，夜宿贤上人竹所。明日始霁，乃登剑池取水煮茗，图景赋诗。诗成而九成上马入城，予独拂藓读碑，得邂逅石庭坚上人于雨花轩上，对坐谈诗不绝。庭坚乃以卷求诗，遂和李五峰韵以纪。”

《玉山纪游》郯韶诗前亦有序云：“翌日雪霁，仲瑛偕予与陈惟允坐剑池上，取水煎茶，清兴不已，惟允取笔写剑池图景。”

案，此则材料虽未言明具体时间，但因其于《玉山纪游》中紧随前所引《游虎丘杂咏诗并序》，且内容与仲瑛等人于是日行事全然符合，故推为同时之事。

另，剑池，《百城烟水》之《苏州》“虎丘”下有“剑池”，其下又有小注云：“谓阖闾葬处。两崖陡削，泉水中深，横架如桥，平穿两孔，上置辘轳汲水，今废。或云秦皇凿山求剑，或云孙权穿之，其凿处遂成深涧。颜真卿书‘虎丘剑池’四字。”

石庭坚上人失考。

二月既望，李祁为仲瑛作《草堂名胜集序》。

杨镰、叶爱欣整理《玉山名胜集·序》所收李祁《草堂名胜集序》最末为：“至正十一年岁在辛卯二月既望，元统癸酉第一甲进士及第湘东李祁序。”

三月二十日，仲瑛、郯韶、释良琦等人应陈浩然之邀游观音山，观寒泉，暮宴于张氏楼。

《玉山纪游》顾瑛有文云：“今年三月廿日，陈浩然招余与郯云台、琦龙门游观音山观寒泉，暮宴张氏楼，时徐楚兰佐酒，楚兰以琵琶度曲鸣于时，云台遂为之心醉。予曾口占《蝶恋花》云：

‘春江暖涨桃花水，画舫朱帘，载酒东风里。四面青山仙侣洗，白云不断山中起。在眼韶华能有几？玉手佳人，笑把琵琶理，狂杀云台标外史，断肠只合江州死。’酒散登舟，则夜已过半矣。明日归玉山中，卧病弥月，不得与诸友朋会已半载。八月之暮，又以世路多岐，厌入城府，遂泊舟阊阖门之光霁斋而登山临水之思，未尝不兴于怀。适匡山人自越中，陆河南自娄江来，得同讨幽胜，九月七日，复游寒泉登南峰之高，有怀龙门留娄江、云台方长街走马，不能与此清会，遂赋二律以寄，意且欲邀匡山、河南和寄云。”

案，定“今年”为至正十一年，一是因《玉山纪游》编排乃依时间为序，此则之后，即是至正十二年二月之事。再则是仲瑛于至正十一年，确有秋暮泊阊阖门，登山临水之事，与此处所记一致。而至正十一年九月八日，仲瑛亦有游观音山，观寒泉之事，与游者，即于立、陆仁（参见下“九月八日”条）。此处虽云九月七日，诗中却有“客中重九明朝是”之句，可知此数日内，仲瑛等人均在此处游玩。据此数点，故可推知为一年之事。

观音山，一名惠山，在江苏丹阳县东北漕河东岸，有玉乳泉，张又新品为“第四”。

三月廿二日，仲瑛自观音山归玉山，卧病弥月。

参见上条所引。

五月二十八日，仲瑛邀杨维桢、葛元哲诸人同祭张雨。二十九日，众人泛舟湖上，张乐置酒。

《玉山纪游》释良琦《游西湖分韵诗并序》有：“至正辛卯夏五月，余与顾君仲瑛留钱塘。廿有八日，仲瑛具牲酒要会稽杨廉夫、临川葛元哲诸公致祭于故张贞居外史墓下，越明日，泛舟湖上，置酒张乐以娱，山水之胜，高荷古柳，水风郁如，于是主宾乐甚。酒数行，仲瑛以‘山色空濛雨亦奇’分韵赋诗，以纪斯集。吁，自《伐木》诗废，交道久缺，而况于今时哉！仲瑛之于朋，交死生交，情能尽其义，可谓善与人交者也。仲瑛得山字，顾佐得色字，冯郁得空字，张渥得濛字，良琦得雨字，袁华得奇字。诗成，命良琦为之引云。”

案，《六研斋笔记》卷四有："张伯雨墓在南高峰左麓。"由此可知顾瑛等人祭拜之具体地点。

七月，李瓒购得华亭郭氏所制砚，持赠玉山。

《玉山名胜集·外集》中题为明德所作诗下有："至正十一年秋七月，华亭郭氏子效宋局制鹦鹉研，弋阳山樵李瓒以金购得，持赠玉山且歌诗。"

案，华亭郭氏未详所指。

八月五月，仲瑛主宾分题吴中山水，送郑同夫归豫章。

《玉山名胜集》卷四陈基《送郑同夫归豫章分题诗序》有："余辱与郑文学同夫遇于吴之隐君子顾仲瑛所。仲瑛素多宾客，而同夫与余相值未暇问姓字邑里、行李所从来，辄举酒相与献酬杂遝，亦不计年齿，貌苍者上坐，饮酣歌舞，各以所长自适。于是吴兴郯九成、沈自诚、龙门琦上人、赤城金敬德、钱塘俞在明，皆以能诗为仲瑛友。郯九成素不善画，捉笔作山水图，辄烂漫奇诡，坐客啧啧称叹。同夫首为赋诗，仲瑛率众宾和之，而敬德起行酒放歌，作庐山高，亹亹有梁楚间人气调。同夫欢甚，顾谓余曰：'吾自北方来，行数千里，亲旧疏数，固自有不同，然饮酒之乐，未有如今日者。吾行且归矣，诸君能无言乎?'余然后知同夫为豫章人，尝登清江范公、蜀郡虞公、丰城揭公之门。而余故人危君太朴、揭君伯坊、杨君季子、邹君鲁望、张君宣仲，皆其友也。嗟乎，余恨不及识范虞二公而幸尝获接揭公之下风而听其余论，见其文章。九原不可复作而其乡之士如同夫者，文学才艺一何似公之甚也！同夫归矣，太朴诸君子皆以其父兄师友之学相继登台阁，顾余无似日与仲瑛宾客啸傲三江五湖之上，以吴中山水分题得诗若干首，为同夫赠，余辱为之序，因以谢不敏于诸君子云。至正十一年八月五日，颍川陈基序"。

案，郑同夫其人失考。

八月十四日，仲瑛以书招沈明远过玉山。沈明远至时，释良琦已于数日前先至。是日夜，仲瑛又于湖光山色楼置酒张乐，酒半移席绿波池上。

《玉山名胜集》卷五沈明远《分题诗序》有："今年暮春，予过吴，舍于法流水寺。仲瑛闻余至，遂入城府相见，剧谈数日而去。秋八月十有四日，仲瑛复以书致予曰：'当秋高气爽，玉山中能来一游？'及予来时，龙门琦元璞开士先至数日，遂握手入西园，历览清胜。是夜月魄既满，凉空一碧，天香水影，交映上下，殆非人间。仲瑛乃张乐置酒于湖山楼，酒半移席绿波池上。同席会稽王德辅、从子伦、仲瑛之季晋道。仲瑛命小琼华（案，当为小琼英）调筝，南枝秀倚曲，举杯属客曰：'人生会合不可常，今夕之饮可不尽欢耶？去年兹集，如山阴道士于彦成辈今皆在天外，虽欲同此乐，邈不可得。'乃以'银汉无声转玉盘'分韵赋诗。元璞得银字，德辅得汉字，仲瑛得声字，予得无字。诗不成者，罚酒一觥。明日诗成登卷，俾余为小引云。余则吴兴沈明远自诚也。时至正中秋既生魄。"

案，《玉山名胜集》于此虽未言明具体年份，然《玉山逸稿》卷二所引沈明远此序，已明确是至正十一年，故定于是年。

八月二十四日，仲瑛往锡山访倪瓒不遇，遂与诸客登惠山，于蒙泉邂逅郑高士，相与饮茗咏诗，三宿而别。后于阊阖门外，又得纪行诗若干，遂与诸人相与唱和以成卷轴。

《玉山纪游》顾瑛《游锡山纪行诗并序》有："至正辛卯八月二十有四日，余避冗往游锡山谒倪徵（征）君，时徵（征）君留毗陵，遂与客登惠麓，适蒙泉郑高士将过金陵，邂逅泉上饮茗，赠诗而别，凡三宿回，复缆舟阊阖门外，凡得纪行诗若干首，录贻诸诗友，因赓唱迭和，遂成卷轴。今次叙之以识岁月，异日开卷抚事，则今日山水之适，朋旧之胜，如在眉目间，不能不为之兴感也。"案，此处倪徵（征）士指倪瓒，因倪瓒即居于无锡，且纪行诗中有"云林"二字，倪瓒有云林之号，合此二者，故有此推。

另，《吴郡图经续记》卷上"门名"有："吴王阖庐建城之始，立陆门八，以象八风；……所谓八门者，……其西门曰阊门者，象天门之有阊阖也。"卷下"往迹"有："阊门，故名阊阖门，吴王阖庐时有之。或云鲁匠般所制也，有高楼阁道，吴兵后由此出伐楚，改曰破楚门。吴属楚，复曰阊门。”

自惠山还后，仲瑛与于立、周砥、陈基等泛舟出阊阖门，过百花洲，转横塘至石湖，众人赏月饮酒，相与乐甚，遂宿于新郭。第二日，众人由行春桥、观音岩，经楞伽山宝积寺造上方。往返数十里，流连两日，所至各赋诗若干。

《玉山纪游》陈基《游上方纪游诗并序》有：“玉山顾仲瑛甫由惠山还吴城，适匡庐先生于虚斋来自越，而梁溪周履道与余皆在坐，仲瑛以第二泉煮日铸茶饮客。时秋且暮，仲瑛慨然有登山临水之思，乃相与泛舟出阊阖门，过百花洲，转横塘至石湖，水光浮空，新月始生，山光水色与明河倒景相滉漾，樵歌水唱，远近相答，于是饮酒甚欢，遂舣舟新郭而宿焉，旦日由行春桥、观音岩、历楞伽山宝积寺，肩舆而造上方，霜降气清，原墅澄旷，丹霞翠霭，出没有无而荒台废苑，隐隐吴宫之旧，有顷过横山，登聚远亭，吊故人陆徵（征）君墓，读金华先生黄公所制碑，假浴僧舍回宝积访金上人，不遇而归，留连者二日，往返者数十里，所至各赋诗总凡若干首。至正十一年九月五日颍川陈基序。”

案，第二泉，《草堂雅集》有张雨《惠山泉》一诗，诗云：“水品古来差第一，天下不易第二泉。石池漫流语最胜，江深湍激非自然。定知有锡藏山腹，泉重而甘滑如玉。调符千里辨淄渑，罢贡百年离宠辱。虚名累物果可逃，我来为君作解嘲。速唤点茶三昧手，酬我松风吹兔毫。”据此诗，约略可知第二泉即惠山泉。《吴地记》附录一《吴地记佚文》有：“慧山，古名华山，一名西神山，又名斗龙山。……山之东麓出泉曰‘慧山泉’，陆羽品为天下第二泉。其东一峰，谓之锡山。”慧山即惠山。

百花洲，《吴兴备志》卷十五《岩泽徵（征）第十一》有：“百花洲，宋熙宁中郡守孙觉刱（创）开于岘山之麓，外植芰荷，内栽花柳，亭榭参差，竹木森修，水陆通达，往来鳞集。”

石湖，《百城烟水》之《吴县》有：“石湖，在楞伽山下。宋参政范成大因故城筑有别墅。”

行春桥，《吴郡图经续记》卷中“桥梁”有：“行春桥，在横山下越来溪中。湖山满目，亦为胜处。”

宝积寺，《百城烟水》之《吴县》“楞伽讲寺”条下引《吴郡志》有云：“宝积寺在横山下，亦名楞伽寺，山顶有塔，隋人书碑。”

横山，《吴郡图经续记》卷中有：“横山，在吴县西南。《十道志》云：‘山四面皆横。’盖以此得其名也。又名踞湖山，踞，一作据。山中有陆云墓，今未审其处也。”上引所云“陆徵（征）君墓”，当指陆德原之墓。因陆德原号杞菊先生，而于《游上方纪游诗》中即有《拜杞菊先生墓》一组，故此可知。

九月八日，仲瑛、陆仁、于立泛舟出阊阖门，登观音山，过小龙门、坐放鹤亭、入楞伽寺，寺僧昂天岸出银杏荐酒，众人赋诗乐甚。

《玉山纪游》于立《观音山纪游诗并序》有：“至正辛卯秋九月八日，玉山顾君仲瑛、河南陆良贵与予同舟出阊阖门，登观音山过小龙门坐支公放鹤亭上，于时高秋气肃，慨古遐眺，神与意适，遂相与濯足寒泉，肩舆过山北，观盘松如春雷破蛰龙，鬼变化不可端倪。因入楞伽寺，寺僧昂天岸出速客，列坐大桂树下，摘银杏荐酒赋诗乐甚。”

案，昂天岸其人失考。

九月十四日，仲瑛宴客于渔庄。

《玉山名胜集》卷六陆仁《欸歌序》云：“至正辛卯秋九月十四日，玉山宴客于渔庄之上，芙蓉如城，水禽交飞，临流展席，俯见游鲤。日既夕矣，天宇微肃，月色与水光荡摇棂槛间，遐情逸思，使人浩然有凌云之想。玉山俾侍姬小琼英调鸣筝，飞觞传令，欢饮尽酣。玉山口占二绝，命坐客属赋之，赋成，令渔童樵青乘小榜倚歌于苍茫烟浦中，韵度清畅，音节婉丽，则知三湘五湖，萧条寂寞，那得有此乐也！赋得二十章，名曰《渔庄欸歌》云。河南陆仁序。”

十月，赵奕自苕溪携沈明远来访，时杨伯震、释良琦俱在。于是仲瑛置酒玉山草堂，复邀王濡之、于立、袁华至。

《玉山名胜集》卷二赵奕所为序云："至正辛卯冬十月，余从苕溪来访玉山隐君。舣船百花洲下，适友人吕伯起御史自闽来，邂逅于官驿，话旧尽日，赋诗为别。明日，携诗偕沈自诚同过玉山中。时省郎杨伯震、龙门山释良琦亦至焉，隐君佳客也，至乃置酒于草堂，复邀山阴王德辅，匡庐于彦成、汝阳袁子英同饮。时霜风初寒，松菊具秀，酒半，匡庐于山人举杯属余曰：'今日之会，诚不易得。子过宾且文雅，能无言乎？'余遂以'何以解忧，惟有杜康'分韵赋诗，余得解字，复为序首云。"

十月廿三日，仲瑛与其客王濡之、僧宝月、袁子英、李瓒饮，酒酣，郯韶与陆仁又至，仲瑛复出酒尽欢。

《玉山名胜集》卷二李瓒所为序有："至正十一年冬十月廿三日，玉山隐君宴其客王德辅、缺伯明、袁子英、李瓒，酒酣，忽郯云台、陆良贵泛舸而来，隐君复呼酒尽欢，匡庐先生以'夜阑更秉烛，相对如梦寐'分韵赋诗，时坐客正八人，遂虚二韵。夫人生百年，忧患之秋多，燕乐之日少，而况友朋南北东西，迄无定居。则今日之簪盍，夫岂偶然哉？弋阳山樵李瓒谨序。"

案，文中所缺之处，当是一"月"字，因僧宝月即字伯明。《玉山逸稿》缺处作"胡"字，显误。另，"李瓒"于文中误作"李缵"，径改不注。

至正十二年壬辰（1352），仲瑛四十三岁。

正月下浣，春雪方霁，仲瑛与客饮酒柳塘上，各占四绝以纪时序。

《玉山名胜集》卷六于立《口占诗序》云："至正十二年正月下浣，春雪方霁，饮酒柳塘上，水光与春色相动荡，因咏王临川鸭绿鹅黄之句，各口占四绝以纪时序。嗟乎，世故之艰难，人事之不齐，得一适之乐如此者，可不载诸翰墨以识当时之所寓，况南北东西理无定止，焉知后之会者谁欤？席上赋诗者三人，匡庐于立书。"

中秋之夕，仲瑛于玉山张筵设席，同饮者有于立、袁华、张守中与熊自得。

《玉山名胜集》卷七《分题诗序》云："至正壬辰七月廿六日，予自淮楚来于是，道途梗阻，虽近郡不相往来，独予以六月（原文如此，疑为"日"之误）达吴，凡相知者莫不惊讶予之迂而捷也。越数日，即谒玉山主人于草堂中，而匡庐山人在焉，相与议论时务，凡可惊可愕，可忧可虑者不少。予乃曰：'于斯时也，弛张系乎理，不系乎时，升降在乎人，不在乎位。其所谓得失安危，又何足滞碍于衷耶？'玉山主人方持玉麈长啸，意气自如，时适当中秋之夕，天宇清霁，月色满地，楼台花木，隐映高下，是犹天中之画，画中之天，乃张筵设席，女乐杂沓，纵酒尽欢，同饮者匡庐仙于立彦成、袁华子英、张守中大本，玉山复擘古阮侪与胡琴丝竹并歌声相为表里，薹然有古雅之意，予亦以玉箫和之。酒既醉，玉山乃以'攀桂仰天高'为韵分阄赋诗，诗成者兴趣横生，模写风景，殆无不备，复画为图，书所赋诗于上，亦足纪一时之胜。呜呼，于是时能以诗酒为乐，傲睨物表者几人，能不以汲汲皇皇于世故者又几人？观是图，读是诗者，宁无感乎？余则引其首，乃豫章熊梦祥也。"

九月，仲瑛宴客于金粟影，时丹桂花发，天宇澄澈，钱塘桂天香亦至，众宾乃口占水调词以赋时景。

《玉山名胜集》卷八袁华《天香词序》有："至正龙集壬辰之九月，玉山主人宴客于金粟影亭。时天宇澄穆，丹桂再花，水光与月色相荡，芳香共逸思俱飘。众客饮酒乐甚，适钱塘桂天香来，靓妆素服，有林下风，遂歌淮南招隐之词，玉山于是持盏起而言曰：'夫桂盛于秋，不凋于冬，又不与桃李竞秀，或者以为月中所植，信有之矣。今桂再花，天香氏至，岂非诸君子蹑云梯，占鳌头之徵（征）乎？请为我赋之。'汝阳袁华子英乃口占水调，俾歌以复，主人率座客咸赋焉。"

九月八日，萧景微自勾吴还会稽，仲瑛设宴玉山为别，明日重九，主宾遂以"满城风雨近重阳"分韵赋诗。

《玉山名胜集》卷三萧景微所为序有："至正辛卯余自勾吴还会稽，饮酒玉山而别，当是时，已有行路难之叹矣。继而荆蛮淮夷山戎海寇警呼并起，赤白囊旁午，道路驱驰，锋镝间又复相见，因相与道寒温，慰劳良苦。玉山为设宴高会梧竹堂上，在座皆俊彦，能文章，歌舞尽妙选。客有置酒而叹者，予笑曰：‘何为是拘拘也？夫天下之理，未有往而不复，器无久不用者。迨国家至隆极治几及百年，当圣明之世而不靖于四方，或者天将以武德祸乱大启有元无疆之休。诸君有文武才，将乘风云之会，依日月之光且有日。予也尚拭目以观太平之盛，何暇作愁叹语耶？’玉山扬觯而起曰：‘子诚知言哉！’于是饮酒乐甚。明当重九，遂以‘满城风雨近重阳’为韵分赋，壬辰九月八日，番阳萧景微序。”

案，萧景微其人失考。

九月十一日，顾敬访仲瑛于芝云堂。

《玉山名胜集》卷八顾敬又题诗后有：“至正壬辰九月十一日，予访玉山主人于芝云堂，观向所题诗，倏已经岁，抚事有感，重赋四言一章。”

九月十二日，周砥过玉山草堂。

《元诗选三集》有周砥《履道集》，中有一诗，题为《至正壬辰九月十二日过玉山草堂，留别山中诸公》，而下“九月十三日”条，秦约于九月十三日至时，周砥已先其在草堂，故此可知。

九月十三日，秦约与袁华、陆仁访仲瑛，而周砥亦至。十四日夜，仲瑛遂张筵于可诗斋，时尚有于立、岳榆在。

《玉山名胜集》卷四秦约《分韵诗序》有：“至正十二年季秋十有三日，予偕汝阳袁子明子英、河南陆仁良贵，访玉山于界水之上，握手道契阔已，即相与班席列坐。而兰陵周履道适先予至。履道盖尝与予神交翰墨者也。翌日夜分，玉山张席于可诗斋。时故人于匡山、岳季翁咸在焉。言论该博，意气款洽。酒既半，玉山作而言曰：‘古人驱驰戎马间，览扬兴怀未尝不记之赋咏。每读周公东征，宣王六月，江汉常武，下迨两汉六朝唐人诸诗，其有及于乱离者，窃有感焉。昔则见于诗，今则身践之。风景艰棘，山川险阻，诸公相会，良不易得，可无赋咏以纪兴乎？’遂以《小雅·鹿鸣》‘我有嘉宾，鼓瑟吹笙’分韵，诗皆次第而成，予得我字，余皆有属，玉山且俾予序其首焉。淮海秦约文仲书。”

九月二十二日，仲瑛从子元佐、良用皆自任上返玉山，仲瑛遂邀亲朋宴饮。

《玉山名胜集》卷八秦约《嘉宴序》云：“至正龙集壬辰季秋二十有二日，玉山顾君仲瑛张筵合乐于芝云堂上，时从子元佐以武功平贼由昆山节判而归，良用亦由京师漕运千户而至，蝉联簪组，交辉迭映，乡闾宗党莫不夸诩顾氏之盛焉。而仲瑛则慨念门第之既兴，积累之不易，于是会其宗族朋友，燕饮而娱悦之，一以敦亲戚爱敬之情，一以申诫饬劝勉之辞，曰乐曰和，不亵不狎，深得古人饮酒行礼之意焉。而约亦预献酬之列，酒既半，乃扬觯（觶）起而言曰：‘先王制为饮食，以通上下之情粤，自周礼沦坠，古道益远，逮乎秦汉，虽公卿之间，其平居暇日，或得一燕会者，非酺令之开，则莫之敢，而况生熙洽之世，际文明之运，出无跋涉之劳，居有宴赏之适，从容言笑，樽俎款浃，日得以享，亲戚故旧者不其幸乎。诸君抱瑰异之才，羽仪天朝，僇力王室，且有日矣，宁不各奋励焉！《礼》曰：于旅也。语其是之谓乎？’坐客有匡庐于彦成、义兴岳季坚、汝阳袁子英、河南陆良贵，皆即席赋诗以纪斯会。仲瑛俾予诠次其端，复俾良用绘为图，故不辞而为之序焉。淮海秦约书于玉山草堂。”

十月，萧元泰至界溪，仲瑛邀其共与觞咏笑乐，时坐客分题赋诗，而萧元泰为作序。

《玉山名胜集》卷七郑元祐《写萧元泰诗序后怀达兼善》云：“玉山君以尊贤好礼知名四方，若余至为迂拙而君不以余为无似，顾亦得以厕宾席，第今年物景艰棘，久不至玉山堂上。冬十月，萧尊师自越至界溪。君邀尊师觞咏笑乐，时坐客分韵题诗而萧君为之序。盖自越道杭也，目击杭城遭贼焚毁，况尊师与予皆与白野达兼善公相友善，白野公为庸田使，时得玉山君诗读之，常欲扁舟访君界溪，未果而除浙东帅，安知公死于王事，忠义之烈，昭如日星。使公在，而获睹尊师所为序并诸君子所赋诗，当重称赏。今公既没而萧君与余亦皆老矣，援笔感念，为之慨然，遂昌郑元祐识，今至正十二年也。”

腊月十日，黄原隆向仲瑛索诗，仲瑛为赋一律。

《玉山逸稿》卷四《为黄云卿题林屋先茔图》后有：“前日会云卿于法海僧舍，今日移笑索诗，美其思亲之念，悬悬于翰墨间，为赋一律，更命画生倪其道写小图于前，盖欲重起云卿之所思也。至正壬辰，腊月十日，顾瑛识。”

至正十四年甲午（1354），仲瑛四十五岁。

二月二十三日，董抟霄以顾瑛佐治军务，留海上。

《丛书集成初编》本《玉山璞稿》至正甲午卷有诗题为《董孟起参政领水军副都万户开水军府事。二月廿三日，以瑛佐治军务，留海上，索诗，口占奉呈》，故可知。

三月既望，仲瑛为杨维桢赋《玉鸾谣》。

四库本《玉山璞稿》《玉鸾谣》下有：“杨廉夫昔有二铁笛，字之曰‘铁龙’。今亡其一，偶得苍玉箫一枚，字为‘玉鸾’，以配‘铁龙’。廉夫喜甚，复以书来索赋《玉鸾谣》，志来自云。至正甲午三月既望，界溪顾瑛书于柳塘春。”

三月二十三日，仲瑛侍董抟霄巡海。

《丛书集成初编》本《玉山璞稿》至正甲午卷有诗《三月廿三日，侍董大参巡海，早发路漕》、《是夜回宿舟中，董参命赋口号》。

七八月间，钱惟善、于立在顾瑛玉山。

《丛书集成初编》本《玉山璞稿》至正甲午卷有诗题为《予总角时，拜中岳仙伯于舍下，今已四十年矣，思之如神游紫府，见陶隐居，累欲从之而不可得。今读钱思复先生赠其子于匡山诗，不能不为之兴怀，遂次韵寓意，呈思复、匡山二先生云》，诗中有云：“片玉峰头长往来，每叹世情今匪昔。钱塘故人七月来，共看新月如弦直。”袁华《耕学斋诗集》卷七亦有诗题为《钱塘钱思复、匡庐于彦成幼同笔研，重会于顾玉山许，邀予次韵》，该诗韵脚与顾瑛所作相同，可知俱为同一首诗的次韵之作，所叙亦为同一事。袁华诗中有：“玉山八月秋正好，银潢西泻星虚直。”是以可知。

九月，周天蟾过仲瑛草堂

《丛书集成初编》本《玉山璞稿》至正乙未卷末有："去年秋九月，天蟾先生过余草堂……今年实至正乙未后正月十日，玉山顾瑛谨识。"

案，周天蟾生平失考。

十二月二十二日，秦约假馆于玉山，翌日夜分，主宾集于可诗斋。时客尚有于立、袁华、张守中，众人联句以尽其欢。

《玉山名胜集》卷四秦约《夜集联句诗序》有："至正十四年冬十二月二十二日，予游吴中，属时寇攘相接，君有南征之命，川涂修阻，舟楫艰难，遂假馆于仲瑛顾君之草堂而雪霰交作，寒气薄人，翌日夜分，集于可诗斋，客有匡庐于彦成、汝阳袁子英、吴郡张大本，相与笑谈樽俎，情谊浃洽。酒半，诸君咸曰：'今四郊多累膺厚禄者，则当致身报效。吾辈无与于世，得从文酒之乐，岂非幸哉！'然友朋难必，每思草堂一时，诸公出处俱异，时郯君九成则执笔漕台，陆君良贵亦有漕事之冗，惟龙门琦公元璞，独占林泉之胜以自适，其性情兴言若人又不能不于斯集驰企也，因效石鼎故事，以纪是集，凡若干韵，诗成，夜漏下三鼓矣。序其首者，淮海秦约文仲也。"

腊月廿四日，姚文奂过玉山，秦文仲、仲瑛联句以纪。

《丛书集成初编》本《玉山璞稿》至正甲午卷有《腊月廿四夜，姚子章省掾见访，小集西□□□□文仲联句以纪》一诗，由此可知。

案，一说此集乃腊月二十六日之集。《玉山璞稿》（《丛书集成初编》本）有《腊月二十六日，夜可诗斋夜集联句，时在座者于彦成、袁子英、秦文仲、张大本、顾瑛也》，其联句诗与上引相同。未知孰是，姑存之以待后考。

至正十五年乙未（1355），仲瑛四十六岁。

是年，仲瑛奉命守西关。

《丛书集成初编》本《玉山璞稿》至正乙未卷有《予以官守系

身，七十日间，草堂松菊积雨半荒，马上口占一律》、《张景思同守西关，蒙惠白鬣鱼一尾，忽常、吕二妓见过，就留夜饮，口占以记》。另，诗《长歌寄孟天暐都事》中有："元戎不识予何人，起作区区守关者。守关三月不得归，岂假威权属布衣。自谓一身本无事，又俾审理民间饥。补官使者招人粟，一纸白麻三万斛。频年官籴廪为空，数月举家朝食粥。"

《自铭》亦有："至正九年……又五年……又一年，都万户纳麟哈剌公复俾督守西关，继委审赈民饥。公嘉予有方，即举知是州事。"

案，上引张景思其人失考。西关未详所指。

是年，韦珪曾携诗过访玉山。

顾瑛《丛书集成初编》本《玉山璞稿》乙未卷有一诗，题为《韦德珪携诗见访，次韵以复》，是以可知。

正月十日，仲瑛往见周天蟾不获。

《丛书集成初编》本《玉山璞稿》至正甲午卷卷末："今先生以大帅之招，复至海上，闻下榻泮宫，遂往见之，而先生又御风西游矣。陈性之训导出赠行册求予诗，其出处隐显，文仲秦先生已序之，予复何言，重违其意，为长歌一章以歌之。……今年实至正乙未后正月十日，玉山顾瑛谨识。"

八月十日，仲瑛与释良琦饮于西楼。

《丛书集成初编》本《玉山璞稿》至正乙未卷有诗题为《八月十日，与龙门饮于西楼，口占一律以似》

中秋，仲瑛寓于盘关，与诸葛用中、郏士林、秦约、袁华、释良琦共赏月赋诗。

《丛书集成初编》本《玉山璞稿》至正乙未卷有《中秋寓盘关，适诸葛用中、郏士林、秦文仲、龙门、子英同会，就留赏月，分赋蓬字》一诗，故可知。

案，上引郏士林生平失考。

是年冬，岳榆自计筹来，饮于雪巢。

《丛书集成初编》本《玉山璞稿》至正乙未卷有诗题为：《岳

季坚自计筹来，饮于雪巢，口占二绝》，故可知。

是年冬，周砥携东坡手帖过玉山。

《玉山名胜集》卷八《拜石坛记》有：“至正乙未冬，周履道秀才自梁鸿山携赠老坡手帖。”

十月廿六日，仲瑛与众客集于读书舍，联句为乐。

《丛书集成初编》本《玉山璞稿》至正乙未卷有《至正乙未十月廿六日，读书舍会合联句》一诗，故可知。

十月廿九日，玉球花开，仲瑛遂饮于花下，时琴川妓秀云在。

《丛书集成初编》本《玉山璞稿》至正乙未卷有诗题曰：《至正乙未十月廿九日，玉山中玉球花开，饮酒花下，时琴川妓秀云在焉》

十二月廿四、廿五日，安别驾剿贼，仲瑛时在军幕中。

《丛书集成初编》本《玉山璞稿》至正乙未卷《安别驾杀贼纪实歌》有：“至正十五年冬十一月廿六日……至次月廿三日，假以他事，诣诉于郡，郡官闻于分省参政公，以本郡治中安公，行剿划事。公即率亲随精兵快马，声言发常熟，乃衔枚夜至真义里，分符俾瑛与陈志学，各选水军，协力剿捕，时廿四日夜，廿五日早过江，令集千墩寺，寺之去无相寺廿里。州尹率水军自此西进，义士张汉、杰奇领各募义丁，分把去路。治中公自江北浮马直入贼巢，擒贼焚寺，全军而回，是夜已半。……瑛忝从军幕中，谨歌长歌一章，以纪其事，且美治中公能奋勇效忠报国也。”

至正十六年丙申（1356），仲瑛四十七岁。

正月五日，仲瑛在玉山草堂作《拜石坛记》。

杨镰、叶爱欣整理《玉山名胜集卷下·寒翠所》有顾瑛所作《拜石坛记并东坡纪石手帖考》，文末称：“时至正丙申正月五日，金粟道人顾瑛书于玉山草堂。”

正月，兵入草堂，尽持仲瑛所藏书画而去。

《玉山名胜集》卷五顾瑛所为记有：“余家玉山中，亭馆凡二十有四，其扁题书卷皆名公巨卿、高人韵士、口咏手书以赠予者，故宝爱甚于古玩好，今年春正月，兵入草堂，书画无长物……时丙申岁己亥月庚申日，玉山顾瑛书于绿波亭。”

《玉山名胜集》卷六袁华所为后序亦有：“仲瑛为中吴世家，读书绩文，日从四方贤士大夫游，凡一亭一馆必觞咏以纪日，累月增共若干卷，丙申春正月，兵入草堂，俱发箧取去。”

案，兵士所持去书画，为通守冯秉中收得，复归于仲瑛，上引顾瑛所为记、袁华所为后序，均提及此事。此处不赘。冯秉中其人失考。

其后，仲瑛携其母避兵于吴兴商溪。人多随之。

《玉山名胜集》卷六《小集分韵诗序》所记乃至正丁酉之诗，而其中“顾瑛得柳字”条下有：“去年余避地于吴兴之商溪”，可知去年即指至正十六年。同书卷五郑元祐所作《白云海记》亦有：“今年春界溪顾君仲瑛奉其母陶夫人避地于商溪，商溪在吴兴之东南僻绝处，人以君平昔尊贤下士，虽危险殆艰，裹糇粮具舟楫以从君于商溪者，相望不绝。”

案，一说仲瑛于至正十七年奉母避地吴兴。陆心源《仪顾堂集》卷十四《湖州府志人物传·寓贤》之《顾阿瑛传》即曰：“至正十七年，奉母陶氏避地于吴兴东南之商溪，挐舟相从者，相望不绝。陶氏殁于商溪，瑛即堂后结楼名曰‘白云海’，时登焉，郑元祐为之记侨吴集。”然郑氏所为《白云海记》中有：“于赫新朝，闻君才名，将授君以爵秩，君以斩然辞之弗获，乃祝发家居，日诵大乘经以荐母。”此处所谓“新朝”，当指张士诚之大周。而钱谦益《国初群雄事略》卷六“周张士诚”有：“十四年正月据高邮，僭称诚王，国号大周，改元天祐。十七年降于元，授太尉。”可知十七年之时，张士诚已降于元，因此如确为至正十七年之事，郑元祐当不会于文中有“新朝”之称。而且仲瑛祝发之时，实为至正十六年之八月（参见下文八月条），故可知十七年之说不确。且杨镰、叶爱欣整理《玉山名胜集·玉山遗什卷上·附录》收有顾瑛《补释典》诗，诗前小序有：“至正丙申春正月，兵入玉山中，予仓卒奉母避地于湖州之商溪。母以二月疾殂，火化于其地，遵母命也。”是以知避地商溪之事即发生于兵入草堂之后。

二月，仲瑛母以疾殂于商溪。

上引杨镰、叶爱欣整理《玉山名胜集·玉山遗什卷上·附录》所收顾瑛《补释典》诗前小序称："至正丙申春正月，兵入玉山中，予仓卒奉母避地于湖州之商溪。母以二月疾殂，火化于其地，遵母命也。即地为墟葬，名其村为桑柘。村在大慈寺东三里。"

三月，仲瑛葬其母绰墩坟陇东偏。

上引杨镰、叶爱欣整理《玉山名胜集·玉山遗什卷上·附录》所收顾瑛《补释典》诗前小序有："至正丙申春正月，兵入玉山中，予仓卒奉母避地于湖州之商溪。母以二月疾殂，火化于其地，遵母命也。即地为墟葬，名其村为桑柘。村在大慈寺东三里。三月，函骨归瘞绰墩坟陇东偏，白云垠是也。"

三月廿日，仲瑛自吴兴归至玉山。

《玉山名胜集》卷五卢昭《来龟轩记》云："至正十六年三月廿日，玉山顾君仲瑛自避地吴兴复归故第。"

四月，军士入玉山索仲瑛甚急。

上引《玉山名胜集》卷五顾瑛所为记有："今年春正月……夏四月，有军士数百持戈特来索予甚急，时予与家累辈尚在山中，由是获免，然不知其故，后三日始知为不义者诬。"

案，此处所云被诬一事不见记载。

七月廿四日，仲瑛与袁华、莒城三人饮酒，共赏海棠花，越五日，即七月廿八日，陆仁、王楷复至，故又张席于花树下，赏花饮酒并赋诗以纪。

《玉山名胜集》卷五顾瑛《秋日海棠花开序》云："得商鼎灵石者数辈，日日相玩赏以遣世虑，一日同睹此花于脱叶间露红蓓蕾于炎风赫日中，甚可惊讶，后三日而花大放，乃延汝阳、莒城二公炰鳖斫鳝，尝新笋莲花白酒，与花神洗妆。少焉，清风南来，明月东上，顿思匡山寓于越，香山阻于杭，龙门归吴江而无信，道路梗绝，莫知何在。予子元臣，孤身守忠，存殁未保，向之看花觞咏者，惟汝阳一人而已。对花伤感渐成，不乐而罢酒。越五日，而河南陆仁良贵、太原王楷叔正同舟泊溪。"

八月，仲瑛祝发以谢世缘，庐屋三间于其母藏侧，名之曰“北山兰若”，于此披阅佛经，修补释典。画生倪原道日来听经，并为仲瑛画《补释典小像》。

上引《玉山名胜集》卷五顾瑛所为记：“今年春正月……夏四月……秋八月，予欲谢世缘而无策，不免削发作在家僧。”上引杨镰、叶爱欣整理《玉山名胜集·玉山遗什卷上·附录》所收顾瑛《补释典》诗前小序有：“而予在隐，间为当道交辟不已。遂祝发，庐草屋三间于葬侧，扁曰‘北山兰若’，披阅释氏大藏经典，手书补其阙漏者三百若干卷，皆装潢归景德寺庄中。以全忠孝也。画生倪原道日往来山中听经，因写此像以纪。”

倪原道为画人无疑，除此小像之外，尚绘有《金粟冢燕集图》，《元诗选癸集·庚下》即收有陆麒《题倪原道金粟冢燕集图卷》一诗，是以可知。

八月十四日，仲瑛于北山兰若修补释典，同寓者尚有袁华、米伯尧。

上引杨镰、叶爱欣整理《玉山名胜集·玉山遗什卷上·附录》所收顾瑛《补释典》诗后有：“是年八月十四日，顾阿瑛志于北山兰若，时修补坏经，善知识汝易（阳）袁子英、娄东米伯尧同寓焉。”案，米伯尧其人失考。

十月十四日，缪侃过玉山，仲瑛遂邀袁华、范基、钱敏、赵原、马晋集于可诗斋，尽欢之际，众人赋诗以纪。

《玉山名胜集》卷四顾瑛《口占诗序》有：“海虞山人缪叔正扁舟相过以慰别后之思。予谓兵后朋旧星散，得一顷相见旷如隔世，遂邀汝阳袁子英、天平范君本、彭城钱好学、荣城赵善长、扶风马孟昭聚首可诗斋内，诸公亦乐就饮，或携酒或挈果共成真率之会，由是皆尽欢。饮酒酣，各赋诗以纪，走笔而就，兴有未尽者，复能唱酬以乐永夜，予以诗先成，叔正俾予序数语于篇首，缅思烽火隔江，近在百里，今夕之会，诚不易得，况期后无会乎？吴宫花草，娄江风月，今皆走麋鹿于瓦砾场矣。独吾草堂，宛在溪上。予虽祝发，尚能与诸公觞咏，其下共忘其身于干戈之世，岂非梦游于巳公之茅屋乎？善长秉笔作图于卷，予索孟昭楷书以识。时丙申岁己亥月乙亥日，斋之主人顾瑛序。”

案，“丙申年己亥月乙亥日”，经查《2000 年中西历对照表》，即 1356 年 10 月 14 日。

至正十七年丁酉（1357），顾瑛四十八岁。

二月，释良琦过玉山时，玉山中芙蓉渚新成，释良琦遂与仲瑛登眺其上。

《玉山名胜集》卷五释良琦有诗曰：“避地去年因共难，临池今日喜同闲。晴沙草接春帘外，落日鸟鸣芳渚间。诗卷一朝归赵璧，野亭百里见吴山。已知金粟真成隐，约我钓船长往还。”诗下有：“去年春予与玉山主者避难于霅上，家之旧藏书画多失去。今年二月予自松陵放舟过玉山中，时芙蓉之渚新成，主人与予登眺其上，洗人心目，不觉人情畅然，与去年难中不同也。”

二月廿二日，释良琦泛舟访玉山，且以书招陆仁同至，时葛元素亦至，众人遂留数日，日日诗酒相娱。廿八日，释良琦欲归吴江，仲瑛止其行，又张筵于柳塘春，饮酒赋诗为乐。

《玉山名胜集》卷六陆仁《小集分韵诗序》有：“丁酉岁二月廿二日，龙门琦开士自吴江泛舟访金粟道人顾君仲瑛于界溪之上，龙门复贻书石川招予过此，适葛君天民亦自苕霅来，各以道路芜梗，睽离隔岁，慰藉问劳，握手叙契阔，语剌剌不能休，其于故人之情为何如哉？留数日，日以诗酒相娱乐，继而龙门复欲还吴江之无碍寺，道人止其行，且张席柳塘春之小轩。时春雨初霁，春水初生，绿波淡荡，柳色如濡，举酒相属，谈语甚欢。酒既半，道人作而言曰：‘适斯时也，当戎马交驰之际，凡我友朋，一别如雨，若匡山于君，番阳萧君，皆予之至厚者也，今日之在会稽，犹风马牛之不相及也。予思之未尝一日忘之，今日得与诸君合并，不知良晤又几何时，因思古人折柳赠别之意，不能不戚然于怀也，诸君能无言乎？’袁君子英遂举‘柳塘春水漫’之句分韵赋诗，以写其情云。是月二十又八日也，河南陆仁分得水字，且为之序。”

是年冬，仲瑛宴客于芝云堂，时有客携黄柑来，仲瑛遂与坐客共享。

谢应芳《龟巢稿》卷三有《至正丁酉冬，玉山燕客芝云堂，适有时贵自海上来，以黄柑遗之。玉山乃分饷坐客，且曰："吴中以连年扰攘无之，今有之，诸君子不容无诗"，故有是作》一诗，故可知。

十二月十一日，秦约在玉山可诗斋，为仲瑛撰《来龟轩辞》。

杨镰、叶爱欣整理《玉山名胜集卷下·来龟轩》录有秦约所作之《辞》，最末有："至正十七年腊月十有一日雪中，淮海秦约书于可诗斋。"是以可知。

至正十八年戊戌（1358），仲瑛四十九岁。

四月，岳榆过玉山草堂，留五日后别去，与王蒙、张高锡同宿山寺泰来峰楼居。后仲瑛与袁华过访，共饮于清真观竹池。此集二日后，岳榆等人复集于玉山，仲瑛置酒于梧竹间。

《玉山名胜集》卷七岳榆有文曰："至正戊戌四月，予自虎林抵吴城，遂挐舟造玉山草堂以慰契阔，留五日，予不别而往，与王叔明、张高锡同寓山寺泰来峰楼居，玉山主人与袁子英适与见遇，同饮清真观竹池西轩，玉山谓兵甲蝟集，朋友星散，会合诚难，期再过草堂少为行乐，而科役遽兴，愁叹百出，叔明亦谓艰难之际，交游之情正宜相劳。玉山别后二日，即同载如约，玉山置酒梧竹间，饮散于芝云堂前，复坐池上书画舫中玩月啜茶，同集者袁子英、卢公武、范君本，予念出处蹇屯，离合不偶，援笔赋诗以简同志并赋云。"

案，张高锡其人失考。

五月廿九日，仲瑛自为墓志铭。

《自铭》曰："大元至正戊戌，五月廿九日，顾阿瑛自制并书，汝阳袁华篆额。"

八月，仲瑛放舟至松溪与谢节相见，馆于同川法喜寺，释良琦陪从。其时倪瓒亦在法喜寺内，且为顾瑛绘制《金粟道人小像》。

杨镰、叶爱欣整理《玉山名胜集·玉山遗什卷下》有谢节文曰："至正十有八年秋八月，玉山顾隐君放舟来松溪，相见握手如十年旧。退馆于同川法喜寺，余以公务不能日相往还，水西龙门琦上人乃陪从焉。"

杨镰、叶爱欣整理《玉山名胜集·玉山遗什卷上·附录》所收《金粟道人小像》后有"倪瓒造。戊戌八月法喜精舍北楼"云云，是以可知。

中秋前八日，释自恢访谢节于吴江松陵驿，谢节遂作诗招仲瑛，命释良琦洒扫西寺以作仲瑛栖息之所。仲瑛既至，谢节喜而赋诗美其来会，释良琦遂装册且标其籤（签）曰《水西清兴》，来往高僧逸士，咸为留题于左。

杨镰、叶爱欣整理《玉山名胜集·玉山遗什卷下》有释自恢至正十八年所记："予中秋前八日访谢侯雪坡于吴江之松陵驿，时起潜震禅师在座，侯作诗招金粟道人过江上相见，诗成，命予作楷书以寄往。命龙门琦禅师洒扫西寺，为道人栖息之所。道人既至，侯喜而赋一律以美其来会，龙门遂装册，标其籤（签）曰《水西清兴》，凡高僧逸士，咸为留题于左。"

秋九月，谢应芳过玉山言别，仲瑛遂置酒书画舫，众人以"江东日暮云"分韵以饯。

《玉山名胜集》卷七顾瑛《饯谢子兰分韵诗》有："至正戊戌秋九月，毗陵谢君子兰过玉山，谓予言曰：'仆旅寓合塘之上，今年夏秋苦淫雨，田皆白波，与陂湖相通，所居复卑下，老妻稚子不遑宁处，兼乏樵苏之所，今于泗川里得屋一区，主于友人管伯龄，其里亢爽宜禾麦，予乃携砚田而就耕焉，故来言别。'予遂置酒于书画舫，邀恢公复初、袁君子英、陆君元祥、朱君伯盛，以'江东日暮云'分韵同饯。"

闰九月，仲瑛子元臣返玉山，仲瑛遂宴客于可诗斋。

《玉山名胜集》卷四袁华有文曰："至正乙未秋九月，平江等处水军都万户纳麟哈剌公拜江浙行省参知政事，奉旨统兵常镇。时宁海所正千户顾元臣在行间。越明年，二月，宁海君由无锡道太湖入杭，维时姑苏、槜李之壤，杳如吴越，音问不相知者二载。今年春二月，宁海君以功升水军都府副都万户，奉旨檄道天台杭海而归，时秋闰九月也。玉山嘉子之归，乃置酒会友朋于可诗斋。宁海君彩衣金符，照耀左右，奉觞行酒，侃侃愉愉。呜呼，父子之亲，君臣之义，鲜有能两全者。今宁海君能摅诚致义，升秩三品，居重庆之下，奉温清之养，可谓上不负圣天子，下不负所学矣。座客皆能赋诗，遂以'客从远方来。遗我双鲤鱼'以平声循次分韵，予得从字，敬序其端。"

案，《自铭》有："生男元臣，……今升水军都府副都万户，未任。"因《自铭》作于至正戊戌年，可知顾元臣乃于至正十八年授水军都府副都万户，则袁华文中所指即至正十八年。

十月，谢节以湖州守守嘉禾，复招仲瑛，馆于西学，众人复得重聚，日觞酒赋诗，其乐不减此前在江上水西时。

上引释自恢之文尚有："予两月走苕上，入姑胥，回玉山，今闻侯以湖州守守嘉禾，及龙门升住流虹寺，遂往尉焉。而侯又以书招延道人，馆于西学，复得从游，觞酒赋诗，醉醒三日，清兴不减在江上水西时。"

十月十六日，仲瑛约释自恢送起潜往水西寺，归憩于释良琦流虹丈室，释良琦具汤饼以待。

上引释自恢文亦有："今日道人约予送起潜师往水西寺，回憩流虹丈室，龙门具汤饼以过。午茶间，谭及吾数子者，又与侯俱聚首于此，岂非三生会中人也。偶观此册，时寺垣兵后尚有古梅一本，将已着花，为制《万玉图》并一绝，以纪两游两水西云。"诗曰："水西寺里又相逢，前度题诗是梦中。却忆葛川明月夜，梅华亦笑此心同。"诗后则署有："时至正十八年岁在戊戌十月十有六日也，豫章释自恢书。"是以可知。

至正十九年己亥（1359），仲瑛五十岁。

正月，仲瑛寓吴江法喜寺。

杨镰、叶爱欣整理《玉山名胜集·玉山遗什卷上·附录》所收顾瑛《写道经》前有小序云："予去年春正寓吴江法喜寺。"诗后则有："圣元至正庚子三月廿八日顾阿瑛志于朝天靖。"是以知去年者，至正己亥是也。

正月四日夜，仲瑛玉山草堂芝云堂、读书舍、可诗斋等处遇火，二万卷藏书化为灰烬。

上引杨镰、叶爱欣整理《玉山名胜集·玉山遗什卷上·附录》所收顾瑛《写道经》前有小序云："予去年春正寓吴江法喜寺，是月四日夜，玉山中芝云堂、读书舍、可诗斋，有郁攸毕方之灾，平日所藏书几二万卷皆为煨烬。"

遇火之后，仲瑛于芝云堂北建小殿若干楹，塑释迦牟尼佛、老子、孔子等像于其中，名之为三静殿之皆结不二室。其时袁华曾携卢熊手抄赵孟钊所书道经一部见过，赵原则自华亭来，为仲瑛绘焚诵图。

上引杨镰、叶爱欣整理《玉山名胜集·玉山遗什卷上·附录》所收顾瑛《写道经》诗前小序还有："因有三生之悟，即芝云堂北创小殿若干楹，像释迦、老君、孔圣于庄中，标其颜曰三静殿之皆结不二室。……适汝易（阳）袁君子英自昆山携范阳卢君公武手钞赵松雪书道经一部，内有大洞玉经三十九章，即其正文也。……莒城赵君善长自华亭来，为焚诵图以记。予今年踰劫命一岁，喜而制羽章三契于后云"。诗后则有："圣元至正庚子三月廿八日顾阿瑛志于朝天靖。"

十一月十一日，仲瑛、袁华过释元鼎白莲池，是夜集于桂轩之下，第二日又与谢应芳等促席桂旁文会，卜昼赋诗娱夜。十三日，仲瑛等如杭访谢节，释元鼎赋长句以赠其行。

杨镰、叶爱欣整理《玉山名胜集·玉山遗什卷下》有如下文字："至正己亥仲冬十一日，金粟道人顾君仲瑛偕子英袁徵（征）君过予白莲池上，是夜清集予桂轩之下，会予方结社，圆修道人欣然题名卷中，且曰：'吾将为招一时名贤，效刘遗民作誓文于山中，以继夫东林之风焉。'时则有若子兰谢先生、惟明董先生、叔蕴包进士，明偕来。于是促席桂旁文会，卜昼赋诗娱夜。……明早，道人呵冻写诗，飘然携客登舟，将如杭访雪坡太守，余不得从，因赋长句以赠其行，并寓夫怀人之思焉。”文后之诗云：“虎头道人诗酒颠，风流不减晋诸贤。因来茆屋题青桂，有约花时醉白莲。神骏每观支遁马，豪吟同上米家船。六桥杨柳今如许，笑与坡仙语昔年。天台学者元鼎顿首”是以可知此前之文当出自元鼎之手。

如杭访谢期间，达识帖穆尔见仲瑛于西天寺。

杨镰、叶爱欣整理《玉山名胜集·玉山遗什卷下》收有至正庚子正月立春前一日袁华书于观梅轩之文，称：“钱唐太守谢侯雪坡以书走崑山，招玉山隐君观梅于西湖之上，遂偕予放舟自吴淞道甫里，拜陆先生祠，访鼎师于桂子轩，各赋诗而别。越三宿至钱唐，见侯于围棋野舍，馆吴山之阳。而浙省丞相达识帖穆尔公素闻君名，命儒学副提举洪钦请见于西天寺。”

十二月二十二日，仲瑛应谢节之邀往西湖观梅时适逢兵起，遂告归，谢节饯之浙江亭上。

杨镰、叶爱欣整理《玉山名胜集·玉山遗什卷下》所收《西湖梅约》诗后有：“予邀玉山隐君西湖观梅，适烽火卒至，有败清兴，因而玉山告归，遂饯浙江亭，赋此为别。就问山居、铁厓二太史讯云。至正己亥冬十二月二十有二日。谢节顿首。”同书顾瑛所作亦云：“雪坡太守饯别浙江亭，同集者蔡君行简、钟侯声远、孙君用和，赋此奉谢。顾阿瑛顿首。”其诗则有：“浙江亭子大江隈，在昔吴王射弩台。潮随白马一线至，山分蛾眉八字开。刺史张筵杯际海，元戎起柁鼓喧雷。此行独负梅花约，稍待雪晴当再来。”

十二月廿五日，淮南省郎中周羲卿遣漕船送仲瑛至云间，其时杨维桢在焉，遂与张灯开宴，联句分题。

上引杨镰、叶爱欣整理《玉山名胜集·玉山遗什卷下》所收袁华书于观梅轩之文，称：“……适淮南省郎中周侯羲卿督饷留皇冈，亟遣漕舟以送至云间，而杨铁崖先生在焉。贰府谢君伯理、县丞俞君仲桓，一见倾倒如平生欢，即张灯开筵，联句分题。梅花之约，不于西湖而在乎九峰三泖之间。”同书亦收录顾瑛《廿五日谢周太守拨船见送时侯新除淮南省郎兼平省委督运军粮寓石墩》，是以可知。

归家途中，仲瑛亦曾一至璜溪，留吕恂铁砚斋四日，入华亭又舍于马庸小竹楼三夕，相与游者甚众。

杨镰、叶爱欣整理《玉山名胜集·玉山遗什卷下》有马庸所为文，称："玉山老仙自杭来璜溪，留吕氏铁砚斋四日。入华亭，舍予小竹楼者三夕。凡所与游，如主一钱公，季坚岳公、本初、文璧、近仁诸君辈，连衾大席，谈辩争出。于斯之胜，固不在于名位之赫赫者。今是录遗所亲所纪所疏，无乃执笔之过欤。抑恬于声利而忘于道义也。予谓有乖寔（实）录之旨，故书此以补阙（缺）云。端阳前一日，扶风马庸谨识。"

至正二十年庚子（1360），仲瑛五十一岁。

正月，浙东道宣慰副使朱文选身陷贼中，赋诗一首，仲瑛有唱和之举。

杨镰、叶爱欣整理《玉山名胜集·玉山倡和卷上》收有朱文选《至正二十年正月文选以浙东道宣慰副使守萧山西寇攻临浦水寨文选出兵战于兵大桥援兵不至身陷贼中赋诗一首云》，其后有顾瑛和作。

三月廿八日，仲瑛于朝天靖题《写道经》诗。

杨镰、叶爱欣整理《玉山名胜集·玉山遗什卷上·附录》所收顾瑛《写道经》诗后有云："圣元至正庚子三月廿八日顾阿瑛志于朝天靖。"

是年立夏后二日，陈汝秩携陈汝言所绘图过玉山。

《玉山逸稿》卷四《题陈惟允溪山秋霁卷》后有："予久不见惟允，忽惟寅携是图过草堂，开卷如睹颜采于梦寐中，虽正在阅道藏之时，不免破绮语戒，为制唐律四韵以归。时至正庚子岁，立夏后二日，金粟道人书于玉山草堂，顾阿瑛。"

四月十一日，岳榆、翟份过玉山访仲瑛。时春晖楼前芍药盛开，仲瑛遂置酒楼上，与众客饮酒相欢，并以"红药当阶翻"分韵赋诗。

《玉山名胜集》卷七岳榆《分题诗序》有："至正庚子孟夏，黄鹤山人岳榆与相台翟君文中自吴城挐舟至海虞，复过昆山访顾君仲瑛草堂，值春晖楼前芍药盛开，仲瑛重置酒楼上。是日雷雨新霁，风日淡荡，赵善长折金带围一朵插瓶中，及以红白花擎绕攒簇，朱伯盛督行酒令，集者七人，天基道士于方外暨伯盛、善长先醉，仲瑛谓人事惟艰，天时自适，友朋盍簪，宁无一语以纪其行乐乎？遂以'红药当阶翻'一句分韵赋诗而文中、仲瑛、子英并榆得药字，诗成为序其首，实四月十一日也。"

八月十六日，仲瑛邀客集于金粟冢上赋诗饮酒。时主客十有二人，赋诗者八人。

《玉山逸稿》卷四《金粟冢秋日燕集》一诗后附于立《金粟冢中秋日燕集后序》有云："时八月既望，顾君以书约游实口，予乃欣然就往，而平昔交旧咸集焉。慰劳之顷，仲瑛肃客登陇，藉以茵罽，环坐冢上，前列短几，陈列觞豆，各置笔札于□方。兴至而咏，情畅而饮，不以礼法束也。于是顾君扬觯而言曰：'齐物我，一死生，先生玄门之道也。予虽不敏，岂以死生动其心哉。以其没而吾故人哭于斯，祭享于斯，曷若先而与吾故人饮于斯，赋咏于斯也？昔之遭值方革颠沛，吾故人皆得以无恙，而先生之疾适以瘳矣，亦必有以相者矣。今而丧乱未平，今日之集，又安知明日为何如也。愿诸君各尽欢。'予亦作而告曰：'吾有大患，为吾有身，及吾无身，何患之有？达生委命，视死如归，吾学老氏者，固不必论，若夫穷理尽性，以至于命，原始反终，而知死生之说，孔氏之道也。子学孔氏者，能不以死生动其心，爵禄惑其志，子其几道欤！'子之□是，其亦玩世之士也。属予疾患以来，一切忘世，至于身亦忘，言亦忘也久矣，又何以言为哉。既授简于□□□□欲予言。予与仲氏交最深，知最厚，而兹山又予尝集游，则言又不得忘之矣。千古在前，万古在后，生而与故人饮酒泉台之上，则句吴自顾君始也。□□倪生原道仿李龙眠兰亭修禊图，□□□于右，淮海秦君叙之首，是集主客凡十有二人，为诗者八人，诗不成者四人。昆丘朱珪伯盛代子作小篆，书于□□□爵，余依觞政行罚云。至正纪元岁在庚子，是月日匡庐于立序。”

九月，释子贤携祺上人过玉山，仲瑛日与倾谈。一日，置酒书画舫，主宾凡八人，酒半，以“对酒当歌，人生几何”分韵赋诗。

谢应芳《龟巢稿》卷九《书画舫燕集序》有：“古之人凡乐其高尚者，必寓意于诗酒花竹山水之间，与之游者，盖亦乐其乐。若我玉山隐君，其亦可谓高尚者乎？君生长世家，一旦尽去其少年豪华之习，结草堂玉山中，艺花种竹，日与山僧羽人布衣韦带之士以游以居，达官贵人未尝一见其面。征车之来，则踰（逾）垣闭门甚于段泄，不知者或讥以迂怪，君闻之自若也。至正庚子秋九月，愚隐师携祺上人等过之，语道相契，日坐至夜分乃已。一日，君置酒书画舫，主宾凡八人，其七人皆善饮，独愚隐师性不嗜酒，亦欣然为之劝酬嘔噱，各尽其欢。既醉，以‘对酒当歌，人生几何’两语阄韵赋诗，时秋高雨晴，芙蓉金菊之花照映池岛，悦人心目而咏歌者有不能已者，故分韵之外，复有倡和之什焉。夫愚隐师一至居数日，非惟主人留客之固而客亦春乎山水花竹之间而忘其去，则所谓乐其乐也。诸诗写燕集之娱，园池之胜备矣，余复引而申之以识岁月。”

至正二十三年癸卯（1363），仲瑛五十四岁。

约于是年，仲瑛新营别业于合溪，并徙居于斯。可观见过，写《合溪焚诵》图，三月十九日，仲瑛于合溪别业题《合溪焚诵》诗。

《玉山逸稿》卷四有《玉山中亭馆折毁殆尽，仅留一草堂耳，今于嘉兴合溪营一别业，颇幽绝，因赋五言一首》，可知顾瑛合溪别业建于玉山火灾之后。杨镰、叶爱欣整理《玉山名胜集·玉山遗什卷上》则有《合溪草堂》诗，诗后题有：“予爱合溪水多野阔，非舟楫不可到，实幽栖之地，故营别业以居焉。善长为作此图，甚肖厥景，因题以示。湖中一州，乃澄性海所住潮音庵也。至正癸卯冬至日，金粟道人顾阿瑛试温子敬笔，书于玉山草堂。”是以合溪别业建成时间，大致即至正癸卯年间。而杨镰、叶爱欣整理

《玉山名胜集·玉山遗什卷上·附录》所收顾瑛《合溪焚诵》诗前又有小序云："予得合溪，地幽水秀，风俗朴险，遂营别业，为焚诵计。可观见过，援笔写图，且索予自题云。"其后则曰："至正癸卯三月十有九日金粟道人顾阿瑛书于金粟堂。"则合溪别业当于至正癸卯三月十九日前便已建成。

是年冬至，仲瑛为赵原《合溪草堂图》题《合溪草堂》诗。

《玉山逸稿》卷四有《玉山中亭馆折毁殆尽，仅留一草堂耳，今于嘉兴合溪营一别业，颇幽绝，因赋五言一首》，可知顾瑛合溪别业建于玉山火灾之后。而杨镰、叶爱欣整理《玉山名胜集·玉山遗什卷上》有《合溪草堂》诗，诗后题有："予爱合溪水多野阔，非舟楫不可到，实幽栖之地，故营别业以居焉。善长为作此图，甚肖厥景，因题以示。湖中一州，乃澄性海所住潮音庵也。至正癸卯冬至日，金粟道人顾阿瑛试温子敬笔，书于玉山草堂。"则合溪别业建成时间，大致即至正癸卯年间。

是年除夕，仲瑛有和诗。

杨镰、叶爱欣整理《玉山名胜集·玉山遗什卷上》有顾瑛《次韵癸卯除夕》之诗。

至正二十四年甲辰（1364），仲瑛五十五岁。

是年元日，仲瑛有和诗。

杨镰、叶爱欣整理《玉山名胜集·玉山遗什卷上》有顾瑛《次韵甲辰元日》之诗。

七月望日，仲瑛与张可观观一竹卷于市泾别业。

《玉山逸稿》卷四《补之竹卷》后有小注云："至正甲辰七月望，与张可观观于市泾别业，因题以识顾阿瑛。"

案，市泾别业不详所指。

至正二十五年乙巳（1365），仲瑛五十六岁。

七月廿一日，仲瑛在其合溪别业。

《玉山逸稿》卷四《巫峡云涛石屏志》后有："今高君叔彬携

此卷至别业求题，且知杨铁崖亦到湖上，由是益知其贤而好事，故制长诗一篇，寄题宝屏，他日或饮君蔷薇花下，幸出此为张本云。至正乙巳七月廿一日，金粟道人顾阿瑛书于合溪别业。”

案，高叔彬其人失考。

至正二十六年丙午（1366），仲瑛五十七岁。

三月十四日，仲瑛有与陆麒唱和事。

杨镰、叶爱欣整理《玉山名胜集·玉山倡和卷下》有陆麒《唐律一首敬为玉山隐君寿》、玉山《次韵自寿》。顾瑛之诗云：“兵尘惨淡十年春，南极光开见北辰。天上紫泥封宝篆，花间彩服拜文茵。年当半百又七岁，心悟三生总一身。最喜承平今有待，故乡甘旨奉慈亲。”以是可知此为顾瑛五十七岁事。

明太祖洪武元年戊申（1368），仲瑛五十九岁。

是年，仲瑛从其子元臣以元故官例徙濠梁。

《殷铭》：“岁戊申，从其子元臣迁临濠”。《明史本传》有：“及吴平，父子并徙濠梁”。《元书本传》则云：“明初以元臣为元官，例徙临濠，俄而卒，年六十”。《姑苏志》卷五十四《人物十四·文学》：“洪武初，随其子元臣迁临濠卒”。吴宽《匏翁家藏集》卷五十一《跋桃源雅集记》有：“玉山在国初以其子元臣为元故官，从诏皆徙居中都”。

案，依吴宽《匏翁家藏集》卷十三《题元顾仲瑛玉山佳处卷后》，其诗“栩栩百年真梦境，濠梁还见旧题铭”句后有注云：“仲瑛后迁中都，家于庄子观鱼台旁，题其屋曰梦蝶。”可知顾瑛于濠梁居处。因吴宽与顾瑛五世孙镛有交，则其言亦属可信。

另，据袁华《耕学斋诗集》卷六有《分题得南武城送顾仲瑛之濠梁》一诗，则可推知于仲瑛前往濠梁之际，其友朋间亦有相集以赋诗饯行之举。谢应芳《龟巢稿》卷四《祭顾玉山诗》有：“挈家赴临濠，星言去程速。送行愧邹游，口占谢龟缩。”可证前所言。

仲瑛北迁之际，曾过殷奎。《殷铭》有："始君北迁时尝过奎曰：'吾与子为死别！'呜呼，孰谓君果不返邪！"

三月二十六日，仲瑛将发濠梁，因登虎丘。

《玉山逸稿》卷四《登虎丘有感》诗后有："仆将发濠梁，因登虎丘，辱彬上人款茶话闲，始知居中禅师住此已久，翻思二十年前与姚子章同见时，真若梦寐，何相见之缘若是？又值吾师远出，仆此行亦不知何日还乡，谩写前诗，托古道转达，且当一番相见。他日南归，却来座下有发侍者也。三月廿六日，金粟道人顾阿瑛，合什附寄居中禅师待香者。"其诗于四库本《玉山璞稿》题为《往凤阳次虎丘》，诗云："柳条折尽尚东风，杼袖人家户户空。只有虎丘山色好，不堪又在客愁中。"

仲瑛既于洪武元年发濠梁，则可知此乃一年之事。

洪武二年己酉（1369），仲瑛六十岁。

三月十四日，仲瑛卒。

《殷铭》云："而卒实洪武己酉三月十四日也，距其生之岁至大庚戌，得年六十。"是年春暮，谢应芳曾获仲瑛自濠梁所寄书，见谢应芳《龟巢稿》卷十一《慰顾国衡丧父书》，其文曰："暮春承令先君书，首叙别怀，次言羁况，惊虞忧患，靡不详悉，所云旧疾新愈，惟手颤未能作字，又曰颤定更写诗寄去也。时予以来人便回，即口占一律用代答简。岂意五月六日遽闻捐馆，初疑谬传，未以为信，又细询之，果尔，故不觉老泪之湿衣袂也。"

十一月，其子元臣以仲瑛之丧归自临濠。

《殷铭》云："君卒之年，冬十一月，元臣以其丧至自临濠，卜以十二月庚午葬君绰敦之寿藏。"

十二月庚午，仲瑛葬于绰敦寿藏。

参见上条所引。

附录二

顾瑛交游考[①]

一、文学

1. 陈基

陈基（1314—1370），字敬初，有韦羌山人之号[②]，临海人。从学于黄溍，后随至京师，授经筵检讨，后归寓居于吴。曾仕于张士诚，累升学士。明初，预修《元史》，赐金而还。有《夷白斋稿》三十五卷、《外集》一卷、《补遗》一卷。《明史》有传。

陈基与顾瑛交好，玉山雅集屡见其身影。顾瑛于《草堂雅集》中称其："明敏好学，受知于晋卿黄先生，明《春秋》，后以举子业无益于学，克志为古文诗章，同辈虽极力追之不能及，名重于时。游京师，公卿争与之交，而其德性慎重，事亲尤尽者，望而知其为君子也。"可见顾瑛对此君的推重。

陈基《夷白斋稿》之中，亦多与顾瑛相关之作。如：《次韵玉山唱和诗》、《煮雪窝为玉山作》、《寄玉山》、《次韵怀玉山》、《次韵送彦成、玉山》、《和玉山韵》、《草堂》、《碧梧翠竹堂》、《渔庄》，等等，还有为顾瑛父所作的《尊贤堂分韵赋诗序》。字里行间，可见陈基对顾瑛的推许之意。二子之间的关系，直可谓惺惺

---

① 本交游考分文学、方外、画人书家、隐逸、西域蒙古、官吏、工匠伎艺及其他等八类。此八类中，不少人具多重身份，分类时但依其最著之一种身份为之归类。每一类中，其顺序依照姓名的汉语拼音音序排列。

② 《玉山名胜集》卷七陈基《春晖楼记》有："至正十年十一月甲子韦羌山人陈基撰。"

相惜。

2. 陈聚

陈聚，生卒年不详，字敬德，临海人，陈基之兄。世业儒，刻志读书，诗尤工律体，多脍炙人口之作。至正十九年（1359）为常熟州学教授，迁上海县主簿。

其至玉山的次数不如其弟，其与顾瑛关系，也显然不若其弟。然就其在《玉山名胜集》卷五所题一诗，亦可见其对顾瑛玉山的喜爱之情。诗云："爱尔桃溪好，幽期不可分，山光晴挹翠，玉风暖为云。渔艇花间泊，樵歌竹外闻。思君赋招隐，惭愧北山文。"

3. 陈旅

陈旅，字众仲，莆田人。杨镰等人整理《草堂雅集》卷后一收有陈旅诗，其小传则有："书无不读，以馆阁荐辟，由国子助教起家仕至翰林应奉，与虞、范齐名，后至元己卯岁，与陈君敬初北上，予往饯于阊阖门，因得一见。所刊诗皆得之敬初云。"可知陈旅与顾瑛缔交，乃与陈基直接相关。

4. 丁复

丁复，生卒年不详，字仲容。有诗名。《元人传记资料索引》称其："放情诗酒，浪迹江淮间，晚寓金陵。为诗不事雕琢而意趣超忽，自然俊逸，有《桧亭集》九卷。"① 顾瑛《草堂雅集》录有其诗，且有小传称："丁复，字仲容，天台人，有盛名。往年予访虚一赵真士于白鹤观，时公在座间。后数年君去世，《桧亭集》始行，然多所遗落，今所辑录，皆补其缺。其出处见《桧亭集》中。"是以知二人有交。

5. 冯濬

冯濬，生卒年不详，字渊如，华亭人。为诗清俊而赖良《大雅集》题渊如名以默，自号弹铗生，《元诗选癸集·庚下》有"弹铗生冯濬"。《玉山名胜集》卷一有其诗曰："玉山草堂玉山里，银浦流云护石矼。粉垣绿竹高千尺，秋水锦凫飞一双。小桃源近长洲

① 《元人传记资料索引》，3页，北京，中华书局，1987。

苑，百花潭如濯锦江。亭台莫许浪题品，玉堂学士笔如杠。”诗中显见此人对顾瑛称赏的态度。

6. **高明**

高明，字则诚，号菜根道人，瑞安人。其大约生于元成宗大德十年（1306）①，至正五年（1345）进士，曾任处州录事，福建行省都事等职。元末方国珍据浙东，曾邀留幕下，不从。后至鄞县栎社，致力编撰词曲。至正十九年（1359）岁末，病逝于四明。② 卒年约五十有四。顾瑛《草堂雅集》卷八“高明”条有：“高明，字则诚，永嘉平阳人。至正五年张士坚榜中第，授处州录事。长才硕学，为时名流。往来予草堂，具鸡黍，谈笑贞素，相与淡如也”。见于载录者，唯有高明在至正九年（1349）至顾瑛玉山一次雅集之事。此番席上，众人饮酒赋诗乐甚，高明为作《碧梧翠竹堂记》，文中满是眷眷之意。

7. **郭翼**

郭翼（1305—1364），字羲仲，一作熙仲，号东郭生，又号野翁，昆山人。少入乡校，从卫培学，邃于《易》，文辞必欲追古作者，讽诵思绎，虽一字亦不苟。杨维桢尝评其文可以方轨西京。此外，杨维桢于《西湖竹枝集》中亦言：“郭翼字羲仲，吴之昆山人，博文史，不为举子业，专资以为诗，其诗精悍者，在李商隐间；风流姿媚者，不在玉台下也。”

郭翼家贫，然不肯干谒，与俗寡合，有力者多不肯荐。家居授徒，后以训导老于学官。尝献策张士诚，劝其反，张士诚怒其言切，欲杀之，以其妻固谏，得逸去。及卒，卢熊题其墓，曰“迂善居士”③。著有《雪履斋笔记》一卷，《林外野言》二卷。《新元史》有传。

---

① 黄仕忠:《〈琵琶记〉研究》，10～12页，广州，广东高等教育出版社，1996。

② 黄仕忠：《〈琵琶记〉研究》，23页，广州，广东高等教育出版社，1996。

③ 《道光昆新两县志》，卷二十六，见《文苑一》，《中国地方志集成·江苏府系志辑15》，南京，江苏古籍出版社，1991。

顾瑛《草堂雅集》卷九“郭翼”条有：“郭翼，字熙仲，姑苏之昆山人，明敏博学，不屑为举业，专志为古文，诗尤精悍。缙绅先生无不爱重之，人言娄东之能诗者，必曰‘东郭生’云。”

《玉山名胜集》中多见其诗。而其《林外野言》亦有《寄于彦成兼柬玉山》、《玉山草堂》、《淡香亭》、《拜石坛记》、《白云海》、《过绰墩舟中奉寄玉山》、《题玉山雅集》及《与顾仲瑛书》，其与顾瑛，亦有着甚笃之交情。

8．胡助

胡助，生卒年不详，字履信，一字古愚，自号纯白道人，东阳人。举茂才为教官，除建康路学录，调美化书院山长，入为翰林编修，久之调右都威卫儒学教授，再任翰林编修，迁太常博士，至正五年（1345）致仕而归。有《纯白斋类稿》二十卷。《元史类编》、《宋元学案补遗》有传。

顾瑛《草堂雅集》卷十三有：“胡助，字古愚，金华人，性端方，好读书，长游京师，受知馆阁诸老，辟试史馆职，后以太常博士致仕。诗有《杂兴》及《上京汴中纪行集》。与铁崖杨先生访予里舍，其所题玉山草堂诸作别刊于《精舍吟》云。”由此可知二人起码有一面之缘。

9．华翥

华翥，生卒年不详，字伯翔，吴兴人，居于吴江，好古力学，有声于士林间。其性至孝。母疾，祷北辰而愈，及母没，犹持律甚严。① 其有诗曰：“我爱玉山之草堂，清秋树色正苍苍。虎头痴绝清真癖，贺监归来老更狂。傍席好花迎珮粲，当门立鹤过人长。何时月夜将箫管，醉倚阑干学凤皇（凰）。”足见其对顾瑛玉山的态度。

10．黄溍

黄溍（1277—1357），字晋卿，义乌人。延祐二年（1315）进士。历诸暨州判官，累擢侍讲学士、知制诰，与修国史。以秘书少

---

① 事据臧励龢等编：《中国人名大辞典》，1 199 页，北京，商务印书馆，1921。

监致仕。卒，追封江夏郡公，谥文献。有《黄文献公集》十卷。《元史》有传。

《玉山名胜集》之序即黄溍所撰，序中有："今仲瑛以世族贵介，雅有器局，不屑仕进而力之所及独喜与贤士大夫尽其欢，而其操觚弄翰，觞咏于此，视樊上翁盖不多让，而宾客倡酬之盛，较之辋川或者过之。"黄溍为人的一个特点就是对人不轻易表示许可。由此可知其对顾瑛确实是赞赏有加。

黄溍之诗亦收录于《草堂雅集》之中。顾瑛于其小传中有云："寓吴开元寺时，予始获见，遂得其诗集云。"据此可知二人缔交之经过。

11．金翼

金翼，生卒年不详，字敬德，天台人，一说乐清人，又云丹丘人。其于《玉山名胜集》卷一有诗云："不见玉山今五月，近闻乘兴越中行。清狂道士居湖曲，文字参军在郡城。罚酒定依金谷数，看花犹忆馆娃名。独怜此日沧江上，彩笔题诗寄远情。"由此诗可知其与顾瑛有交，对于顾瑛玉山之宾客，亦不陌生。而于玉山雅集之事，其人则显得甚是怀念。《玉山名胜集》卷四陈基《送郑同夫归豫章分题诗序》即有："于是吴兴郯九成、沈自诚、龙门琦上人、赤城金敬德、钱塘俞在明，皆以能诗为仲瑛友。……同夫首为赋诗，仲瑛率众宾和之，而敬德起行酒放歌，作庐山高亹亹，有梁楚间人气调。"

12．李祁

李祁，字一初，号希蘧，茶陵人，元统进士，累官浙江儒学副提举。元将亡，隐居永新山，明初征聘不起，自称不二心老人。

《玉山名胜集》另一序即李祁所为，序中李祁称美顾瑛曰："盖仲瑛以衣冠书礼之胄，好尚清雅，识度宕达，所交皆一时名胜，故其胜如此。"

13．李廷臣

李廷臣，生卒年不详，字仲虞，台州宁海人。幼从丁复游，有声江湖间。《玉山名胜集·外集》有其一首《和玉山蚊字韵》，诗曰："玉山见说清事多，湖上相逢慰所闻。五色石英流湛露，千年芝草卷层云。丝桐细细莺鸾语，仙袂飘飘凤鹄文。月出酒醒吹铁笛，草堂风动响秋蚊。"可知其与顾瑛亦曾相见，并有唱和之举。

顾瑛于《草堂雅集》卷十三"李廷臣"条有："李廷臣，字仲虞，台之宁海人。幼从仲容丁先生游，故有声江湖间，所和余与铁崖联句诗，尤颖脱，观者可知矣。"

14. 李孝光

李孝光（1285—1350）①，字季和，温州乐清人。工古文，隐居雁荡山五峰下，至正七年（1347）以秘书监著作郎召，见帝于宣文阁，进孝经图说，帝大悦。明年升秘书监丞，卒于官。有《五峰集》六卷。多种史料均言李孝光乃顾瑛之宾，曾主顾瑛玉山。如《明史·顾瑛本传》即言："四方文学士，河东张翥、会稽杨维桢、天台柯九思、永嘉李孝光、方外士张雨、于彦成、琦元璞辈，咸主其家。"然据杨镰等人所整理的《草堂雅集》卷后一李孝光条，其小传有云："字季和，永嘉人。诗文自成一家，为东南硕儒。戊子春，过娄江回憩草堂，继即应召秘监著作，故其述作不多得，今所刊录皆口授云。"可知李孝光于顾瑛草堂仅此一过而已，称其曾主顾瑛玉山明显与事实不符。

15. 李瓒

李瓒，生卒年不详，字子粲，一字子𢈪，自号弋阳山樵，姑苏人，多才能文，旁通浮屠庄周之学。《玉山名胜集·外集》中有其《怀玉山西墅》诗，同书中题为明德所作诗者，下有文曰："至正十一年秋七月，华亭郭氏子效宋局制鹦鹉研，弋阳山樵李瓒以金购得，持赠玉山且歌诗。"可见李瓒与顾瑛之间的来往与交谊。而顾瑛《草堂雅集》更有："李瓒，字子粲，姑苏人。幼从元明余先生游，资性旷达，多才能。读书作文之暇，旁通浮屠并漆园氏学。凡

① 据黄仁生《论李孝光的诗歌创作及其在诗坛地位的变迁》所列参考文献［1］，言学术界多依李孝光女婿陈德永所撰《李五峰行状》，定李孝光生卒年为1285—1350。本文遂亦依之。黄先生文章载于《中国文学研究》，2001（2）。

有品题，若不经意而颖脱过人。与余友善，故所寄尤多焉。”二人之交，当非等闲。

16. **刘肃**

刘肃，生卒年不详，字子威，开封人。读书工律，试郡从事，后弃去。杨维桢于《西湖竹枝集》中称之：“诗尤有法度云。”

《玉山名胜集》卷二有其次龙门韵所作，诗曰：“故人远招扬执戟，酒船回到孝廉家。玉山独立高如屋，湖水西回曲似巴。铁笛吹翻蛟蜃窟，清娥舞落芙蕖花。何日问潮亭子了，更邀齐巳卧烟霞。”

17. **吕诚**

吕诚，生卒年不详，唯知其于洪武二十六年（1393）犹存，字敬夫，吴之东沧人。顾瑛于《草堂雅集》称其：“幼聪敏，喜读书，尤长于唐三宗师楷法。时东沧之俗尚靡，独能去豪习，事文雅，故名士咸与之交。家有来鹤亭、梅雪斋，日与郭羲仲、陆良贵倡和其间，诗意清新，不为腐语。东沧之人多诵之。”足见顾瑛对其评价之高。

18. **陆德原**

陆德原（原一作源，1282—1340），字静远，长洲人。捐田以创甫田书院，延名儒为之师，学者甚众。行省即署为书院山长，秩满，调徽州路学教授。

《玉山逸稿》卷一有《谢陆静远惠徽纸、蜜梅，即用来韵》一诗，而《玉山名胜集·外集》又有陆静远《余以蜜梅、徽纸二束寄赠玉山，辱以诗谢，用韵填廓，聊复雅意》，显然是对顾瑛诗的回应之作。物虽微薄，亦可见二人交情之切。

顾瑛《草堂雅集》中亦有称：“陆德源，字静远，吴郡人，甫里先生之后。好学博古，尊敬师友，虽赀（资）赡力给，谦恭若出诸生之下。愤甫里之学不传，遂作甫里书院于城南，拨良田以给学徒。有司闻其事，遂命其长是院，后升徽城教官，以疾终。家有杞菊轩，吴人称‘杞菊先生’云。”

关于陆德原，尚可参见徐复祚《花当阁丛谈》卷三“陆道判”

条，其文曰："元时富人陆德原，货甲天下，为甫里书院山长，亦有文藻，一时名流咸与之余。处暮年，感时事，忽以家业尽付所善友二人……陆出门矣，去为黄冠师，居陈湖上，开瑞云观居之，改名宗静，又援例为道判，时称陆道判，其故宅今为竹堂寺。"

19. **陆仁**

陆仁，生卒年不详，字良贵，号樵雪生，亦号乾乾居士，本河南人，寓居昆山为水军都万户幕僚。其人沉静简默，明经好古，其诗清隽奇伟，所书欧楷章草皆洒然可观。故为馆阁所重，称为陆河南。其于玉山，亦常至也。顾瑛《草堂雅集》卷十三有："陆仁，字良贵，昆山人。好古文，诗不苟作，为人沈静简默，与予有葭莩之好。故舟楫时过草堂，相与谈诗清话，终日忘归。当时馆阁诸公皆重之，称为陆河南云。"可见二人关系匪浅。

20. **陆友**

陆友，生卒年不详，字友仁，号砚北生，吴郡人。工诗善画，精古器物鉴定。柯九思、虞集极称赏之。卒年四十有八。有《砚北杂志》二卷、《墨史》二卷。顾瑛《草堂雅集》卷十有："陆友，字友仁，姑苏人。幼聪敏好学，作诗必拟古人，不苟下笔，故其诗皆有法度。北游京师，馆阁诸老无不爱重之。惜其不永年，故诗不多得云。"

21. **卢昭**

卢昭，生卒年不详，字伯融，闽人，侨居昆山，其父善教子，令昭从明师学，百家靡不探究，且工于诗，所作皆有法度，明初以荐起为扬州教授。

卢昭于玉山雅集时有参与。《玉山名胜集》有其诗云："凭高一望三百里，草堂嘉树秋氤氲。慷慨杜陵独怀古，痴绝虎头能好文。夜久看山占玉气，酒颠临石拜芝云。浩歌绿水且归去，明日题诗重寄君。"可见其与顾瑛有交。其于拜石坛也有题诗。

顾瑛《草堂雅集》卷十二有"卢昭"条："卢昭，字伯融，闽人，侨居东沧。从明师为举子业，诗文尤有法，搢绅先生器重之。余交于其父子间，视伯融尤相爱重云。"

22．潘纯

潘纯（1292—?），字子素，合肥人。有俊才，流寓吴中，日与诸贵人觞咏为乐。至正十二年（1352）兵起，移家绍兴，行台大夫以为上客，寻为其子诬陷，械送吴郡，中道拉杀之。《元诗纪事》卷二十二有："纯字子素，庐州合肥人。晚居淮浙，为行台御史大夫纳璘子安安所杀。"《元诗选三集·庚》"潘处士纯"条有："纯字子素，庐州合肥人。风度高远，壮游京师，名公卿争延致之。每宴集，谈笑倾座，辄云潘君不在，令人无欢。尝著《辊卦》以讽切当世，其'初六'辞云：出门便辊，又何咎也。其'上六'曰：以辊受爵，亦不足敬也。或以达于文宗，目为滑稽士。欲系治之，因亡走江湖间。晚居淮浙，后为行台御史大夫纳璘子安安所杀。子素喜为今乐府，与冷斋、疏斋相为左右。歌诗秀丽清郁，后生辈窃咏之，以谓义山、飞卿殆不能过也。"顾瑛《草堂雅集》卷六"潘纯"条下有："潘纯，字子素，淮西人。世儒业，博学通古今，善谈笑。作诗为文，迥出流辈。壮游京师，名公大人无不与交。晚居淮浙间，名重一时云。"

23．秦约

秦约（1316—?），字文仲，太仓人。人常称秦淮海。秦玉之子。博学强记，好吟咏。至正间为崇德州学教授，明初以文学举，召试慎独箴，文第一，遂授礼部侍郎，以母老辞，改授溧阳教谕，在任八年，请老归。《明史》有传。《道光昆新两县志》卷二十六《文苑一》称："约文章务求理性，兼工诗，自名其居曰鹤冢，张翥、贡师泰尤推重之。"

秦约与顾瑛交好，乃玉山草堂常客，多与玉山雅集活动，饮酒赋诗以为乐。顾瑛《草堂雅集》言其"家传诗经之学，文行兼备，为乡闾所称。尝过草堂，出所作见示，敬录于左"。《丛书集成初编》本《玉山璞稿》至正乙未卷卷末顾瑛亦曾有言曰："文仲性嗜书，有书迂，娄江人称为太迂先生云。"言语之中，颇可见顾瑛对秦约之赞许。

而秦约闻顾瑛欲得赵孟頫所篆"淡香"二字，即毫不吝惜，欣然相赠。[①] 其于《玉山名胜集·外集》《怀玉山主人》诗前有："余日坐芝秀轩，所相爱厚者，卢君伯融、袁君子英、陆君良贵，每过必谈仲瑛园池亭馆之盛，山水竹木之美，文章翰墨相与藻缋者，则有铁崖仙人、匡庐逸士。"诗中则有："不但郑庄偏好客，也知顾况最能诗"，"多少东华冠佩者，相逢都说虎头痴"。其对顾瑛推重之意，一望即知。

24. 郯韶

郯韶，生卒年不详，字九成，号云台散史、云台仙吏、苕溪渔者，吴兴人。至正中曾为漕府掾，为人不事奔竟，淡然以诗酒为乐。其人不善画，然偶为山水画，亦有奇趣。《元书》有传。

杨维桢在《西湖竹枝集》中称其"少开敏博学，慷慨有大志，工唐人诗，务追开元、大历之盛，故格力欲与北州李才辈上下云。"顾瑛于《草堂雅集》卷十亦云："郯韶，字九成，吴兴人。好读书，慷慨有气节。辟试府掾，不事奔竞，淡然以诗酒自乐。作赋不习近世体，欲追唐人之盛。杨铁厓先生以为与北州李才相上下，骏马新銮，蹄骎骎未可知也。"

其与顾瑛交好。于顾瑛玉山之雅集，多有参与；相伴出游之事，亦多在其中。后因漕台事繁，方渐少至。

25. 屠性

屠性，一作申屠性，生卒年不详，字彦德，暨阳人。少因家贫曾为州吏，时黄溍判州事，见而奇之，授以为学之要。至正时举副榜，历歙县教谕、月泉书院山长。著有《春秋大义》、《彦德集》。今传世者唯《彦德集》。

顾瑛《草堂雅集》卷十三有"屠性"条，文曰："屠性，字彦德，会稽余姚人。明《春秋》学，幼从晋卿黄太史游，故其诗文严整有法度，嘉定儒学聘为经师，其经由多至草堂，故得诗

① 《玉山名胜集》卷七淡香亭题句下所附秦约一通书简，即言及此事。其书曰："良贵来，闻欲得赵文敏所篆'淡香'二字，区区得之外家久矣，但未有一亭一台以称斯颜，遂欣然归之玉山。"

稍多。”

《玉山名胜集》卷八金粟影题诗有屠性所作一首，诗云：“桂树丛生双涧侧，玄堂羽盖拥团团。流膏久矣成芝菌，结荫终当集凤鸾。雨露春深增怵惕，溪山秋晚耐高寒。淮南不用歌招隐，留与云仍百世看。”

26．王逢

王逢（1319—1388），字原吉，江阴人。世居江上之黄山，自号席帽山人。杨镰、叶爱欣整理《玉山名胜集·玉山遗什卷上·附录》收有王逢诗《怀昆山顾瑛玉山尝弃官与家隐同里僧寺》，诗云：“吴门长啸下青龙，道过能诗秃发翁。九里水云孤棹泊，半楼霜月两尊同。黄金浮世官俱弃，白石眠云草俱丰。俯首旧游惟病在，海滨倚钓几秋风。”观其诗，则其与顾瑛相交当在顾瑛祝发之后。

27．王祎

王祎（1322—1373），字子充，世称华川先生，义乌人。早年学于黄溍、柳贯，以文才著称，与宋濂齐名，元季隐德弗显，元末朱元璋取婺，辟为掾，后历官江南儒学提举司校理、侍礼郎兼引进使、起居注、南康府同知、漳州通判，后与宋濂同总裁修《元史》，史成，奉命使云南，殉节死。官至翰林待制。后谥忠文。有《王忠文集》传世，《明史》有传。

其曾于至正十年（1350）至顾瑛玉山，觞咏之余，为作《可诗斋记》。顾瑛《草堂雅集》卷十有：“王祎，字子充，金华人，晋卿黄先生门人。与天台陈敬初游京师，为朝贵所重。赴乡荐归江南余与定交。时过草堂，觞咏累日。吴中习举业者多从之。”

28．韦珪

韦珪，生卒年不详，字德圭，一作德珪，山阴人。有《梅花百咏》一卷。杨维桢于《西湖竹枝集》称其：“早年以诗鸣其乡，有《梅花百咏》梓行于书坊。其网罗古今诗人之学，而日进于近古者未已也。”

顾瑛与其有交。《丛书集成初编》本《玉山璞稿》有《韦德珪携诗见访，次韵以复》一诗，是以可知。此诗曰：“儒冠自笑不封侯，犹向山中气食牛。未见李邕思识面，若逢东野合低头。新诗烂写泥金纸，美酒深倾药五舟。安得相逢王子晋，月明笙鹤过丹丘。”

29. **卫仁近**

卫仁近，生卒年不详，字叔刚，一字子刚，华亭人，卫德嘉之子。从杨维桢游，好学绩文，不求仕进，卒年四十七岁。顾瑛《草堂雅集》卷十有：“卫仁近，字子刚，云间人，学举子业。从杨铁厓游，常以才子称之，此数诗皆其所寄云。”

卫仁近于《玉山名胜集·外集》有《承遗竹枝赋近体以寄》一诗，诗曰：“草堂只在玉山西，未识风流顾恺之。鸳冷绣衾春病酒，蜡消银烛夜敲棋。每怀凤鸟栖梧树，辄倚乌皮唱竹枝。昨夜阑干明月上，恼人箫管不胜吹。”依此诗，卫仁近似并未与顾瑛相识，然亦可见其倾慕之意。

30. **文质**

文质，生卒年不详，字学古，号海屋，晚号雁门叟，甬东人，居吴之娄江。有诗名，好为长吉体。卒年九十六。《玉山名胜集·外集》所收其《和九成韵寄玉山主人》诗有：“我爱虎头公子贤，高怀历历泻长川。酒尊花底分秋露，茶灶竹间生白烟。日落渔庄听雨坐，风微草阁看云眠。西凉进士曾留别，应说相逢十日前。”其二则云：“白头有约渔庄上，我亦归来理钓丝。”可见其与顾瑛有交。

顾瑛《草堂雅集》卷十二“文质，字学古，甬东人。居吴之娄江，有诗名，好为长吉体，酒酣长歌，声若金石，游京师为朝贵所知，每过草堂，必谈笑累日，所录皆口诵云”。

31. **吴克恭**

吴克恭，生卒年不详，字寅夫，毗陵人。至正十二年（1352）寇陷常州，未几官军收复，吴克恭以从逆伏诛。关于此事，陶宗仪《辍耕录》卷七“忠倡”条有：“至正壬辰秋，边寇陷常州，守吏望风奔溃。徐妇，倡者，寇命以佐燕，乃愤詈弗从，竟刺死之。未几，江浙平章定定来克复，儒流吴寅夫、赵君谟等，以从逆伏诛。”这样一位在后人看来名节有亏的文人，在顾瑛与当时诸君子处，却依旧受到礼遇。他不仅是顾瑛堂上嘉宾，同时也是倪瓒清闷阁中的客人。可见时人不重政治如此。

顾瑛于《草堂雅集》称其为“好读书，以举子业无益于学，遂力意古文。其为诗，体格古淡，为时所称。翰林老成，皆与之交。多游云林及余草堂，因得其诗云”。

吴克恭于《玉山名胜集》卷一所为《玉山草堂诗序》中，则将顾瑛与陆机、陆云两兄弟作比，“今仲瑛居机、云之乡不远百里，而大田长林足以自乐，有云壑笙鹤之想，无华亭清唳之叹，其失得又何如也”，可见其于顾瑛，是颇为赞赏他的隐居求志的生活态度的，认为此方是“得”。而于《玉山名胜集·外集》所作《至正九年四月廿日，元璞舟过江郊，枉劳衰寂，承近怀多慰。元璞言归，赋七言近体一通问讯遥寄玉山主人》，又云：“玉山长夏草堂幽，老爱从君十日留。醉语支离欢不记，归来烂漫忆相求。风回柳絮摇歌扇，月出荷花映彩舟。可念江湖搔白首，还将衰朽问汤休。”

32．**吴世显**

吴世显，生卒年不详，字彦章，号水西，延陵人。《元诗选癸集》称其“襟度洒然，读书读律，诗不苟作。受知于缙绅先生，铁崖称其骏马凿蹄，其进未可量也。”至正十年（1350）间，其与于立、释良琦多次往顾瑛玉山，饮酒赋诗以尽欢。

33．**项炯**

项炯（1278—1338），字可立，台州临海人，从陈孚、翁森、陈天瑞游，端行积学，为时名儒。其诗才亦颇为出众。杨维桢在为人作序列举他所称赏的当代诗人时，项炯总是榜上有名。其与顾瑛的交游未见诸具体诗作。然顾瑛于《草堂雅集》卷八“项炯”条有：“项炯，字可立，天台临海人。端行积学，为时名儒。尝居吴中甫里书院，获相与从游。惜其诗不多得云。”可知二人曾有交往之事。

34. **谢应芳**

谢应芳（1296—1392），字子兰，号龟巢，武进人。其人耿介尚节义，留心性理之学，亦工诗文。有《龟巢稿》二十卷。《明史》有传。

谢应芳与顾瑛交甚厚，其逃难至玉山，二人一相见即如平生欢，可谓倾盖如旧。每与夜饮，即连床清话无厌。后谢应芳因故卜居甫里，顾瑛为其设宴饯行。当其居甫里之时，亦常常相过，甚至顾瑛在避地吴兴、远迁濠梁这等自身堪虞的境况下，亦不忘以诗简相问讯。谢应芳同样屡屡以诗为顾瑛排闷释怀。

二人交谊，于谢应芳《祭顾玉山诗》中叙述得最为真切，其诗有："时余逃难来，憔悴如病鹄。相见恨殊晚，姓名闻已熟。夜饮佳树轩，明朝杯又续。高堂桂花秋，金钗剪银烛。双歌棹觥船，洗我万斛愁。……连床可诗斋，清话屡同宿。……萍漂甫里东，卖文如卖卜。感翁数相过，馈问慰穷蹙。翁亦客槜李，远避蝮蛇毒。山川郁相望，诗筒时往复。……朝廷更化初，召役事重繆。挈家赴临濠，星言去程速。送行愧邹游，口占谢龟缩。诗去秋复春，客来书满幅。念我及儿辈，举家蒙记录。"而惊闻顾瑛之亡，谢应芳更是悲痛不已，其诗有："安知仅踰（逾）月，遽尔闻不禄。……嗟我老异乡，知己失鲍叔。芜辞叙畴囊，悲吟甚于哭。神交死如生，歆此杯中醁。"

35. **徐一夔**

徐一夔，字大章，天台人。工文，曾于明初被召修《礼书》。后又修《大明日历》。不愿为官，屡征固辞。有《始丰稿》十四卷传世。《明史》有传。徐一夔撰有《寿藏图赞》、《顾仲瑛摘阮小像赞》，对顾瑛为人多所称美，而杨镰、叶爱欣整理《玉山名胜集·玉山倡和卷上》则有《人日兴圣方丈小集玉山与大章致尧元朴联句二十韵》，二人显然有交。

36. **杨基**

杨基（1326—1378），字孟载，号眉庵，先世为蜀嘉州人，生于吴中。少有诗名，为杨维桢门人。元末为张士诚辟为丞相府记室，不久辞去。明初被迁置临濠，后又起授荥阳知县，仕至山西按察使。后因馋夺职，服劳役死于工所。有《眉庵集》。杨镰、叶爱欣整理《玉山名胜集·玉山遗什卷下》收有杨基《玉鸾引》一诗，题下小序有："铁崖翁昔有二铁笛，字之曰铁龙。今亡其一。昆山顾仲瑛得苍玉箫一具，号玉鸾，遗翁配之。瑛既为谣，索予和之以引云。"是以知二人有交。

37. 杨维桢

杨维桢（桢一作祯，1296—1370），字廉夫，号铁崖，晚号东维子，山阴人。泰定四年（1327）进士，授天台县尹，改绍兴钱清场司令，坐损盐不调。至正初除杭州四务提举，转建德路推官，升江西儒学提举，因避兵未上。明初召诸儒考礼乐，遂于洪武三年（1370）被征至京师，后以疾请归，五月即卒，年七十五。著有《春秋合题著说》三卷、《史义拾遗》二卷、《东维子文集》三十卷、《铁崖古乐府》十卷、《乐府补》六卷、《复古诗集》六卷、《丽则遗音》四卷、《铁崖赋稿》二卷。《明史》有传。

《吴兴备志》卷十三《寓公征第七》有："维祯为文拟先秦两汉，诗尤名家。有诏修辽、金宋三史，维祯作正统辨千言，司徒欧阳玄读之叹曰：'百年后，公论定于此矣。'四海兵乱，遂浪迹浙西山水间。明兴，天下大定，诏征遗逸之士修纂礼乐书，颁示郡国，维祯被召，至京师，肺疾作而卒。"《新元史》卷二百三十八列传第一百三十五有《杨维桢传》，文中有："张士诚据浙西，累使招之，不能屈。且撰五论，反复告以顺逆成败之说，识者韪之。生平气度高旷，喜戴华阳巾，披羽衣周游山水间，以声乐自随。早岁居吴山铁崖，筑万卷楼，辘轳传食，读书其上者五年，故以铁崖自号。已得铁笛，于湘江吹之，亦号铁笛子。文辞非秦汉弗之学，久与俱化。晚年筑蓬台于松江，东南才俊士投贽求文者无虚日。当疾亟，撰《归全堂记》，顷刻立就，掷笔而逝。"

另据李诩《戒庵老人漫笔》卷三，杨维桢别号尚有许多，其文曰："维桢字廉夫，号铁崖，凡铁雅、铁笛、铁史、铁龙精、铁仙、铁龙仙伯、老铁、东维子、抱遗老人、桃花梦叟、锦窝老人、边上梅皆其别见者也。”

杨维桢为人放浪不羁，时有骇俗之举。《吴兴备志》卷十三《寓公征第七》亦有：“杨铁崖云：吾未七十，休官在九峰三泖间，殆且二十年，优游光景过于乐天，有李五峰、张句典（当为曲字之误）、周易痴、钱思复为倡和友，桃叶、柳枝、琼花、翠羽为歌歈伎，第池台花月主者乏晋公耳。然东诸侯如李越州、张吴兴、韩松江、钟海盐、声伎高宴，未尝不居其右席，则池台主者未尝乏也。风日好时，驾春水宅赴吴越间，好事者招致，效昔人水仙舫故事，荡漾湖光，望之呼铁龙仙伯，顾未知香山老人有此无也。客有小海生贺公为江山风月福人，且貌公老像，又赋诗其上曰：‘二十四考中书令，二百六字太师衔。不如八字神仙福，风月湖山一担担。’”

其为文亦不拘于常，时人王彝曾目之为“文妖”①。然其与顾瑛却颇为相契。顾瑛玉山亭馆，记文多其所作。玉山的雅集活动，尤其在雅集的初始阶段杨维桢亦颇多参与。例如至正八年（1348）中见于载录的雅集活动，杨维桢几乎可以说没有缺席过一次。其偕顾瑛，或携妓游湖，或与妓狎坐饮酒，每每为妓赋诗、吹笛乐甚，行事可谓出离于世俗之外。顾瑛常以“仙人”呼之，以况其非常。

顾瑛对朋友的慷慨体贴，在杨维桢身上有着极其突出的表现。他不但为之制完颜巾②、为之购玉箫③，甚至为之买妾④购屋。对于此种高义，杨维桢自是感激不尽。《玉山名胜集·外集》就有杨铁崖《奉谢玉山假僦屋》一诗，其诗曰：“玉山长者有高义，乞与山人僦屋金。驷马一时皆上客，青娥三日有遗音。西山涌海当秋后，南斗流江入夜深。更报大茅张外史，兴来须抱小雷琴。”玉山

① 《四库全书总目提要》在《东维子集》下有：“朱国桢《涌幢小品》载王彝尝诋维桢为‘文妖’。”

② 袁华《可传集》有《完颜巾金粟道人所制，寄铁崖先生，先生赋长歌以谢，率余同作》一诗，故可知。

③ 由《玉山璞稿》卷中《玉箫谣》诗前小序可知。

④ 《玉山名胜集·外集》有杨维桢《铁心子买妾歌》，即为此而作。

之于杨维桢，也往往是怀念之所在。其于《玉山名胜集·外集》的另一首诗《玉山斋中题》就有："玉山有如海上舟，年来长忆玉山游。楼台隐隐尽临水，高桥横卧如牵牛。"

杨维桢于《玉山草堂雅集序》一文中还曾将顾瑛与其关系作如此概括："其首内交于余也，筑亭曰其亭以尊余之所学也，设榻曰其榻以殊余之所至也。余何修而得此哉？盖仲瑛之慕义好贤，将以示始于余，示始于余而海内之士有贤于余者至矣，故其取友日益众计。"此文虽极言顾瑛之好贤，却也足见顾瑛待杨维桢之殊。而杨维桢之于顾瑛，亦青眼独加。《六研斋二笔》卷一即有言杨维桢曾对顾瑛某诗中一联颇为称许，致使其门人甚是惊讶："吾家铁先生平日豪气塞云汉，未尝轻易假人以称可语，今为仲瑛拈出一联，低头逊避，乃知先生目中自有人也。"

另外，杨维桢还将顾瑛算作其铁雅宗派的成员之一。杨维桢《玉笥集叙》有："我朝习古诗如虞、范、马、揭、宋、泰、吴、黄而下，合数十家，诸体兼备，独于古乐府犹缺。泰定、天历来，予与睦州夏溥、金华陈樵、永嘉李孝光、方外张天雨为古乐府，史官黄溍、陈绎曾逐选于禁林，以为有古情性，梓行于南北，以补本朝诗人之缺。一时学者过为推，名余以铁雅宗派。派之有其人曰昆山顾瑛、郭翼、吴兴郯韶、钱塘张映、嘉禾叶广居、桐庐章木、余姚宋禧、天台陈基，继起者曰会稽张宪也。"

38. **殷奎**

殷奎，生卒年不详，字孝章，一字孝伯，号强斋，昆山人。生数岁，即与卢熊同受学，后从杨维桢受《春秋》，盛德瑞受《易》，笃志儒学。洪武初除咸阳教谕，念母致疾而卒，门人私谥文懿先生。有《强斋集》。

殷奎与顾瑛交情甚笃。顾瑛往徙濠梁之际，曾至殷奎处话别。顾瑛亡故之后，其《墓志铭》即殷奎所撰。

39. **袁华**

袁华（1316—?），字子英，昆山人。少颖悟不群。从杨维桢学，工诗，尤长乐府，亦善品题书画。明初为苏州府学训导，以其子生申为县吏获罪，坐累徙南京而卒。有《耕学斋诗集》十二卷。后其师杨维桢删定其诗，得《可传集》一卷，并序其《可传集》曰："吾铁门称能诗者，南北凡百余人，求如山阴张宪及华辈者不能十人。"此外，袁华还编次顾瑛与玉山诸客游览唱和之作，成《玉山纪游》一卷。《明史》有传。

袁华与顾瑛友善，《道光昆新两县志》卷二十六《文苑一》"袁华"条有："与顾德辉友善，其家所藏书画，悉经品题。"顾瑛于兵乱所失诗卷，即多由袁华抄录复装。而玉山雅集之事，袁华亦多参与，《玉山名胜集》中多见所作。而袁华之《耕学斋集》、《可传集》亦多其为顾瑛所作之诗，唱和寄题外，还屡题顾瑛小像，及为玉山园池题咏。

于顾瑛避乱之时，袁华亦不弃而随。袁华题顾瑛来龟轩诗有句云："忆昔避地商溪头，畏途风雪同泛舟。登楼见月思乡泪，坐石看云忆弟愁。落花芳草青春暮，东归喜踏来时路。"是以可知。而至顾瑛将徙濠梁之际，袁华亦不避嫌，为赋《南武城》以送。① 俗语云，患难见真情。此语甚合于顾瑛、袁华之间。

40. 张简

张简，生卒年不详，字仲简，号云丘道人，又号白羊山樵，吴郡人。初师张雨为道士，元季以母老归养，遂返儒服。其诗淡雅，有陶韦风。《明史》有传。

送郑同夫席上，有张简分题得姑苏台的记载，是知其为玉山之宾。顾瑛《草堂雅集》卷十二有："张简，字仲简，姑苏人。读书知古今，寄迹老子法。作诗淡雅有陶韦风。隐居鸿山，凡经吴中，虽少会面，必写诗由铁崖寄焉。"

41. 张可久

张可久，生于元世祖至元十七年（1280），卒于元顺帝至正十

---

① 袁华《耕学斋诗集》卷六有《分题得南武城送顾仲瑛之濠梁》一诗。

年（1350）之后，名久可，字可久，号小山。①庆元人。由路吏转首领官，至正初，年七十有余，犹为昆山幕僚，工散曲。友朋时以“髯张”、“张髯”呼之。《历代两浙词人小传》卷四有“张可久”条：“可久字伯远，号小山，庆元人。有《小山乐府》二卷，风流文采，雅负时望。”然据杨镰《张可久行年汇考》一文，“伯远”乃元诗人张立仁之字，而张立仁与张可久并非同一人。

《玉山名胜集》卷八芝云堂题诗中有一首题为“张九可小山”所作。此处之“九可”据杨文所考，当是“久可”之误。而《玉山名胜集·外集》亦有张小山《早起口占寄玉山》一诗，诗云：“蚁槐树下梦不成，抖擞白云出带星。沿篱切切候虫语，循溪瀌瀌新潮鸣。自怜头颅已脱发，未了案牍犹劳形。黄尘汩汩高没人，何时解缨濯清泠。菖蒲潭上有神人，玉山草堂睡未醒。”此诗当是写于张可久在昆山做幕僚之时。诗中显而易见张可久对案牍劳形的生活充满厌倦、对可以高卧不起的顾瑛则充满艳羡的心情。

42. **张田**

张田（1324—1374），字芸已，号学斋，一说其以种学号其斋。其先浚仪人，宋南渡徙吴，遂为吴县人。工诗，不务苟作。《元书》有传。其于顾瑛雅集亦有参与，送郑同夫时，即在草堂，并有题沧浪池之诗。

43. **张天英**

张天英，生卒年不详，字羲上，号石渠，又号南渠、楠渠，温州人。征为国子助教，其性刚方，不事趋谒，再调皆不就。工诗，尤长乐府。

顾瑛于《草堂雅集》中称其：“酷志读书二十年，通贯经史”。又言其：“游西浙，多居吴下，放肆为诗章，尤善古乐府，皆驰骤二李间，时人多爱诵之。与予最为友善，凡有所作，必驰寄草堂，自号石渠居士云云。”

---

① 此生卒年及字号皆据杨镰：《张可久行年汇考》，载《文学遗产》，1995（4）。其文于此考证甚详，应为可信。

张氏尚有一号为承华书客。杨镰、叶爱欣整理《玉山名胜集卷上·湖光山色楼》所收清河张天英楠渠《记》文末有:“余则承华书客、清河张天英也。”是以可知。

44. 张宪

张宪(约1311—1370年以后),字思廉,号玉笥生,山阴人。《元诗选》小传称其:“负才自放,走京师,创言天下事,众骇其狂”,“张氏据吴,辟为枢密院都事。吴亡,变姓名走杭州。思廉初薄游四方,誓不娶、不归乡里。中遭兵乱,混缁黄以自存,晚寄食报国寺以死”。张宪作诗师事杨维桢,甚得其青眼。杨镰、叶爱欣整理《玉山名胜集·玉山遗什卷上》收有张宪《次韵答寄顾仲瑛》一诗,可知二人有交。

45. 张翥

张翥(1287—1368),字仲举,号蜕庵,晋宁人,寓于钱塘,以诗文名。至正初为国子助教,以翰林编修预修辽宋金史,进翰林应奉、修撰,迁太常博士,累官翰林释读兼祭酒,以翰林承旨致仕,封潞国公。至正二十八(1368)年卒,年八十二。有《蜕庵集》五卷。《元史》有传。

至正十年(1350),张翥以代祀归自海上之时,曾过玉山。顾瑛宴其于玉山草堂,时坐宾十有二人。酒半,众人以玉山诸景分题赋诗,张翥分得题钓月轩。《玉山名胜集》载有张翥所题钓月轩诗及所作小引。其诗有“明朝回首越来道,独看月华多所思”之句,足见其恋恋之情。小引之中,张翥还以梓泽兰亭等古时著名雅集与玉山作比,足见其推崇赞赏之意。此集予张翥以极深印象,《玉山名胜集》卷首张翥《寄题玉山诗》,卷八所载张翥诗,俱是张翥别后所寄。于《寄题玉山诗》中,张翥更是详述了此集的盛况,盛赞了玉山的景致、宾客,并表达了匆匆别去的遗憾以及再度来此为一亭一馆赋诗的愿望。杨镰等人所整理《草堂雅集》卷六收有张翥诗,其小传云:“寓吴,过草堂,以《蜕庵诗》三卷出示,故所录特多云。”

于《丛书集成初编》本《玉山璞稿》至正甲午卷还有《张仲

举待制以京中海上口号十绝附郯九成见寄，瑛以吴下时事复韵答之》一诗。由此可知此时张顾二人尚有书信来往。

杨镰、叶爱欣整理《玉山名胜集·玉山遗札卷上·附录》收有释克新《题暮云集后》，其文曰："吴郡顾君仲瑛与今翰林承旨张先生为布衣交。先生居京师，相悬数千里，而诗筒书札无虚月。仲瑛以为，近有一旦致身权要者，视父兄为路人，况朋友乎？自以结客三十年，惟于先生得之，于是辑其倡和篇什、往来尺牍为一编，曰《暮云集》。既又求书先生与予酢酧者附集尾。予辱交先生二十余载，故知之深举莫予若也。先生平昔与人子言必曰孝，与人臣言必曰忠，与人朋友言必曰信而不可忘。今观其所以拳拳于仲瑛者，尤足以见其素所操存矣。抑夫仲瑛志高而泥涂轩冕，先生又薄功名视富贵如浮云，盖所谓志同道合者，其愈久益敬而不忘也。宜矣。《易》曰：同声相应，同气相求。二公以之。予姑书其诗，而又系其说，以为势利交者之劝云。"则张翥与顾瑛后来也颇多唱和，甚至还将二人倡和篇什、往来尺牍辑为一册，是为《暮云集》。二子交情之笃，无须多言。

46. 郑东

郑东，生卒年不详，字季明，号杲斋，温州平阳人，晚寓常熟。应举试不利，即弃去，专力于古文词。《元诗选·三集》有"杲斋先生郑东"条，其文曰："东字季明，号杲斋，温之平阳人。幼酷嗜书，明《春秋》，再践场屋，不合主司程度，遂弃去，游弃去，游浙河之左右。大肆其力于古文辞，日试万言，衮衮不休。欧阳文公玄奇其材，欲剡荐之，会疾作而卒。弟采，文名相埒。元季兵乱，遗文零落，采子思先，合写成书，釐（厘）为一十四卷，题曰《郑氏联璧集》。宋濂序之曰：杲斋之文，气质沉雄，如老将帅师，旌旗金鼓，缤纷交错，咸归节度。曲全之文，规制峻整，如齐鲁大儒，衣冠伟然，出言不烦，曲尽情意。然皆有台阁弘丽之观，而无山林枯槁之气。文宪斯言，深得二郑之深趣矣。"

顾瑛《草堂雅集》卷七则有："郑东，字季明，温州之平阳人，幼酷嗜书，明春秋，后生学徒为举子业者，一经指授，皆就绳墨。作文为诗，旨趣高远，别有文集行于时，今所载者，特与予家题品耳。”可知二人有交。

47. 郑元祐

郑元祐（1292—1364），字明德，因右臂有疾，以左手书，号尚左生。遂昌人，寓于钱塘，后又徙吴县。博学能文，声名甚著。至正十七年（1357）辟平江路学教授，移疾去。至正二十四年（1364）授江浙儒学提举，寻卒，年七十三。有《遂昌杂录》一卷，《侨吴集》十二卷。《元书》、《元史类编》、《新元史》均有传。友人亦时以“郑有道”称之。如《元诗选初集·庚集》就录有陈基《次韵郑有道喜王季野府判南归二首》一诗。《玉山名胜集》卷三陈基所为序中亦有“遂昌郑有道”之称。

顾瑛与郑元祐交谊颇深。《玉山逸稿》卷一《寄郑明德》诗云：“我爱廛居郑有道，屡辞征币卧松云。年来短发笼纱帽，客至新诗写绿裙《草堂雅集》所引作‘练裙’。几上只留招隐赋，人前每诵送穷文。清时已见文名著，日日□□访隐君《草堂雅集》所引作‘日日高车访隐君’。”可见顾瑛对郑元祐的嘉赏。于《草堂雅集》“郑元祐”条，顾瑛写道：“郑元祐字明德，遂昌人，书无不读，肆意诗文，前不让古，虽在隐，德与馆阁虞马并称于时。予从游既久，凡所作多得云。”可谓给予了相当高的评价。而在《玉山名胜集》中，往往可见郑元祐为玉山亭馆所作记或铭，如草堂、读书斋、可诗斋、白云海、芝云堂等，其于玉山雅集，亦频频参加。《元诗选初集·庚》“郑提学元祐”条有：“为文章滂沛豪宕，有古作者风。诗亦清峻苍古，时玉山主人草堂文酒之会，名辈毕集，记序之作，多推属焉。”

郑元祐在为玉山草堂所作记中，如是写道：“其于草堂拳拳若此，势且与浣花溪、辋川庄同擅名于久远，岂特不忘其初之谓哉。”据此亦可见郑氏对顾瑛的殷殷期望。而《玉山名胜集·外集》中，郑元祐《暮归有感写寄玉山（其二）》一诗则有：“山人常年遇有秋，尚尔不免饥寒忧。左腕难临乞米帖，中肠只忆监河侯。仓红能饫李斯鼠，醉态且舞檀卿猴。瓶储有粟可饱我，起踏北户看星流。”将生活困窘尽相倾吐，若非相交到一定深度，是不会将此种诗句写寄其人的。袁华《耕学斋诗集》卷五有《郑明德先生卖寿器以赘婿，玉山道人复赠一棺，赋诗以谢，邀予次韵》一诗，从诗题，即可知顾瑛对郑元祐的帮助，而以此种形式给予，对方又欣然接受，更是二人交谊深厚之明证。

48. 周砥

周砥，生卒年不详，字履道，吴人，寓居无锡。工诗，元末避兵宜兴之荆溪，与马治唱酬，成《荆南唱和诗集》一卷。后归吴中，与高启、杨基等游，再去会稽，殁于兵。《明史》有传。

周砥与顾瑛过从甚密，顾瑛出游所携宾客，周砥往往在其中。于玉山雅集，周砥亦多有参与。顾瑛于其《草堂雅集》卷十二曾称："周砥，字履道，兰陵人。幼学举子业，且立意作诗，不泛交。来游姑苏，与予聚首弥月，过草堂即往鸿山。其与倪云林最相友爱，故其诗画亦相似之。"

49. 诸葛端

诸葛端，生卒年不详，字用中，丹阳吕城人。谢应芳《龟巢稿》卷十四《诸葛节妇黄氏传》一文中有"丹阳县吕城诸葛用中之妻也"。卷十七《追悼诸葛用中》题下小字又有："讳端，幼年能写大字，既习举子业，学琴袁子方先生之传。"是以可知。

顾瑛与此人有交。《丛书集成初编》本《玉山璞稿》中有数诗，都与此人有关。至正十五年（1355）中秋，顾瑛还曾与之一同赏月赋诗。

50. 郝经

郝经，生卒年不详，字仲谊，一作仲义。号观梦道人。郡望陇右，寓居海陵，然亦久客苏、松间。所至大多假馆而居，故自号"鹤巢"，又号"借巢"。元末乡贡进士，官平江路儒学录。入明后居杭州。洪武四年（1371）曾为浙江考试官。有《玩斋集》，今已不传。

《元诗选补遗》收有其诗，中有一诗题为《娄东述怀寄示龙门上人、玉山居士》。此诗亦见收于《玉山名胜集·外集》，是以知二人有交。

51．宗本先

宗本先（1308—1381），《草堂雅集》作“宗本元”，字景明，丹阳人，居吴。尝从郭畀游，谈论述作多似之。《元诗选癸集·巳下》称其“幼好学，能作诗”。顾瑛《草堂雅集》卷十三则曰：“宗本元，字景明，京口人，幼好学能作诗。尝从天锡郭从仕游，其谈论述作多似之。今其所录，皆草堂所题咏也。”依此，可知其与顾瑛有交。

二、方外

1．柏子庭

《道光昆新两县志》卷三十《释道》有：“柏子庭，邑人，为慧聚寺僧，有戒行，能诗，名所居曰不系舟，有磬疏传于世。”其书尚引郭翼语云：“方外诗僧则大无外者、省梦庵者、埋独闲者、唐西白者、器大用者、庆云冈者，皆齐巳、灵澈之流，颜悦堂编蒲之有室，柏子庭不系之有舟，宝云海之宗乘，亮虚白之图画，乘白云之千林阁，庄蒙泉之大宝洲，方之高僧，无与伦比。”

顾瑛《草堂雅集》卷十四有：“释祖柏，字子庭，四明人，故宋史魏王后，幼从禅学，有诗声江湖间，来往经余草堂，多所留咏。”

顾瑛于其《玉山逸稿》卷一有《写柏子庭卷》，诗云：“虚舟元不系，湖海至今称。悟得庭前柏，方为物外僧。空□无我相，落落有谁譍？肯向东山住，东山气倍增。”

柏子庭于《玉山名胜集·外集》有《题玉山主人壁》一诗，诗云：“杖锡穿云雨湿衣，我来君出两相违。茶边听得仙童语，学士朝朝向晚归。”其于《草堂雅集》卷十四尚有诗《秋夜长柬玉山》，诗曰：“秋夜长，秋夜长，青灯半灺，玉漏未央。云叶飏影，露华凝光。”

2．葛玄素

葛玄素，生卒年不详，字天民，吴兴人，道士。葛玄素与顾瑛识于吴兴商溪之大慈隐寺。二人甚为浃洽，至顾瑛归玉山时，葛玄素远饯于洪城溪亭，临溪泣别。及闻顾瑛祝发事，葛玄素即驾舟前往探视，其义之笃、情之切，令顾瑛感喟不已。

3．居中禅师

居中禅师，名宁，字居中。虎丘僧。顾瑛《玉山逸稿》中《登虎丘有感》一诗后有："仆将发濠梁，因登虎丘，辱彬上人款茶话闲，始知居中禅师住此已久。翻思二十年前与姚子章同见时，真若梦寐。"以此可略窥二人之交。

4．那希颜

释希颜，字悦堂，四明人，俗姓那。住玉峰荐严寺，后迁杭州之径山。顾瑛《草堂雅集》卷十四有："那希颜，字悦堂，四明人。幼悟禅旨，博闻强记，宽厚好士，王公大人无不折节敬礼。奉母尤致孝。住玉峰荐严寺，与余草堂相去无一舍，交往尤密云。"其下录有《题界溪顾处士竹逸亭》、《题界溪顾处士梅隐斋》二诗。

5．钱抱素

钱抱素，生卒年不详，本名霖，字子云，号素庵，松江人。博学工文章，游名于公卿间，晚则为道士。钱抱素于《玉山名胜集》中赋有《琐窗寒》、《芳草渡》两词。

6．沈明远

沈明远，生卒年不详，字自诚，吴兴人，有别业名水竹居，故又有水竹居主人之称。《中国人名大辞典》"沈明远"条下有："浙江道士，工画竹石。"顾瑛尝放舟过其水竹居，相与登山游湖以为乐。而沈明远亦屡过玉山处，觞咏为事。《玉山名胜集·外集》沈明远《漫兴似玉山词长》诗云："近知消息苦难真，一日千回忆故人。极目烽烟迷黑海，惊心花鸟惜青春。清谈王衍休挥麈，多事元规巳污尘。重上高台见君面，碧梧翠竹喜清新。"可见二人交谊。《元诗选补遗》则有沈处士性，称"性一名明远，字自诚，吴兴人。少孤，事母以孝闻。工八分小篆。善吟唐人诗，必务入其法度之域，不妄作也。往来玉山，与铁崖、羲仲、九成诸公唱和。"可知沈明远于玉山往来之密。

7. **释宝月**

释宝月，生卒年不详，字伯明，吴郡人，住玉峰报国寺。至正十一年（1351）冬，宝月曾至顾瑛玉山，相与饮酒赋诗。而于《玉山名胜集·外集》中，宝月有诗云："西关送别晚山青，一舸秋风去窅冥。未审几时过竹院，烧香煮茗晚谈经。"《玉山逸稿》中，亦有顾瑛写与宝月之作——《月伯明讲经昆山报本寺，与姚子章各赋二绝以寄》。顾瑛于《草堂雅集》卷十四有："释宝月，字伯明，姑胥人，明敏读书，幼从天泉座下得悟教旨，住玉峰报国寺，余凡往来经从，必下榻谈诗云。"自顾瑛所述，可知宝月乃余泽弟子，二人交谊亦可略见一斑。

8. **释法坚**

释法坚，生卒年不详，会稽云门寺僧，寓居吴中。杨镰、叶爱欣整理《玉山名胜集卷下·绿波亭》收有云门僧法坚所为诗，是以知其于顾瑛玉山有吟咏之事。

9. **释梵琦**

释梵琦（1283—1370），字楚石，小字昙耀，明州象山人，俗姓朱。幼灵性颖发，读书即了大义。九岁弃俗入永祚寺，受经于讷翁谟师。元泰定中，主持海盐之福臻寺、永祚寺、杭州之报国寺、嘉兴之本觉寺院，赐以佛日普照慧辩禅师之号。明洪武元年（1368），诏江南大浮屠十余人，于蒋山禅寺作大法会，梵琦预其列。① 杨镰、叶爱欣整理《玉山名胜集·玉山倡和卷下》收有释梵琦所作《奉寄金粟隐者》一诗，可知其与顾瑛有交。

10. **释奉**

释奉，字无隐。《元诗选癸集》收诗一首，题为《留题云岩寺》，其余皆不详。杨镰、叶爱欣整理《玉山名胜集·玉山倡和卷上》收有玉山《美西隐现无隐上人说经》，则可知顾瑛曾听其讲经，而其于字无隐之前曾字西隐。

---

① 释梵琦生卒年及生平大概，俱参见李舜臣《元代诗僧丛考》。

11．释福初

释福初，生卒年不详，字本元，吴淞人，或云松陵人。《玉山名胜集》卷二有其题渔庄之诗，是为张翥至玉山，顾瑛宴集众宾时，分题之作。其诗有：“走也山林老释子，拄杖行吟嗟未已。平生雅有濠上游，相思弥弥东流水。”

12．释广宣

释广宣，一作释至讷，生卒年不详，字无言，昆山福岩寺僧。善词翰，所交皆一代名人。其人曾于至正十年（1350）访顾瑛于玉山，有诗云：“故人一别知几秋，相逢谈笑便登楼。围棋细说生公法，酌酒应为靖节留。莲叶秋深才绿净，荪花露冷尚香浮。界溪文物风流在，不减当年顾虎头。”以此可知其乃顾瑛故交。

13．释景芳

释景芳，字仲联，吴僧。《元诗选癸集》收诗一首，题为《巫峡云涛石屏志》。杨镰、叶爱欣整理《玉山名胜集·玉山倡和卷上》收有释景芳唱和玉山所作《草堂即事四首》之诗，诗中有句云：“草堂五月梅雨作，阴云未放日转红。故人书札沉浮里，戍守旌旗黯淡中。”显然二人为故交。同书亦有玉山《过鉴无像、芳仲联书房》一诗，其二为：“芳公读书暇，鉴老阅经余。心异林泉乐，身同水竹居。敲棋惊睡鹤，把钓掣游鱼。莲社如能结，应须更著予。”释景芳和诗其一有：“绛帐马南郡，丹青顾虎头。诗吟萧寺遍，书贮草堂幽。桂影蟠疏月，莼香入素秋。禅余思二妙，有兴可乘舟。”显见二人心意之相投。

14．释克新

释克新，字仲铭，有《雪庐集》。《元诗选补遗》收有克新《题濮元帅别业》诗一首。杨镰、叶爱欣整理《玉山名胜集·玉山倡和卷上》收有释克新《送琼玉峰住千顷寺》，玉山有和。《玉山倡和卷下》则有谢雪坡《奉寄仲铭就简元璞》、《玉山南回附寄元璞、仲铭二禅老》等诗，释克新、良琦及玉山均有唱和。同书《玉山遗什卷上·附录》还收有释克新为顾瑛、张翥所作《题暮云集后》，则顾瑛显然与之有交。

15. **释来复**

释来复（1319—1391），字见心，号蒲庵，丰城人，俗姓黄。元末住持慈溪定水院，后主鄞之天宁。入明征至京，诏住凤阳圆通院。洪武二十四年（1391），坐胡惟庸党，凌迟处死，年七十三。著有《蒲庵集》。顾瑛集中，多写与之诗，故可知二人有交。

16. **释良圭**

释良圭，生卒年不详，字善住。《玉山名胜集·外集》有良圭诗《龙门山人、玉山主人以诗名著海内，仆景慕久矣，敬以敝寺六咏求题品之，就写长句奉柬》，诗云："二子风流迥不群，诗名海内每传闻。苦吟杜甫行日午，觅句汤休坐夜分。开笼放鹤好明月，拄笏看山多白云。寂寞沧江旧兰若，品题亦欲托高文。"《玉山名胜集》卷一亦有："传道昆山有草堂，风流不减百花庄。窗前绿竹飞鹦鹉，井上高梧集凤（凰）皇。每想对床延孺子，近闻筑室款支郎。乘闲亦欲携樽酒，雪里清江泛野航。"从诗句看，其人似未至玉山，其对顾瑛，却已是满腹景仰之情。

17. **释良琦**

释良琦，生卒年不详，字元璞，吴郡人。通儒学，能诗，历本郡龙门、嘉兴兴圣等寺住持。杨维桢于《西湖竹枝集》称其为："幼悟浮屠氏法，风行云凝，无所滞碍。既究禅理，旁通儒学，诗特其余事耳。"《六研斋三笔》卷三有："释良琦号楚石，与顾金粟游极密。玉山草堂中诸词客每有倡和，必琦为发端，诸公雅推重之。偶于倪云林杂札中得一纸，有云：'正月中，仆为醉客所捶骂，仆亦醉，颓然如土木偶人，不屑也。人所能共知闻乃反造谤于云门翁，谓仆议其诗文字画。云门翁学皆造极，艰虞中留遇仆不浅，仆亦人耶兽耶！闻云门中亦少动，是不可晓。'云门者，即琦也，琦住持越之云门寺，又住持吴之龙门寺，故又称龙门翁。味云林此柬，则琦之声价可知矣。"

其与于立，留顾瑛玉山时间最久，相交之厚，自不在言。顾瑛避地商溪之际，释良琦即相随而往。[1] 及顾瑛自吴兴归玉山，祝发以绝世缘，释良琦亦赶往探望。此日于柳塘春分韵赋诗时，释良琦诗中有句云："乱后山人两鬓苍，云山百里久相望。孤舟江水夜乘兴，流水桃花春满庄。谈笑便须相抵掌，清兴何所共持觞。"[2] 可谓情深意笃。而《丛书集成初编》本《玉山璞稿》亦屡见顾瑛怀释良琦之作，其中有诗云："我别龙门强半月，住在娄江之水湄。客中见月动遐想，梦里与君吟旧诗。归来不得一晌乐，老去已成双鬓丝。秋林弟兄有高谊，扁舟到门如有期。"

18. 释若允

释若允，字执中。《元诗选补遗》收有若允《题燕文贵秋山萧寺图》一首，籍贯不详，称其为"前东塔住山"。杨镰、叶爱欣整理《玉山名胜集·玉山倡和卷上》收有释若允和玉山《草堂即事四首》，诗中有："佳句惠来烦顾况，瓣香竟欲为南丰。"二人显然有交。

19. 释文信

释文信，字道元，号雪山，人称雪山禅师，永嘉人。顾瑛《草堂雅集》卷十四有："释文信，字道元，永嘉人。幼警悟，不喜尘俗，遂出家从浮图氏。既悟禅旨，兼通儒老。善属文，诗尤清峭，不为世俗声。住石湖宝华禅寺。每与谈诗，令人洒去尘想。"自顾瑛语，可见其对释文信之称赏。

《元诗选补遗》有雪山禅师文信诗。小传中称其字画追吴兴，别成一家，少时与杨维桢、张雨齐名。虽与本诚、宗衍同字道元，并以博学著称，文信却"戾契度世，仅住小山林而已"。逝于洪武中，时年八十余。其诗托友生钱岐寄予王逢。

20. 释文藻

释文藻，字南洲，温州人。《元诗选·癸集》"南洲禅师文藻"

---

① 事见《玉山名胜集》卷五，释良琦诗后有："去年春，予与玉山主者避难于霅溪。"

② 《玉山名胜集》卷六《小集分韵诗序》。

称其“住湖州何山禅寺，嗣法于月江印禅师”。杨镰、叶爱欣整理《玉山名胜集·玉山倡和卷上》收有顾瑛《寄藻南洲禅师》一诗，诗云：“阅尽前生未了经，几番叶落又花零。立消门外雪三尺，坐看天心月一庭。路滑曾回俗士驾，云开遥识少微星。应知挥麈谈禅夜，龙作人来献钵听。”释文藻《和诗》则云：“读尽金文阅道经，莫将岁月浪飘零。即三信已穷渊奥，不二重闻立户庭。老去但教心寂寂，归来莫待鬓星星。扁舟有约秋风里，灯火谈玄微夜听。”二人显然有交。

21. 释行方

释行方，字行纪，一作行己，嘉定人。《元诗选·癸集》收其一诗，题曰《顾玉山草堂席上寓兴》。诗云：“春晖楼头春最早，主人宴客情更好。万斛蒲萄泻绿波，一色氍毹剪芳草。卷帘山色何冥冥，吴天半扫蛾眉青。乱云忽西起，倒压白日停。野狐啼烟道路黑，海风吹雨蛟龙腥。短歌长吁伤我情，门前溪水声泠泠。”是以可知二人有交。行方曾一至顾瑛玉山雅集。据杨镰、叶爱欣整理《玉山名胜集·玉山倡和卷上》所收玉山《过方行已巢云室》及释行方唱和之诗，可知顾瑛亦曾过释行方之所。同书亦收释行方和玉山《过练川有怀谢雪坡参政》一诗，诗云：“近喜楼舡百里过，别来东海几扬波。焚香移榻春云动，剪烛开轩夜雨多。不学饭牛歌白石，高谈扪虱泻银河。得君佳句清如洗，坐对青山再四哦。”显见其对顾瑛嘉许之意。

22. 释元本

释元本，生卒年不详，字立中，丹丘人。有琼台山人之号。《玉山名胜集》卷一有其诗曰：“每忆吴中顾野王，门前溪水即沧海。寄来书法全临晋，传刻诗章已入唐。翠竹碧梧歌凤曲，疏帘细簟坐渔庄。扁舟准拟来相访，稍待秋风八月凉。”依此诗句，似顾瑛曾寄诗与之一观，所谓“传刻诗章”，或即指顾瑛刻雅集宾客唱和歌诗一事。其人之前于顾瑛当有过访之事，是顾瑛之方外交。

23. 释元鼎

释元鼎，字虚中，号莲花乐，又号天台学者，吴僧。《元诗选癸集》录其《方寸铁歌赠伯盛朱隐君》一诗。杨镰、叶爱欣整理《玉山名胜集·玉山倡和卷下》收有释元鼎《奉寄玉山隐君》二首，其二云："爱君合浦新居好，想见临流日赋诗。漫浪肯来樊水住，辛勤岂为竹林移。江干放犊经挂角，海上钓鳌虹作丝。相望一方明月夜，每怀千里故人期。"其与顾瑛显为故交。至正己亥岁（1359），顾瑛应谢节之邀前往西湖观梅途中，还曾一过释元鼎白莲池上，同集于桂轩。因顾瑛之至，释元鼎将扁其寓榻之室曰"金粟"，显见推许之意。

24. **释元瀞**

释元瀞（1312—1378），字天镜，号朴隐，会稽人，俗姓倪。至正十六年（1356）住本县长庆寺。迁天衣万寿寺，退隐于山阴和塔。明洪武九年（1376）起为灵隐住持。

释元瀞亦曾至顾瑛玉山，与其雅集。如送郑同夫一集，释元瀞即在。其于诗中曾美顾瑛云："人间妙绝虎头痴，文章风流至今称。"

25. **释余泽**

释余泽（1277—?），字天泉，吴江人，俗姓陆。大德十一年（1307）出世吴之永定，迁北禅，寻奉诏住杭之下竺，后入京勘金书藏经，晚住吴之大弘教寺。《元诗选癸集·壬上》有"天泉禅师余泽"，曰："余泽字天泉，吴江陆氏子。幼弃俗，学天台氏教，研究教乘，尤博儒书。大德十一年出世吴之永定，迁北禅，寻奉召住杭之下竺，晚住吴之大宏教寺。天泉游京师时，名王大臣，无不礼敬，会朝廷勘金书藏经，与翰林诸老往来唱和。方万里于吾子行座上见其诗豪放，因摘奇句为《长春集》，序以归之。"

顾瑛于其《草堂雅集》中则称："释余泽，字天泉，姑苏之吴江人，幼弃俗从觉王法，研究教乘，尤博儒书。长游京师，名王大臣无不敬礼。晚住吴之大弘教寺。与余为物外交云。"其下有二诗，一曰《题顾处士梅隐斋》，诗为："雪后园林散策时，横枝疏蕊浸涟漪。花间幽士身强健，世故纷纷总不知。"另一曰《题界溪顾处士竹逸亭》，诗为："筑室临溪界两分，修筠回绕翠如云。何当一舸东风使，载酒来寻抱节君。”

26. **释照**

释照，生卒年不详，字觉元，四明人。《玉山名胜集·外集》有僧觉照诗《寄玉山》，诗云：“草堂东望白云深，主人爱书如爱金。下榻每因扬执戟，得句长怀支道林。松花满树可为酒，竹笋隔帘成绿阴。我欲乘闲远相过，坐对石床弹玉琴。”

27. **释至奂**

释至奂，生卒年不详，住天台山寺。《玉山名胜集·外集》有僧至奂《寄玉山徵（征）君》一诗，诗中有：“草堂风物静朝曛，春日题诗每忆君。涧底松清疑过雨，山头玉气总成云。神鹏未展溟南翮，天马能空冀北群。会见丹阳为内史，笑挥白羽树高勋。”由其诗，可知其与顾瑛有交。

28. 释自恢

释自恢，生卒年不详，字复元，南昌人。元末住海盐之法喜寺，明初住庐山。其为玉山之宾。饯谢应芳，以及顾元臣归家之宴，其均在，且分韵赋诗。释自恢又有复初之字，其人善画，释克新即有《题恢复初梅》、《为恢复初题画》等诗。① 则杨镰、叶爱欣整理《玉山名胜集·玉山遗什卷下》所收水西清兴唱和诗中署名遂初者，极有可能即为释自恢。其中一处所署即为：“遂初非能画者，玉山强予作此，复赋是诗云。至正十八年十二月。”

29. **释子贤**

释子贤，生卒年不详，字一愚，天台人。禅定之外，肆志作诗，甚得杨维桢称赏。其于《玉山名胜集》卷二亦有诗，最末一联云：“昭代衣冠非隐世，凭轩志笔写仙才。”《玉山纪游》顾瑛《游虎丘杂咏诗并序》有：“至正十一年春正月七日，余与吴兴郯九成、龙门琦元璞、匡庐陈惟允泛舟过虎丘，时积雪弥旬，旭日始出，乃登小吴轩凭高眺远，俨然白银宫阙，在三山玉树间，兴不可已，遂留宿贤上人松雨轩数日，由是得历览山中清胜。”此处所谓

① 关于释自恢又字复初并善画事，参自李舜臣《元代诗僧丛考》。

“贤上人”，疑即释子贤。

30. **萧元泰**

萧元泰，生卒年不详，元泰当为其字，名不详。鄱阳人。寓居会稽。顾瑛于《玉山名胜集》中曾云：“若匡山于君，番阳萧君，皆予之至厚者也。”是以可知二人之交绝非泛泛。顾瑛《丛书集成初编》本《玉山璞稿》又有《学圃亭诗为萧元泰真人赋》一诗。诗中有：“学圃丈人萧神翁，黄冠羽服山泽容。……我识丈人甫十岁，示我琅函启神秘。”则知萧元泰的身份为道人，且年长于顾瑛。

杨镰、叶爱欣整理《玉山名胜集卷下·君子亭》所收韩性《序》开篇即云：“元泰萧君过余里舍，道吴中玉山顾君仲瑛之贤：‘顾君之屋，泉石幽邃，筼筜数百个照暎（映）几席，翠气浮动。君轻衣缓带，日与宾客夷犹其间，仿佛徂徕竹溪之胜。故筑亭于玉山之侧，以所藏赵魏公君子亭三大字榜其颜，赋咏叠笔。子其序之。’”足见萧元泰对于顾瑛的推许之意。

31. **于立**

于立，生卒年不详，字彦成，号虚白子，南康庐山人。因其学道于会稽山中，故又有“会稽外史”之称。后于立曾隐居于界溪瑞应宫之天基庄，故又被称为“天基道人”①。其人以诗酒放浪江湖间，爱吴中山水清旷，故多居之。杨维桢曾于《西湖竹枝集》中称其人“如行云流水，无所凝滞，游方之外者也”。

于立与顾瑛交好，常年居于顾瑛之草堂，以其言，即“予客仲瑛许余三十年，而绰山□予与仲瑛尝集游地也”②。而几乎每次玉山雅集，于立俱有参加，于立曾如是形容其与顾瑛关系：“予与仲氏交最深，知最厚。”③ 其交情之深可见一斑。

---

① 《玉山名胜集》卷七岳榆《分题诗序》有“天基道士”之称。而其隐居天基庄事见于《玉山逸稿》卷四《金粟冢秋日燕集》下所附于立《金粟冢秋日燕集后序》。

②③ 见《玉山逸稿》卷四《金粟冢秋日燕集》下附于立《金粟冢秋日燕集后序》。

顾瑛《草堂雅集》卷十一有："于立，字彦成，南康之庐山人，故宋名将家。幼明敏博学，美谈笑，学道会稽山中，得石室藏书，遂以诗酒放浪江湖间，长吟短咏，有二李风。多游吴中，与予特交善，故于玉山草堂有行窝焉，书法名画，题品居多。杨铁崖先生以为如行云流水，无所凝滞，游方之外者也。"

32. 余善

余善，生卒年不详，字复初，杨维桢弟子，昆山清真观道士。《玉山名胜集》卷二其所题诗之前有："向承池上之作，龙门琦上人所和皆已刻之庑下，如珪璧相照映，今闻于会稽回在玉山中将求一诗并刊，故就韵以寄所怀云。"而其于《玉山名胜集》卷七亦有句云："主人爱客情怀好，折简频烦远见招。"由此可知余善与顾瑛亦有交情。

33. 岳榆

岳榆，生卒年不详，字季坚，宜兴人，工诗，元季入计筹山学道，有岳南宫之称。岳榆于顾瑛玉山雅集乃常宾，多有参加，亦多有所作。其亦曾往来于顾瑛、倪瓒之间，传诗送简。

34. 张雨

张雨（一作张天雨，1283—1350①），旧名泽之，又名嗣真，字伯雨，号贞居子，又号句曲外史，钱塘人，为道士于茅山，住持西湖福贞观，延祐七年（1320）聚开元宫，历主茅山崇寿观，元符宫，至元二年（1336）归杭，至正十年（1350）仍提点开元宫。工诗，一时文士多与之游，有《句曲外史集》七卷、《玄品录》五卷。《元书》、《新元史》有传。杨维桢《西湖竹枝集》中称其："蚤年书无不读，尽用以为诗，其诗俊逸清赡，侪辈鲜及，晚年弃妻子，寄迹老氏法中……始隐茅山，后徙灵石山中，诗名震京师。"

顾瑛于雅集之初，过从最密者即张雨、杨维桢数人。张雨亡故

---

① 此生卒年据肖燕翼：《张雨生卒年考》，载《故宫博物院院刊》，1998（1）。另，《元人传记资料索引》所列张雨生卒年与此一致。

之后，顾瑛曾携宾客数人于西湖以牲酒祭之。[1] 顾瑛于其《草堂雅集》中“张雨”条下有：“字伯雨，钱塘人，博览群书，故其诗清旷俊逸，时辈不能及，始隐茅山，后徙杭之灵石涧，与赵魏公、虞翰林友善，诗名震京师，自号句曲外史云。”

35. **郑守仁**

郑守仁，生卒年不详，号蒙泉，黄岩人，至正间历住吴郡白鹤观、鄞县天坛道院。顾瑛《草堂雅集》卷十有：“郑守仁，号蒙泉，天台黄岩人。幼著道士服，长游京师，寓蓬莱坊之崇真宫，不事干谒，斋居万松间。一夕大雪填门，公读书僵卧自若，京师号为‘独冷先生’，至正间主白鹤观。”

三、画人、书家

1. **陈汝言**

陈汝言（？—1371），字惟允，号秋水[2]，又号清瘦生。吴县人，汝秩弟。张士诚据吴后辟为参谋，明初官济南经历。善画，工山水，远师董源、巨然，近宗赵松雪、王蒙，“行笔清润，意境幽深”[3]，传世画作有《荆溪图》轴，上有倪瓒长记，另还有《百丈泉图》轴。

陈汝言亦善弹琴。顾瑛雅集之时，往往以弹琴助兴。其与顾瑛交好，雅集或出游，每每相随。其兄亦与顾瑛识。《玉山逸稿》卷四《题陈惟允溪山秋霁卷》后有：“予久不见惟允，忽惟寅携是图过草堂，开卷如睹颜采于梦寐中。”

2. **从序**

从序，生卒年不详，字子伦，画学郭熙用拓笔，豪爽有奇致，亦入于雅。其于玉山雅集，往往被称为画史，亦往往以画事免诗。

---

① 《游西湖分韵诗并序》，见《玉山纪游》。

② 周林生：《宋元绘画》，282 页，石家庄，河北教育出版社，2004。

③ 周林生：《宋元绘画》，282 页，石家庄，河北教育出版社，2004。后对于传世画作的统计亦据此。

3. **顾达**

顾达，生卒年不详，一名逵，字周道，一作道周，中吴人。画山水人物，并能写貌。《玉山逸稿》续补《自题摘阮小像》下有：“摘阮小像，乃友人顾道周所作。”《元诗选癸集·庚下》收有其题顾瑛玉山园池十首。

4. **黄公望**

黄公望（1269—1354），字子久，自号大痴哥，又号一峰，富春人。本常熟陆氏子，名坚，幼出继永嘉黄氏。天资孤高，博学强记，元贞初辟为浙西宪司掾，以事罢。延祐中游京师，为御史台察院掾，忤权豪下狱。得出，遂不复仕，寓居松江，往来钱塘、吴中。工画山水，宗董源、巨然，而运思落笔，出人意表，自成一家。杨维桢于《西湖竹枝集》称其曰：“天姿孤高，少有大志，试更弗遂，归隐西湖筲箕泉。博书史，尤通音律图纬之学。诗工晚唐。画独追关仝。其据梧隐几，若忘身世，盖游方之外。非世士所能知者也。”其极富画名，为“元四家”之一。

其与顾瑛之交游，详情亦不可查，惟于《玉山名胜集·外集》见其《次韵梧竹主人诗奉柬》诗四首。其一曰：“片玉山前人最良，文章体物写谋长。古来望族推吴郡，直到云仍姓字香”，可见其对顾瑛的赞许。其四则有：“人生无奈老来何，日薄崦嵫已不多。大抵华年当乐事，好怀开处莫空过。”可推知此诗当写于黄公望暮年之时。

5. **柯九思**

柯九思（1290—1343），字敬仲，号丹丘生，仙居人。谦之子。由伴读官仕至奎章阁博士，当天历间，日趋延阁，恩遇尤甚。杨维桢称其“文章有台阁体，而宫词追王建，墨竹法文湖州”，名重于时。所作诗文散佚，有《墨竹谱》。《元史》有传。

柯九思曾于至元五年（1339）至顾瑛处，拜石题名而去。因此，顾瑛为筑拜石坛。顾瑛称其：“词翰鉴博，有元之元章也”①，

① 四库本《玉山璞稿》《拜石坛记》。

以米芾相比，可见顾瑛对其之推重。柯九思称顾瑛曰："君素为吴大姓，青年绩学，抱才负艺。"又以诗美之云："神人夜斧开清玉，一片西飞界溪曲。中有桃源小洞天，云锦生香护华屋。主人意度真神仙，日日醉倒春风前。"

6. 李元珪

李元珪，生卒年不详，字廷璧，河东人。酷志读书，工诗，书法亦能曲尽其妙。杨维桢在《西湖竹枝集》中称之"作诗若不经思，往往超诣颖脱，字法追步渔阳，中洲之善学者也"。顾瑛于《草堂雅集》卷七有："李元珪，字廷璧，河东人，端厚沉毅，重然诺，酷志读书，非其人不苟与交，书法如困学。凡所寄诗章，多为好事者持去，故所载不多云。"

李元珪于《玉山名胜集·外集》有《代柬玉山主人》一诗，诗云："芝云堂上西窗夜，剪烛传杯共话时。寒月半窗亲下榻，幽人满座对吟诗。无儿守舍冯唐老，有客分金鲍叔知。回首玉山空怅望，对题聊为寄相思。"《中国人名大辞典》言其不好交游，而《玉山名胜集》所载诗则云："荆山月明秋水清，山间之璞千古名。谁谓隐君慰幽独，我欲携酒相与倾。阶前拾翠惊春鸟，石上看泉更晚晴。何日同舟载仙侣，紫荆花下听吹笙。"可见辞典所言不确。

7. 马晋

马晋，生卒年不详，字孟昭，扶风人。善楷书，玉山诗卷有其为题识者。而顾瑛于兵乱草堂所失诗卷，亦马晋与袁华合力钞誊。

8. 马琬

马琬，一作马璧，字文璧，江宁人。从杨维桢受春秋学，善画人物，工诗书画，时号三绝。明洪武三年（1370）为抚州郡守。《玉山名胜集》卷三有题为"秦溪马琬文璧"所作诗，诗中有"鸿文最爱新堂记，笔力端能挽万钧"句，当是赞高明所为《碧梧翠竹堂记》的。

9. 倪瓒

倪瓒（1301—1374），初名珽，字元镇，号云林，无锡人。清姿玉立，有洁癖。读书清閟阁中，不问世事。家富饶，然于元末尽弃家业，泛舟五湖间，兴至则捉笔写山水，偶流于市，则人争购之。善画之外，诗亦清淡有雅致。有《清闷阁全集》十二卷。《明史》有传。元四家之另一说中，即有倪瓒。关于倪瓒之号，《元诗纪事》卷二十一还有："瓒字元镇，无锡州人。尝自谓懒瓒，亦曰倪迂。"《草堂雅集》张雨诗《倪元镇小幅林石》云："谁可米颠相伯仲，风流还只数倪迂。应将尔雅虫鱼笔，写此乔林磵（涧）石图。"同书卷九郭翼诗《寄郯九成怀铁崖且闻有挟琼花赴倪云林之约》亦有云："雪艇下来要陆倩，云林直去看倪迂。"另外，《草堂雅集》卷十郯韶有诗题为《寄经锄隐者倪元镇》，可知倪瓒又号"经锄隐者"。清康熙五十二年（1713）城书室刻本《清闷阁全集》卷首又有："云林倪先生自称倪迂，又称懒瓒，又自称荆蛮民。"

杨维桢于《西湖竹枝集》言倪瓒："其先以资雄一郡，至元镇不事生产，刻意文史，尊师重友，能华其家风。其诗材力似腐而风致特为近古，与其郡人吴克恭为唱和友，兴喻视吴为高云。"

顾瑛与倪瓒神交良久，常以诗简互通。吕尊师、吴善、岳榆等人过玉山时，倪瓒皆以诗寄顾瑛，而顾瑛亦有唱酬之作。顾瑛曾往锡山访倪瓒，不遇而终。顾瑛《草堂雅集》卷六言其："倪瓒，字元镇，毗陵人，酷好读书，尊师重友，操履修洁，诗趣淡雅，如韦苏州。作小山水，如高房山。自号经锄隐者，家有云林隐居，与予有葭莩之亲，累辱见招，规往而每不果，然多得其所作，故并刻云。"

于顾瑛小像，倪瓒有赞曰："谓其有意于荣进与，咏歌弹琴诵古人之书；谓其阔略于世故与，能廓充先世之业，昌大其门闾。逍遥户庭，名闻京师。忽自逸于尘氛之外，驾扁舟于五湖，性印朗月，身同太虚，非欲会玄觉于一致而贯通于儒者耶?"可见其对顾瑛所知之深。

10. **束宗庚**

束宗庚，生卒年不详，字章孟，吴郡人，以善画人物称。《玉山名胜集》卷一题作"吴郡宗束庚"，其诗云："玉山草堂江上无，全胜西庄给事居。盘内玉芝分食后，阶前珠树种来初。诗成彩笔传金刻，帙散芸香启石渠。敢有新图将远意，东吴瞻望重愁予。”

11. **唐棣**

唐棣（1296—1364），字子华，祖籍钱塘，后迁居吴兴。善画，工山水，近学赵孟頫，远师李成、郭熙。亦工诗文。传世画作有《林荫聚饮图》轴、《霜浦归渔图》轴、《携琴远眺图》轴、《雪港捕鱼图》轴、《云浦驾舟图》册页、《仿郭熙秋山行旅图》轴等。①

顾瑛《草堂雅集》卷八有：“唐棣，字子华，吴兴人。由茂才仕至吴江州知州、尹休宁，时有善政，民为立生祠。能绘事，尝画嘉熙殿为上所知。尤长于诗，有集行于时。”

12. **王蒙**

王蒙（？—1385），字叔明，吴兴人。国器子，赵孟頫外孙。工画山水人物。元末官理问，遇乱，避兵隐于仁和之黄鹤山，自号黄鹤山樵。入明起为泰安州知州，后胡惟庸狱兴，蒙坐与胡惟庸有交，下狱而卒。《明史》有传。

见于载录者，王蒙曾于至正十八年（1358）与岳榆过玉山，可知其与顾瑛有交。《玉山名胜集》中亦存其作。《玉山名胜集·外集》有其诗《海子桥偶得一诗奉寄玉山》。顾瑛《草堂雅集》卷十有：“王蒙，字叔明，吴兴赵文敏公之甥②，强记力学，作诗文书画，尽有家法，尤精史学，游寓京师，馆阁诸公咸与交善，故名重侪辈。尝过草堂，所留诗止此云。”

13. **张观**

张观，生卒年不详，字可观，松江人。画山水学马远、夏珪。

顾瑛与张观的交游具体未见于载录，然顾瑛《玉山逸稿》卷四《补之竹卷》后有小字注云：“至正甲辰七月望，与张可观观于市泾别业，因题以识，顾阿瑛。”可窥知二人实有交游关系。

---

① 传世画作。周林生：《宋元绘画》，280页，石家庄，河北教育出版社，2004。

② 元人时有以甥称外孙者，二说并无龃龉。

14. **张舜咨**

张舜咨，生卒年不详，字师夔，钱塘人。由行省宣使调休宁主簿。善画山水。顾瑛《草堂雅集》卷六有：“张舜咨，字师夔，钱塘人，由行省宣使调休宁簿，居官有能称，政事之暇，焚香闭阁，哦诗对卷，翛然无尘想，修洁可知矣。”其下有张舜咨所作诗《寄玉山索兰花》，诗曰：“许我猗兰叶有光，报君墨竹节尤苍。秋期坐对文峰下，清闷幽香道味长。”

15. **张渥**

张渥（？—约1356）①，字叔厚，号贞期生，淮南人，寓居杭州。博学明经，累举不利。画工白描人物。顾瑛《草堂雅集》称其：“博学明经，累举不得志于有司，放意为诗章，时用李龙眠法作白描，前无古人，虽达显人不能以力致之。”杨维桢亦称其为：“明经善属文，能用李龙眠法为白描，前无古人，虽时贵亦罕得之。”

张渥于玉山雅集之初即为顾瑛座上之宾。人所熟知的杨维桢《雅集志》即是为张渥所绘雅集图所作。

其画作传世者，有《九歌图》卷，上有元人隶书之《九歌》全文，以及倪瓒题款。还有《雪夜访戴图》轴、《竹西草堂图》轴。

16. **张逊**

张逊，生卒年不详，字仲敏，号溪云，吴郡人。善画竹，作钩（勾）勒法，妙绝当世。《玉山名胜集》见存其诗。顾瑛《草堂雅集》卷十二有：“张逊，字仲敏，姑苏人，博学善属文，书画俱绝，户外之屦如积，累期过草堂弗果，今所录诗皆为余所品题也。”可见二人有交。

17. **赵麟**

赵麟，生卒年不详，字彦征，吴兴人，赵雍次子。善画人马，亦能山水。承家学，书法亦佳。以国子生登第，至正十九年

① 周林生：《宋元绘画》，280页，石家庄，河北教育出版社，2004。

（1359）为江浙行省检校，后官莒州知州。《元史类编》有传。

其画作传世者，有《春山图》、《人马图》等。①

赵麟于《玉山名胜集》有赋一篇，于玉山之景、玉山之人，多所美之。

18. **赵奕**

赵奕，生卒年不详，字仲光，号西斋，赵孟頫子。隐居不仕，日以诗酒自娱，善画，工真行草书。杨维桢于《西湖竹枝集》中称其："学书家法，犹晋之有羲献。其丰神秀整，文采彬彬，真王谢公子也。"《吴兴备志》卷十二《人物征第五之五》有："赵奕字仲光，号西斋，晚居吴中，与昆山顾仲瑛交，仲瑛称其为人有王孙风度而无纨绮故习。文敏三子，长亮，次仲穆，仲光其季也。"

赵奕与仲瑛来往颇多。玉山之中，匾额多为所书。顾瑛于其《草堂雅集》卷六称："赵奕，字仲光，吴兴人，魏国文敏公仲子。作诗为文，翰墨游艺皆有家法。尤好古雅，不事进取，与予特友善，相去虽数百里，必一月一致书。其天质秀雅，如芝兰玉树，王谢佳子弟也。"其下所录赵奕诗有题为《玉山与郯九成自姑苏来吴兴，僧可传邀予陪游弁山之黄龙洞，时有紫霞同席，遂分得花字》之诗。

《玉山名胜集·外集》赵奕有诗《游玉山佳处写赠仲瑛》曰："我爱玉山奇绝处，碧梧翠竹映阑干。轩窗傍水琴书润，楼阁连空宇宙宽。山色溟濛还淡淡，湖光潋滟自漫漫。登临纵目无穷处，落日西风作暮寒。"《玉山逸稿》卷四《题赵仲穆临李伯时凤头骢》诗后有："元朴师自吴兴来，辱仲光兄见寄仲穆所作紫花马图，展玩之余，敬题一绝为识，桃花源主者顾瑛。"而袁华亦有《陪赵仲光、顾仲瑛游昆山》诗，称二人"魏国王孙多丽藻，华阳真逸有仙才"。可见二人之交谊。

19. **赵原**

赵原，生卒年不详，字善长，号丹林，吴郡人。画山水师董

① 周林生：《宋元绘画》，281页，石家庄，河北教育出版社，2004。

源。明初，召天下画师至京，绘历代功臣，原以应对不称旨获罪而死。

其于顾瑛雅集，往往以画代诗，以免罚酒之例。

20. **朱珪**

朱珪，生卒年不详，字伯盛，昆山人。工大小篆，尤善摹刻，集己所刻为《名迹录》六卷。按顾瑛之说，朱珪乃其高邻，其于《玉山逸稿》之《题朱伯盛诗卷四首》后言道：“伯盛朱隐君，予西郊草堂之高邻也，性孤洁，不佞于世，工刻画，及通字说，故与交者，皆文人韵士。”其诗则美伯盛云：“神斧磨天割紫云，仙葩殒玉发奇芬。灵书宝洪开刚卯，不数人间小篆文。”另于同书《三体石经偈》之引，顾瑛又有“予友朱君伯盛，精字法，悟空相”之语，于偈中，更赞道：“当心一画到如今，画画皆心不可寻。尽说朱珪精字法，看他那画上求心。”由此可见顾瑛对朱珪的推崇。而顾瑛草堂柳塘春诗卷遗失之后，亦是由朱珪为临篆匾。

四、隐逸

1. **陈汝秩**

陈汝秩（1329—1385），字惟寅，吴县人，家居授徒，安贫自乐，明初征至京，以母老辞归。《珊瑚木难》卷七所引《陈维寅圹志铭》有：“处士生而警敏，刚介，才气过人。早失怙，能力贫以笃学，工于诗文，有古作者之风，且嗜古，凡前代名画书法与今人之作，心诚好之，虽倾贯购得，弗惜也。与人论古今人物贤否、治道兴衰，自夜至于曙，弗怠也。奉母夫人，曲尽其欢。与人交悬悬而有情。当大明维新以人材聘至京，将大用，辞以母老，得归田里。”

2. **陈尧道**

陈尧道，字宗远，号竹林处士，嘉禾人。《元诗选癸集》称其“博学通五经。元末不仕，与杨维桢辈相倡和，自号竹林处士。所著有《竹林集》”。杨镰、叶爱欣整理《玉山名胜集·玉山倡和卷下》收有其和玉山《春日试笔》、《元日试笔》等诗，及玉山对于其所作《立春》、《元日偶成》的唱和诗，可知陈尧道与顾瑛之间存有往还唱和的关系。

3．顾盟

顾盟，生卒年不详，字仲赘，一作仲贽，甬东人，高才好学。顾瑛《草堂雅集》卷十二有："顾盟，字仲赘，甬东人，高才好学，馆于杞菊轩。此诗因李月璧所寄云。"《元诗选三集·庚》则有："玉山主人编仲赘在张仲简之后，钱牧斋《列朝诗集》甲前有张简而无顾盟，想亦据《玉山雅集》录入，而抄本多脱简，遂将仲赘诗俱误入仲简集中，流传舛伪已久，不得不急为改正之。"

4．韩性

韩性（1266—1341），字明善，会稽人。博通经籍，尤精性理之说，家居讲学，从游者甚众。至正元年（1341）卒，年七十六。谥庄节。杨镰、叶爱欣整理《玉山名胜集卷下·君子亭》有韩性应萧元泰之请为顾瑛所作《君子亭序》。其文有："顾君傲睨物表，来名折利，不概于其心。"足见其称赏之意。

5．黄玠

黄玠，生卒年不详，字伯成，一说字孟成，慈溪人。喜吴兴山水，卜居弁山，以圣贤自期，隐居教授，于书无不通晓。有《弁山小隐吟录》二卷，卒年八十。《新元史》、《元史类编》有传。《玉山名胜集》卷一有其诗曰："君家草堂溪水头，溪水正绕渔庄流。种石得玉将有待，编茅为茨聊可休。鼓钟清时圭璧器，杖屦暇日林塘游。熊儿骥子尽知学，人生此外复何求。"

6．黄文德

黄文德，生卒年不详，号尚文子，汴中人，侨居闽之昭武。《元诗选癸集·庚下》"尚文子黄文德"条有："读书能文，侍父为玉山县教官。适钱洞云往庐山，道过玉溪，文德赠以诗，并作诗附寄玉山主人。"

顾瑛《草堂雅集》卷十二则有："黄文德，汴中人，号尚文子，读书能文，侍父为玉山县教官，因钱洞云游庐山归，故得诗于后云。"其诗题为《寄玉山草堂》，诗云："玄圃仙人吾未识，闻说吴中种春色。昨夜洞云天际来，明月空斋坐相忆。”诗下尚附其自题曰：“予家汴中，侨居闽之昭武官五溪，适洞云钱居士过我，得睹仲瑛挥玉，词翰兼美，虽未能识荆，有不能忘情者，赋二十八字，附卷末，他日洞云归浙，当为此为顾君一笑，且以期后会云。”

7. **李简**

李简，生卒年不详，字士廉，庐陵人。居昆山。顾瑛《草堂雅集》卷十二有：“李简，字士廉，庐陵人，侨居吴之昆山，操守端方，文学优赡，好古尚雅，旁通阴阳家书。与予相去无一舍，然多居锡山，故其诗不多云。”

8. **陆居仁**

陆居仁，生卒年不详，字宅之，自号巢松翁，又号松云野褐、瑁湖居士，中泰定三年（1326）乡试，隐居不仕，教授以终。工诗，与杨维桢、钱惟善相唱和，及殁，同葬于山，人目为三高士墓。《明史》有传。《玉山名胜集》有其诗。

9. **马麐**

马麐，生卒年不详，字公振，太仓人。好文尚雅。元末避兵松江，园池亭榭，幽闲自娱。其人曾集于顾瑛玉山，故亦列于是。

顾瑛《草堂雅集》卷十二有“马麐”条：“马麐，字公振，昆山之东沧人，幼酷志读书，多为搢绅所知，好文尚雅，以华其家声，与余有姻娅，今之所录皆杨铁崖所称爱者。”顾瑛所言其与马麐之“姻娅”关系，具体情况不详。

10. **彭罙**

彭罙，生卒年不详，字仲愈，一作宗愈，广陵人。通五经，授举子业于吴中，学者甚众。顾瑛《草堂雅集》卷十二有：“彭罙，字仲愈，广陵人，无书不读，通五经，性行纯谨，言笑侃侃。陈君敬初深敬事之。来吴中，予甥张大本首延致之，授举子业，户外之屦常满，江左硕儒也。”

11. **钱惟善**

钱惟善，生卒年不详，字思复，号曲江居士，又号心白道人，钱塘人。至正元年（1341）中乡试，历官江浙儒学副提举，张士诚据吴，退隐吴江，又徙居华亭，明洪武十二年（1379）犹存。工诗，有《江月松风集》十二卷。《明史》有传。《珊瑚木难》卷六有《题钱思复曲江草堂》一诗，题下有云："先生尝中江浙乡试，时出浙江潮赋，三千人中皆不知钱塘江为曲江，独先生用之，盖出自枚乘《七发》，试官大称赏，遂号曲江居士，构堂于徐范两村偏为曲江草堂。"

钱惟善幼时与于立同笔砚，后曾泛舟过顾瑛玉山，与于立重会。《丛书集成初编》本《玉山璞稿》至正甲午卷有《钱思复泛舟过玉山，作诗见示，次韵以复，兼呈于匡山》、《秋兴十绝，呈钱思复、于匡庐、袁子英》。顾瑛于《予总角时，拜中岳仙伯于舍下，今已四十年矣，思之如神游紫府，见陶隐居，累欲从之而不可得。今读钱思复先生赠其子于匡山诗，不能不为之兴怀，遂次韵寓意思复、匡山二先生云》一诗有："每叹世情今匪昔，钱塘故人七月来。共看新月如弦直，举杯邀月来酒中。不知松露沾衣湿，山中之乐乐无央。"

钱思复《江月松风集》卷十二有《题昆山顾仲瑛碧梧翠竹堂》及《过顾仲瑛可诗亭》二诗，补遗中亦有《题顾玉山栈道图》一首。《题顾玉山栈道图》诗曰："曾从画里晤诗人，君学诗人画入神。断续层峦皆有势，纵横变化总非真。溪边牛马成嘘气，山上熊羆（罴）立幻身。天地文章俱是画，画中堪著几多尘。"可见其对顾瑛的欣赏。《过顾仲瑛可诗亭》则云："自写游仙记，长怀恋阙心。开樽留好客，促席和新吟。亦有孟东野，岂无支道林。适然幽兴至，还复一登临。"二人的往来情形，亦可从字里行间略微窥知。

12. **唐元**

唐元，生卒年不详，字本初，吴郡人。《元书》卷九十一《隐逸传下·顾瑛传》后有："同郡唐元本初，嗜古博雅，有船号一苇杭，浮游江湖，日哦诗其中，每过瑛溪上，必系舟谈笑，终日而去。"顾瑛《草堂雅集》卷十二亦有："唐元，字本初，姑苏人，读书博雅，有船号一苇杭，图书古玩，列离左右，浮游江湖，日哦诗其中，自号苇杭子。每过予溪上，必系舟柳下，终日谭笑。”

13. **王鉴**

王鉴（1294—1366），字明卿，晋州安平人。侍父官江南，隐居吴门，家贫不肯干人。张士诚据吴，甚礼敬之。《元诗选三集·庚》有“王处士鉴”，其下有：“鉴字明卿，真定安平人。父瑁，为吴县尹。鉴少侍父宦居吴中，介然自处。长受学于虞文靖公集，喜唐人近体诗，时有赋咏，皆平实沉毅。游燕都，朝贵交章以茂才举试侍仪司舍人。鉴敛裳宵遁，随父寓盘关，隐居杜门二十余年。家贫无甑石储，应门独一老婢。客过辄叩邻家问酒，酒至对客剧饮，谈论不辍，晚节益高。张士诚据吴，独造庐访之。尝语人曰：明卿，高世士也，吾之益友。至正丙午卒，年七十三。士诚令有司送葬恤其家，为买地横山葬焉。”

顾瑛《草堂雅集》卷十三亦称：“王鉴，字明卿，安平人。幼侍父宦居吴中，介然自处，累举茂才不就，闭户读书，非其人不交。惟陆杞菊及家翁诸老成时往来，实隐德君子也。”

14. **熊梦祥**

熊梦祥，一作蒙祥，生卒年不详，字自得，号松云道人，豫章人。通群书，旁晓音律，能作数体书，工画山水，清古脱俗。后以茂才举为白鹿书院山长，未几弃去，放浪淮浙间，后居娄江。明初官监丞，年八十六犹存。杨维桢于《西湖竹枝集》赞之曰：“聪敏旷达，好读书作诗，为文思若泉涌，能作数体书，举茂才，为白鹿书院长，未几辄弃去，游淮浙间，即脱略不拘，有晋人风。”

顾瑛于其《草堂雅集》卷六中则云：“熊梦祥，字自得，江西人，博读群书，旁通音律，能做数体书，乘兴写山水尤清古，无庸工俗状，以茂才举教官，不乐拘制辄弃去，以诗酒放浪淮浙间。卜居娄江上，扁得月楼。与予为忘年交，旷达之士也。号松云道人。”其卷尚有熊梦祥诗《客怀奉柬玉山》，诗曰：“我昔离家七月强，只今十月陨秋霜。可惭浊酒黄花兴，应悔青灯白发长。翠袖天寒修竹暗，倚窗日暖碧茸香。夜长枕上扬州梦，江北江南是故乡。”下附《玉山戏答诗》，诗曰：“秋水蓝桥一尺强，愁闻玉杵捣玄霜。东篱老子乌纱帽，西郭佳人翠袖长。古寺竹深禅榻静，晴窗花落砚池香。西风鹤背三更梦，笑看琼花作醉乡。”

15. **徐达左**

徐达左，字良夫，吴县人。杨镰等人整理《草堂雅集》收有徐达左诗，其小传则有：“隐居光福山中，自号畊渔子。四方名士皆与之交，录其所赠诗为《金兰集》。家有秀野轩。其所赋诗多属和云。”虽未能知其人与顾瑛具体之交游，但二人显然多有诗文赠答唱和。

16. **余日强**

余日强（1303—1354），字伯庄，后改字彦庄，号渊默，昆山人。《元诗选癸集·庚下》有“渊默叟余日强”，其文曰：“日强字伯庄，其先古田人。父与可，号蓝溪先生。为武夷书院山长，来居昆山。日强奉母以孝闻，有隐操，周流经史，号博雅。……晚称渊默叟。所著有《尚书补注》、《渊默叟集》。”

顾瑛《草堂雅集》卷十三则有：“余日强，字伯庄，昆山人。与余声问久缺，一日以和杨铁崖诗来见，其所学云升川增，不觉惊叹，故录于此。”

17. **袁泰**

袁泰，生卒年不详，字仲长，号寓斋，长洲人，易子。为郡学教授。顾瑛《草堂雅集》卷十二有：“袁泰，字仲长，吴郡人，父易字通甫，以诗名，有《静春堂集》行世，而仲长与予交尤密云。”

五、西域蒙古

1. **昂吉**

昂吉，生卒年不详，字启文，一作起文，唐兀氏，居于太平。至正八年（1348）进士，授翰林编修，后又改绍兴路录事司达鲁花赤。

昂吉屡次参加顾瑛玉山雅集，与集宾客，往往以西夏郎官相称，有“西夏郎官富文采”之赞语。亦时以“高起文”相呼。顾瑛《草堂雅集》卷十有：“昂吉，字启文，西夏人，登戊子进士榜授绍兴录事参军，多留吴中，时扁舟过余草堂，为人廉谨寡言笑，非独述作可称，其行尤足尚也。”

2. **达普化**

达普化（一作泰不华，1304—1352），字兼善，伯牙吾氏，居台州。至治元年（1321）右榜进士第一，授集贤修撰。泰定元年（1324）转秘书监著作郎，除奎章阁典签，历南台御史，监察御史，擢河南宪佥，移淮西，至正元年（1341）累迁绍兴路总管，入为秘书卿，升礼部尚书，除都水庸田使，十一年（1351）迁浙东宣慰使，改台州路达鲁花赤，明年讨方国珍被害，年四十九，谥忠介。《元史》有传。

依顾瑛《玉山名胜集》卷八《拜石坛记》，可知达兼善曾于至元五年（1339）至玉山，为题“拜石坛”、“寒翠所”。而顾瑛玉山中其他园池，亦多达兼善为题颜处，如《玉山名胜集》卷六顾瑛《浣花馆记》就有：“予别墅小桃源，达秘书为余篆扁。”

而顾瑛于至正十一年（1351）往游锡山，泊舟阊阖门之时，达兼善亦曾与其相遇。《玉山纪游》顾瑛《许墅道中》诗下小字即记此事。达兼善之于玉山，可谓倾心向往。郑元祐《写萧元泰诗序后怀达兼善》有：“白野公为庸田使，时得玉山君诗读之，常欲扁舟访君界溪，未果而除浙东帅，安知公死于王事，忠义之烈，昭如日星。使公在，而获睹尊师所为序并诸君子所赋诗，当重称赏。”白野者，即达兼善之号。《拜石坛记》即称：“御史白野达兼善来观”，是以可知。

3. **达识帖穆尔**

达识帖穆尔，《元史》有传，其名作达识帖睦迩。字九成，国王脱脱之子，其兄乃铁木儿塔识。达识帖穆尔幼与其兄同入国学为诸生，读经史，悉能通大义，尤好学书。至正七年（1347），出为江浙行省平章政事。至正十一年（1351），方国珍起海上，达识帖穆尔出为江浙行省左丞相，寻兼行枢密院事。至正十七年

(1357)，张士诚以书诈降，元廷授以太尉，其时达识帖穆尔仍为丞相之职。至正十九年（1359）十一月，顾瑛应杭州太守谢节之邀，前往西湖观梅。达识帖穆尔遂于此时与顾瑛相见。杨镰、叶爱欣整理《玉山名胜集·玉山遗什卷下》即收有至正庚子（1360）正月立春前一日袁华书于观梅轩之文，称："钱唐（塘）太守谢侯雪坡以书走崑山，招玉山隐君观梅于西湖之上，遂偕予放舟自吴淞道甫里，拜陆先生祠，访鼎师于桂子轩，各赋诗而别。越三宿至钱唐（塘），见侯于围棋野舍，馆吴山之阳。而浙省丞相达识帖穆尔公素闻君名，命儒学副提举洪钦请见于西天寺。"

于此番相见，达识帖穆尔当十分欣赏顾瑛之才识，应有赐官之意，顾瑛则婉言谢之。上引《玉山名胜集·玉山遗什卷下》亦收有顾瑛《谢丞相赐官》诗，诗曰："自笑我身不孤死，未免侯门曳长裾。布袍尚带东华尘，书船又棹西江水。心明两鼠啮孤藤，眼见二桃杀三士。此行只为探梅花，底用虚名一张纸。"

4. **孟昉**

孟昉，生卒年不详，字天昈，一作大伟，唐兀人，居大都，好学，工古文，为国子生，会试下第，辟掾宪司，累迁南台御史，至正二十二年（1362）官翰林待制。《元史类编》有传。

《丛书集成初编》本《玉山璞稿》至正乙未卷有《乙未书实和孟天昈都司见寄》，四库本《玉山璞稿》亦收有是诗。另，至正乙未卷尚有《长歌寄孟天昈都事》一诗，诗中多对时事之感慨，如："乘时饿虎昼啮人，谁与苍生系休戚？民力不堪供奉承，董责尽用上书丞。新行交钞愈涩滞，米价十斤酬四升。"又有："时维五月梅雨多，眼见青田生白波。饥饿仰天哭无食，今秋无成将奈何？吴江漫漫风波急，夜返扁舟及家室。坐看急电怒驱雷，骤雨打窗愁欲泣。"如此痛彻心扉之语，若非知交，又怎会轻易道出。

5. **聂镛**

聂镛，生卒年不详，字茂先，一作茂宣，号太拙生，蒙古人，居蓟丘，从南士问学，通经术，善歌诗。聂镛于《玉山名胜集》卷四有诗云："久知顾况好清吟，结得茅斋深复深。千古再赓周大雅，五言能继汉遗音。竹声绕屋风如水，梅萼吹香雪满襟。何日扁舟载春酒，为君题句一登临。”而于《玉山名胜集·外集》又有《寄怀玉山》二首，有：“美人昔别动经年，几见娄江夕月圆。怪底清尘成此隔，每怀诗句向谁传？”足见其相思之情。

6. 萨都剌

萨都剌（1272—?），字天锡，号直斋，回族人。因其祖父与父亲皆以世勋镇守云、代，遂定居雁门，故萨都剌常自称雁门人，或代郡人。青中年时期以家境贫寒，曾以经商为事。五十五岁时中泰定四年（1327）进士，与杨维桢为同年。历官镇江录事司达鲁花赤、翰林国史院应奉文字，后以淮西江北道廉访司经历致仕。其人长于讽咏一事，为元诗名家。有《雁门集》传世。

于其《雁门集》卷十二有诗题为《席上次顾玉山韵》，诗云：“粉墙斑鸠啼绿树，白日紫燕穿珠帘。昼长深院弄瑶瑟，艳姬十指行春纤。”可知其曾一至顾瑛席上，并与之吟诗唱和。

7. 锁住

锁住，至正八年（1348）为浙东宣慰副使。《玉山逸稿》卷四《云帆驾海图诗送浙东副元帅锁住公归镇》题下附注云：“至正八年春，海寇暴作，势张甚，时锁住公为浙东副元帅，承命总兵，由桃花口入蛟门，鼓行大洋中，无几微惧色。先是各道出师，多为民病，公所至民不知有兵，贼间聚海岛者，皆远徙他境，凡三月粮，既卒事。公乃由昆山刘家港取陆道归镇，饮酒于故人玉山草堂。”

8. 斡玉伦徒

斡玉伦徒，生卒年不详，字克庄，号海樵，宁州人。进士及第后，累任奎章阁典签、淮西廉访佥事、南台经历、福建廉访副使、工部侍郎，后预修《宋史》，累迁山南廉访使，拜侍御史。

顾瑛《丛书集成初编》本《玉山璞稿》中有《和斡克庄崇明三沙诗》一首，诗中有云：“却忆题诗绣衣使，高秋曾过玉山东。”是以可证二人有交。

六、官吏

1. 卞思义

卞思义，生卒年不详，字宜之，山阳人。辟浙西宪掾，改都水庸田司吏，居官不废吟咏。杨维桢于《西湖竹枝集》曾云："卞思义，光州人。气宇疏旷，早年有诗名，浙西宪府以其才贤辟为属掾。虽居官日，犹不废于吟诗，长于咏物，如《汗酒》、《铁笛》为人所称云。"顾瑛《草堂雅集》卷十三则有："卞思义，字宜之，楚州人。能苦吟，对客谈诗，终日不绝，辟都水属掾，与余交游颇密，故所作为多云。"

2. 曹睿

曹睿，生卒年不详，字新民，永嘉人，徙居华亭。元时为郡学训导，明初迁松江教授。《玉山名胜集》有题为《永嘉曹睿玉山席上作，就呈同会》之诗，诗云："我到玉山最佳处，溪头新水荡轻舠。春回玄圃花如雾，风入苍梧翠作涛。越女双歌金缕曲，秦筝独押紫檀槽。诗成且共扬雄醉，笑杀山人官锦袍。"于此，可知其曾过顾瑛玉山，是为座上之宾。

3. 陈秀民

陈秀民，字庶子。杨镰等人整理《草堂雅集》卷十四录有其诗，小传则云："博学善书，为武冈城步巡检，知常熟州。过草堂有《题竹》诗，并以近作书赠，因尽刻之。"

4. 董抟霄

董抟霄，生卒年不详，字孟起，磁州人。累迁监察御史，历辽东宪佥、江西郎中，迁浙东宣慰副使，至正十一年（1351）除济宁路总管，从江浙平章讨贼，授行省参政，十四年（1354）除水军万户，升枢密院判，从征高邮，升淮南行院同佥，十七年（1357）守济南有功，进副使，明年移守河间，毛贵兵至，被执不屈而死，谥忠定。《元史》有传。

董抟霄于江浙讨贼，授行省参政之际，曾以顾瑛佐治军务。《丛书集成初编》本《玉山璞稿》至正甲午卷有《董孟起参政领水军副都万户开水军府事，二月廿三日，以瑛佐治军务留海上，索诗，口占奉呈》，还有《三月廿三日，侍董大参巡海，早发路漕》、《是夜回宿海口舟中，董参命赋口号》，以及《铙歌十章，并小序，送董参政》。诗多美董抟霄之语，如《董孟起参政领水军副都万户开水军府事，二月廿三日，以瑛佐治军务留海上，索诗，口占奉呈》一诗，即云："燕颔将军虎豹颜，去年杀贼下三关。笔端草檄千钧力，马上开弓一石弯。定赏名标丹凤扆，论功身在紫薇班。今看耀武回沧海，日日从军奏乐还。"

5. **葛元哲**

葛元哲，字元哲，哲一作喆。抚州金溪人。《元诗选补遗》有小传，称其"博学工文，有英气，弱冠名誉翕然。登至正八年戊戌进士第，辟江浙行省掾。先后见知于参政苏天爵、樊执敬，荐入馆阁，不报。至正十四年，以大臣荐为本县尹。未几，兵乱路梗，入福建。省宪交辟，浮海北上，比至大都而卒。门人苏伯衡等举河汾故事，私定其谥曰文贞先生。学者陈介搜其遗稿，得诗文，汇为十卷。"其集不传。

葛元哲曾于至正十一年辛卯（1351）五月二十八日，与顾瑛、杨维桢等人祭张雨于其墓。

6. **金思诚**

金思诚，生卒年不详，字希贤，上海人，博雅弘粹，少负文名，洪武中以耆儒证，官至文华殿大学士，以老致仕。其于《玉山名胜集》卷一有诗云："草堂中人天下奇，昔闻卢鸿今见之。鲸牙已出沧海底，凤雏犹隐昆山陲。村醪醉客飞错落，竹床卧月吹参差。相知何必曾相识，画里题诗遗所思。"由此诗，可知金思诚对顾瑛闻名甚久，却一直未获相识，值此一见之下，即以知己相许，足见其爱重之情。

7. **鲁渊**

鲁渊，生卒年不详，字道源，淳安人。《元诗选癸集》有传，称其"至正辛卯进士，初任松江华亭丞。徽寇构逆，延至永平。省檄渊与监郡脱脱引兵而西，会军新安。为寇所执，守死不屈。逾年始得脱。复抵华亭。甲午，起为儒学副提举，升正提举。张士诚据吴，除国子博士。……自号本斋，所居岐下，人号岐山先生。”杨镰、叶爱欣整理《玉山名胜集·玉山遗什卷下》顾瑛《辞丞相辞官》诗鲁渊有所唱和，并署名“曲阜鲁渊再拜”，知其有交。

8. **卢熊**

卢熊，生卒年不详，字公武，昆山人，博学工文章，尤精篆籀。元季为吴县教谕，洪武初以故官起，除工部照磨，又以善书授中书舍人，迁兖州知府。《道光昆新两县志》卷二十六《文苑一》有：“阅岁，迁兖州知府……熊竭心调度，事集而人不扰，俄以簿录刑人家属事坐累死，年五十。熊素精篆籀之学……生平不治生产，既死，籍其家，惟余麻枱（台）。……少与弟熙皆从杨维桢游，博学工文词，尝纂修《吴郡志》，穷搜极访，遂为一部良史。”

其于《玉山名胜集》有诗称顾瑛云：“大雅复谁继，斯人良独工。时时志忧国，仿佛杜陵翁。”而《六研斋三笔》卷三载录了一封顾瑛写与卢熊的信，于信中，顾瑛先述久无书问之因由，称：“遁迹异乡，甘与草木同腐，远领斯文，大芘眠食粗安，但于友朋多不奉书问为缺，实以路远便艰，知我者必毋见诮。”信末，则又曰：“回昆山途中，邂逅令弟，曾附意亮达听司近始知致身重要，喜慰无已，然未获为贺，负罪负罪，傥至平，望毋惜枉驾。辰下暑隆，唯冀善加调摄以膺大用。不具。五月三日顾阿瑛手书拜公武交契。”从此信中，足见顾瑛对卢熊的关切，二人当为至交无疑。

9. **缪侃**

缪侃，生卒年不详，字叔明，常熟人，至正中从事浙东帅府。至正十六年（1356）十月十四日，缪侃曾过顾瑛玉山，顾瑛遂邀客共聚可诗斋，相与唱和联句。顾瑛诗中有：“此膝岂因儿辈屈，壮心宁受酒杯降。与君相见俱头白，莫惜清谈对夜缸。”而缪侃所和则云：“相对正怜犹梦寐，笑谈何惜倒银缸。”另，缪侃倡韵之诗又有：“我父竟为逃难客，故人近作在家僧”，“相见莫论生死事，且须泥饮对寒灯”。诗句全是肺腑语，可见交情。此外，缪侃亦多至玉山，《玉山名胜集》中多见其诗。《丛书集成初编》本

《玉山璞稿》至正甲午卷尚有《缪叔正郎中以漕事驰传，历浙东诸郡，渡大群小群二滩，作渡滩歌见寄，次韵复之》一诗。杨镰、叶爱欣整理《玉山名胜集·玉山倡和卷下》则收有缪侃和谢雪坡《过玉山草堂有怀》一诗。

10. **瞿智**

瞿智（瞿荣智），生卒年不详，字睿夫，一作慧夫，昆山人，博学善诗，亦善以书法钩勒兰。至正初辟授青龙镇学教谕，迁镇江路学录，后摄绍兴录判，寻弃去。

《玉山名胜集》中多存其作，其亦屡次参与顾瑛玉山雅集，相与唱和。其称顾瑛有句云："赋诗刻烛良宵饮，知是衣冠不乏贤。"

顾瑛《草堂雅集》卷十二有："瞿荣智，字慧夫，嘉定人。明易，宪府试辟后青龙镇学教谕，多寓云间，虽与交游，而得其诗不多焉。"

11. **宋沂**

宋沂，生卒年不详，清江人。泰定元年（1324）入太学，文宗时为艺文监令史，除赣州路照磨，至正五年（1345）授两淮屯田府知事，累迁常山县尹。顾瑛《草堂雅集》卷八有："宋沂，字子与，清江人，由成均诸生擢艺文监掾，迁赣州从事，复除常州县尹，与予会于白鹤观，出示春咏亭稿，因录数诗，用刊于左。"

12. **苏大年**

苏大年，生卒年不详，字昌龄，《元诗选补遗》有"苏编修大年"，称："十五岁游学广陵，因家焉。至正上书于朝官，以编修不拜。乱后避兵居吴，张氏开藩特见知遇，用为参谋，称为苏学士，而实未尝仕也。先吴亡而卒，不及内附。昌龄为文章有气，不喜衰飒。江海襟怀，亦人中之豪也。竹石师东坡，松木师廉宣仲。"

杨镰、叶爱欣整理《玉山名胜集·玉山倡和卷上》收有苏大年所作《会谢公席上题仲举诗后寄玉山》以及顾瑛的唱和之作。苏诗云："虎头称绝是家传，文物衣冠继昔贤。闲里放怀惟饮酒，老来多事更参禅。风云豪气三千丈，湖海诗名四十年。偶向雪坡观别稿，品题深愧玉堂仙。”

13. **唐志大**

唐志大，生平失考，《元诗选癸集》称其“官知州”。杨镰、叶爱欣整理《玉山名胜集·玉山遗什卷下》唐志大对顾瑛于谢节浙江亭饯别席上所赋诗有唱和之举，署名为“晋阳唐志大”，则可知其亦预此集中，晋阳为其籍贯。

14. **谢节**

谢节，字从义，泰州人。号雪坡、西溪生。乃张士诚手下的得力干将。[①] 其与顾瑛的交往大约始自至正十八年（1358）秋，以《水西清兴》的题咏唱和为标志。二人此前虽未谋面，但明显倾慕良久，遂一见如故。后，谢节曾于至正末官钱塘太守，此间有邀顾瑛西湖观梅之举。杨镰、叶爱欣整理《玉山名胜集·玉山遗什卷下》所收《西湖梅约》诗后补叙即有“予邀玉山隐君西湖观梅，适烽火卒至，有败清兴，因而玉山告归，遂饯浙江亭，赋此为别”，其后落款“谢节顿首”。而顾瑛唱和之作则有小序，称“雪坡太守饯别浙江亭”。是以知谢节有雪坡之号。同书亦收袁华就此事所记，其文称“钱唐（塘）太守谢侯雪坡以书走崑山，招玉山隐君观梅于西湖之上”。可知谢节此时所任官职为钱唐（塘）太守。同书所收谢节与玉山唱和之作颇丰，其中《丙午七月十五日从震泽放船过永乐有怀玉山顾隐君漫赋长句以寄之》一诗下署有“西溪生谢节顿首”，是以知“西溪生”亦为谢节之号。

而二人之交游显然不止此二桩，杨镰、叶爱欣整理《玉山名胜集·玉山倡和卷下》即有谢雪坡《过玉山草堂有怀》，诗云：“玉山草堂湖水东，望之不见心忡忡。黄金散尽养高士，白发梳来成老翁。干戈满地百忧集，风雨连床一梦同。入夜牵船向城市，櫂（棹）歌清唱月明中。”但据此诗，起码可知谢节亦曾一过顾瑛居所。二人唱和之作颇多，览其诗句，易知二人交契，情意甚笃。

---

① 参自中国社会科学院研究生院2008年4月谷春侠博士论文《玉山雅集研究》，第五章第二节。

15. **杨庆源**

杨庆源，生卒年不详，字宗善，泗水人。曾任信州永丰县儒学教谕。《元诗选·癸集》收其诗共四首。其中三首均与顾瑛有关。一首为《次铁崖蚊字韵呈玉山怀郑广文》，另一首则是《有怀玉山征士》，还有一首《寄草堂主人》。二人之间存在交游，当属无疑。

16. **杨祖成**

杨祖成，生卒年不详，字伯振，一作伯震，长洲人。至正间从事浙省，终山阴县尹。杨祖成之至玉山，见于载录者，唯至正十一年（1351）冬十月之集。其于所赋诗中，言道："簿书缚壮士，三载劳驱驰。归来事愈繁，心绪如乱丝。故人界溪北，天赋玉雪姿。亭台寄游真，花竹供娱嬉。嗜好异俗流，耕钓每自怡。一别动经岁，夜梦或见之。今朝获良睹，如解渴与饥。张筵沸丝竹，妙舞双吴姬。座中尽嘉客，梧竹标清辉。酒酣置笔砚，分韵令作诗。嗟我尘俗状，清事久不为。诗从何处生，枯肠费思惟。督促星火急，强歌纪岁时。自惭鄙拙句，亦得列珠玑。明朝便陈迹，分违各东西。此欢恐难再，后会何当期?"称顾瑛为故人，可推知其乃顾瑛旧交。

17. **姚文奂**

姚文奂，生卒年不详，字子章，昆山人。自号娄东生，又因家有野航亭，人常称姚野航、野航道人。聪明好学，过目成诵，博涉经史，辟浙东师阃掾。有《野航亭稿》。《道光昆新两县志》卷二十六《文苑一》有"姚文奂"条，其文曰："虽公事，旁午不废吟咏，把酒论诗，意气豁如，家有书声，斋野航亭。"

姚文奂于玉山雅集多有参与，《玉山名胜集》中多见所作。顾瑛《草堂雅集》卷十"姚文奂"条："姚文奂，字子章，昆山人，聪敏好学，过目即成诵，博涉经史，搢绅先生咸加推重，辟浙东帅阃掾，虽公事，旁午不废吟咏，把酒论诗，意气豁如，每过予草堂，必有新作，故所录尤多。家有书声斋、野航亭，自号娄东生。"

18. 张昱

张昱（约1302—1384），字光弼，号一笑居士，庐陵人。元末杨完者镇江浙，用为参谋，迁浙省员外郎、行枢密院判官。完者死，寓杭不复仕。明初征至京，朱元璋见其老，曰可闲也，遣还。因自号可闲老人。卒年八十三。有《可闲老人集》。杨镰、叶爱欣整理《玉山名胜集·玉山遗什卷下》顾瑛于谢节浙江亭饯别所作诗，张昱有和，其诗云："拄杖过头野服新，眼中曾记海扬尘。已知莲社犹为晋，何必桃源可避秦。节义甚闻敦薄俗，文章直欲配前人。梅花开遍西湖上，好着陶家漉酒巾。"

19. 周棐

周棐，生卒年不详，字致尧，四明人。元时曾任四明鄮山书院山长，后改调嘉兴宣公书院山长。《元诗选·三集》收有其所作《山长集》。

在《元诗选》所录《山长集》诗中，有四首诗与顾瑛相关，其诗题分别为：《春日雨中漫成次顾玉山韵兼简石监征》、《次韵顾玉山见寄》、《次韵顾玉山寄张子渊》、《春日偕顾玉山泛舟平家湖访石仲德次韵》。由此四则诗题，可知其与顾瑛之间是有交往的。

杨镰、叶爱欣整理的《玉山名胜集·玉山倡和卷》更收有《人日兴圣方丈小集玉山与大章致尧元朴联句二十韵》。

20. 周南

周南，字正道，其先道州人，宋末徙吴。《元诗选癸集》记有："至正间，以荐补信州永丰学教谕，又檄为吴县主簿。诣阙陈时政六事，进淮南省照磨。洪武初，徵（征）赴太常，议郊祀礼。礼成，发临濠居住，放还卒。"杨镰、叶爱欣整理的《玉山名胜集·玉山遗什卷上》有顾瑛写寄周南之书信《书与周正道》，知周顾二人旧即有交。

七、工匠伎艺

1. 刘起

刘起，生卒年不详，亦未知何地之人。为治疗疮肿等外伤的医生。其人曾参加顾瑛玉山雅集。《玉山名胜集》卷二吴克恭所为序有："集者会稽外史于立、吴龙门山僧琦、疡医刘起、吴郡张云、画史从序，后至之客则聊城高晋、吴兴郯韶，玉山主人及其子衡暨余凡十人。"

2. **吴善**

吴善，生卒年不详，字国良，吴郡人，居宜兴。工制墨，善吹箫，好与贤士大夫游。因善制桐花墨，又有桐花仙客之称。其多次过顾瑛玉山，携自制墨以赠，或吹箫以助兴，有时亦是顾瑛与倪瓒的信使，携书递简，以通其情。

3. **张猩猩**

张猩猩，生卒年不详，乃元季善胡琴者。杨维桢有《张猩猩胡琴引并引》，其小引称："胡琴在南为第二弦子，在北为今名，亦古月琴之遗制也。教坊弟子工之者众矣，而称绝者少。北人张猩猩者，绝妙于是时，过余索金刚瘿胡琴名作南北弄，故为制胡琴引。"①

至正十年庚寅（1350）七月，张猩猩曾与玉山之集。《玉山名胜集》卷七顾瑛《口占诗序》云："时猩猩轧琴。"玉山宾客于立亦有《胡琴谣赠张猩猩》一诗，诗中有"猩猩对客轧胡琴，紫龙衔丝度口因"云云。

4. **周琦**

周琦，生卒年不详，金华人。善吹笙。杨维桢集中有《周郎玉笙谣并引》，其引云："乌乎，下俚哇沸，笙师之教几歇矣。金华周郎琦，独聪于此。予尝于灵岩虎阜间闻其奇弄，令人飘飘然有伊洛间意，时坐客句曲张贞居、东海倪元镇、昆山顾仲瑛、云丘张仲简、吴兴郯九成，咸名能诗者也。"② 另，于立亦有诗题为《玉

① 杨维桢：《张猩猩胡琴引》，见《铁崖古乐府》，卷二，《影印文渊阁四库全书》，第1 222册，18页，台北，台湾商务印书馆，1986。

② 杨维桢：《铁崖古乐府》，卷二，《影印文渊阁四库全书》，第1 222册，19页，台北，台湾商务印书馆，1986。

笙谣玉山席上赠周生，时铁崖同赋》。可知周琦曾为顾瑛玉山之宾。

八、其他

1. 曹亨

曹亨，生平失考。杨镰、叶爱欣整理的《玉山名胜集·玉山倡和卷》收有多首曹亨与顾瑛、陆麒、吕安坦、卢焕唱和之作，则其人于顾瑛徙居合溪别业之时，亦预宾客之中。同书有卢焕诗《绝句六首奉寄玉山、长通、元祥》，其中有句云："彼美乡人曹长通，斋居玩易坐秋风。"则长通或为曹亨之字，其人与顾瑛或为同乡，亦吴地昆山人。

2. 陈让

陈让，生卒年不详，号藏六，又称藏六道人，涞水人。至正十年（1350）冬十二月，郯韶载雪访顾瑛玉山时，陈让在席上。

3. 董昶

董昶，生卒年不详，字惟明。《元诗选癸集》称其"吴郡人"。杨镰、叶爱欣整理的《玉山名胜集·玉山遗什卷下》所收释元鼎诗序，称至正己亥（1359）仲冬十一日，顾瑛曾一至其白莲池上，并有所谓"桂旁文会"，与此会者，即有"惟明董先生"。

4. 范基

范基，生卒年不详，字君本，吴人。其人曾多次参加玉山雅集。如至正十六年（1356）缪侃之集、至正十八年（1358）岳榆之集，其均在座上，相与觞咏。

5. 顾敬

顾敬，生卒年不详，字思恭，号灌园翁，吴郡人。至正十二年（1352），其曾访顾瑛于玉山，并有观向时题诗之举，是知其亦顾瑛之故友。顾瑛徙居合溪别业之时，顾敬亦曾赋诗寄赠。杨镰、叶爱欣整理《玉山名胜集·玉山倡和卷下》有顾敬《沙湖杂咏廿首寄呈玉山》，而玉山和诗有句曰："草堂新结在江乡，石作屏风竹作床。山隔具区当户小，水通槜李到溪长。"是以可知。

6. 黄原隆

黄原隆，生卒年不详，字云卿，昆山人。《玉山逸稿》卷四《为黄云卿题林屋先茔图》一诗后有："前日会云卿于法海僧舍，今日移笺索诗，美其思亲之念，悬悬于翰墨间，为赋一律，更命画生倪其道写小图于前，盖欲重起云卿之所思也。至正壬辰腊月十日，顾瑛识。"

7. 卢焕

卢焕，生平失考，《元诗选癸集》但记有"焕字□□，云间人"。而杨镰、叶爱欣整理的《玉山名胜集·玉山倡和卷》收录多首卢焕与顾瑛、曹亨、陆麒等人唱和之作，其中有诗题为《寄谢玉山隐君》，诗云："故人相见重留连，弱柳长条客系舡。金粟池头春似昼，白鸥江上水如天。只知烂漫情还好，不觉归来醉欲颠。却愧此生犹传舍，十年灯火一寒毡。"可知其与顾瑛有旧交。

8. 陆麒

陆麒，生卒年不详，字元祥，江阴人。至正十八年（1358）九月，顾瑛于书画舫设宴为谢应芳饯行，陆麒在座。集中以"江东日暮云"分韵赋诗，陆麒得日字。《元诗选癸集·庚下》尚收有其《题倪原道金粟冢燕集图卷》一诗。可知其与顾瑛有交。

杨镰、叶爱欣整理的《玉山名胜集·玉山倡和卷》收有多首陆麒与顾瑛唱和诗作。就所收观之，当为顾瑛迁居合溪别业之后，陆麒多相从之。

9. 吕安坦

吕安坦，《元诗选癸集》有传，传曰："安坦字□□，□□人。至正二十一年辛丑七月十三日，有龙渊景德禅院之会，与者凡十四人，为吕安坦、鲍恂、牛谅、释智宽、常真、邱民、张翼、王纶、来智道、闻人麟、曹睿、徐一夔、犹存、周棐也。"案，吕安坦之字当为晋臣。杨镰、叶爱欣整理的《玉山名胜集·玉山倡和卷上》收有多首仲瑛与吕安坦唱和之作，其中有一首仲瑛首倡之作，题为《三月十四日邀晋臣、元祥饮笋茶》，和者为吕安坦与陆麒，元祥为陆麒字，则晋臣大有可能即吕安坦之字。同书还收有曹亨诗

《奉怀晋臣、元祥二先生》，诗中有云“陆氏弟兄材跨灶，吕家父子业传经”，和者亦吕安坦、陆麒，则晋臣为吕安坦字无疑。同书所收吕安坦和玉山《漫兴》之作有句云“十年无梦到昇（升）州，断梗飘飘只浪游”。则昇（升）州或为吕安坦之故里。观书中所收吕氏诗作，其与顾瑛交密，亦是迁居合溪别业之后事。于其时，吕安坦、陆麒、曹亨等人均流连顾瑛草堂，与顾瑛过从甚密，多有唱和。

10. **吕恒**

吕恒（？—1370），字德常，华亭人，良佐子。因家有月台，名曰玄霜，杨维桢曾赋《素云引》赠之，遂有“玄霜公子”之称。① 明洪武二年（1369）以隐粮事，没产流陕西，第二年卒于长安。与顾瑛有交，《元诗选癸集》有其《简玉山主人》诗。

11. **吕恂**

吕恂，生卒年不详，字德厚，华亭人，恒弟。自号铁砚生，名其楼曰“铁砚楼”。从杨维桢学《春秋》，辟海盐州判。与顾瑛亦有交。《元诗选癸集》收有其《湖光山色楼》一诗，诗中云“二月玉山花正好，梦随春水白鸥波”，易知该诗乃是为顾瑛题品玉山佳处亭馆之作。至正己亥（1359）冬，顾瑛自杭州返航，曾于吕氏铁砚斋留四日之久。

12. **钱敏**

钱敏，生卒年不详，字好学，彭城人。缪侃至玉山时，其亦在座。

13. **沈右**

沈右，生卒年不详，字仲说，号讷斋，一说御斋。长洲人。其家为吴中世家。所居之楼有“清辉”之名，故人称清辉主人。其文学交谊，均为一时所称。

《元诗选·二集》有《清辉楼稿》。其中有一诗是沈右为顾瑛所作。其诗题为：《春晖楼者，吴下一作郡。顾君仲瑛就养读书之所

---

① 据《元诗选癸集·庚下》。

也。仲瑛日与昆弟子侄奉卮酒为亲寿。临海陈敬初氏实记之，余不自揆，辄赋古诗二首，或者歌以介寿仲瑛之志也。其词曰》。由是可知二人有交。

14. **沈允**

沈允，生平失考。其字或为尧文。杨镰、叶爱欣整理《玉山名胜集·玉山倡和卷下》有玉山《赠沈尧文》诗，和者唯沈允，故可推知。玉山之诗为："失喜扁舟远远过，问予客况近如何。杏花消息春风早，燕子光阴夜雨多。五柳有庄归靖节，一身多病老维摩。君家阿母如相问，为说今年两鬓皤。"沈允和诗为："合溪溪头放棹过，新诗酬倡似羊何。春风杨柳情还在，夜月梨花梦更多。隐士独归陶靖节，将军今属李思摩。三边有日兵尘息，共乐承平鬓未皤。"可知顾瑛与沈允为世交，而沈顾二人唱和之事当发生在顾瑛迁居合溪之后。

15. **涂颖**

涂颖，生卒年不详，杨镰等人所整理的《草堂雅集》收有其诗，小传云："字叔良，进贤人。出游京师，从学于余廷心、杨显民、程以文三公，不遇而归。侨居金陵，出游吴，过余草堂，因得其诗云。"

16. **王楷**

王楷，生卒年不详，字叔正，太原人。至正十六年（1356）七月，赏海棠花之集，王楷在焉。《丛书集成初编》本《玉山璞稿》有《龙门与王仲立、叔正同过草堂，喜而赋诗》、《送王叔正赘亲》等诗。

17. **王濡之**

王濡之，生卒年不详，字德辅，山阴人。《玉山名胜集》卷一有王濡之诗，诗中有句云："往昔杜陵老，草堂乐栖迟。虽当艰虞际，去归忘险巇。迢遥玉山翁，高致心所追。……浣花我深慕，俗人殊未知。乐兹宾客共，岂惟一园池。"

18. **吴毅**

吴毅，生卒年不详，字近仁，富阳人。杨镰、叶爱欣整理的

《玉山名胜集·玉山遗什卷下》收有杨维桢、顾瑛等人联句诗，吴毅预其中，所作为“霜脍新供缩项鳊”，诸君遂以此句分韵作诗。后有“富春吴毅再拜”一诗，诗云：“金粟道人谪仙才，岁晏西泠共看梅。复从湖曲携琴去，政似山阴载雪来。月落水云春至早，天空玉树鹤飞回。扬州何逊能无细，东阁新诗取次裁。”而其后马庸所撰文则记有：“玉山老仙自杭来璜溪，留吕氏铁砚斋四日。入华亭，舍予小竹楼者三夕。凡所与游，如主一钱公，季坚岳公、本初、文璧、近仁诸君辈，连衾大席，谈辩争出。于斯之胜，固不在于名位之赫赫者。”是以可知二人有交。

19．俞明德

俞明德，生卒年不详，字在明，钱塘人。送郑同夫之时，俞明德亦在。

20．袁暠

袁暠，生卒年不详，字子明，汝阳人。至正十二年（1352），其与秦约、袁华同往玉山访顾瑛，宴于可诗斋，分韵赋诗以纪兴。

21．翟份

翟份，生卒年不详，字文中，相台人。《玉山名胜集》卷七岳榆《分题诗序》有：“至正庚子孟夏，黄鹤山人岳榆与相台翟君文中自吴城挐舟至海虞，复过昆山访顾君仲瑛草堂，值春晖楼前芍药盛开，仲瑛重置酒楼上。是日雷雨新霁，风日淡荡，赵善长折金带围一朵插瓶中，及以红白花擎绕攒簇，朱伯盛督行酒令，集者七人，天基道士于方外暨伯盛、善长先醉，仲瑛谓人事惟艰，天时自适，友朋盍簪，宁无一语以纪其行乐乎？遂以‘红药当阶翻’一句分韵赋诗而文中、仲瑛、子英并榆得药字，诗成为序其首，实四月十一日也。”可知其与顾瑛有交。

22．张师贤

张师贤，生卒年不详，字希颜，清河人。好古博雅，爱作乐府。号云槎先生。杨镰、叶爱欣整理《玉山名胜集·玉山倡和卷上》收有玉山《四月十一日过太仓有怀西枝草堂因寄张希颜》，诗云：“十年不到西枝村，旧日草堂今不存。原头鸡犬竟寂寂，草上蜂蝶自喧喧。吴山忽与楚山合，娄水今如泾水浑。云槎先生弗得见，契阔满怀何日论。”可知张希颜有此号。而四库本《玉山名胜集》卷三于立有序曰：“至正十年，冬温如春，民为来岁疠疹忧。嘉平之望，凝云昼合，风格格作老枭声，雨霰交下，顷刻积雪遍林野，适郯云台自吴门、张云槎自茂苑、吴国良自义兴，不期而集，相与痛饮湖光山色楼上，以‘冻合玉楼寒起粟’分韵赋诗。”可知张师贤与顾瑛素有交谊。

23. **张守中**

张守中，生卒年不详，字大本，吴郡人。至正十二年（1352）中秋、至正十四年（1354）十二月，张守中均在玉山，与客饮酒尽欢，赋诗为乐。顾瑛于《草堂雅集》卷十二“彭罙”下有“予甥张大本首延致之，授举子业”之说。未知是否即指张守中。

参考书目

（按著述题名首字汉语拼音音序排列）

B

［清］徐崧、张大纯纂辑，薛正兴校点：《百城烟水》，南京，江苏古籍出版社，1999。

欧阳光、史洪权：《北郭诗社考论》，载《文学遗产》，2004（1）。

C

［明］叶子奇撰：《草木子》，北京，中华书局，1959。

［元］顾瑛编：《草堂雅集》，见《影印文渊阁四库全书》，第1 369 册，台北，台湾商务印书馆，1986。

杨镰、祁学明、张颐青整理：《草堂雅集》，北京，中华书局，2008。

［清］洪昇著，徐朔方校注：《长生殿》，北京，人民文学出版社，1983。

钱仲联编校：《陈衍诗论合集》，福州，福建人民出版社，1999。

［元］胡助撰：《纯白斋类稿》，见《丛书集成初编》，北京，中华书局，1985。

《词苑丛谈》，见《影印文渊阁四库全书》，第1 494 册，台北，台湾商务印书馆，1986。

欧阳光：《从文人群落到文人集团——元代婺州文人集团再研究》，载《文史》，第54 辑。

D

［元］赖良编：《大雅集》，见《影印文渊阁四库全书》，第1 369 册，台北，台湾商务印书馆，1986。

刘应、李原编：《大元混一方舆胜览》，成都，四川大学出版社，2003。

晏选军：《戴良考论——元代遗民系列研究之一》，载《中国文学研究》，2004（2）。

［清］张鸿、来汝缘修，［清］王学浩等纂：《道光昆新两县志》，见《中国地方志集成·江苏府志辑15》，南京，江苏古籍出版社，1991。

［元］杨维桢撰：《东维子集》，见《影印文渊阁四库全书》，第1 221册，台北，台湾商务印书馆，1986。

钱穆著：《读明初开国诸臣诗文集》，见包遵彭主编：《明史论丛》，台北，台湾学生书局，1968。

孙小力：《多变的生活和崭新的文艺——元代东南城镇文艺述评》，载《上海大学学报》(社科版)，1990（3）。

E

魏崇武：《20世纪大陆地区元代理学研究述评》(上)，载《哲学动态》，2004（3）。

魏崇武：《20世纪大陆地区元代理学研究述评》(下)，载《哲学动态》，2004（4）。

查洪德：《20世纪元代诗文批评研究概述》，载《中州学刊》，2002（2）。

查洪德：《二十世纪元代文学之宏观研究》，载《社会科学战线》，1996（6）。

查洪德：《20世纪元诗研究概说》，载《淮阴师范学院学报》，2000（5）。

F

詹杭伦著：《方回的唐宋律诗学》，北京，中华书局，2002。

［元］杨维桢撰：《复古诗集》，见《影印文渊阁四库全书》，第1 222册，台北，台湾商务印书馆，1986。

G

［清］王梓材、冯云濠辑：《稿本宋元学案补遗》，北京，北京图书馆出版社，2002。

［明］高启著，［清］金檀辑注，徐澄宇、沈北宗校点：《高青丘集》，上海，上海古籍出版社，1985。

［元］袁华撰：《耕学斋诗集》，见《影印文渊阁四库全书》，第1 232册，台北，台湾商务印书馆，1986。

《姑苏志》，见《影印文渊阁四库全书》，第493册，台北，台湾商务印书馆，1986。

《古文观止》，长沙，岳麓书社，1988。

［元］谢应芳撰：《龟巢稿》，见《影印文渊阁四库全书》，第1 218册，台北，台湾商务印书馆，1986。

［元］卢琦撰：《圭峰集》，见《影印文渊阁四库全书》，第1 214册，台北，台湾商务印书馆，1986。

钱穆著：《国史大纲》，北京，商务印书馆，1996。

H

［明］徐复祚撰：《花当阁丛谈》，借月山房汇钞本。

［后蜀］赵崇祚辑，李一氓校：《花间集校》，北京，人民文学出版社，1958。

黄天骥著：《黄天骥自选集》，广州，广东高等教育出版社，2003。

J

周子美编：《嘉业堂钞校本目录 天一阁藏书经见录》，上海，华东师范大学出版社，2000。

［元］钱惟善撰：《江月松风集》，见《武林往哲遗著》。

［明］李诩撰，魏连科点校：《戒庵老人漫笔》，北京，中华书局，1982。

［元］周伯琦撰：《近光集》，见《影印文渊阁四库全书》，第1 214 册，台北，台湾商务印书馆，1986。

陈寅恪著：《金明馆丛稿二编》，北京，三联书店，2001。

何贵初编：《金元文学研究论著目录》(增订本)，香港，文星图书有限公司，2003。

［元］袁易撰：《静春堂集》，见《丛书集成初编》，北京，中华书局，1985。

［清］朱彝尊著：《静志居诗话》，北京，人民文学出版社，1990。

K

［元］袁华撰：《可传集》，见《影印文渊阁四库全书》，第1 232 册，台北，台湾商务印书馆，1986。

L

莱辛著，朱光潜译：《拉奥孔》，北京，人民文学出版社，1979。

《历代两浙词人小传》，梦坡室藏板。

《历代诗话》，北京，中华书局，1981。

丁福保辑：《历代诗话续编》，北京，中华书局，1983。

［元］李孝光撰：《李五峰集》，永嘉诗人祠堂丛刻本。

杨讷点校：《吏学指南》(外三种)，杭州，浙江古籍出版社，1988。

［清］钱谦益著：《列朝诗集小传》，上海，古典文学出版社，1957。

［元］郭翼撰：《林外野言》，见《影印文渊阁四库全书》，第1 216 册，台北，台湾商务印书馆，1986。

《六研斋三笔》，见《影印文渊阁四库全书》，第 867 册，台北，台湾商务印书馆，1986。

幺书仪：《略论杨维桢多变的生活道路》，载《文学遗产》，1993（2）。

黄仁生：《论李孝光的诗歌创作及其在诗坛地位的变迁》，载《中国文学研究》，2001（2）。

黄仁生：《论铁雅诗派的形成》，载《文学遗产》，1998（5）。

黄仁生：《论元代科举与辞赋》，载《文学评论》，1995（3）。

罗小东：《论元代末年的士风与诗风》，载《华中师范大学学报》（人文社会科学版），2003（6）。

廖可斌：《论元末明初的吴中派》，载《苏州大学学报》（哲学社会科学版），1991（4）。

欧阳光：《论元代婺州文学集团的传承现象》，载《文史》，第49辑。

刘明浩：《论元人诗论中的“情性”问题》，载《内蒙古社会科学》，1993（1）。

M

［法］沙海昂注，冯承钧译：《马可波罗行纪》，北京，中华书局，2004。

［元］吴镇撰：《梅花道人遗墨》，见《历代画家诗文集》，台北，台湾学生书局，1970。

谢国桢著：《明末清初的学风》，北京，人民出版社，1982。

何宗美著：《明末文人结社研究》，天津，南开大学出版社，2003。

谢国桢著：《明清之际党社运动考》，北京，中华书局，1982。

［清］张廷玉等撰：《明史》，北京，中华书局，1974。

［明］汤显祖著，徐朔方、杨笑梅校注：《牡丹亭》，北京，人民文学出版社，1963。

N

［元］陶宗仪撰：《南村辍耕录》，北京，中华书局，1959。

方勇著：《南宋遗民诗人群体研究》，北京，人民出版社，2000。

P

［明］吴宽撰：《匏翁家藏集》，见《四部丛刊》。

黄仕忠著：《〈琵琶记〉研究》，广州，广东高等教育出版社，1996。

Q

钱钟书著：《七缀集》（修订本），上海，上海古籍出版社，1994。

魏中林整理：《钱仲联讲论清诗》，苏州，苏州大学出版社，2004。

［元］倪瓒撰：《清閟阁全集》，清康熙五十二年城书室刻本。

［清］王夫之等撰：《清诗话》，上海，上海古籍出版社，1978。

杜松柏主编：《清诗话访佚初编》，台北，台北新文丰出版公司，1987。

郭绍虞编选，富寿荪校点：《清诗话续编》，上海，上海古籍出版社，1983。

唐圭璋编：《全金元词》，北京，中华书局，1979。

《全唐诗》，北京，中华书局，1960。

隋树森编：《全元散曲》，北京，中华书局，1964。

会稽陶篁邨辑：《全浙诗话》，嘉庆丙辰冬镌，怡云阁藏板。

［清］全祖望撰，朱铸禹汇校集注：《全祖望集汇校集注》，上海，上海古籍出版社，2000。

S

［唐］李贺著，［清］王琦等评注：《三家评注李长吉歌诗》，上海，上海古籍出版社，1998。

［明］李清撰：《三垣笔记》，北京，中华书局，1982。

《珊瑚木难》，见《影印文渊阁四库全书》，第815册，台北，台湾商务印书馆，1986。

《珊瑚网》，见《影印文渊阁四库全书》，第818册，台北，台湾商务印书馆，1986。

［明］徐一夔撰：《始丰稿》，见《影印文渊阁四库全书》，第1 229册，台北，台湾商务印书馆，1986。

曾永义著：《诗歌与戏曲》，台北，联经出版事业公司，1988。

黄仁生：《试论元末“古乐府运动”》，载《文学评论》，2002（6）。

［南朝宋］刘义庆著，［南朝梁］刘孝标注，余嘉锡笺疏：《世说新语笺疏》（修订本），上海，上海古籍出版社，1993。

［明］胡应麟撰：《诗薮》，上海，上海古籍出版社，1979。

杜松柏著：《诗与诗学》，台北，五南图书出版有限公司，1998。

余英时著：《士与中国文化》，上海，上海人民出版社，1987。

［明］叶盛撰：《水东日记》，北京，中华书局，1980。

［明］何良俊撰：《四友斋丛说》，北京，中华书局，1959。

张毅著：《宋代文学思想史》，北京，中华书局，1995。

顾易生、蒋凡、刘明今著：《宋金元文学批评史》，上海，上海古籍出版社，1996。

罗月霞主编：《宋濂全集》，杭州，浙江古籍出版社，1999。

张宏生著:《宋诗：融通与开拓》，上海，上海古籍出版社，2001。

施蛰存、陈如江辑录:《宋元词话》，上海，上海书店出版社，1999。

周林生主编:《宋元绘画》，石家庄，河北教育出版社，2004。

［日本］吉川幸次郎著，李庆等译:《宋元明诗概说》，郑州，中州古籍出版社，1987。

欧阳光著:《宋元诗社研究丛稿》，广州，广东高等教育出版社，1996。

王国维撰，叶长海导读:《宋元戏曲史》，上海，上海古籍出版社，1998。

［清］黄宗羲原著，全祖望补修，陈金生、梁运华点校:《宋元学案》，北京，中华书局，1986。

［清］袁枚著，顾学颉校点:《随园诗话》，北京，人民文学出版社，1982。

T

钱钟书著:《谈艺录》(补订本)，北京，中华书局，1984。

贾晋华著:《唐代集会总集与诗人群体研究》，北京，北京大学出版社，2001。

徐子方著:《挑战与抉择——元代文人心态史》，石家庄，河北教育出版社，2001。

［元］杨维桢撰:《铁崖古乐府》，见《影印文渊阁四库全书》，第 1 222 册，台北，台湾商务印书馆，1986。

黄仁生:《铁雅诗派成员考》，载《中国文学研究》，1998（2）。

张晶:《“铁崖体”：元代后期诗风的深刻变异》，载《社会科学辑刊》，1994（2）。

［元］张翥撰:《蜕庵集》，见《影印文渊阁四库全书》，第1 215 册，台北，台湾商务印书馆，1986。

W

［明］沈德符撰:《万历野获编》，北京，中华书局，1959。

吴承学、李光摩编:《晚明文学思潮研究》，武汉，湖北教育出版社，2002。

《万姓统谱》，见《影印文渊阁四库全书》，第 957 册，台北，台湾商务印书馆，1986。

［明］王袆撰:《王忠文集》，见《影印文渊阁四库全书》，第1 226 册，台北，台湾商务印书馆，1986。

罗宗强著:《魏晋南北朝文学思想史》，北京，中华书局，1996。

周振甫著：《文心雕龙今译》，北京，中华书局，1986。

［唐］陆广微撰，曹林娣校注：《吴地记》，南京，江苏古籍出版社，1999。

［清］袁景澜撰，甘兰经、吴琴校点：《吴郡岁华纪丽》，南京，江苏古籍出版社，1998。

［宋］朱长文撰，金菊林校点：《吴郡图经续记》，南京，江苏古籍出版社，1999。

［清］顾震涛撰，甘兰经等校点：《吴门表隐》，南京，江苏古籍出版社，1999。

［元］王逢撰：《梧溪集》，见《丛书集成初编》，北京，中华书局，1985。

董斯张汇编：《吴兴备志》，见《吴兴丛书》。

X

［元］杨维桢编：《西湖竹枝集》，见《武林掌故丛书》。

［宋］杨亿等著，王仲荦注：《西昆酬唱集注》，上海，上海书店出版社，2001。

［元］赵承禧等编撰，王晓欣点校：《宪台通纪（外三种）》，杭州，浙江古籍出版社，2002。

《消夏闲记摘抄》，见《涵芬楼秘笈二集》。

柯劭忞著：《新元史》，见《传世藏书》，海口，海南国际新闻出版中心，1996。

张觉撰：《荀子译注》，上海，上海古籍出版社，1995。

Y

［元］萨都剌著：《雁门集》，上海，上海古籍出版社，1982。

［元］戴表元撰：《剡源文集》，见《影印文渊阁四库全书》，第1 194册，台北，台湾商务印书馆，1986。

黄仁生：《杨维桢的文学观》，载《复旦学报》(哲学社科版)，1997（4）。

陈书录：《杨维桢——明代诗文逻辑发展的起点》，载《南京师大学报》(社会科学版)，1995（3）。

黄仁生著：《杨维祯与元末明初文学思潮》，上海，东方出版中心，2005。

［元］陈基撰：《夷白斋稿》，见《影印文渊阁四库全书》，第1 222册，台北，台湾商务印书馆，1986。

［清］陆心源撰：《仪顾堂集》，光绪二十四年刻本。

乔光辉：《玉山草堂与元末文学演进》，载《盐城师范学院学报》（哲社版），1999（4）。

［元］顾瑛编：《玉山名胜集》，见《影印文渊阁四库全书》，第1 369 册，台北，台湾商务印书馆，1986。

杨镰、叶爱欣整理：《玉山名胜集》，北京，中华书局，2008。

［元］袁华编：《玉山纪游》，见《影印文渊阁四库全书》，第1 369 册，台北，台湾商务印书馆，1986。

［元］顾瑛撰：《玉山璞稿》，见《丛书集成初编》，北京，中华书局，1985。

［元］顾瑛撰：《玉山璞稿》，见《影印文渊阁四库全书》，第1 220 册，台北，台湾商务印书馆，1986。

杨镰整理：《玉山璞稿》，北京，中华书局，2008。

谷春侠著：《玉山雅集研究》，中国社会科学院研究生院 2008 年博士论文。

［元］顾瑛撰：《玉山逸稿》，见《丛书集成初编》，北京，中华书局，1985。

张其淦撰，祁正注：《元八百遗民诗咏》，见《明代传记丛刊》。

陈红彦著：《元本》，南京，江苏古籍出版社，2002。

［元］苏天爵辑撰：《元朝名臣事略》，北京，中华书局，1996。

杨讷著：《元代白莲教研究》，上海，上海古籍出版社，2004。

陈高华：《元代的巫觋与巫术》，载《浙江社会科学》，2000（2）。

邱树森：《元代基督教在江苏的传播》，载《江海学刊》，2001（4）。

王秀丽：《元代江南地区的士商亲融关系》，载《历史教学》，2004（5）。

张健编著：《元代诗法校考》，北京，北京大学出版社，2001。

陈高华：《元代诗人廼贤生平事迹考》，载《文史》，第 32 辑。

萧启庆著：《元代史新探》，台北，台湾新文丰出版公司，1983。

张伯伟：《元代诗学伪书考》，载《文学遗产》，1997（3）。

王忠阁：《元代文化心理散论》，载《苏州大学学报》（哲学社会科学版），1999（3）。

幺书仪著：《元代文人心态》，北京，文化艺术出版社，1993。

邓绍基主编：《元代文学史》，北京，人民文学出版社，1991。

查洪德、李军著：《元代文学文献学》，北京，中国社会科学出版社，2002。

李治安著:《元代政治制度研究》，北京，人民出版社，2003。

查洪德:《元代之区域学术精神与诗文风貌》，见《中国古典文学与文献学研究》，第一辑。

傅乐淑著:《元宫词百首笺注》，北京，书目文献出版社，1995。

《元明清诗鉴赏辞典》，上海，上海辞书出版社，1994。

徐永明:《元末明初南方两个文学群体成员的交往及其差异》，载《文学遗产》，2004（2）。

查洪德:《元人关于文学本体问题的思考》，载《西南师范大学学报》(人文社会科学版)，2001（4）。

元好问等著:《元人十种诗》，北京，中国书店，1990。

陆峻岭编:《元人文集篇目分类索引》，北京，中华书局，1979。

王德毅、李荣村、潘澄柏编:《元人传记资料索引》，北京，中华书局，1987。

赵义山著:《元散曲通论》，上海，上海古籍出版社，2004。

叶新民，齐木德道尔吉编著:《元上都研究丛书·元上都研究资料选编》，北京，中央民族大学出版社，2003。

[明] 宋濂等撰:《元史》，北京，中华书局，1976。

[清] 汪辉祖撰，姚景安点校:《元史本证》，北京，中华书局，2004。

张景星选:《元诗别裁》，北京，商务印书馆，1934。

张红:《元诗法与唐诗批评》，载《船山学刊》，2004（2）。

陈衍辑撰，李梦生校点:《元诗纪事》，上海，上海古籍出版社，1987。

[明] 陈邦瞻撰:《元史纪事本末》，北京，中华书局，1979。

[清] 邵远平撰:《元史类编》，扫叶山房藏板。

杨镰著:《元诗史》，北京，人民文学出版社，2003。

[清] 顾嗣立编:《元诗选》，北京，中华书局，1987。

[清] 钱熙彦编次:《元诗选补遗》，北京，中华书局，2002。

[清] 顾嗣立、席世臣编，吴申扬点校:《元诗选·癸集》，北京，中华书局，2001。

柴剑虹:《〈元诗选〉癸集西域作者考略》，载《文史》第31辑。

萧丽华著:《元诗之社会性与艺术性研究》，台北，国家出版社，1998。

[清] 曾廉撰:《元书》，宣统三年刊本，层漪堂藏板。

[元] 苏天爵编:《元文类》，北京，商务印书馆，1936。

陈垣撰，陈智超导读:《元西域人华化考》，上海，上海古籍出版社，2000。

杨镰著:《元西域诗人群体研究》，乌鲁木齐，新疆人民出版社，1998。

李修生著:《元杂剧史》，南京，江苏古籍出版社，1996。

王易著:《乐府通论》，见《民国丛书》第四编。

Z

杨镰:《张可久行年汇考》，载《文学遗产》，1995（4）。

肖燕翼:《张雨生卒年考——兼论三件元人作品的辨伪》，载《故宫博物院院刊》，1998（1）。

［清］方东树著，汪绍楹校点:《昭昧詹言》，北京，人民文学出版社，1961。

［元］张雨撰:《贞居先生诗集》，清光绪二十三年八千卷楼重刊本。

郭英德著:《中国古代文人集团与文学风貌》，北京，北京师范大学出版社，1998。

徐书城著:《中国绘画艺术史》，北京，人民美术出版社，2001。

陈雨杨著:《中国书法家全集·倪瓒》，石家庄，河北教育出版社，2003。

徐复观著:《中国艺术精神》，上海，华东师范大学出版社，2001。

吴晗著:《朱元璋传》，石家庄，河北教育出版社，2000。

［元］王冕撰:《竹斋诗集》，见《历代画家诗文集》，台北，台湾学生书局，1970。

［元］苏天爵著，陈高华、孟繁清点校:《滋溪文稿》，北京，中华书局，1997。

后 记

本书是在我的博士论文《玉山雅集与元末诗风研究》的基础上修改完成的。从2005年7月毕业至今，我离开中山大学的校园已经四年多了。在这四年多的岁月中，生活一直是在一种充满了变动与挑战、磨难与考验，甚至多少显得有几分混乱无序的状态中向前推进着。对于刚刚离开校园大门的我来说，人生可谓一下子真实复杂得让人应接不暇，无所适从。这本书稿的修改，就是在这样的状态中断断续续地进行的。修改的过程，我经历了从广州回到昆明的工作调动，经历几次大规模的搬迁，经历了和最亲爱的老师、学校、朋友最为难忍的远离，也经历了人生最重大的事件之一——婚姻的降临。可以说，这段时间里，对于生活的适应与领受，耗费了我几乎全部的心力，所以这部书稿的修改，才变得如此的步履蹒跚，耗时长久。

现在，当修改已告完成，回望这一段岁月时，心里真可谓充满了复杂的情感。当日的种种挣扎与难熬，现在似乎都成了感激的对象。感谢你，这四年喧腾不已的岁月，你让我更进一步地理解了人生，也更加懂得该如何在这样一个活色生香的世界里，坚守自己，坚守所谓的初心。

感谢我最亲爱的老师，如果不是你们一直的督促与鼓励，我不知道是否有勇气完成这番修改。更感谢你们给我这个机会，让这部拙劣的小书得以面世，得以带着诸多的不足就正于方家。

感谢我最亲爱的朋友，人生每一个艰难的瞬间，重要的时刻，都有你们陪着我一起领受。尽管我们现实意义上的距离是如此遥远，但正如我一贯所说，我们的心其实从未有片刻远离。感谢我最亲爱的家人，一直以来，都是你们，默默地在我的身后用爱支撑着我缓步前行。

还要感谢这部书的责任编辑王亚芳，对于我的拖沓，是你给予了最大限度的包容。面对这样的雅量，我唯有感激。

感谢中山大学。在将来的任何一段岁月里，我都会记得在这个园子里，我所学会的每一件事情，所流连的每一方土地，所挥洒的每一寸光阴，当然，还有这个园子所赐予我的最好的老师，最棒的友情。杜鹃花发，长记惺亭。

曾　莹

2009 年 11 月 23 日